小说卷

中国当代著名女作家大系

把灯光调亮

张抗抗 作品

陕西新华出版传媒集团

太白文艺出版社

图书在版编目（CIP）数据

把灯光调亮 / 张抗抗著. — 西安：太白文艺出版社，2018.1（2022.1月重印）
（中国当代著名女作家大系 / 何向阳，张莉主编. 小说卷）
ISBN 978-7-5513-1354-4

Ⅰ. ①把… Ⅱ. ①张… Ⅲ. ①小说集—中国—当代 Ⅳ. ①I247

中国版本图书馆CIP数据核字（2017）第293494号

把灯光调亮
BA DENGGUANG TIAOLIANG

作　　者	张抗抗
责任编辑	卢虹竹
装帧设计	焚香图文
内文设计	前程设计
出版发行	陕西新华出版传媒集团
	太白文艺出版社（西安北大街147号 710003）
	太白文艺出版社发行：029-87277748
经　　销	新华书店
印　　刷	三河市华东印刷有限公司
开　　本	787mm×1092mm　1/16
字　　数	335千字
印　　张	21.25
插　　页	4
版　　次	2022年1月第1版 第3次印刷
书　　号	ISBN 978-7-5513-1354-4
定　　价	46.80元

社会变革中的女性声音

何向阳

　　进入 21 世纪以来，中国社会发生了巨大变化，作为目睹社会进步的中国作家，未曾缺席于社会变革的记录，而在中国社会前进历程的忠实的录记者中，当代中国女作家已成为一种不容忽视的力量。于新时期蹒跚起步、于新世纪日臻成熟的当代女作家，无论其社会观察的视野，人性探索的深度，还是对人类文化的传承与借鉴，对艺术风格与艺术手法的积淀和历练，就整体风貌而言，都较 20 世纪初、中期女作家写作有极大的进步。文学史将会对这一代，甚或几代女作家的写作成就做出高分值的评估。作为中国改革开放受益者的当代女作家，正以她们敏锐的洞察和细腻的书写，投入中国突飞猛进的现代化进程中，并为后人提供着观照和研究这一时代变化的精神档案。

　　20 世纪末，我曾以《夏娃备案：1999》为题，对 1999 年的由女作家写作、以女性作为主人公的十二部小说加以梳理。20 世纪、21 世纪的世纪更替之年，中国女作家经由写作提出的一些与自身、与人类相关的问题，给出了寻勘身心发展的道路，其对于性别心理与社会发展的深入思考，不仅丰富了文学的承载量，更提供了人类认知自我的新经验，比如铁凝《永远有多远》传递给我们母性教育的传统乃至本能；王安忆《剃度》展示了特立独行的时代女性的决绝个性；而方方《在我的开始是我的结束》让我们看到的是女性在亲密关系中寻求自我的渴望或是在他者身上印证自我的失败。分歧的，共生的，冲突的，裂变的，未成型的，已板结的，需解冻的，身体的，心灵的，灵魂的，我们从她们的文学中得到的东西根植于一个国度一个时代却终将超越对一个国度一个时代的了解。

哲人曾言，"女性的进步是社会进步的一面镜子"，足见女性在社会中的重要地位。文化亦然。女性的文化进步是社会文化进步的投影，其实两者更是深层互动的，女性对于文化、身份、性别、社会的思考，已成为推动整体社会向前运动的力量。

这种力量的成因源于中国女性在 20 世纪经历的三次解放。1919 年，新文化运动，使中国妇女从封建性的三从四德中解放出来。这次的解放，思想解放意义大于经济独立意义，男女平等平权的思想深入人心，于此，如丁玲、冰心、林徽因、萧红等女作家写出了她们年轻时期的代表作。其中，《莎菲女士的日记》《生死场》影响深远。1949 年，新中国成立，宪法规定男女平等，中国妇女的地位与作用发生了巨大变化，经济上的独立使其摆脱了对男性的依附，而在各领域取得进步与成就。女作家得益于这一社会风气之先，丁玲、杨沫、茹志鹃等均有佳作推出，中国女作家的写作开始受到国外研究者的重视。1978 年，中国实行改革开放，思想上的解放使作家焕发出极大的创造力，女作家作为思想活跃、敏感的一个群体，在思考社会问题的同时，更注重对性别文化的勘探。张洁《爱，是不能忘记的》、宗璞《三生石》等作品代表了这一时期的探索。三次思想文化上的洗礼和社会发展的互动，使得中国文学在 1978 年之后迎来了迅速发展的黄金时代。

中国自 20 世纪 70 年代末改革开放以来，这一时期的文学被称为新时期文学，新时期文学近四十年来，女作家写作发展迅速，可以说，就是从这个新时期开始，中国女作家集体发声，并以其强劲的写作，呈现出时代女性对于社会发展的文化"干预"。巾帼不让须眉，这种独有的文化现象引人瞩目，以致在新世纪成熟壮大，被一些文化研究者们称为她世纪。20 世纪 80 年代，女作家的性别觉醒与文化自觉开始较早，她们在关注外部世界变革的同时，开始关注内心，关注精神。张洁《爱，是不能忘记的》、张抗抗《隐形伴侣》写社会问题，但却是女性立场上对于情感的深度审视与叩问。张辛欣《在同一地平线上》，关注精神上的两性平等与女性自我价值的实现，以及知识分子女性在爱情与自我之间试图寻找到一个两全存在空间的努力。刘索拉《你别无选择》，反思男性文化传统，也对传统女性化写作提出了颠覆性的质疑。刘西鸿《你不可改变我》《花儿为什么这样红，为什么这样红》的女性书写，将"我"与"你"即女性与男性的一系列性别问题提出来，并均做出了来自女性个人的答案——你别无选择！你不可改变我！其勇敢的姿态更是对历史框定的女性顺从与懦弱的文化性格的诘问与反叛。

20世纪八九十年代，叶文玲、池莉、赵玫、范小青、裘山山等佳作频仍，其在多个文体间的跨越更打磨了小说的锋芒；90年代始，林白、陈染、海男等期望通过身体而将视点拉回到性别关注上来。这种写作在历史、个人、身体、社会、情感间跳跃，呈现出女性写作的犹豫和艰难的自我调整。而从20世纪80年代《对一个精神病患者的调查》、90年代《羽蛇》，到21世纪《炼狱之花》《天鹅》，三十年跨度始终坚守女性精神自我深度写作的徐小斌引人瞩目。新一代女作家，注重隐藏在身体性后面的社会文化，不那么尖锐，更倾向温暖、幽默、智性的表达，但她们心底仍然保留着一个完整的女性空间，如徐坤《厨房》、迟子建《世界上所有的夜晚》、潘向黎《白水青菜》、魏微《大老郑的女人》、盛可以《手术》、叶弥《小男人》等，都体现了以女性文化视角介入历史现实的丰富性追求。

新世纪伊始，女作家写作成果斐然，杨绛等老一代作家也有新作推出。张抗抗《把灯光调亮》在坚守其新时期开端之作《北极光》的浪漫主义理想底色的同时，强化了传统知性写作的典雅；叶广芩《梦也何曾到谢桥》《黄金台》为代表的我称之为"后视镜"式的写作，在对传统文化与现代化的可持续性发展的探索方面可谓独树一帜；方方的《水随天去》等探讨经济不平衡发展对于纯真爱情的挤压；蒋韵《心爱的树》《完美的旅行》《行走的年代》试图在对"已逝"岁月的追踪中确立传统价值的独立性；林白《长江为何如此远》和《妇女闲聊录》提供给了我们回溯历史与观察现实的与众不同的角度；孙惠芬《歇马山庄的两个女人》等系列作品将观察点定位于出走与还乡两大母题，使其作品在现实性的叙事之上平添了哲学的意蕴；葛水平《喊山》《地气》承续了中华山川地气中深藏的诗意之美，其利落的行文中苍凉的味道耐人寻味；邵丽《明惠的圣诞》聚焦纷繁复杂的社会环境中日常生活的个人体验与情感微澜；金仁顺《云雀》《桃花》等根植饮食男女，其心思缜密又声色不动的叙事兼具温润与冷凛两种魅力；乔叶《走到开封去》等承续了她个人创作中对"慢"的探求，审视的目光于小事情间不经意扫过，却如探照灯一般揭示出最深处的幽怨和最原始的黑暗；鲁敏的写作确如"取景器"，隐秘的、细微的、节制的，带有缠绕感甚或是残缺的生活，成就了她小说的"气象与光泽"，《思无邪》《饥饿的怀抱》均写日常生活的不如意处，却在极简主义式的写作中透出干净与温暖；付秀莹《爱情到处流传》《六月半》篇篇出手不凡，以感伤与坚忍并存的从容气度体认着中华美学的精髓，并使诗化小说通过个人的写作向前推进了一步；滕肖澜《美丽的日子》等笔触在沪上弄堂里小人物的日常生活间腾挪有致，有柴米油盐的实在，也有细碎世俗中的温情；阿袁《长门赋》《鱼肠剑》等让我们看到了人性的丰富驳杂，其小说的精神分析与反讽意味承接了现代写作的传统。

以上列举的只是活跃于文坛的当代女作家群体的一小部分。无论是社会发展还是写作环境，当代女作家们都身处一个创造力得以充分发挥的时代。1977 年以来，作为中国文学长篇小说最高奖的茅盾文学奖，评出九届，有四十余部长篇小说正式获奖，女作家占八部，所占比例五分之一。1995 年以来，作为除长篇小说以外的其他门类文学作品的最高奖鲁迅文学奖，已评六届，共有二百多人获奖，女作家超过四十人次，所占比例五分之一。1980 年以来，全国优秀儿童文学奖，评出十届，获奖者中，女作家在小说、童话、幼儿文学（绘本）等均有收获。20 世纪 70 年代始评的全国少数民族文学创作骏马奖，获奖者中多次见到女作家的身影。而由中国当代文学研究会下属的中国女性文学研究会设立的中国女性文学奖，有效推动了女性文学的创作与理论探索。获奖只是专业荣誉，更广泛的社会承认，还包括作家文学作品的读者拥有度、文学作品的文化艺术衍生品以及国外研究与译介，在此不一一列举。总之，女作家无论创作还是思想，都表现出不让须眉的强劲实力，她们通过文学所表达的对于社会人生诸多问题的思考，在整体上已然超越了文学史上她们前辈的书写。

这就是我们今天编选《中国当代著名女作家大系》的原因。当今世界正发生着日新月异的变化，置身于这样一个时代是作家们的幸运，作为中国社会变革的见证者，同时也是人类社会发展的一个重要组成部分的女作家，她们的录记、思考与贡献，我们不能忘记。

2017 年 10 月 12 日　北京

（何向阳，女，中国作家协会创作研究部主任，研究员。出版诗文集《思远道》《自巴颜喀拉》、理论集《夏娃备案》、专著《人格论》等，获鲁迅文学奖，作品译成英、俄、西班牙文）

目 录

淡淡的晨雾

第一章

一

　　严寒的日子终于过去了。松花江流尽了最后一块冰排。难得的几场微雨滋润着街上刚泛青的杨树，夜来的春风吹开了榆叶梅绚丽的花蕾。江堤二十根圆柱组成的环形纪念塔上盘旋着几只远方归来的紫燕。

　　临江碎石砌成的马路边有一幢苏式小平房。淡黄与粉白相间的砖墙，宽大的绿铁皮屋顶，雕花的房檐，高高的水泥台阶。然而那不算小的院子里却没有一点花草的颜色，显得有几分孤寂荒凉。

　　对着江岸的那扇窗前坐着一个年轻女子。一头乌黑的短发自然地弯曲着，衬出一张白皙而清秀的脸。她正埋头于一本泛黄的书里。兴许是窗外燕子的呢喃惊动了她，她抬起头朝院子里漫不经心地看了一眼。忽然，她急速地站起来，轻轻哟了一声，情不自禁地扑向窗口，那本书从她膝头滑了下去。

　　一树烂漫怒放的紫丁香突兀地挺立在墙角的绿栅栏上，轻盈如梦，恬淡似烟，又宛若一团远方飞来的霞朵，在早晨的阳光下飘浮翻动，好似一阵风来就会冉冉升空而去……

　　她看得呆了，深深吸了一口弥漫着紫丁香气息的空气。气息很特殊，幽香中似乎掺杂着一股杏仁的苦味。年年一闻着这味，便知春是真的来了。她

— 1 —

很想跑出去折几枝这样的花来插在花瓶里，但欲步又止。丁香树是邻家的，好像故意为了逗引她的心思，才伸探到这院子里来。

她心里顿时充满了失望。这古板的家庭，为什么竟然连一棵小草都没有！她记得她的丈夫说过，这是两年前冠心病发作去世的老公公不喜欢花草的缘故。老头子偏愿在院子里种上些茄子、辣椒、芹菜什么的，浇上一点怪味的粪肥。她同老二结婚以后，郭家这老习惯仍然不成文地沿袭下来。她提过几次要种些花和果树，只有那个在大学生物系上学的老三郭立楠表示响应……

二十六岁了，竟好像还没有开始生活……

她久久地望着那花团锦簇的丁香树，在心里微微叹了口气。近来，这句话竟像影子一样总是紧紧跟着她。她刚刚过完结婚一周年纪念日不久，然而她并不觉得愉快。她为什么常常觉得郁闷，连她自己也很难讲得清。

在窗前站得久了，暖烘烘的太阳晒得她燥热起来。她脱下薄绒衣，脱了尼龙裤，好像仍然觉得热。丁香花开了，夏天就要来了，她想。但是夏天也不能使她快活。是那部小说里的情绪感染了她么？那实在是一个过于悲伤的故事。

她把掉在地上的书捡起来，那是美国作家霍桑的《红字》。她翻了几页，却还是感觉热得不行。喝了几口凉开水，忽然想起了衣柜里新买的连衣裙。连衣裙是前几天别人刚从广州捎回来的，她还没顾得上试穿。

她很快打开衣柜，抖开裙子，走到穿衣镜前比量了一下。这真是一条漂亮的连衣裙，淡蓝色的麻纱的确良，洒落着雪花形的图案，显得素雅大方。领口是长心形的，镶着银色的尼龙花边。

裙子的式样很新颖，料子的花色也很叫人喜欢。她干脆挽起长裤，三下两下套上裙子，站在镜子面前欣赏起自己来：她的白白的皮肤配上这淡蓝的底色无疑是和谐的，长短正好，刚刚露出浑圆的膝盖。袖口窄长，从肩膀上包下来，不大不小。可惜腰紧了些，这样就显露出她丰满的胸脯。唉，不行不行，太显线条了，领口也开得太往下，这像什么话！挺好的一条裙子，叫人怎么穿出去？

镜子里的她唰地红了脸。她似乎不好意思再看自己，顺手拉过一条浴巾裹在身上。她在房间里走了几步，扯下浴巾又偷偷看了一眼：不行，还是不行，胸部太突出。这样的裙子穿到学校去，一定会引得众目睽睽。这不，算白买了。

二十六岁了，还没有穿过一件花衣服，她怀有一点淡淡的忧伤，感慨地想道，更不用说穿裙子了……

梅——玫——有人喊她。是婆婆罗阡，一定是让她到厨房去帮忙。她刚要跑出去，想起了身上这条连衣裙。她敢穿这条连衣裙到厨房去吗？婆婆会生气的。她要赶快把裙子脱下来，镜子里的倩影却又使她恋恋不舍。

真是一条漂亮的裙子。她不无惋惜地看了又看，真不愿脱下来。为什么就不能穿出去呢？线条明显，不正是女性的美吗？她愤愤不平地想着，一边费力地解着扣子。正在这时，门开了，一个中等身材的人走了进来。她回头一看，想要去抓浴巾，已经来不及了。

你在干什么？他站在地板中央，惊愕地瞧着她。他穿一身蓝，戴一顶黄军帽，五官端正，如果不是因为鼻子略长了一点的话，也算得上英俊。他就是梅玫的爱人郭立枢。

不干什么。梅玫转过身去继续解扣子。她在干什么，他又不是没看见，明知故问。

别脱，我看看。他踱着方步走过来，从背后捏住她的肩膀，一下子把她转了过来。他的眼睛在妻子身上贪婪地扫了一遍，好像第一次发现她的美丽似的，连声赞美说，不错，漂亮得很。

真的？梅玫脸红了。她很少听丈夫夸奖自己。他太忙，连端详她的时间也没有。就是在两年前他突然间向她求爱的时候，他也没有说过她漂亮。这样的话他是不屑出口的，也许只是在心里想想。

侧身，侧过身子让我瞧瞧。他比画着，突然来了兴致。

梅玫美滋滋地侧过了身子。她把胸脯挺得高高的，好显出她优美的体形，因为这是在自己爱人面前，虽然她知道他对什么线条并不感兴趣。她对着镜子微笑着，没有留意到郭立枢已经在皱眉头了。

你说我要穿到学校去会怎么样？她问。

你说什么？他显然很惊讶。

我……她回头看了他一眼，知趣地把后半句咽回去了。想了想，去解扣子。

哎，别解别解，他慌忙按住了她的手，我没说不好看呀！

好看干吗不能穿到学校去？我在组织处工作，又不出头露面。

你看你，真是不懂。他像哄小孩似的拍了拍她的头发，既然在办公室也没人欣赏，还不如就在家里穿呢。每天回家穿，穿给我看，怎么样？他把面颊贴近她，轻轻说，要不人家该说，瞧，郭立枢成天抓人的政治思想工作，自己老婆却穿得那么摩登，不如先去管管自己老婆呢！我怎么做工作？

我不管！梅玫赌气坐在床沿上。她明白最后两句才是郭立枢的心里话。谁当校团委副书记的老婆谁倒霉，裙子也跟着倒霉。她本来倒也不一定敢穿这条摩登的连衣裙，可是郭立枢的这句话却使她不由得满心委屈。他这个人从来就只想到他自己。

你看你，怎么又看这样的书？郭立枢走到桌子旁边，忽然很不高兴地说。他抓起那本《红字》翻了几页，扔到一边去。他最不赞成妻子读外国小说，认为是浪费时间，还不如读点《绒线编结法》。

吊膀子书，他咕噜了一句。

你看过？她把书拿过来。

怎么没看过？"破四旧"那几年，这些书成箱成箱的，我们一看一宿不睡觉。看完了当然批判消毒。要说毒嘛，其实也不反动，不过这种书看了对人反正没啥好处。

梅玫不作声，走到一边去。

我还忘了问你呢，郭立枢划着一根火柴点上了烟，昨晚学校里艺术系开舞会，是不是你也去了？

昨晚郭立枢是11点回家的。梅玫迷糊中听见他叫她，却故意没理。她知道他要问她舞会的事。其实她只是在窗口看了一会，并没有进去跳。他这个人，什么事也瞒不过他。梅玫倒不是有心要瞒他，而是讨厌他总像一根绳子似的牵着她，真叫她受不了。她本来很想进去看看，见郭立枢像煞有介事地坐在乐队旁边，扭头就走了。

这种舞会你去干吗？他说。他喜欢用这种居高临下的口气同人说话，对妻子也不例外。

是不是人家该说了，瞧，他成天抓思想工作，不去管管自己老婆！梅玫酸溜溜地挖苦了一句。她可从来没有用这种口气对郭立枢说过话，她一向是温和顺从的，今天这是怎么了？

郭立枢很有些窘，猛抽了一口烟，嗒嗒地弹着烟灰说，你看你，说你不懂，就是不懂。

你懂！梅玫突然来了火，冲他嚷嚷说，你懂，你为什么津津有味地坐在那儿？就兴你看，不兴别人跳？没见过这样的！

郭立枢冷冷一笑，摇着头说，你知道我在那儿干什么？

总不会是在做思想工作吧？梅玫没好气地哼了一声。

正是，你懂不懂？

梅玫惊奇地睁大了眼睛。

郭立枢自信地将将头发，放低了声音说，头脑任何时候都要保持冷静，千万不可发昏。最近的形势你还不知道吗？什么思想解放、民主，什么跳舞、办刊物，马上就要统统"收"起来了。这话可是对你说。我还有闲心看跳舞？告诉你吧，我是在看跳舞的人！懂不懂？看看到底是哪些人在起劲，哪些人有什么越轨的行为，哪些人……

梅玫猛然打了一个寒噤。

你……她说不出话来。

我这个校团委副书记不是白当的吧？跟你说过多少次了，头脑不要太简单。我做的事情都是有道理的，这种舞会乌烟瘴气的，以后你少往跟前凑，嗯！

郭立枢带着一向被人服从惯的口气说。他摁灭烟头站起来，走到她身边，试图吻她一下和解。

梅玫望着她的踌躇满志的爱人，三十岁的校团委副书记，突然从心底涌上来一股厌恶的情绪。那一年前在她眼里还是称心如意、十全十美的亲爱者，此刻竟然变得丑陋起来。他怎么会有那样长的一个鼻子呢？她不悦地想。以前竟没有发现，他的鼻子会这样长，好像一只嗅觉灵敏的……她慌忙把脸移开了。

他讨了个没趣，解嘲地嘿嘿了几声。幸好这时院子外面有人喊他接电话，他戴上帽子很快走出去。走到门口，回过头来说，你有工夫多帮妈干点活，什么红字、黑字的……

门一关上，梅玫就没好气地把连衣裙连扯带拽地从身上扒下来，狠狠扔在地板上。

我让你在家里欣赏！她嘟囔着，套上外衣，走到窗口去。

紫丁香依然很有耐性地站在那里，默默倾听着小屋里这对年轻夫妇的龃龉。它那阴冷的花瓣恰似一片迷蒙的云雾，罩住了梅玫的心。刚才因为裙子带来的一点喜悦此刻已全无踪影，早上那种忧郁感伤的心绪又开始扩散上升……

她到底为什么不快活呢？是因为最近一个时期来，类似这样的口角在他们之间发生得太多了吗？梅玫心里稍稍也有一点责怪自己，她从什么时候起变得火气这样大了呢？假如她能够忍耐一点的话，也许就好了。但是不行，她非反驳他不可，他实在是太没有道理了嘛。去年夏天穿裙子的人就有的是！这同他是团委副书记有什么关系？梅玫一百个想不通。他刚才说什么？说他看跳舞是为了监视学生，他怎么会是这样？她以前怎么会一点都没有发觉？结婚使一切都变得赤裸裸的，她同他共同生活的时间越长，看到他身上的缺点就越多。啊，爱情，莫非爱情竟是一层虚幻的纱幕？

她和他是大学的同班同学。1974 年，她从地区的一个工厂被推荐来上大学。第一次见到他是在政治系全系的"评法批儒"大会上。他口若悬河，滔滔不绝，几乎不用讲稿地侃侃发言，给她留下了深刻的印象。她那年刚满二十一岁，单纯，天真，相信一切报上的宣传和书本上的话，崇拜一切有识之士，对当时所有的"革命理论"全盘接受并深信不疑。而他则能对这些理论加以解释，阐述得头头是道。她对他充满了好感。听说郭立枢在 1968 年是作为校红卫兵团的头头、市红代会常委带头去的农场，不久就因为吃苦耐劳而又能讲善写被调到场部机关。1972、1973 年，他两次放弃了继父为他提供的招工回城的机会并很快入了党，1974 年名正言顺地被农场推荐上了大学。一入学，学校就指定他当班级的党支部副书记，以后又很快当了政治系的理论小组组长，在全校崭露头角。当时已有一种估计，他毕业后可能作为学生干部留校并进入校党委工作。也许忌妒是人的天性，他的竞争对手们对他恨得咬牙切齿。梅玫记得恰好是在批"三项指示为纲"的时候，由于去山区劳动，一连几个月不能及时看到报纸，他表现得不够敏感。不巧又在天安门事件前夕，一个北京的同学给他寄来了当时流传的"总理遗言"，被那些人暗中截获，扣了他一顶"政治立场不坚定"的帽子。他沉默了几个月，1976 年夏天鼓噪一时的批"走资派"的战斗他没有参加，整天躲在图书馆里翻资料。有人说他在写一篇有爆炸性力量的长篇毕业论文，准保一鸣惊人。不久后，"四人帮"倒台，不出一个月，他拿出了一篇批判"四人帮"的文章，大谈自己从批判"三项指示为纲"时就产生的强烈的不满情绪和认识，虽然喝狼奶长大，但后期早有觉醒，慷慨激昂，义愤填膺。梅玫不由得对他越发钦佩。凡是他打球上场，她必去观看助兴；凡是他写的批判文章，她必反复读上几遍，有时还摘抄警句；她还偷偷帮他洗过两次衣服；分电影票的时候，她悄悄把他的座位同她分在一起……可惜他对于这些都视而不见，无动于衷。男孩子是粗心的，她并不怪他。到了三年级下学期，郭立枢勇敢地报名去西藏，更使她的这种崇拜达到了高潮。她抑制不住自己内心的激情，给他写了一封信，向他表示了自己的爱慕之心，并表示愿同他一起去西藏。他却没有任何反应。又过了些时候，传来消息说这届毕业生没有去西藏的名额，他大失所望。那以后不久，她收到一封用歪歪扭扭的字体写的信，信尾没有落款，只写着他不愿过早地考虑个人问题。她在被窝里用手电照着信反复读了几十遍，为自己感到羞愧。他从而越发成了她心中的英雄。毕业分配时，鉴于他的一贯表现，既无帮派牵连，又无民愤，成了当然的留校干部。清查工作结束以后，原来在机关工作的干部进行了调整，他就被提拔为校团委副书记。他一上任就把团的工作搞得生动活泼，得到了大家的赞扬。人们都称赞他政治上可靠，路线斗争觉悟高，工作有魄力、有才干。当然也有人造他的谣言，说他在疯狂地追求省委一位部长的女儿，那位千金竟骂他是野心家。对于这些谣言，梅玫是一百个不相信的，一定是忌妒他的人恶意中伤。结婚以后，她有一次问过他，他不以为然地笑笑说，恰恰相反。恰恰相反，就是说是那位部长的女儿追求他，他拒绝了。梅玫比较愿意相信这个解释。

自从收到他的那封信后，梅玫再没有向他做过任何表示。炽热的心燃烧着，锁在她的心房里，灼人的光焰烤得她胸疼。她毕业后分配在学校党委组织处管干部档案，常常同他见面，只是敬而远之。她觉得自己除了是个党员以外别无所长，太平凡了，而他却是个有远大前途的人。他一定在等待着一个他理想中的人。

留校以后不久，有一次她的父亲从地区到省里来开会，抓了一辆吉姆车到学校来看她，也顺便看望他的老战友——校党委祝书记。祝书记送他们父女俩下楼的时候，正好遇上了郭立枢。郭立枢怔住了，好像第一次认识她似的。晚上在食堂吃饭时，他问她，你父亲干吗的？

不干吗，她回答。她从不愿提起她父亲，一个地委副书记，有什么好炫耀的？

从那以后，郭立枢明显地对她注意起来了，居然请她看了几次电影，元旦时还请她到他家吃了一次饺子。她本来就是一堆干柴，哪里禁得住一点热情的火星？他任何一点温存亲切的表示，都会使她忘掉以前的不悦，投入到他的怀抱里去。一切都像应该发生的那样发生了。她终于听到她盼望了无数个日夜的话。当他把她搂在怀里的时候，他告诉她，他早就爱上她了。开始是因为要去西藏，后来是因为怕牵连她，再后来……她对每一个字都不怀疑，早已在心里全部原谅了他。

他们去年五一结的婚，祝书记做主婚人，好不热闹。婚后到娘家去了一趟，地委副书记的小女儿，婚礼也够排场的了。郭立枢外表严肃冷漠，关上门剩下他俩时，倒也温情脉脉，梅玫觉得自己非常非常幸福。

……可她究竟从什么时候开始觉得自己不幸福，不快活呢？梅玫望着天空中缓缓飞去的一行大雁出神。大雁飞去又飞来，只一个冬夏，她的心情就发生了那么大的变化。莫非她是一个见异思迁的人？不不，她长那么大，除了郭立枢，还没有爱过别人。

自从她踏进这幢舒适的小平房，开始承担起妻子与媳妇的责任，她就常常觉得有一种无形的束缚与压抑。没有盆花的屋子使她觉得单调；很少有笑脸的婆婆使她觉得陌生；那个古怪的大哥郭立柽使她感到难受；而丈夫郭立枢却很少能同她谈到一块去。在这个家里只有一个人，只有老三郭立楠是健康而生气勃勃的。他一回来，这座房子里就充满了生气，可惜他是住校的，梅玫在学校里偶尔也能碰到他。但她是组织处的干部，很少走出她的办公室。那里四面都是墙壁、保险箱、档案柜，气氛沉重，庄严。作为一个档案室工作人员，需要同她所管理的东西一样善于保守秘密、沉默寡言。郭立枢时常提醒她最好不要随便同人家讲话，她于是变得不善讲话了。就是因为这个觉得郁闷吗？世界上管档案的人多的很，人家下了班可以去干自己想干的事，但她不行。她一跨进这幢房子，就好像被几道无形的目光钳制着，使她连笑也不敢大声。前些时她在街上买了几张她喜欢的漂亮的电影明星照片，让婆婆惊慌失措地扔进炉子里去了。一次一群老同学来看望他们，大谈北京和南方各地见闻。他们走后，郭立枢给她消了整整两星期毒。她每天回来干什么呢？织织毛衣，看看电视，读读小说。然而小说也常受到郭立枢的干涉。她觉得自己没有结婚以前自由、愉快了，好像是绑在郭立枢身上的一样东西。她对社会上正发生着的每一件新鲜事都感兴趣，而郭立枢却大不以为然。两人在一起无话可说，这是最最使人难以忍受的。是不是结婚就得这样呢？早知这样，她情愿不结婚……

梅玫望着街口一丛前几天还是繁茂灿烂的榆叶梅，如今已掉落了满地花瓣，心里突然感到一种莫名的悲哀。她从来没有吝惜过自己的青春，把它慷慨地献给了一个她所热爱的人。可是那个人也同样爱着她吗？他说她穿连衣裙只能让他一个人欣赏，那么她的青春仅仅是属于他一个人的吗？或许属于那四面都是保险箱的档案室，和这放满了马列经典、毛主席著作的书架的十四平方米的安乐窝？和它们在一起度过自己的一生？不，她觉得自己好像根本就还没有开始生活，没有……

她的眼睛里充满了泪水，有一滴从腮上滚落下来，掉在那泛黄的书页上。她沉浸在一种自己难以排除的忧伤之中，竟连一个快乐的声音连喊了她好几遍也没有听见。

二

玫姐！玫姐！

一枝缀满了翠生生的嫩叶的柳枝冷不防从她的耳根边伸过来，把她吓了一大跳。柳枝跳跃着，一股新鲜的树叶的气息扑进她的胸怀。她刚要伸手去拨开，窗台下爆发出一阵咯咯的笑声。

真用功，星期天还用功！

那是一个响亮的男声，刚劲中略带几分淘气。

她眼睛一亮，见当院站着郭立楠，正摇晃着手里长长的柳枝，向她高兴地挥舞着。

是你？楠楠，怎么才回来？妈都等急了。

她稍稍有些不好意思。干吗要打着婆婆的旗号呢？实际上，今天一个上午，她不是都在等他回来过星期天吗？

喏，你瞧！郭立楠从地上拿起一棵小树苗，扬了扬，兴奋地说，猜猜，什么树？

我看不清！

快出来呀，出来！

梅玫套上薄绒衣，三脚两步跑到院子里去。她抓起那棵小树看了又看，只好摇摇头。

杨树？她信口胡诌。

不对，郭立楠朝前面努努嘴，那是啥？

梅玫回过头去，看见了一团飘忽的紫霞。

丁香！她叫道，欢喜得真想跳起来。楠楠没忘她想种花的事，这比丁香树苗更叫她高兴。

我天天帮我们生物系花圃的花匠大爷浇水，他看我心挺诚，终于答应送我一棵苗。这不，今天一早从学校直接到他家去挖来的，所以回来晚了。郭立楠已脱了球衣，穿一件深棕色的条绒夹克，还直用袖子擦汗。

梅玫嘴角掠过了一丝笑意。她的心忽然轻松起来，像那毛茸茸的绿叶，充满了生气。

郭立楠已从门斗扛来了一把铁锹，快活地喊道，玫姐，种哪儿？

梅玫想了想说，最好是种在她的窗下。

郭立楠走过去，把铁锹伸开，忽然用一个漂亮的旋转姿势在地面上画出了一个圆圈。然后往手心吐了口唾沫，就兴致勃勃地挖起土来。看他这种动作，还完全是个孩子，干什么总要带一点顽皮相。谁和他在一起都会觉得快乐。但是在梅玫看来，郭立楠已经不是一个毛头小伙子了，也是一个有思想、有头脑的人。他每星期回来，总要给她讲一些外面的新闻和自己对于时局的看法。他凡事抱有自己的见解。打倒"四人帮"以后，要反对现代迷信、纠正冤假错案的消息，最先就是他告诉她的。

太阳把地面晒得暄松，融化的雪水渗透到地底下去了。郭立楠甩掉了夹克，只穿一件白色的尼龙衫，一边轻轻松松地挖着那温润的黑土，一边说，玫姐，告诉你一个最新的好消息。

什么好消息？

下星期三学生会要组织一场报告会，请一位外地来的同志谈实践是检验真理的唯一标准问题……你听不听？

听！干吗不听呀？梅玫着急地问，谁？他是谁？

一位老社会科学工作者。1957年错划的"右派"，刚刚改正。

"右派"？梅玫似乎想说什么，却没说出来。

为了这事，学生会同学校政治部好一番交涉，总算是勉强同意了，说还要请示校党委。二哥他——

他怎么？

他们校团委恐怕还不知道，否则呀……郭立楠笑了笑，好像要回避什么，突然转换了话题，没什么，不谈这些，没意思。我给你讲个笑话吧。昨天下午，我们去看电影，走过报刊门市部那儿，看见一个穿得破破烂烂的中年人，指着报亭上的那张《人民日报》一个劲嚷嚷，反标，反标！没人理他，他就要去找警察。我挤进去一看，他点着报上一篇题为《"全面专政"论是反科学的》的文章破口大骂，硬说那是反动标语。后来一个老头把他轰走了，说他是个精神病，打倒"四人帮"前就发病了，现在才从医院出来。好像上一个世纪的人，什么都不知道。你想想，这两年来，社会发生了多大的变化……

梅玫轻轻笑起来，露出一排整齐洁白的牙齿。

她蹲在台阶上，饶有兴致地看着郭立楠有力地挥动着他结实的胳膊。他同他的同母异父的哥哥长得一点也不像。他的圆圆的脸很像母亲，两道眉毛之间的距离很宽，给人的感觉就是开朗、洒脱。眼睛不大，但熠熠发亮。糟糕的是他胖胖的脸颊上有两个明显的酒窝，他说完一句话总爱抿抿嘴，表示老成自信，于是那两个酒窝也随之暴露无遗，显得十分可爱。他动作麻利轻巧，不大一会，就把树坑挖出个形状了。

哎，玫姐，你知道不知道，学校里说要为学生办个饭店，为啥到现在还办不起来？

不知道呀。梅玫向来消息不灵通。

他装出一副神秘的样子，说，原来开一个饭店要盖三十二个图章，到目前只盖了四分之——八个！我一点都不夸张。这就是咱们的工作效率！

梅玫点点头，心里只觉得好笑。她想到自己档案室里管的外调材料，一摞又一摞，积满了灰尘，一次次运动所耗费的精力，也许教授们早就可以写出几本书来了。

她想起应该去提一桶水来浇树，便走上台阶，轻轻推开门往厨房走去。

她忽然看见走廊里站着一个人，正呆呆地望着窗外的院子。是她，郭立枢的母亲罗阡。她站在这里干什么？瞧，她的脸色多么阴沉，没有一点笑容。啊，对了，她一准是不赞成在院子里栽丁香树，可是她干吗不出来干涉呢？

她看见梅玫走进来，很快离开窗子，回到案板旁去剁饺子馅。梅玫把自来水放得哗哗响，偷偷瞄了她一眼。她的头发染得乌黑光亮，穿一件驼色开司米衫，系一条深紫色的围裙，显得端庄优雅。然而她的脸色却很憔悴，眼窝下总有黑黑的一圈。听郭立枢说，罗阡是后来嫁给郭自彬，也就是那个已经去世两年的省商业局原副局长的。郭立枢的生父1957年被打成"右派"以后，罗阡很快同他离了婚。郭自彬以前也结过一次婚，因为女方不育，就分开了。他大概把"不孝有三，无后为大"看得很重。罗阡同他结婚以后，两个儿子全部改姓郭，第二年就生了老三郭立楠。老头子生前十分溺爱楠楠，凡事有求必应。可惜楠楠长得竟没有一处像他，也不愿同他亲近。长大以后，曾有好几次惹得他大发雷霆。到后来，老头倒喜欢起郭立枢来了，临去世时，竟指定把存款留了一半给郭立枢。这是郭立枢同梅玫结婚前夕作为值得夸耀的事，郑重告诉她的。梅玫虽然没见过那位老公公，但她常常觉得奇怪的是，楠楠怎么竟会是他的孩子？要说他后来喜欢郭立枢，倒一点也不奇怪。郭立枢只要想让谁喜欢他，就一定能让谁喜欢。他的母亲把他视为家里的顶梁柱，大小事都得问他，他实际上早已越过大哥代替了家长。梅玫进了郭家以后，罗阡似乎一直很提防她，唯恐她取代了郭立枢的位置，对她总是不远不近，客客气气而冷冷淡淡的。她对郭立枢讲过些什么，梅玫自然无法得知，但罗阡不中意她，她是早有所感的。按说罗阡没有女儿，梅玫的性情温文尔雅，长得又漂亮，罗阡应该十分喜欢她才是。但不，罗阡除了履行自己料理家务的义务以外，没有更多慈爱的表示。

罗阡五十岁那年，老头子还活着的时候，她为了料理家务，就办了提前退休手续。梅玫进门以后，发现家里的一切都是井井有条的，这显然是罗阡辛勤持家的结果。但梅玫凭着自己的直觉和女性特有的敏感，却觉得罗阡是不幸的。她心头一定压着什么重负，使她这样不快。可她当初为什么要抛弃那两个孩子的父亲，走到这幢黯淡的房子里来呢？郭立枢说过她是为孩子们着想，也从来没有责怪过母亲，而梅玫却在心里暗暗地瞧不起她。要是梅玫自己，决不会在患难中离开一个她爱的人。不过梅玫依然是同情她的。在这个家里，三个男子汉除了关心自己的事以外，很少有人想到去体贴他们的母亲，就连楠楠也没有耐心陪她坐上半小时。那么除了她以外，还有谁能同罗阡贴心呢？梅玫抱着一片诚意几次到婆婆房里去，想同她聊聊家常，却都被罗阡不冷不热地"打发"回来了。究竟是这个家庭中有什么隐私要对她这个外来人保密，还是在罗阡眼中她还是个孩子呢？也许罗阡太不了解她，她在大学三年，积极是积极，紧跟是紧跟，可从来不搞小汇报，从来没整过人。她看到罗阡痛苦，也像自己在受着什么刑罚。然而罗阡却依然冷若冰霜。

梅玫赌气想，这回种上丁香了，偏种！还要种上许多花，看你不喜欢！

她正胡乱想着，不防水哗哗溢出来了，罗阡走过来关上了水龙头。她像是自言自语地说，栽丁香有点晚了，最好是叶子没长出来的时候。

您栽过？梅玫惊讶了。

栽过。她抬起头来，眼睛里闪过一丝光，又熄灭了，这院子里栽过一棵……让拔了……

梅玫没有问下去，提着水桶走出去，一边心想，让拔了？当然是让郭自彬老爷子拔了。如果他……

阳光真好，愈加显出屋子里的阴凉。不知哪里飞来一只蜜蜂，嗡嗡叫着，绕着梅玫的脸颊盘旋，吓得她一动不敢动。郭立楠已经等得有点不耐烦了，坐在台阶上翻看着几页写着凌乱的钢笔字的纸。

妈说现在栽丁香有点晚了。梅玫往坑里倒着水，说。

不晚，春天才刚开始，干啥都不晚。他乐呵呵地说，列文虎克五十一岁那年才用显微镜发现了微生物。

谁？什么虎克？

17、18世纪的一位荷兰生物学家。他家世代酿酒，他却爱好磨镜片，一生先后制成了二百四十七架显微镜。

这么多！梅玫惊叹了一声，继而笑起来，说，看来你也成了个小小生物学家啦！

二十年后吧！嗬，玫姐，告诉你，今年的研究生考试快开始了，我报了名，想去碰碰钉子呢！往后复习就紧张了。

当然应该去试试。梅玫高兴地说，你外语好，专业课再加把劲。不像我们，学了三年，什么也没学到。

你为什么不上业余大学或者函授大学呢？

不是早同你说过了吗？你哥哥不答应。说我又不搞业务，而且我要是晚上上业大，太远，就不能回来住……梅玫的脸飞红了。

郭立楠根本没有注意到嫂子的表情，他像大多数男孩子那样大大咧咧，只对自己钻研的事情感兴趣。他知道二哥是热衷于搞政治的，但他也不应该反对梅玫学习呀。他往湿漉漉的坑里填上了干土，舒了口气，表示全部完工。

给你念几段诗，听不听？他掏着裤兜里几页揉皱了的纸，真正的好诗。

当然听！梅玫挨近他坐下来。

郭立楠清清嗓子，用他那脆朗朗的声音念起来。这是中文系一个姑娘写的墙报诗，他实在太喜欢，忍不住去偷偷抄了下来。

> ……时间没有失物招领处
> 可以使我们讨回丢失的十年
> 但我们有落后的耻辱
> 将使我们卧薪尝胆

梅玫觉得好像有一股汹涌的潮水猛力撞击着她的心怀，会冲去她灵魂中的污浊，注入新的活力。她凝神听着，真想自己也写出这样的诗句来……

> 老年人也曾有过青春的历险
> 为什么要把孩子
> 锁进自己的经验
> 只要看到黎明
> 哪怕仅仅一线
> 青年也要飞奔向前
> 只要看到不平
> 哪怕只有一点
> 青年也会忍不住呼喊
> 接受挑战吧，同时代的战友
> 先驱者在微笑中

郭立楠忽然感到梅玫推了他一下。他抬头一看，见二哥郭立枢正在开院子的门要进来。梅玫飞快地向他使了个眼色，示意他不要再念了。他懂得梅玫的好意，心里却有几分不悦。正要走开，郭立枢已经走了进来，手里抓着一张纸，边走边嚷嚷，瞧瞧，什么样的漫画都上了墙？让我给撕了。

撕了？梅玫走上去接过那张画一看，原来画面的右边立体竖着民主二字。但民主的主上的一点不见了，成了民王，王字上坐着一个体态臃肿、满脸横肉的人。左边还有另外一个民主，民主的主上一点被一个瘦小子紧紧抱住说，我只要这一点！

郭立枢用短粗的手指点着左边那幅画说，这个嘛还差不多，就要那一点，是十足的个人主义者！

郭立楠嬉皮笑脸地回答说，不多不少，就要一点，也够可怜的了，比那些想当民王的人总还少点祸害！

郭立枢刚想反驳，被梅玫拉进屋里去了。兄弟俩平时不见面，一到星期天就得吵架。梅玫已有和稀泥的经验。

郭立楠在院子里坐了一会，欣赏着刚栽下的那棵小小的丁香树。与其说他喜欢丁香的花朵，不如说他喜欢丁香那一串串心形的果实，能在冰雪严寒中一直挂到春天。他原来并不怎么喜欢植物，这些年的混乱中，他一直跟着几个同学学绘画，幻想着将来能画一本科学幻想小说《海底两万里》的连环画。到了1977年，他高中毕业去农场劳动刚满一年，大学开始招生。他们几个小伙伴中突然兴起了一股科学救国热，纷纷弃画从工，一个进了科技大学，一个去学数学了，他自己也不知怎么就考到这生物系来了。好在他适应能力强，求知欲盛，又碰到了几个严格的教师，没过两个月就对植物产生了浓厚的兴趣，终于决定继承达尔文和林耐的事业。为了实现这个目标，他将首先在今年夏天把这院子变成"百草园"，这也许要冒一点触犯家规的风险，不过到目前为止，母亲并没有出来反对。

郭立楠觉得有点饿了，就走进屋子。厨房里传来妈妈同郭立枢的说话声，他不愿进去。推开大哥郭立桎的房门，又是满地烟头，空无一人。大哥今天休息，又出去干什么？郭立楠转了一圈，只好走到客厅里。

郭家历来闭门自守，从不好客。所以客厅是一个朝北的房间，屋里总有点阴暗和潮湿。除了几把椅子、一张长沙发、一个酒柜、一台电视机和一张椭圆的红木桌以外，没有什么多余的装饰。郭立楠把书包扔在沙发上，想躺下来看会书，刚仰起脖子，目光就同墙上玻璃镜框里父亲的遗像相遇了。

说老实话，他一丁点也不喜欢这张照片。不喜欢的原因是多方面的。父亲显得有点胖，硬挺着脖子，好像故意要装出一种威严的样子，表情很不自然。他活着的时候，郭立楠记得小时候看见他在大会上做报告，就是这个样子。在郭立楠的印象中，父亲是个古板、固执的人，他的神情总是那么不容置辩，说话的口气是命令式的、强制的，对家人、邻居无一例外。他还有许许多多清规戒律，比如每天早上6点半收听天气预报（除此以外的文娱节目他一律不听），每天晚上喝一杯浓浓的红茶（照样打呼噜）。他不过夏至绝不摘帽子，过了秋分必得穿上皮坎肩。他不允许孩子们在地板上跳跃，不许孩子们大声说话，不许在吃饭时把椅子腿翘起来。他没有朋友，也不喜欢孩子们的朋友，不管谁来他都不正眼看，连郭立楠都有些怕他。郭立楠九岁那年，他有一次喝了酒，忽然抱过郭立楠来要亲热亲热，竟把儿子吓哭了。平时郭立楠只要看见父亲在家，就想尽办法溜出去。不过听妈妈讲，父亲还是十分值得尊敬的。他抗战开始就在关里参加了八路军，经受过严酷的战争考验，从当司务长开始，一直当到团后勤处处长、师后勤部副部长。新中国成立以后进城，接管了商业工作……由于他对上级恭谨而又唯命是从，工作也过得去，又从不得罪人，一向是万事如意。每次搞运动，他都好像注射了抗血清一样，安然过关。"文化大革命"时他挨了几天斗，也是局里最早结合的一个干部，所以家人没怎么遭罪。单凭这点，妈妈就得像伺候皇帝一样地伺候他。有一个难得来串门的亲戚说过，老郭大哥一生只犯过一次错误，那就是他的第一次婚姻。但这也不是他的责任，他事先怎么知道那个女人不会生孩子呢？郭立楠觉得很不公平的是他竟比妈妈整整大十六岁。他很少同妈妈待在一起，从来不同她一起去看电影，门口来一辆小汽车，总是把他独自一个人接到不知什么地方去了。好几年前，他还粗暴地撕掉过郭立楠的一只风筝，只因那上头画了两个长翅膀、光屁股的安琪儿。为了这件事，郭立楠心里一直没有原谅他，以致在他去世时，只掉了不多不少两滴眼泪。

郭立楠眨眨眼睛，满不在乎地冲着镜框做了个鬼脸。照片上的目光是严厉的、冷冰冰的，好像在询问家人们有没有违反他生前制定的一切家规……

假如郭立楠一直在这样的目光下长大，他也许会变成一个地道的郭自彬第二。然而，"文化大革命"使郭自彬足足有好几年时间心神不定，自顾不暇，放松了对小儿子的管教。郭立楠的少年时代基本上是在别人家里度过的。这也许是那几年中一种奇特的社会现象。从小学起，郭立楠就有两个要好的同学，一个同学的爷爷是大学教授，爸爸是位工艺美术家；另一个同学的爸爸是一位报社编辑。他们家里都有各种各样的书和画册。郭立楠像着了魔似的成天钻在别人家里，如饥似渴地阅读那些同他年龄很不相称的书，以此填补他空虚而又渴求着知识的心灵。十年"文革"中尚有幸免于难的"落角"，也给一些有志者创造了不可多得的良机。这十年中，许多青年的时间和精力都像流水一般白白淌过去了。但也有一些人，或是出于偶然，或是由于个人独特的资质，却把时间换成知识储存了下来。郭立楠的家庭是古板的，父亲只要求孩子们严格遵守一切他定下的规范，而并不真正关心他们。母亲却谨小慎微，以为孩子不学坏就是天大的幸事。老大郭立栓对别人的事漠不关心，而郭立枢这些年又忙于自己的功名利禄，对小弟不屑一顾。郭立楠就是在这样一个环境里成长起来的。他很像侥幸被吹落到平原上来的一颗树种，得到充足的生存空间、阳光和雨露，没有因为环境的限制而变得畸形；也很像山区水库里的鲫鱼，由于避免了严重的现代工业污染而长得肥硕，甚至改变了某种遗传弱点，这在生物学上称为定向变异。当郭立楠在 1977 年秋天报考大学时，还遭到郭立枢的嘲讽，直到录取通知书来了，全家才大吃一惊。

郭立楠是这个家庭中第一个走向新时代的春天的人。当他满腔热情地投入大学里的新生活时，在他心中积攒已久的许多新奇而大胆的思想都像解冻以后的鱼一样活跃起来。他越是追慕阳光，越见家庭在他心中的阴影；他越是渴望蓝天，越觉得自己翅膀的沉重。他几乎不愿回家了，连想也不愿想到它。他很早以前就是这个家庭的叛逆者了。但他依然每个星期天回来。除了因为必须遵守母亲的命令，回家改善两顿伙食以外，也许就是为了见见嫂子梅玫。他没有姐姐，自然把梅玫当成自己的亲姐姐看待。梅玫那亲切、文雅的微笑和谈吐，使他对她产生一种姐弟之间真切的依恋之情。正像他说话喜欢抿嘴那样，思想认识的敏锐总还不能完全遮掩住残存的孩子气。他什么都

淡淡的晨雾

告诉梅玫，好像她是一只保险箱。不过她可绝不是只会替他保管东西。她不但喜欢听他给她讲些有趣的新闻，更喜欢听他分析问题，什么民主与法制、十七年同十年的关系……她听得很专心，虽然似懂非懂，但过后必定认真思索，下次就会向他提出一个独立思考后产生的问题。郭立楠觉得有人认真地倾听自己的谈话是一种莫大的享受，感到自己的话被人重视是快乐的，所以他同她谈话无比愉快，充满收获。郭立楠尤其觉得在这个家里，他居然也有了一个热心而忠实的听众，实在是一件幸事。况且关于他自己在班上挨了批评之类的事，也只能同玫姐去讲。她不像妈妈那样怨天尤人，唉声叹气，而会用几句熨帖的话把他的烦闷委屈赶得无影无踪。不过每次谈话以后，他总得伸伸舌头，要她千万不要告诉他的二哥。这时她那双好看的眼睛就会眯起来，嫣然一笑走开去……

楠楠——吃饭了！是妈妈在厨房里喊。郭立楠从沙发上跳起来。

梅玫把热腾腾的饺子端上来了，还有几碟小菜：红肠、新鲜的水萝卜豆芽拌凉菜、咸鸭蛋、酸黄瓜。

罗阡往每个人盘子里倒了一点醋，舀了一勺蒜泥，对郭立楠说，韭菜馅的，今年头一茬韭菜，尝个新鲜。学校伙食不好，让你带点咸鸭蛋去也不听……

郭立枢在坐下吃饺子之前，把蹲在窗台上的一只大黑猫抱了起来，亲热地朝它喵了一声，把它放在自己的膝盖上。黑猫长得壮壮实实，一身缎子似的长毛油光锃亮。他最喜欢这只猫，猫也通人性，全家五口人中就同他近乎。他夹了一只饺子放在它面前，它转了一下眼珠，把头扭过去了，对着墙壁一动不动。

大黑一点不馋。他拍拍它光滑的皮毛，往自己嘴里塞了一只饺子，慢条斯理地说，不是我吹，我训练出来的猫就是跟别人的不一样，从来不偷食，又听话……

你可别夸它了。罗阡往楠楠盘子里拨着热饺子，昨天它还从前头饭店里叼回来么大一块肉，让我给送回去了。你说它不偷食，它尽在外面偷，耍两面派。你到小棚子里去瞧瞧，尽是吃剩的骨头……

梅玫禁不住偷偷笑了一下。她想，这只黑猫真不知是谁教的，在家里活像个正人君子，一出去就无恶不作。瞧它那双眼贼溜溜的，装得倒挺斯文。

她仰起脸对郭立楠说，以后你不妨研究研究动物心理学，培养这种两面派大概也要有一套理论的。

郭立楠嘴里塞了满满的饺子，嘟嘟囔囔地说，还不是有人"以身作则"呗！哎，不信我给你们讲个笑话……

罗阡赶忙说，吃完饭再讲。

郭立楠晃晃脑袋说，抓革命促生产，讲个笑话吃得多！你们听着啊，从前有三个读书人上京赶考，路过一座高山，听说山上住着一位半仙，能推算出到底谁能考上，谁考不上，于是便上山去求教。

他一本正经地讲着，而且还一个接一个不停地吃着饺子。

听三人说明了来意，半仙紧闭双目，伸出一个指头，却不说话。三人不解其意，请求解说。半仙摇摇头，此乃天机，怎可泄露？三人无奈，只好下山而去。半仙的徒弟悄悄问他，师父，你对三人只伸一根指头，是什么意思？半仙回答说，傻瓜，这个窍门还不懂？他们三个人，将来如果有一个考中，那一个指头就表示考中；有两个考中，就表示有一个考不中；三个都考中，就表示一齐考中了；如果都没考中，这一个指头就代表一齐落榜了。

话音刚落，梅玫马上响亮而开心地笑出声来，笑得上气不接下气，差点连饺子都喷出来。罗阡半天才反应过来，也忍不住哧哧地笑起来。

此乃天机，郭立楠严肃地说，这只大黑猫，怕也是有人给它传授过天机啦，才学得这么聪明乖巧。名师出高徒嘛……

郭立枢突然把手里的碗重重放在桌上，不客气地打断了他，大声对罗阡说，妈，大哥怎么还不回来？

罗阡摇了摇头。

又上那个女的那儿去了？

还能上哪儿呢？同他说过多少次了……罗阡放下筷子，叹了口气。

房间里的空气骤然紧张起来，好像"那个女的"是一个凶恶的妖魔，会勾去郭立枢的魂灵。梅玫和郭立楠显然都明白郭立枢指的是什么，谁也不愿插嘴，只听见筷子和盘子的声音。这顿饭又吃不好了，梅玫想，郭家到底碰上什么邪气了？连饭都吃不安生。

那只猫果然十分乖巧。它似乎嗅着房间里的气氛有点不对头，十分知趣地纵身一跳，到院子里去了。

郭立楠狠狠地瞪了那只黑猫一眼。他虽然是学生物的，所有的动物中却最最不喜欢猫，而且几乎到了仇恨的地步。他憎恨猫的媚态和温顺。猫和老虎、猞猁都同属猫科，动物学的分类完全一样。但虎矫勇，猞猁凶残，猫却狡猾而善于逢迎，生性截然不同，差异如此之大。大自然这个神奇的造物主，给人多么深刻的启示啊……

三

这天晚上的电视节目是英国故事片《简·爱》。郭立楠本来很想当天晚上回校，但舍不得这个片子，就留了下来。郭立枢平素并不太爱看电视，这天晚上却早早调整了天线，从自己房间里搬来一只轻便的软垫折椅，舒舒服服坐了下来。郭立楠忽然发现：二哥凡是遇有外国片，同自己一样，也是场场不落的。

可是电视结束后，郭立枢却照例把两腿一伸，打着哈欠，连连摇头说，嗨，什么玩意，没意思没意思。

梅玫说，怎么没意思？

你说有什么意思？无非又是平等、自由、博爱那老一套……郭立枢点着一支烟，摆出一副开明公正的架势，我首先声明，我并不反对这种片子上映，开开眼界也好嘛。可是简·爱那个时代……

角落上传过来一个年轻女子的谈话声，简·爱在那个时代，尚能坚决地去反对封建传统意识，提倡女子独立、男女平等，我们今天呢？从精神状态来说，女性还受到多种束缚，妻子常常是丈夫变相的传声筒。无论如何，简·爱是有个性的……

郭立枢很不高兴地回头一看，原来是梅玫刚才领进来看电视的一个女朋友，正同郭立楠谈得热烈。他最讨厌这个女人，听说她不久前同丈夫离了婚，并没有什么了不起的原因。他不喜欢这种人到他的家里来，尤其是同他的妻子那么亲密。他决定"敲"她们一下。

个性？什么叫个性？谁会没有个性呢？有人急躁，有人拖拉，是个人总是有个性的。这个问题根本不存在。就像有人常常好说，×××有思想。有思想怎么的？谁没有思想？没事坐在那儿想想就有了……

在座的似乎都被他这一番"高见"震慑住了。那个女朋友紧紧咬住了嘴唇，不知是生气还是想笑。

郭立枢见大家不搭话，来了兴致，就说我前几天刚看过的一个内部片《脖子上的安娜》吧，那叫什么玩意！刚才我已经声明，我并不一律反对这种片子上映。但它到底有多大的教育意义呢？安娜婚后把她的父亲和弟弟都忘了，跟人家跳舞调情，这到底有什么教育意义？

郭立楠站起来就想走。话不投机半句多，他可不愿意在这儿听郭立枢贩卖他的假道学。自己明明看得津津有味，看完以后总要故作姿态地骂上几句，好像不贬低这部片子就显不出他的正派与纯洁，真叫人恶心。那些一本正经的人其实都是鲁迅小说中的四铭先生，表面上道貌岸然，暗中却打着肥皂的主意。

你别走，有点事对你说。郭立枢指指沙发，示意郭立楠坐下。

梅玫拉着她的女朋友回自己房间去了。罗阡还在客厅里摸来摸去地拾掇。

郭立枢说，我中午接到学校政治部的电话，说学生会要在星期三组织一场学术报告会，请一位外地来的同志做报告，你听说了吗？

知道！郭立楠叉着腿倚在门框上，不情不愿地回答。他不愿告诉郭立枢这位学者的邀请同他有很大关系。是他最早得知这位学者被请到这个城市来参加一个座谈会，并在会上做了一个精彩的发言，就积极向学生会推荐，因为他是学生会的干事。

你知道这个人的历史情况吗？郭立枢问。

知道。不就是个"右派"吗？

你知道他当时为什么被打成"右派"？

知道。不就是为了一篇说真话有见解的文章吗？

你了解那篇文章的内容？

郭立楠有些不耐烦地说，知道又怎么样？他那篇文章是谈社会主义应该如何解放人的创造力和个性的问题。1957 年他就敢讲这样的话。

罗阡正走到门边，听到这句话站住了。她的脸色微微有些发白，但两个正在激动中的儿子谁也没有注意到她。

我不过是随便问问。郭立枢轻描淡写地说，1957 年就这样讲，当然是很不简单的。喏，你说的是 1957 年，文章发表在哪一个月、哪一家刊物呀？

对了，你最好去找来读一读。《新华月报》上有目录，署名荆原。郭立楠

— 21 —

没好气地说。

罗阡忽然摇晃了一下，急忙扶住了门框。

妈，你怎么了？郭立楠惊愕地问。

没什么，没什么……她很快走出去。

荆——原。郭立枢站起来，在客厅里来回踱步，皮鞋踩得地板咔咔响，这次他来，打算讲些什么呢？

郭立楠不作声。

我知道，你是一个小小的解放军战士，正雄赳赳、气昂昂地前进在四个现代化的道路上。郭立枢说，很好。我羡慕你的勇气。请相信，我是支持学生会工作的。学术报告会我举双手赞成，请荆原来讲话也未尝不可。在这个问题上，政治部的同志还有顾虑，怕捅娄子。我跟他们说，这没什么，谁不解放思想，谁就跟不上时代……

郭立楠疑惑地看了二哥一眼。他觉得如今解放思想似乎成了一个时髦的名称，像大街上的超短裙。

郭立枢沉吟了一会，似乎随口说，哎，楠楠，星期三你去听报告的时候，笔记尽量记详细一点。最好别落字。你知道，我坐在台上……记录不大方便。

郭立楠很想问，这个活动是学生会主办的，你们校团委领导上台凑什么热闹？转念一想，大概时髦的东西总是人人喜欢的，也许郭立枢也受到了目前新思潮的感染？于是改口说，这有什么不方便？

哎——郭立枢不以为然地说，你不懂，我得掌握会场，哪里顾得上记呢？对了，你还应该多注意大伙的议论，看看有些什么反应……

然后向郭副书记汇报，是不是？郭立楠打断他，用讥讽的口吻挖苦说。郭立枢要弟弟给他当"窃听器"早已不是第一次了，郭立楠一听就来火。

你这是什么话？郭立枢沉下了脸。

别这么严肃，这儿不是办公室。郭立楠耸了耸鼻子，咧嘴笑笑说，你要记录，自己去买台录音机，它会忠实地为你服务！

他说完大摇大摆地走了出去，哼着歌。

小弟这最后一句话倒提醒了郭立枢。他立即决定明天去设法借一台录音机。学校里有箱式的，那不能用，目标太大。他需要一只袖珍的，藏在口袋里，谁也不知道。这样的话，这份录音带就只掌握在他一个人的手里。

他又点着了一支烟，盘算着，心里暗暗懊悔不迭。梅玫早就嚷嚷要买录音机听音乐，他就是不同意。他听过那些录音带，全是些乌七八糟的东西，什么"美酒加咖啡"，什么"假如我爱你"。可早知有这样重要的用途……

郭立枢觉得烟头烧疼了自己的手指，猛然从烟雾中抬起头来，却看到了墙上继父的遗像。他正用阴郁的目光望着自己，问着只有他能听懂的问题……

他闲得无聊时，常常喜欢独自对着继父的镜框出神，琢磨自己心里的一些事情。郭立枢自幼就很尊敬他的继父，这不仅是母亲教育的结果，而多半是因为他亲眼看见继父受到人们的尊敬。常有小汽车开到门口来接他去开会，那车门必得对着院门，差一步都不行；有穿破旧衣服的来找他，只能站在台阶上说话；他抽中华香烟，说起话来"这个……这个……"显得很有气派。为此郭立枢很感激他的母亲，他觉得她是属于那些在大是大非面前不会糊涂、不感情用事的女人。由于她的当机立断，才给他们兄弟带来了较好的前途。还在小学的时候，他就为自己的生身父亲感到自卑；上了中学，则暗暗羡慕弟弟郭立楠。他到现在都还记得他八岁那年，继父用小汽车把母亲、他和哥哥接到这个家里来时自己那种兴奋和胆怯的心情。这幢有五个房间的苏式小平房独门独户，墙壁和天花板上印着花，在他看来简直像一座宫殿。

可是哥哥郭立柽却是一个书呆子。他那年十三岁，进了初中，中学生登记表上依然填写自己生父的姓名和职业，结果团就没入上。大学考了两次，还是因分数特别高才勉强录取的。比郭立柽小五岁的郭立枢具有一般孩子所没有的政治嗅觉，他很快明白了继父的职务对他的用处。中学里，由于他坚决同生父"划清界限"，顺利入了团。到了"文化大革命"初期，他利用混乱的机会，将自己档案中有关生父周子轩的很少一点材料全部清理干净，从此便成为省商业局革委会副主任郭自彬的亲生儿子。十多年过去，现在他的一举一动、一言一行，连吸烟的姿势也都十分像他的继父。他在心里早已把继父作为自己效法的楷模了。

郭立枢唯独不喜欢继父遗像上那种志得意满的神气。他只当了一个副局长，有什么可满足的呢？正因为他满足，他就只能终身当一个副局长。可是在郭立枢看来，人生应该是永无止境地奋斗，应该一往无前地去追求自己所需要的东西。他三十岁的道路走得容易吗？他不是从障碍物上一个个越过来了吗？他也有失足，失足了马上转弯；他也有挫折，挫折了马上回头。一步一念之差，全在于自己精心权衡。郭立枢是个有理想有抱负的人，他瞧不起那些靠父母的权势吃喝玩乐的纨绔子弟，认为一个人应当在社会上有自己的一番作为。他虽不读小说，倒也钻研过几本《拿破仑传》《恺撒传》和《梅特涅》之类的书，懂得个人的命运同时代、政治的密切联系。他学会了观察和等待，学会了不露声色。尽管他心里认为一切新思潮都是暂时的，未来科学家的档案最终仍将依靠他这样的人来掌握，但他在公开场合总是举双手赞成思想解放，赞成科学与民主，还偶尔骂几句极左思潮……郭立枢的脑袋里究竟真正在想些什么，没有谁会知道。

可是到哪里去借录音机呢？郭立枢打了一个哈欠，又想起这件事来。忽然，他记起梅玫说过她的一位女朋友好像有一只袖珍录音机，便喜出望外地跳起来，很快往自己房间走去。

他正要推门进去，忽然听见房间里传出低低的说话声。他扒着门在钥匙孔上一看，心里顿时有几分气恼。梅玫正坐在床边，同她的女朋友谈得火热。他侧身把耳朵贴在钥匙孔上，想听清她们在谈些什么，无奈她们的声音太轻，什么也听不见……

他烦躁地想，又是这个离了婚的女人！

梅玫这半年多来性格很有些改变，极有可能就是同这个女人接触太多的缘故，他想。梅玫早先温柔文静，朴实单纯，现在又是连衣裙，又是高跟鞋，还常常爱对社会上的事发表批评意见，对学校党委的工作发牢骚，回到家里，为了一句无关紧要的话也会同他争论不休，真是奇怪。上星期天他让她给她父亲写信，要梅书记同祝书记打个招呼，暂时不要派他到党校去学习。她说什么也不肯。郭立枢把这一切都归罪于那个离了婚的女人。

砰！他故意用鞋尖踢开了门，抬手看了一下表。

那个女人见他进来，马上就起身告辞。走的时候竟然也不正眼看他，傲然昂着头。这大大刺激了郭立枢的自尊心。梅玫送她出去，郭立枢一眼瞥见她床头的那本《红字》换成了《茶花女》。

郭立枢很恼火。梅玫回来时他很想发作，但想到还要同她商量借录音机的事，只好忍住了。

梅玫，你能不能帮我借到一只袖珍录音机？什么牌子的都行。他和颜悦色地说。

录音机？她觉得很奇怪，你要录音机干什么？

录音。有一个人要到学校来做报告。

噢，我知道了。一个刚改正的"右派"，对吧？梅玫洗了脸，脱掉外衣上了床，这报告会同你们校团委有什么关系？

听说这个人……郭立枢本来想说，这个人很值得注意。话到嘴边又改变了主意，不是，是我自己用，我想听得仔细点。

梅玫很感兴趣地从被窝里探出头来说，录音机嘛，刚才走的小黎就有。到时候我帮你录好了。

她？

她怎么？

郭立枢把两只鞋重重摔在地板上，我告诉你，你以后少同这种人来往！

这种人？她是哪种人？

梅玫也生气了，不许你这样对待我的朋友。你根本不了解她，她……

好了好了，我没有时间听你讲故事。我也不要她的录音机。你以为我自己就借不着？这种报告会，你最好少去参加！

郭立枢钻进了被窝，一把抱住了梅玫，想把她拉到自己身边来。没想到梅玫使劲蹬了一下被子，翻身径自朝里边睡了。他仰起脸推推她，她就是不理。郭立枢赔着笑说，你看你，我也是为了你好……你的工作可是机要性质……

机要，机要，你以后把我也锁在保险箱里算了！梅玫嚷嚷起来。如果这时不是听见了外面笃笃的敲门声，她真想同他吵一架。

大门很快开了，一个低沉的男声有些抱歉地说，妈，还没睡……

梅玫听出来是大哥郭立枉回来了。他穿过走廊，往自己的房间走去。

是罗阡的抱怨声，又这么晚，造的什么孽……放着好端端的姑娘不要，偏要她……唉……

他的脚步停住了，有些愠怒地反驳说，不要说了，妈妈，我自己的事情自己明白……

一声沉重的关门声震得整幢房子沙沙响。

这个家——吵架、争论、不和……简直是受罪！梅玫又往里面挪了挪，似乎害怕碰到郭立枢冰冷的脚。她好久没有睡着，黑暗中仿佛浮现出楠楠那张生气勃勃的脸。在这个家里，唯有楠楠是快乐的。

四

客厅里古老的挂钟打了十一下。

郭立枢推开自己的房门，发现郭立楠正躺在帆布行军床上看一张报纸。

回来了？他冷冷地说。郭立楠每星期天回来，都是住在他房间里的，他既不欢迎也不反对。

郭立楠笑眯眯地递给他一张报纸，指着第一版说，瞧！

郭立枢接过报纸，见第一版上用红笔勾出了一个大方块，是篇通讯报道，题目叫作"戴着锁链攀登的人"，副标题是"工人工程师试制成功具有世界先进水平的渐开线凸轮样板母机"。

他拿报纸的手震颤了一下，慌慌张张地读下去。他并不知道自己在读着什么。黑色的小字像车床的钢屑一样在眼前蹦跳，飞旋，有一粒飞进他的眼睛，把眼睛扎得生疼，像要涌出泪来……

大哥，是楠楠的声音在耳边响着，他这种渐开线凸轮样板母机是不是就是你当初想搞的那种？

郭立枢惊奇地抬起头来，望着这个长得极像母亲的异父弟弟。他怎么会注意到报纸上这样一则消息呢？

你，怎么知道的？……

郭立楠抓抓头皮，吞吞吐吐地说，好几年前，我在你桌上看到过你画的图纸，就是这种母机……我知道你在搞设计，老是想，要是成功了多好！要是成功了多好！……我差不多都背下来了。前天看到报，心里就闪了闪，特地拿回来问你……我想，你要能坚持到现在，是不是也……

郭立枢心里涌起一阵暖流。没有什么比感到自己的劳动被人重视和关心更温暖的了，即使是一颗冰冷的心。在这个家里，这个二十岁的异父弟弟竟然是第一个也是唯一一个关心他的事业的人，这不能不使他心里顿时充满了感激。但他马上又感到了深深的悲叹和遗憾，正如楠楠所说，这个成功者不是最早向它挑战的他，而是别人……

郭立楠明白自己捅了大哥的伤心之处，心中颇为不安。听妈妈讲过，大哥 1968 年从大学毕业后，分配到他现在所在的那家机床厂。他在车间劳动了一个阶段后，发现工厂的磨削加工设备和工艺太落后和烦琐，就想设法改进。他苦苦琢磨了几个月，把巴斯葛定律的原理首次运用于磨削加工。这个提案的某些部分，厂生产组的头头们连听也没听说过，立即遭到了许多人的激烈反对。批林批孔运动以后，他被打成白专典型，扣上了"复辟回潮"、崇洋媚外的帽子。他几次不服申诉，却变成妄图翻案，罪加一等。他的继父郭局长并不支持他的行为。楠楠还一直怀疑是父亲同大哥工厂的书记打了什么招呼……近十年来，运动的浪潮推过来涌过去，郭立桎的那个方案被压在黑暗的浪谷下，无人问津。他自己也不敢再对它窥视一眼，生怕因它再招来什么灾祸。可是，突然间有人证明了他的设想是对的，成功了。但成功的却不是他……

郭立楠对这位性情孤僻的大哥抱着深深的同情。

大哥比他整整大十四岁。他俩的轮廓很像，五官却极其不同。郭立桎今年三十四岁，蓬乱而长的灰白头发，大而无神的眼睛，肮脏的领子里伸出来瘦削的脑袋，好像蜗牛一样，随时随地会缩回到它的壳中去。他说话的声音很轻，好像怕被自己的声音吓着。郭立楠常常觉得他很像果戈理笔下《外套》中的主人公阿卡基耶维奇，或者像生物实验室橱窗里的一束干枯的水稗标本。

可是大哥为什么会变成这样一个人呢？他从小就是这样？他有一个什么样的童年？他的生父又是一个什么样的人呢？他的生父爱他吗？也许他小时候有过太多的痛苦，才使他过早地失去了欢乐？郭立楠觉得在大哥那紧锁的心房里，一定深藏着许多不愿为人所知的秘密，他替大哥焦急而又无能为力。在郭立楠的观念中并不存在什么血缘关系，他是把大哥当成自己的亲人看待的，只是大哥总远远地躲避着所有的人……

对了大哥，下星期三下午我们学校有个学术报告会，听说很精彩的，你去听听吧！郭立楠热情地对郭立桎说。

报告？郭立桎依然心不在焉地看着那张报。

是一个叫作荆原的人。他可有些水平呢！

什么？郭立桎托住了那由于惊讶而差点掉下来的眼镜。他的声音暗哑，荆原？荆棘的荆？……他，他从哪里来？

楠楠惊奇了，怎么，你知道他？

不……郭立柽摇了摇头，慢慢走到自己床边去。他默默无语，好似陷入了一种恍惚的境地……

你去听，把笔记做得详细些，回头借我看看……他喃喃自语，倒在床上。

你去吧！楠楠央求他，我在门口等你。

不不，不用不用……我不能去，我要上班，上班……我是不能去的……他拉灭了灯，用毯子蒙住了头。

……四周是无边的黑暗。天空是黑的，大地也是黑的。那时候他还很小，离十三岁生日还有两个星期。突然间，就像夏天袭来的一场冰雹，一切全变了。妈妈领着他和八岁的弟弟离开了那座门前有一棵高大的樟子松的白房子。他不明白他们为什么要离开那儿，离开那个爱说笑话、爱和他们一块玩的爸爸。在这以前他是个淘气的顽童，见什么东西都要摸一摸，拆开看看才甘心，从来也不会在一个地方规规矩矩地坐上十分钟。他跟妈妈来到这所阴森森的房子的第一天，就把继父，那个头发斑白的老头的眼镜打碎了，把留声机的唱针弄断了，把门锁拧下来弄坏了。这一切探求知识的欲望非但没有得到表扬和重视，反而受到了呵斥和处罚。他被告知说话不许大声，走路不许小跑；爸爸以前给他买的一只小口琴和木头枪都被送进了垃圾箱。他哭号，打滚，一切都无济于事。有一次，他实在是出于好奇，把一只闹钟的盖子打开了，弄丢了一颗螺丝，继父就亲自把他关到小仓库里去，任他在里面哭到天黑……他坐在仓库的煤堆上，用袖子擦着眼泪，哭泣着。他想念爸爸。爸爸到底到哪里去了呢？难道这个严厉斥责他的人可以代替爸爸吗？和爸爸在一起就会不停地笑，搂着爸爸粗壮的胳膊，就好像冬天贴着大火炉一样暖和。有一次他正和小伙伴们偷偷比赛爬树，有人报警，说他爸爸回来了。要是人家的爸爸一定老远就会喊，快给我下来，看我不揍死你！可是他的爸爸不。爸爸两只手叉腰站在树下，笑眯眯地望着他说，好儿子，再爬高一点，往上看就不心慌……星期天，爸爸带他们到松花江边去划船，爸爸教他扳桨，一直划到上游老远老远的地方，小船在金色的夕阳中荡荡悠悠地漂回来……

……然而从那间小黑屋出来以后，十三岁的郭立柽渐渐起了变化。他变得胆怯了。他学会了在房间里踮着脚走路，学会了看大人的眼色。他像一匹被驯服的小马驹，习惯于遵守一切人给他的一切规矩。他被人称为好孩子、好学生，继父也变得不那么厌恶他了。在他心底保存着的一点近乎神圣的感情，就是留恋和怀念同爸爸在一起的那些日子。尽管继父在衣食住行上从来没有亏待过他，他却恨继父。这种恨是根深蒂固的，从他踏进这绿房顶的房子的第一天开始，从来没有消除过。他觉得是这个陌生的老头夺走了他的爸爸，剥夺了他的笑容，以后他再也不会笑了。

郭立桎从上中学以来，一直拒绝在登记表上填他继父的职务，他在心里从来不承认这个父亲。这使他付出了极大的代价。他的夏令营资格被取消了，国庆游行不让参加，头一年考大学没有被录取。到处都竖着"此路不通"的牌子。

进大学以后，他的头上开始冒出了早生的白发，背也弓起来了。他沉默寡言，郁郁寡欢，学习成绩却始终在全系名列前茅。1973 年之前，郭立桎一直用冷峻而孤傲的微笑回答人们的白眼——他庆幸在自己怯弱的外表与随和的个性后面，尚有他对生活不屈的火焰在燃烧。正因为这样，他才会在大学毕业分配到工厂不久，就"目空一切"地提出了自己的革新建议，直到这个建议所引起的一系列连锁反应狠狠教训了他。罗阡遵照郭自彬的命令对他发出了警告，他为自己申辩，她一气之下竟然烧毁了他的一部分图纸。这个打击几乎是致命的，将他内心深处残存的最后一点锐气消灭得干干净净。他终于不再是原来的郭立桎了，社会对他性格的塑造也就完成了。这二十几年，有谁知道他的痛苦、他的遭遇呢？他在这幢房子里消耗了多少生命，无法推算出来。

他本来对一切都已经绝望，想不到经过了这么多年，一个明丽的春天却正在一天天向他走近。冰天雪地的北极是太阳也无可奈何的地方——爱情、婚姻，这统统属于郭立桎生活中永远无法开拓的禁地。他没有谈过恋爱。先是因为孤傲，后是因为落魄。没有姑娘会愿意嫁给这么一个倒霉的臭老九。但是这三年来，似乎连阳光也变得公平起来，它热烈地想要投一束光明在他那枯井似的心上。当他开始被照亮的时候，却发现自己站在悬崖上，他想要回头重新开始生活，山林密密却无路可寻……这就是 1979 年，一天比一天炽烈的阳光烤化了他心头的冰霜，这是需要重新抉择出路的时刻，但他却还在犹豫，彷徨。

同几年前相比，情况是大不相同了。随着科学时代的到来，一切科学家和科学爱好者都成了姑娘们心中崇仰的上帝和天使。自从郭立桎在工厂恢复了技术员的职称和级别以后，他就像一盆突然开放的茉莉，一夜之间香飘十里，誉满全厂。向他表达爱情的书信雪片似的飞来，热心的媒人排队登门拜访。有姑娘在信上说，我寻找理想的爱人好几年，却没想到原来就在我的眼皮底下。我真后悔没早认识你。郭立桎愤怒地撕信，苍凉地苦笑。对不起，统统拒绝！他不是一件东西，行情变了便身价百倍。他在孤独与忧伤中度过的三十四年中蕴藏的爱，究竟应付与谁？这世上有过怜爱和了解他的人吗？假如没有，他情愿独自一人走向生命的尽头。

他在无数不眠的夜晚寻找她，这一颗北极的火种。她失落在哪一层冰雪中了呢？他并没有忘记……

……那是1975年的冬天，他在车间劳动。下班后车间政治学习，他蜷缩在角落，不知不觉就打起瞌睡来。头一歪，咚的一声撞在旁边的车床上。哄——满屋子的人全笑开了。他睁开眼睛，看到的是一张张开心的笑脸和车间书记谴责的目光。他为人们对他的取笑感到气愤，抱住头，捂着已渗出血的额角。

郭师傅。有人轻轻喊他。他赌气不理，却从他背后伸过来一块散发着淡淡的玫瑰香味的花手绢。他回头一看，怔住了，是她，一个圆脸的漂亮姑娘。她那双大眼睛里没有丝毫笑意，分明流露着同情和怨愤。是的，只有她一个人没有笑话他。就为了这点，他感激她。她是一个好心肠的姑娘。郭立桎想起来，有一次就是她悄悄递给他一张字条，告诉他不要再在车间里看书了。

他只知道她是刚抽调上来的知青，从小死了母亲，没念几年书……

没过几天，她就不见了。他再没有见到她。过了很久，他才从别人的闲谈中听说她被调到卫生所去了，又听说她同厂里的某个头头搞上了对象。郭立桎不相信，她这样善良的人怎么会看上那恶霸似的头头呢？后来又听人传得沸沸扬扬，说她同这个头头发生不正当关系，堕了胎。以后又在卫生所里同别人乱搞，让他发现把她甩了。就像郭立桎如今一夜之间身价百倍一样，她在一夜之间一落千丈。全厂到处都是咒骂她的舆论。打倒"四人帮"以后，因为她同这个头头的关系，还把她审查了好一阵。后来她就回了车间，整天低着头，那昔日红润的脸像一朵凋谢了的花，没有一点笑影。她总是孤单单一个人，人们像躲避瘟疫一样躲避她……

不久前的一天，郭立桎很晚才下班，从设计室出来，路过车间，见里头亮着灯。走进去一看，竟然是她，满头大汗地在车床旁忙着什么。看见他，竟慌乱得不知怎么才好。

不回家？郭立桂觉得自己很想同她说话。

不……我想，再干会……手生了，老落在后面……她垂着头望着地下，怯生生地说。

郭立桂心想，都说她这也不好那也不是，可谁晚上自动加班了呢？她干活这么要强，不是说明她挺上进的吗？

他在车床旁的木凳上坐下来，很想向她表示一点安慰和鼓励，不料她竟然轻声叫起来，郭师傅，你走吧，快走吧，让人看见你在这儿，又该……

又该什么？他也慌起来。

又该说我……勾、勾引……她一句话没说完便哽咽了，把脸埋在手心里，抽泣起来。她瘦弱的肩膀颤动着，每一下都鞭笞着郭立桂的心。他忽然觉得这个姑娘一定同他一样，经受过太多生活的折磨，心底布满了创伤。尽管人们对她有种种非议，她那双眼睛还像他第一次看见她时那么善良、清澈。她伤心地哭泣着，郭立桂束手无策地站在一边，竟像一个孩子似的央求她把她的委屈告诉他，他或许可以帮助她。她踌躇了很久，终于向他泄露了一个可怕的秘密：原来是那个头头把她从农村招上来的，以此为条件占有了她。他起初答应同她结婚，后来又看上了一个评剧院的演员，就想把她甩掉。他指使他的一个哥们，借口腰上长了疖子要她上药。那天是她值夜班，卫生所没有别人，那个"病人"刚解开皮带躺在手术台上，门就打开了。那个头头气势汹汹地带着一帮人冲了进来，对她好一阵拳打脚踢。第二天，舆论传遍全厂，她才明白这原来是个圈套，却已有口难辩。那个头头有权有势，谁会相信她这么一个可怜的姑娘呢？她日日与泪水相伴，几次走到松花江大桥上，却没有勇气跳下去……

郭立桂悚然，惊愕，愤怒。她的委屈和不幸，只有同样经受过苦难的人才会理解和同情。现在轮到他来关怀她了。他第一次知道这个世界上还有比他更不幸的人。一个人如果能把希望给予别人，自己也会变得充满希望；能在困难中把手伸给别人，自己也会变得有力。然而郭立桂所能够做的并不是用美好的言辞来宽慰她，而是帮她制订了一个学习计划，他认为知识可以帮助她忘掉痛苦。他在夜晚昏暗的车间里纠正她的英语发音，在呼啸的大风中

— 31 —

送她回家。每当她莫名其妙地表现出犹豫和恐惧的心理时，他便质问自己，难道他对她抱有什么企图吗？真是岂有此理。他是用平等人的身份来对待她的，不是工人与技术员之间的平等，而是这些年中同样受害的两颗痛苦的心的平等。他珍惜这种平等，除此以外他便不想再要求什么别的了。

然而世界却是复杂的，下水道总认为地下水同它一样肮脏。被拒绝的媒人、被退回的情书的主人、那个头头的铁哥们纠合在一起，对他和她纯洁的友情射出了一发又一发恶毒的炮弹。纵然是一池碧波，他们也有办法把它染黑。传到罗奸耳朵里的她几乎变成了一个下贱无耻的女流氓。母亲像一切墨守成规的老人一样，断然认定那个姑娘不是一个好人，否则为什么所有的人都对她嗤之以鼻呢？

多么不公平啊！没有人去拯救她，拯救她的人却要被打入地狱。郭立桦出了一身冷汗。蒙眬中，他的面前出现了一双泪光盈盈的大眼睛，哀怨地望着他。这双大眼睛里包含了那么多的辛酸凄楚，好像在说，分手吧，分手吧，为了你……

不！郭立桦喊起来。他想去抓她的手，却和她一块掉下深渊……

大哥！大哥！是郭立楠在招呼他。他清醒了。

你还没睡着？郭立桦不好意思地说。

我在想，创造生活的人是幸福的，就像报上报道的那个工人工程师。郭立楠兴奋地说，可是为什么前些年总是硬不让你创造呢？你想标新立异，就会被视为心理变态；你妥协了，随大溜，才是正人君子。种种传统的、陈旧的思想像标本和化石一样被保存起来。新的时代要是不努力解放人的创造力，我看一切都是纸上谈兵！

郭立桦嗯了一声，又陷入了深深的沉思之中。弟弟的话是有鼓动性的，有意无意触到了他的心病。他已经失去了创造一台世界水平的磨床的机会，难道他还要再失去她，心甘情愿地去做 20 世纪 70 年代的殉葬品吗？

一线淡淡的微光从挂着半截窗帘的玻璃上面透进来，黑暗好像被稀释了的盐酸。被紧张的思绪弄得毫无睡意的郭立楠为发现了这第一道曙光而欣喜万分。他由大哥又想到了那位即将来做报告的荆原，想象着他的形象，猜测着他说话的声调，心里充满了好奇。荆原被错划"右派"的问题改正以后，人们在报上读到他的一篇关于社会主义制度如何最大限度地发挥人的才能问题的文章，实际上这是他二十二年前曾因此招致误解的某个论点的继续和发展。郭立楠和他的同学们佩服他的勇气，曾联名给他写过一封长信。现在大家听说他要到这个城市来，他自然就引起了极大的关注……

郭立楠喜欢这个太阳起得最早的东北城市。那个荆原也一定是因为这个，才选择春天的时候到这儿来的吧？

第二章

一

好像是夏天突然近了，天气一下子热起来。由于北方的冬天过于漫长，人们几乎觉得夏天遥远得不可到达。它那芬芳的气息埋藏在冰雪之下，又随冰雪一起融化了，渗透得不知去向。然而，乍暖唤醒了人们淡忘的记忆……

潮水似的人流往学校的礼堂涌去。粉的纱巾、绿的单帽闪耀于紫莹莹的丁香丛中，穿过了青葱葱的林荫道。大学生是最遵守时间的，按照海报上的钟点准时进入会场。虽然是学生会组织的自发性活动，来的人却空前之多。他们一路谈笑，议论，脸上带着庄严然而激动的神情。看来在这些未来的工程师和学者心目中，荆原的名字并不陌生。

梅玫在主楼二楼自己的办公室窗前，望了一眼操场东头正争先恐后地进入会场的学生，心里急得火烧火燎。刚才她正要下楼，偏偏祝书记进来让她找一份文件，说是党委几个领导都已画了圈圈，就剩他没画，这似乎有点……梅玫把文件柜弄得乒乓直响，找到现在也没找到。她一天到晚的工作好像就是看管这些圈圈，连自己也圈在里面了。她本来一心想早点去，坐在第一排，好仔仔细细看看那个大"右派"，这下一定晚了。她窝了一股火，跑到隔壁去告诉祝书记，确实是没有这份文件，却见祝书记舒舒服服地坐在圈椅里，手里正拿着一份文件在读。他向她表示歉意，说后来在第四个抽屉里找到了。梅玫心上一块石头落地，顾不上生气，快快出来锁了门，就飞也似的跑下楼去。她想，祝书记似乎不知道报告会的事，看来学生会没有向党委请示过。

她像小姑娘一样轻快地跳跃。结过婚的女子这样轻快地跳跃，是要被人议论的。但是在这样美好的春天里，从厚厚的档案卷宗里走到阳光下，你就会情不自禁地想跳，想唱。那由于晚上回家引起的不愉快都会统统忘记……

她跑到礼堂门口，见门口站着许多人，正在陆续往里走，看来报告还没有开始。她掏出手绢擦擦汗，站下微微喘了口气。就在这时，她看见郭立楠和其他一大群青年学生从图书馆那个方向走过来。他们走得很快，中间那个高个子的中年人一边迈着矫健的大步，一边高声地同周围的人谈着什么。

梅玫突然心慌起来，那就是他吗？被无数人敬仰、赞誉，也同样被无数人咒骂的那个人。她不是怀着比所有人都更迫切的心情希望见到他吗？

她往门边靠了靠，屏住了呼吸，目不转睛地望着他。

他的个子很高，结实，魁梧，挺拔，一身深灰色的中山装，脸色是红润而微黑的，留有长期的乡村劳动的印记。脸颊和额头都很宽，透着一种爽朗而坦然的气质。鼻梁高而直，嘴角微微向上挑着，显得沉着刚毅。眉毛也很直，像两把冷冽的剑。猛一看，他似乎还不到五十岁，那扎实的脚步里充满了力量。

梅玫从看见他的第一眼起，就在心里肯定了他就是荆原。荆原就应该是这样的，她没有想象过他会是什么别的样子。她只是觉得他比她想象中年轻了些，他是那么健康、精力旺盛，完全看不出这些年的遭遇和不幸在他身上留下的痕迹。他那饱满的前额好像高山上光滑而坚固的岩石，任凭风雨吹打依然如故。这样的额头中一定是有深刻的思想的……

她沉浸在自己的激情中。也许还从来没有一个人的外貌会如此强烈地震撼她的心。这种直接获得的感觉是宝贵的。

他走进去了。会场响起了热烈欢迎的掌声。

梅玫挤进会场，见到处都已挤得满满的。人还在不断增加，后来的人都自己搬了凳子。她在过道上走了几个来回，才在靠近边门的地方找到一个空位子。她坐下来，抬头看见台上坐了一排人，荆原在中间，他的右边是学生会主席，左边是郭立枢。

他一定看见我了。梅玫想，回家少不了又得吵嘴。

郭立枢在台上正襟危坐，表情漠然。他上台已有一会，一直在人群中搜索着梅玫。他知道她会来的。不过他现在已经想到，她来了也有来了的好处。他的目光扫过全场，见黑压压的听众手里全是白生生的笔记本。他又侧目看一眼荆原，见他没有注意自己，便伸出手指，打开了挂在椅背上的一只旧书包中的录音机的录音键。录音机后来是他自己去借来的，连梅玫都不知道。

学生会主席简单地介绍了荆原最近从外省来到这个城市参加座谈会的情况。年轻的大学生们抻长了脖子，有两个人为座位争吵起来，又马上互相道歉。礼堂的气氛中充满了急切的问号。人们都想亲耳听一听这个曾经热情而正直地面对现实却长期被剥夺了发言权的人在重新回到生活中以后，会对历史和现实做出怎样的评价。

他用一种平静而沉缓的声音开始讲话。他说他是在这个城市出生的人，之前在这儿念书，在这儿找到马列主义。在不幸发生了 1957 年反右斗争扩大化的情况以后，他离开这个城市到西北的一个矿区去了。这次回来正面临着祖国历史的大转折，他的感慨是很深的。

礼堂里响起了一片低低的议论声——他原来是这个城市的人！谁也没有想到。梅玫的心跳了一下。她很快在他那清晰的口齿中找到了熟悉的乡音，只是已经改变了很多。

他说，他今天谈话的主要内容是想在实践是检验真理的标准的总题目下，谈一谈在进行四个现代化建设的过程中重视和培养人才的问题。

梅玫觉得有点失望：他用这样一个题目轻轻遮盖了自己二十二年中所受的冤屈。大概这个人的过去并不那么光彩吧！在梅玫的生活中并没有见过几个"右派"，有找她爸爸要求改正的，她看倒真不像什么坏人。楠楠说过，他们中间有一些人是很有远见卓识的知识分子。这个她不否认。但他们在本质上是不是信仰马列主义的呢？对党到底有没有二心呢？她还没有搞得很清楚。而郭立枢却说，20 世纪 50 年代，他们是一些专门摇唇鼓舌、造谣惑众的臭文人，今天只不过是因为团结的需要，才对他们既往不咎。兄弟俩的话，到底谁更有道理些呢？她是慕荆原的名声和被人们的热情鼓动来的，她像一片饥渴的田地盼望雨水，却并不知道他是海洋还是大江……

由麦克风传出的他响亮的声音在礼堂回荡，全国思想解放的潮流激励了千千万万个有志者，党中央和全国人民立志改革，呼声之高是戊戌变法、五四运动以来所无法比拟的。从现在起，五十年内是中国各个领域需要新的杰出人才并能够产生新的杰出人才的时代，面对今天的中国，我们应该怎么办呢？……

梅玫睁大了她那双细长的眼睛，专注地凝望着台上那个高大的身影。她听到他在讲话中引证了斯大林关于人才问题的论述，又听到对我国现阶段人才问题的各种矛盾现象的分析。她觉得脸上有些发烫。她想起自己在大学政治系三年，连艾思奇的《大众哲学》都没有读过。毕业后有个教授同她谈起《浮士德》，她连作者歌德都不知道……她怀着自责和惭愧的心情，正想掏出本子来记录，忽然看见一个男同学穿过拥挤的过道，往台前挤去。啊，是楠楠，他把一张字条递到台上去了。

学生会主席接过字条匆匆看了一下，把它交给了荆原。会场顿时一片寂静，鸦雀无声。荆原很仔细地看着那张字条，忽然舒开眉心微笑了一下，只是一下。梅玫发现他不轻易笑，除非真有什么值得笑的事情。

我把条子给大家念一下。他从容不迫地说，我们想请教您一个口号，叫作"我是革命一块砖，东西南北任党搬"，这是过去大学生毕业分配中流行的一句口号。个人应服从组织需要，这无疑是条纪律应该遵守。但既然是块砖，让它在一个地方好好盖房子不好吗？干吗老要搬来搬去呢？

他念完，兴致勃勃地挥了一下手，激动地说，这个问题提得好！现在我们就来谈谈这个口号。大学毕业生服从国家分配，哪里需要到哪里去，这是谁也不能例外的。我看问题不是搬不搬的问题，而是搬得是否合乎需要、是否合理、是否人尽其才的问题。我认为我们的大多数青年有一种非常可贵的素质，这就是有理想、有抱负、为人民为社会主义献身的精神……国家培养一个大学生不容易，如果像过去那样往往是东南西北地"天女散花"，势必造成积压浪费人才的现象。新中国成立三十年来，我们培养的大学生为数不少，是不是都像砖一样用在建筑工地上了呢？我看未必。而且把专业人才比作一块廉价粗糙的砖瓦，恐怕也不大恰当。我们的专业人才是我们国家的金子，是宝贝呀！

梅玫不由得想起了大哥郭立柽那苍白的脸，那唯恐吓着别人的低低的说话声。有谁去关心过他呢？如今即使给了他技术员职称，他的精神状态也仍然是个临时工。

荆原接下去又谈到了干部队伍的现状和专业化对干部的要求。他的话不时被大学生们的掌声打断。他们赞同这种见解，会场的气氛可以用"！"来形容。梅玫想到了自己的父亲，那个主管文教的地委副书记。他最显著的成绩是使他所有的孩子都上了大学，而他自己至今却连凯洛夫和《教育学》都弄不清楚。

她无意间朝台上望了一眼，发现郭立枢并没有举手鼓掌。他的脸色阴沉，低头趴在长桌上不知写着什么……

所以人的问题需要大家来探讨，这似乎还是一个禁区，但也是学术界关心的问题。高尔基说过，人字应该用大写。人是至高无上，纯洁高尚的。我相信，如果我们从根本上树立对人的信念，我们完全可以避免过去发生的那一类事情，也只有充分认识了人的价值，才会努力去发现和爱护人才。新中国成立三十年来，为什么人才不能大量涌现，不是很值得我们深思吗？……

梅玫托着腮陷入了沉思。似有一道灿烂的阳光照进了她的心底。她已经忘记了自己刚才对他的全部猜疑，只觉得胸中翻涌的浪潮已同他那大江似的思想波涛融为一体。中国为什么不能大量涌现人才，谁能回答？人才这个词她过去连听也没听到过。在她二十六年的生活道路上，由那些不厌其烦的说教筑成的一道道高墙突然倒塌和崩溃，使她真正看到了大地生命的颜色。如果一个人要到二十六岁才开始思考真理和是非，这未免是一件可悲的事情。她想起自己的童年、少年时代，大人关于信仰的教育和灌输；想起大学时代所看到而又不敢怀疑的现实与理论的矛盾；想起这三年来自己的苦闷和抑郁。假如这个社会能够允许每一个人在自己的生活实践中选择真正的信仰，那会避免多少人为的悲剧呢！

有人推了她一下，她从沉思中猛然惊觉，发现郭立枢站在边门的人堆中向她努嘴。她想装作没看见，可是旁边的人一个劲推她，她只好站起来走出去。郭立枢见她出来了，马上转身就走，她叫他也不应。一直走到外面没人的地方，他才停下来。

干什么？梅玫不高兴地问。她知道准没好事。

你把这条子递到台上去。他板着脸，用命令的口气说，扬了扬手心里攥的一张白字条！

我？梅玫奇怪地问，我没有写字条呀！

我写的。他低声说，我没法递，你去比较合适。听着，要快！他不由分说把字条塞在梅玫手里，很快走了。

梅玫疑惑不解地打开字条，见上面歪歪扭扭地写着一行字：请问，你说的人是高贵和纯洁的，有没有阶级性？难道剥削阶级也是高贵和纯洁的吗？

她的脑子嗡嗡直响，捏着字条怔了一会，呼吸也变得急促起来。郭立枢为什么要在这种时候来唱对台戏呢？她难道不明白荆原所说的人是指本来意义上的人吗？他不让她来听报告，现在倒打上她的主意了？全校谁不知道她是郭立枢的爱人？让她去交，他想得倒美！

梅玫一时气得脸颊绯红，又唯恐错过了荆原的报告，便闷闷不乐地回到座位上。她要是不及时去递这张条子，回到家里，一场大吵难以逃脱。不管怎么说，梅玫还是有顾虑的……

可是荆原的声音里好像有一种奇妙的火星，溅落在哪里，就会把哪里的一切都点燃起来。他雄辩地把人的集团性、阶级性及其相互关系分析得透彻而严密。他的声音里有一种震慑人心的魔力，你想要拒绝它是不可能的。梅玫无论如何没有勇气站起来去递这样的一张字条，她怕那火焰会把她熔化。其实她满可以伸手把字条递给前排的人，让他们传上去，但她不愿意。她偷偷望了一眼台上的郭立枢，见他很有点焦灼不安的样子。他粗短的眉间出现了梅玫熟悉的那种罩上了浓重的乌云的阴沉的影子。

他在想些什么呢？梅玫好像突然明白过来，觉得自己的丈夫是在打着一个令人厌恶的主意。她胡乱想着，紧紧捏着那张字条。荆原又讲些什么，她没有听见。她的心绷紧了，仿佛产生了某种忧虑，又有些替他害怕起来。她是个共产党员，她的一家都是共产党员，她懂得政治是怎么回事……

掌声把她牵回会场。又是掌声。她从来没有听见过这么多的掌声。她向台上望去，见荆原已经站起来了，一只手撑着讲台，一只手挥动着。他那双深沉的眼睛里充满了自信，不能想象这双眼睛里会有疑虑和惶惑，不会……

礼堂里响起了一阵海涛喧嚣般的掌声。掌声从人们心底发出，由四面八方向台上飞去，几乎要把他包围起来。它像震耳欲聋的鼓乐，敲击着人们的心房；又像早春的天空中滚过的一声春雷，沉重而又庄严。它持续了很久，在这所古老的大学礼堂上空回旋，震荡，好像要冲破那深灰色的屋顶。梅玫很久没有听到如此热烈的掌声了。她觉得这掌声并不是为荆原一个人鼓的，而是为了这个冰化雪消的春天，为了这个刚刚到来的崭新的时代。她觉得自己像是要被那汹涌的海潮淹没了，她的心在那浪涛的冲击下，好像要喷涌出热泪来……她想起她也要鼓掌，让她的掌声同大家的融合在一起。然而她的掌心里还有一张早已被汗水打湿的字条，她低头看了一眼，愤然把它撕掉了。

她迷迷糊糊跟随大家拥出礼堂。人们的脸上都有一种满足的酣畅的神情，然而却不是轻松的。年轻的大学生们低着头缓缓挪步，好像在沉思着重大的题目……

梅玫在人群中寻找郭立楠。她觉得心里有许多话、许多感受要对他说。她又很怕碰到郭立枢，不过似乎荆原的讲话刚完，他就气冲冲离开了会场。

梅玫一眼看见了郭立楠那件深棕色的条绒夹克，他正在从后台出来的那扇边门那儿，手里拿着一个蓝本子，往一堆人中间挤。梅玫走过去，踮着脚一看，中间被包围的正是荆原。男女青年们还在争先恐后向他提问。他们七嘴八舌，吵吵嚷嚷，好像要把天底下他们想得到的问题一股脑堆在他面前。他耐心地听着，用一个小本子记录，不时点着头。梅玫只听见他说，让我思考一下再回答你们，我还要再来，还要再来的……

他和青年们一起往学校大门口走去。郭立楠有些失望地回转身，正好看见了梅玫。

玫姐，怎么样？他兴奋得满脸通红，过几天咱们到他住的地方去找他，向他好好请教请教……

你知道他住哪儿？梅玫激动地问。

知道。郭立楠抿抿嘴，神秘地说，江花太阳岛的市委党校，他要在这里住一段，写文章。他刚说完，不知想起了一点什么事，向梅玫挥挥手，急忙跑开去了。

梅玫奇怪着自己怎么会做出这样的决定，去找他？她心慌起来，她对他说什么呢？她正要往办公室走，忽然发现远处那繁茂的丁香花丛中有一个人影一晃。玳瑁边的眼镜，蓬乱的头发，很像是大哥郭立枢。

他怎么也来了呢？她迷惑不解地想道。

她猛然记起来，郭立枢的生父也是一个"右派"。那么这个人现在到哪里去了呢？假如他也改正了，郭立枢和罗阡干吗不去找他呢？郭立枢从来没有提起过这件事。多么不幸的家庭啊……

现在她看清了，确实是郭立枢。那瘦长而弯曲的身影正匆匆穿过凋谢的榆叶梅，消失在大铁门外……

二

你说，我见了他可说些什么呢？

你就说，我是个工农兵学员，听了你的报告很反感，找你辩论来了。

哎呀，别开玩笑了。楠楠，跟你说正经的，我的心直跳，真的。他要是知道我是管档案的，会欢迎我吗？

会欢迎我吗？

你最好说你是校团委副书记的爱人……

别提郭立枢了好不好？因为没给他递那张字条，那天回去向我好一顿发作，说我没政治头脑。这几天他连话都不跟我说……

梅玫站在渡轮的船头上，同郭立楠低声交谈着。这几天来，她明显消瘦了，脸色微黄，显得憔悴，眼圈留下了睡眠不足的阴影。她那平时总是明朗而愉快的脸上很少有笑容，好像被什么巨大的苦恼搅扰着。她同郭立楠一块来拜访荆原是经过了激烈的思想斗争的。尽管关于他的争论已从家里开始，她仍然克制不住要进一步了解他的愿望。下班前她告诉郭立枢，说她要晚一会回家，去一个同学家里取一个衣服样。这是她第一次撒谎。为了这一点，一路上她一直忧心忡忡。偏偏郭立楠一点也不了解她的心情，还一个劲地刺激她……

渡轮的马达发出均匀的突突声，向江北太阳岛驶去。然而在梅玫听来，却犹如江水低沉的叹息。夕阳正从大江的尽头跌落下去，水面上有几片不知从哪里漂来的丁香细碎的花瓣，在浪涛里若隐若现，随波逐流。一朵蒲公英的白绒花在空中飞舞着，跟船走了一阵，终于还是没入翻腾的水花中去了……

梅玫倚着船栏，有好一阵没出声。她凝视着江岸的春景，觉得从来没有一个春天使她这样惆怅和忧伤。三天前荆原的报告在她心里犹如春天刮起的狂风，飞沙走石，把一切都弄得乱七八糟。回到家里，当时的那种激情在郭立枢这几天头头是道的分析解剖下，很像那水中挣扎的蒲公英，会沉没不见……

渡轮靠近浮船码头，他们跳上了方石砌成的堤岸。郭立楠仰望那宽阔的大堤上高大的杨树林，做了一个深呼吸，大声喊，太阳岛——我们来了！

隔江望去，对岸的城市上空灰蒙蒙一片，似乌云笼罩一般。而江这边满目新绿，芳草萋萋。挺拔的杨树郁郁葱葱，树干被夕阳涂得金黄，隐隐显露出树林深处一幢幢五颜六色的苏式小木房。大江上飞掠而过的游艇上的玻璃窗由于落日余晖的反照，像一团火似的跳跃着。太阳岛其实并不是一个名副其实的江心岛，它三面环水，北边与陆地毗连，方圆数十里，林深树茂。20世纪初，随中东铁路的修建大量流入我国东北的白俄罗斯人看中这僻静优美的所在，盖起了不少别墅。门前有大江嬉戏，门后有幽林养息，久而久之，太阳岛成了全市人民休息游玩的天然公园。只是太阳岛因何得名，至今还是个谜。

郭立楠饶有兴致地东张西望。他的心情几乎在任何时候都同太阳岛的风格协调——明朗，愉快，生气勃勃。由于荆原的到来，他更感到春光的温煦和夏天的逼近。他之所以单单约了梅玫来找荆原，自有他的道理。他何尝没有窥见这位嫂子内心正在发生着的痛苦的思想矛盾呢？在梅玫周围的人中，除了他以外，又有谁能够真心诚意地帮助她更好地抉择呢？她觉得梅玫同郭立枢在本质上是不相同的。用生物学的名词来比喻，郭立枢属于两栖类，大哥郭立桎是软体动物，妈妈是无脊椎动物，而梅玫却是一只羽毛尚未丰满的纯洁的天鹅。他不愿看到一个如同他的亲姐姐般的人像丁香花瓣一样沉到水里去。那天听报告的时候，他就坐在梅玫不远的地方，二哥从台上下来悄悄把她叫出去以及她后来怎样撕碎了那张字条，都没逃过他那双机灵的眼睛。从那时起，他确信梅玫是不会同郭立枢站在一起的。

玫姐，这几天学校里议论纷纷，你听到一些没有？荆原老师的报告有人赞不绝口，有人破口大骂，评价真是天地之差。郭立楠一边走一边说。

梅玫点点头。学校里这几天像开了锅的水一样，从来没有这么热闹，到处听人在谈论荆原。有些人没听到报告，后悔得不行。但她在办公室里却很少听人谈起。主楼二层学院机关办公室的空气是不会轻易受到外界污染的。

奇怪的是，人们现在似乎对政治已经十分淡漠，而他的讲话却引起了这样强烈的反响。我想也许并不是因为他绝对正确，而是因为他有勇气正视现实，说出大家想说而没有说出来的话……

梅玫眨眨眼问，你说并不是因为绝对正确？

是的，绝对正确是不存在的。今天人们只服从真理。郭立楠见梅玫低头不语，便换了话题，问道，他讲了那么多种类型的人，也讲到妨碍四化的人，你说我们是哪一种人呢？

梅玫没有料到郭立楠提这样的问题，愣了一下。她为了掩饰自己的窘迫，弯腰采了一片路旁的野草。它的叶子是针状的，背后有明显的腺点。

这叫地笋。唇形科，多年生草本，地下有匍匐茎，夏季开花。郭立楠背书一样念道，好像为了表明他并不是一个不务正业的生物系学生。他喘了口气又说，玫姐，比如说你，坐在那些档案袋堆成的太师椅上，内查外调，就凭一纸黑字评判人的好坏，而这一张纸究竟公平不公平，你是不管的……

梅玫踩着松软的草地默默走着。她本来是政治系的毕业生，应该去搞理论研究，学校却把她留在档案室工作，掌握着每个人的历史、家庭、社会关系、领导的评语等，惹得周围的人对她好一阵眼红。然而她对它们并不怎么感兴趣，才干了一年多，已经觉得厌倦了。要她守一辈子，真不知以后的日子怎么度过？调来一个人先研究档案，无非是家庭出身、社会关系等老一套，根据这个最"可靠"的提示，确认他将在这里得到的信任和重用的程度。入党、提拔、出席会议、加工资，概莫能外。档案袋里装着一个人命运的注释，无论他创造英雄业绩还是犯罪，都可以从中找到现成的答案。而调走一个人呢？档案袋所发挥的作用就更为直接。它常常会在一个不被人注意的瞬间装进足够使新领导对他注意几十年的评语、备注或是其他什么。梅玫深深懂得档案在这个社会里被重视的程度。最难以解释的是，因为几乎所有的人都无法知道自己的档案里究竟写着什么，所以有的人很可能要为其中一句不负责任的或是过于负责的评语付出相当的代价。对于这些问题，梅玫在工作中，内心是有过许多体验的。

梅玫把手里的野草狠狠扔在地上，说，你说我是一种什么人？是工具吗？

郭立楠说，工具是没有神经系统的，它没有知觉。但人应该有良心，有感情，有理智……

这不能完全怪我们。梅玫咬着嘴唇，你知道，所有国家的公民都是有档案的。

他们走到一条两边都是柳树的林荫道中间了。这条路上的柳树长得很奇特。它的树干很直，短而粗，树枝也向下弯曲垂挂。刚萌发的嫩叶茂盛地向上生长着，集中在树干的顶端。这种改变了它原来的生长形态的柳树引起了郭立楠很大的兴趣，他站在那里观察了一会，告诉梅玫，这是去年冬天剪枝的缘故。截去的旁枝越多，来年的树就长得越壮。懂吗？

天已渐渐黑下来了，依稀望得见周围那些浅黄色、白色的小木房的尖顶。

淡淡的炊烟，也许是夜雾，在低低的林子上空飘荡。一只小白狗从他们身边跑过去，脖子上响着唱歌一样的铜铃，打破了黄昏的静谧。梅玫到太阳岛来过多次，但从来没有领略过岛深处傍晚的景色，她第一次发现它是安详而恬淡的。温暖的晚风携来一阵阵野杏和山海棠花馥郁的香气，使人迷醉。那花格子的屋顶、雕花的露台、低矮的木栅栏，她过去只在俄罗斯文学作品中读到过，而在这里漫步，就好像走进了那诗一样的乌克兰的田野和农庄。也许每个人的生活都是一部书？也许今天她才算得上真正打开了生活的书？……

他们终于找到了隐没在密林中的党校大门。收发室的老头指着院子里一幢隐约可见的小楼上亮着灯光的窗口热情地告诉他们，荆原就住在那里。老头顺便埋怨了荆原几句，说他天天不熬到大毛愣（东北方言，启明星）上来不躺下。郭立楠和梅玫性急地跑了几步，咚咚冲上楼梯，走到门口却又突然止步，你看着我，我看看你，分明是有些紧张起来。

玫姐！郭立楠伸伸舌头轻声说，请呀！

你不是挺勇敢的吗？梅玫不动。

你——敲门！

你敲！

两人推让起来，谁也不肯先进去。正在这时，门忽然打开了，荆原披着一件绒衣出现在门口。他的一只手上握着一把湿漉漉的丁香花，另一只手捏着一只玻璃瓶。

是找我的吗？快进来吧！他热情地问道，很快把手里的东西放在桌子上，向他们伸出了手。梅玫握着他的手的时候，觉得那是宽厚而有力的。这打消了她的不安和惊慌。

房间里的陈设很简单，一张木板床、一张写字台、几把椅子，窗台上堆满了书和杂志，归拢得很整齐。梅玫原以为像他们这样的人房间里一定乱七八糟，到处都是烟灰。她向四处扫了一眼，竟连火柴也没有一根。写字台上摊着稿纸，看样子他正在工作。但奇怪的是稿纸上凌乱地掉落着几根树枝，好像刚才修剪过什么。

荆原老师，我们打扰您了。郭立楠拘谨地说。

谈不上打扰，这里随时都有人来的。老年、青年、少年我都欢迎。他爽朗地说，一边把桌子上的那把丁香花小心地插到玻璃瓶里去。他认真地为花枝整了一番形，神情专注地凝视了好一会，突然侧过头问，美吗？

美！郭立楠不假思索地说。他的眼睛发亮了，活跃起来。

紫丁香散发着幽香，使得这个在年轻人看来有些神秘的房间显得亲切而易于接近了。梅玫却竭力克制自己的惊讶，她无论如何想不到荆原竟然也会喜欢花，而且喜欢丁香。此刻的他不再是礼堂台上那个严肃的学者，而好像是一个饶有生活情趣的朋友。可是他为什么对丁香这么感兴趣呢？对于梅玫来说，这紫色的花团犹如一片淡淡的晨雾，罩着什么若隐若现的东西……

荆原一边满意地欣赏着他用来代替花瓶的那只刚用完的药瓶，一边说，我与世隔绝了二十二年，出来走一走，真想多听你们给我谈点什么，谈什么都行。你们是工人？啊，不是。那么是大学生？很好，咱们就来谈谈青年吧……

郭立楠认真地说，前天刚听了您到我们学校来做的报告。不久以前，我还给您写过一封信呢。

啊，你是……他思索着，你是哪个系的？

生物系。

我想起来了，你叫——郭立楠，对吧？

对呀。郭立楠高兴得差点蹦起来，前天我一直跟着您来的，想同您说话，可人太多了……

荆原给他们俩一人倒了一杯水，又找出几块糖。

郭立楠。荆原坐下来，用食指敲着前额，忽然说，你信上是不是主要谈了一个青年的信仰问题？

郭立楠点点头，在心里暗暗钦佩他的记忆力。

信本来是要回复的，来不及了。我还想下一次去你们学校专门找你一下。他很坦率地说，好像在对一个老朋友谈话，今天你来，太好了。信仰问题确实应该好好讨论。可以说，现在青年的信仰危机是相当严重的。

梅玫的心跳了一下。信仰，她有信仰吗？二十六年来时时刻刻崇仰的共产主义似乎越走却离得越远，她今天还相信它吗？

你信上说信仰是同宗教教义一样的，承认信仰就等于崇拜迷信，这个说法我不能同意。这里有一个本质的区别是究竟信仰什么。毕竟马克思主义是一种科学，而上帝是迷信，这是一个根本的界限！我生长在半殖民地半封建的旧中国，差一点做亡国奴。在那个时代，一个青年人就得找寻救国的道路，寻找信仰。信仰不是可有可无的……荆原说着呵呵地笑起来。他的笑是善意的，充满了关怀和期待。

可是为什么青年中那么多人都对马列主义怀疑起来了呢？郭立楠说，他们说不想再受骗了。没有马列主义的西方国家都比我们生活得好……

那你是怎么想的呢？荆原问了一句。

我？我既不喜欢过去从小说中看到的那种资本主义，也不喜欢从我懂事直到长大以后所看到的那种社会主义。郭立楠坦率地说。他觉得在这样一个人面前是不能隐瞒的，即使他不说出来，荆原的目光也能一直看到他心里去。所以我也不知道我应该信仰什么，我什么都不信仰……

你很诚实。荆原赞许地对郭立楠说，又看了梅玫一眼，问，你呢？

我——我懂得的太少……梅玫的脸涨红了。

是呀，我们的年轻人，问题就在这里。

梅玫聚精会神地听着他同郭立楠的谈话，在心里把他们两个人的思想做着对比。郭立楠接近于怀疑派，他对一切都不满意，对一切新的思潮都如饥似渴，幻想着一夜之间现实就会改变得无比美好。荆原却大不相同，他显然是从自己一生的经验中，从他投身革命到以后一部分希望的破灭和重新建立的整个过程中确立自己的信仰的……

现在她坐得离他很近了，比那天在礼堂门口和台下更清楚地看到他脸上的每一个地方。就在他呵呵一笑的瞬间，梅玫觉得他似乎很面熟，但她却无法想起他究竟像谁。他并不如她第一次看到的时候那么年轻了，他的眼角和额头上布满了深深的皱纹，鬓发里掺着几根不易察觉的银丝。那皱纹明显地游动在他宽大的前额上，前额越发像高山上留着的被风雨侵蚀的斑驳的岩石……

他这些年是怎么过来的呢？他有家吗？有孩子吗？他幸福吗？而这一切，从他那岩石般的额头上是看不出来的。有一会，梅玫的思路飘开去了……

那么，这位同学也是学校的？她忽然听见荆原在问。一定是问起她了。她心跳起来。

郭立楠说，她是我姐姐，叫梅玫，在学校政治部工作。她也听了您的报告，有一点想不通的问题想问问您。

梅玫想要制止郭立楠，已经来不及了。她愠怒地瞪了他一眼，脸涨得通

— 45 —

红。她难道可以同他交谈吗？她那些想不通的问题实在都太幼稚可笑了……

我想……她壮壮胆子说，搓着自己的衣角，我想……信仰是不是让青年们到自己的社会实践中去选择更好呢？比如说我们自己就吃了很多苦头，也走了很多弯路……

有点意思。他用心地听着，爽直地发表意见说，你谈的这个有点意思。你是说，信仰总要以自己认为值得崇拜的东西为基础，而不能把别人灌输的东西不加消化地接受，对不对？灌输的东西在现实面前破碎了，幻灭了，从此就什么也不再相信。这不能怪青年。其实过去穷人造反、富家子弟叛逆，都是从自己的切身经历中得到的启示，而现代的青年却没有经过这样的反复。他谈着，一边像在沉思，比如说前些年就培养了这样一种人，像过去的神父，自己并不一定相信上帝，只是要通过鼓吹上帝来养活自己，吃宗教饭，不信不行。这真是可悲的现象。

梅玫一下子想起了郭立枢，不由得打了个寒噤。他信仰什么呢？她不知道。她从来没有听到他对她说一句心里话。

而这种人的档案上倒记载着他们各种"忠心耿耿"的表现，在档案上，他们总是优秀的……郭立楠正要插嘴说下去，忽听有人敲门。荆原走过去开门，拥进来几个中年人，一进门就像孩子似的直嚷嚷。荆原也很激动，给郭立楠介绍说那都是他1957年以前在这里工作时的老同志。他们诙谐地互相打趣，问好，开着幽默的玩笑。荆原半天才发现大家都站着是因为没有椅子。他抱歉地笑笑，去隔壁房间借椅子，回来摊摊双手，因为那个房间锁了门。郭立楠和梅玫怕妨碍他们老朋友叙旧，于是起身告辞。荆原没再挽留他们，亲自把他们送到大门口，他说他们提的问题很好，对他很有启发，感谢他们走了那么多路来看他。末了他又转过脸对梅玫说，我想不能把生活的不公正归咎于档案。这个问题值得深思。思考有时尽管令人苦恼，但清醒中的苦恼总比糊里糊涂的幸福好些。

他向他们伸出手，紧紧地握了又握。他们走得很远了，回头望，看见他还站在收发室门口的路灯下朝他们挥手。

郭立楠与梅玫并肩走在晚风习习的大堤上。郭立楠兴奋地说，现在你该不怀疑了吧，他们对党和人民是很有感情的！

梅玫点了点下巴颏，没有说话。荆原临别时的那句话在她心里翻腾得厉害。他怎么会知道她在苦恼呢？他好像一眼看透了她的心思。梅玫突然觉得他是了解和同情她的，不像楠楠，老是喜欢用善意的嘲讽来揶揄她。梅玫忽然想起后来上楼的他的老朋友中，有人似乎对他插在瓶里的丁香发表了一点什么感想，好像是说，快六十的人了，还恋着它干什么？这话倒是什么意思呢？

渡江上岸，他们默默走着，很少说话。一直快到家门口了，她才猛然停住脚步问郭立楠，你不回学校？

郭立楠抬手看了看表，快9点了，说他不如回家住，第二天一早再回校。他很想把荆原的报告讲给大哥听。

梅玫知道时间不早，心里有点发毛。她把一只手伸进院子的栅栏里，打开了院门，走上台阶，正要伸手敲门，郭立楠摸出一把钥匙来。梅玫很高兴，因为这样就不用里面的人来开门了。他们轻手轻脚走进了家门，忽然听见从梅玫的房间里传出荆原的声音，把她吓了一大跳。郭立楠也愣住了。梅玫侧耳听了一会，恍然大悟地对郭立楠说，录音。一定是郭立枢那天录了荆原的讲话。

我去看看。郭立楠说着就要闯进二哥的房间去，被梅玫一把拉住。她摆摆手，示意他先到大哥房间里去，自己蹑手蹑脚地推开了房门。她推门的时候发出了一点响动，正伏在桌子上的郭立枢慌忙抬起头来。

你……你怎么进来的？他急火火地问，谁开的门？

反正不是你。梅玫忽然明白他那么慌张的原因，大概没想到她会突然进来，他以为她是没有大门钥匙的。等她敲门，他再把录音机收起来也不晚。干吗这么心虚？

你这个衣服样取得可真不易呀。郭立枢靠在椅背上，不痛不痒地挖苦她，到帽儿山去一趟也回来了。

你这话什么意思？梅玫觉得自己受了侮辱，把外套重重地摔在床上，我不在家，你不是正好可以偷偷整理你的录音带吗？省得泄密。

郭立枢一看她生了气，马上赔了一副笑脸来解释，说他一直如何焦急地在等她回来。至于录音带，那是别人让他帮忙整理的。他一反常态地殷勤起来，为她倒了一杯水，又削了一个苹果，问她吃没吃饭，表示要亲自到厨房去给她热饭。梅玫见他居然如此诚恳，气消了一大半。她怔了一会，想着郭立枢为什么要瞒着她录荆原的讲话，而她却瞒着他去找了荆原。这是为什么呢？她望着墙上的结婚照，心里不觉难过起来。

郭立枢亲切地走过来，和颜悦色地要她早点上床休息。她背过身子去，说自己一点不困，还要看会书。她走到写字台前坐下来，打开了台灯。

郭立枢也不勉强她，一个人上了床。过了一会，只听见他用极其温柔的声音叫了她一声。梅玫以为他又要催她睡觉，赌气不理。却听他说，梅玫，明天你记着帮我看一下那个学生会主席、中文系学生的档案，好不好？

又是档案！梅玫无名火骤起。

你看看他入学前都干过些什么？哪年入党？高中时在上海的表现……

砰！梅玫把手里的深红色日记本往桌上一扔，大声说，你要看档案，拿介绍信来！我都快成你的私人侦探了！

哎，怎么这么讲？又不是我看，只是请你代看一下，我了解个大概情况。不算破坏纪律吧？

代看也不行！对你说了不止一次了！

梅玫这才明白郭立枢今天晚上对她的夜归依然这么客气的原因。每当他要她做这一类事的时候，他简直可以跪在她的脚下。早已不是一次两次了，他像一个秘密情报人员，总想从她这里获取人们的隐私。她早就反感透了。她是他的什么？妻子、战友，还是雪花膏、梯子？

她伤心地抱住了头，真想大哭一场。她发了一会呆，揉揉眼睛，翻开那本深红色的日记本，在上头写起来。这本子还是郭立枢两年前送给她的，一直扔着没用。前几个月她把它找了出来，常在上头记些自己的真实思想。她现在特别需要它，唯有它能同她倾心长谈。每次写完，她都细心地把它锁在自己的抽屉里，谁也不让看。

她埋头写着，眼前浮动着太阳岛夜晚的树林子里那远远的小楼上的灯光……

三

北方春天的气候是多变的。

往年，西伯利亚袭来的寒流常常几天就过去了。这次突然的降温却一天比一天厉害。冷空气终于占了上风，一刹那，街心公园刚冒头的蝴蝶花缩回了脖子，细碎的小叶杨冻得哆哆嗦嗦。有一天竟然还飘了一阵小雪，纷纷扬扬地洒了一地，不多会也就化了水，弄得满街泥泞溜滑。行人纷纷咒骂着天气，只有趁着这几天回寒又做了冰糖葫芦拿出来叫卖的小商贩，似乎希望冬天永驻。

荆原到大学做报告一周以后，校团委副书记郭立枢召开了团委常委扩大会议，召集了各系的团总支书记和所有班级的团支部书记开会。他本想等录音全部整理完毕再开，但再不开就晚了，不能再拖了。会议的主要内容是听取各团支部对前一段工作的汇报。如同每次会议那样，年轻的书记们在简短地汇报了自己所做的诸如发展团员、植树绿化、打扫卫生等工作以后，就开始郑重其事地报告青年的思想动态。正如郭立枢事先估计的那样，这一段青年的思想动态完全是围绕着对荆原报告的反应展开的。一开始就有一个平顶头的小伙子，大概是中文系二年级的一个团支书，发言大谈荆原的报告受欢迎的情况。他还没讲完，又有几个人要抢着发言。郭立枢不由得暗暗皱了皱眉头，很重地咳了一声，开始插话。

郭立枢对自己简短的插话非常满意。第一，他再三声明了自己并不属于头脑僵化的"凡是派"，他深知那种人是不得人心的。第二，他声明了荆原的讲稿事先没有审查，出了问题他们当然概不负责。第三，他虽然明确地对团干部们做了"消毒"的启发，但他并没有给荆原下什么结论，打什么棍子。他做事历来有余地。

郭立枢这一个启发式果然灵验，会场冷落了不到三分钟，各系的团总支书记纷纷发言。有人对荆原谈四化与人才问题提出尖锐批评，说报告在青年的思想中造成混乱，听说他原来是一个改正"右派"，后果很坏，等等。有一位短发的女书记义愤填膺地说，根据荆原这次的讲话，他的"右派"根本不是错划，根本不应该改正，而应该重新戴帽，再戴二十年也不过分！

郭立枢带头为她鼓掌。小会议室里果然响起了一片掌声。

郭立枢飞快地做着笔记，心中暗喜。

一个尖尖的女声叫道，生物系为什么不发言？那天会场上递条子的就是他们系的人。说什么"我是革命一块砖，东西南北任党搬"的口号是错误的，他对党到底是什么感情？这个人是不是团员？为什么不帮助教育？

郭立枢在心里骂了一声该死的郭立楠。他早就预料到郭立楠要给他捅娄子。不过看来许多人并不知道郭立楠是他弟弟，平时郭立楠是从不找他的。

他暗暗向生物系的团总支书记投去一个眼色，示意他出来说几句。可是那人却不开窍，大概因为怕得罪了校团委副书记，硬是不开口。偏偏那位女将还不肯善罢甘休，又气喘吁吁地说了一堆。

郭立枢心里咯噔了一下。他找郭立楠找了快一个星期，就是不见影，星期天也没回家，好像故意躲着他。这个字条后果之严重可想而知。他决定今天一定要找到郭立楠，同他好好谈一次。

散会以后，郭立枢立即着手做了以下两件事：第一，他请校团委的宣传部起草了一个关于这次扩大会议的报道，由他亲自加以润色，打字复印，一式三份，分送给团省委、省委文教办和《中国青年报》。这属于一个大学校团委副书记正常的工作范围，并无讨好任何人之嫌。第二，亲自到祝书记那里将会议情况做了详细汇报，并顺便谈到前些时候艺术系盛行的舞会是已去党校学习的团委书记在时开的先河，如今一发不可收拾。那位书记前一段对"右派"改正工作极其热心，因为他爱人的表嫂的父亲是"右派"。此人如果现在从党校回来马上接任团的工作，可能十分不利。

郭立枢亲自修改的那份会议报道是写得十分出色的。三易其稿，措辞反复琢磨，提法再三斟酌。中心内容是说明荆原的报告在大学里极其不得人心，激起了青年党团员们的强烈反对。

报道发出时已是第二天中午，郭立枢浑身轻松。预计一周之内将有一场好戏。他把一切准备就绪，必定运筹自如。只有一件事叫郭立枢不快，就是郭立楠的态度。晚饭以后，郭立枢曾亲自把他从球场带到办公室，刚谈个开头，又被他借故溜之大吉了。郭立枢等了一个半小时，气得七窍生烟，最后悻悻而归。这会他又想起这件事，决定放弃午休，亲自到郭立楠的宿舍去一趟。

他进了学生宿舍，本想悄悄上楼，突然出现在郭立楠面前，让他毫无思想准备，耍不了滑头。但无奈认识校团委副书记的人太多，他一路过去，起码在走廊里停了四五次，同人敷衍交谈。等到他推开郭立楠的房门，发现四张上下铺的人竟然都在午睡，发出此起彼落的鼾声。他好生疑惑，在房间中间站了一会，忽然发现从郭立楠的被子下露出一只穿白回力鞋的脚。他不由得怒从中来，使劲推了他几下。可是郭立楠就像死了似的，任他怎么推也不醒。

你搞的什么鬼？起来！郭立枢大声说。

郭立楠翻了个身，嘟哝了一句，又"睡着"了。

郭立枢明知郭立楠又在躲避、捉弄他，却也毫无办法。他擦了一把汗，在床旁的凳子上坐下来，决心坐等。看你上课了起不起来！他想。

郭立楠和他的同学是得到"警报"后，在郭立枢推开房门的几十秒钟之前跳到床上去的。他压根就不愿同郭立枢谈话。他在被窝里憋得难受，听听房间里没有动静，以为郭立枢走了。睁开一只眼睛望去，却恰好同郭立枢打了个照面。他有一点尴尬，不得不坐起来。

醒了？郭立枢挖苦说。

醒了。郭立楠伸了伸懒腰。

郭立枢严肃地说找他有一点事，必须到外面去谈。郭立楠无奈，打了一个哈欠作为回答。这一次看来躲是躲不过去了。

他们在礼堂东门的台阶上坐下来。郭立楠打定主意不先开口，看郭立枢说些什么。郭立枢则在寻找着缺口，刚才考虑的几个开头都不合适。

我今天听说政治系有几个同学往报社写信反映情况了，郭立枢平静地说，说有人攻击"我是革命一块砖，东西南北任党搬"这个口号……

郭立楠打断他的话说，要不闲着多无聊。人家又不用记化学元素符号，不用采集标本。他们愿写写去呗。

咱们又不是那种跟着风头跑的人。我是说，应该注意策略。如果再来一次那样的运动，你我都跑不了！郭立枢试探着说。

你？郭立楠咧了咧嘴，你吃饭都用左手！

郭立枢宽厚地笑了笑，诚恳地说，你别老是开玩笑，我是跟你说心里话。荆原的报告要是换个普通人讲讲，也许并不会引起那么大震动，就因为他是个"右派"！

"右派"？郭立楠没好气地大声嚷道，既然改正了，就应该给人家充分的发言权，要像你们这样动不动就整人，中国永远不会出现杨振宁、李政道……

— 51 —

郭立枢虽然善于辞令，但现在不是辩论的时候。他深知这个弟弟的脾性，要降服他得用别的办法。

道理是另一回事，楠楠，你闯了祸，自己还不知道。你心血来潮递了个条子，整个学校都轰动了。你真是狂妄至极！

狂妄？郭立楠觉得有点好笑。

你不觉得有点过分吗？郭立枢说，最最糟糕的是你被人家利用了。

郭立楠正用手里的小木棍划着地，不作声，突然一下子把棍子扔得老远，哈哈大笑起来。

利用？他不是敌人，我也不是傻瓜。我尊敬他，可不是盲目崇拜！

郭立枢惊恐地看了一下四周，慌忙压低了声音说，轻点，轻点！不谈这些。总之现在看起来，你不出来解释一下递条子的动机是过不去了。我考虑再三，你还是写一篇短文为好，在学生会的墙报上登一下。你可以说明一下自己的愿望和出发点是好的，至于荆原后来怎么做了发挥，歪曲了你的原意，你是没有责任的……

郭立楠低头系好松开的鞋带，站起来，重重拍了拍屁股上的灰，走了。

郭立枢追上几步，提高了声音说，我忘了告诉你，报考研究生也要组织上填写政治表现的。

爱填什么填什么！郭立楠回头做了一个怪相。

郭立枢一连碰了几个钉子，知道说服郭立楠杀回马枪是没有希望了。这个不知天高地厚的家伙真要一意孤行吗？郭立枢压住心头的火气，狠狠抽动了几下鼻子，挥了挥手说，好吧，执迷不悟，到时候和老"右派"一块变成小"右派"，别怪我手下无情！

他气得把手里未点燃的烟捏碎了。他什么人都治得了，就是治不了自己的弟弟。郭立楠这些年来学得油腔滑调。你根本不知道他崇仰什么，追求什么。郭立枢深深地为弟弟担忧。他的焦虑并不仅仅出于兄弟之情，究竟出于什么不得而知。

1976 年春天的全部错误在于没有正确估计形势，采取及时的行动。郭立枢在下班回家的路上想道，那时哪怕稍有一点先见之明，做一些抵制，就成了反"四人帮"的英雄，今天的处境地位就会大不相同。这真是终生的遗憾，政治上失去了那样一次难得的机会。这次再不能重复三年前的优柔寡断了，需要的是决断和勇气！

熙熙攘攘的街道两边，衣衫褴褛的小贩叫卖着尼龙花边、彩色表带、高跟鞋、石膏像；画着一对恋人拥抱的巨幅电影广告赫然入目；衣着时髦、挽着手臂的男女青年飘然而过。这一切都叫郭立枢反感，极其反感！这样的东西怎么能容许自由泛滥?！

他仰起头来，看见马路边上正层层而起的新大楼，起重机忙碌地搬运着预制板，几个工人在脚手架上攀爬，递送着装稀泥的铅桶。他的目光在起重机的长臂上停留了一会，受到一点启发。这辈子要他去重新学习一门技术，走专家学者的道路，恐怕是不太可能了。他连 XY 都忘得一干二净。而在这个社会里，搞政治总还是吃香的，就像起重机同卷扬机之比。

他决定今天晚上无论如何要把录音整理出来，打印分送各处。他还需要采取一点更有力的措施，最好是能把情况设法捅到省委书记那里去，现在和他持有相同看法的干部大有人在，又不是只他一人……

他一路想着，回到家里，见晚饭已经预备好了。大哥照例不在，母亲、梅玫和他坐下来吃饭。席间三人照例无话，各自闷头吃饭。过了一会，母亲起来盛饭，背对着他，突然问，今天回来这么早，学校没事啦？

嗯。郭立枢想着自己的心事，胡乱答应了一声。他忽然发现母亲最近变得爱打听了，老是有一句没一句地问他些外面的事，前言不搭后语，也不知她到底要问什么。

他扔了饭碗，就到自己房里去了，从裤兜的一大串钥匙上找出五斗橱的钥匙，取出了那台宝贝录音机。他真感谢交通局局长的儿子帮了他一个大忙，1979 年这场无形的搏斗，录音机将为他立下汗马功劳。

他铺好纸，打开录音机，继续他的工作，估计再有两三天就可弄完。

中国为什么不能大量涌现人才？录音机里传出荆原严肃的发问。郭立枢飞快地记录，心里却恨荆原为什么提出这样的问题。难道他这样的青年干部不是人才吗？他愤愤不平地想。奇怪，录音机里居然传出了河南梆子的声音，过了一会说起相声来了。好像是收音机里的当天节目。他吓了一跳。这是怎么回事呢？他急忙把五斗橱抽屉里锁着的另外两盒录音带拿出来，装进去放了一遍，竟然是什么山东吕剧和大鼓书。

奇怪……他颓然坐在椅子上，抱住了头。难道是自己弄错了吗？不可能，昨晚还好好的，就这三盒录音带……忽然，一个可怕的念头从他脑中一闪而过，连他自己也吓了一跳。

一定是有人偷偷把荆原的录音洗掉了！完了！

梅玫！妈妈！他气急败坏地叫道。

罗阡慌里慌张地走进来，问他出了什么事。

楠楠今天回来过没有？他劈头问。

没有，母亲肯定地回答，没见他回来过。

有人动过我的录音机吗？有没有人进过我的房间？大哥在家没有？可我是锁在柜里的，怎么会？……郭立枢在地板上团团转。

你大哥天天一早就走了，好晚才回来。他知道你的什么录音？罗阡出奇地镇静，在围裙上来回擦手，你的什么录音还值得锁在柜里？

唉，跟你说不清楚。郭立枢烦躁地跺了一下脚，高声叫道，梅玫，梅玫，你干什么呢？

看你急的！罗阡埋怨说，她帮我撮煤去了。谁像你，一天也不干活！当那么个芝麻官，多少人伺候你，赶上……她今晚上话突然多起来。

你别打岔了好不好？郭立枢不耐烦地对罗阡挥了挥手。他看见梅玫进来，拉长着脸问，是你把我的录音带洗掉了？你想看着我倒霉，也别这么干！你当是闹着玩的事呀？我要丢了官，你也不得好！

你诬赖人！梅玫噙着泪叫了一声，满心委屈，扑在床上呜咽起来。

你别像只疯狗似的乱咬人好不好？罗阡终于生了气，梅玫也是才回到家。自己老婆都信不过……

那你说是谁？是谁呢？都没回来过，没在家，录音机也不会自动洗胶带，除非这幢房子里出鬼了！郭立枢歇斯底里地叫道。

还有我呢！我在家，你怎么不赖我？罗阡有气无力地说。她脸上的肌肉剧烈地抽搐了一下。

你凑啥热闹？郭立枢不满意地瞪了她一眼。全家人几乎都是怀疑对象，唯独她可以排除。那录音带同她有什么关系？在这个家里，她是最向着郭立枢的一个，她怎么会来同他捣乱？可是郭立桎也不会，那老夫子才不关心什么荆原不荆原哩，光是他厂里那个女工的事就够他焦心的了。听说他们厂领导为这件事还找他谈话了……而梅玫虽说是自己老婆，却不能不防。她现在

— 54 —

对他越来越冷淡了，连碰碰她都不让。晚上回来常常躲在一边写些什么。到底写什么呢？应该设法看一看才好。他忽然想，她不是不知道他整理这录音要去干吗，她对荆原明显地流露出尊敬。她有五斗橱的钥匙，干这事最方便了。但是郭立枢现在不能马上同她弄僵，他还有一件事得求她去做，一件很重要的事，只有她能做到。刚才对她发了脾气，今天看来是求不动她了。等她办完这件事，再找她算账不晚。

然而可能性最大的"罪犯"还是郭立楠。百分之九十是楠楠干的。他会从后院爬窗进来。这个无赖！郭立枢恨得咬牙切齿。他故意冲着梅玫大声说，不管是谁干的，我看都是受荆原指使的。难道还用怀疑吗？他做贼心虚，对自己的讲话害怕了，想消灭证据！哼，敢讲也敢承当呀，勇士们！没那么简单，我要追查！他知道这些话明天梅玫就会传给郭立楠，先吓唬吓唬他们也好，这件事荆原要负全部责任！我要用这件事大做文章，说明他是如此心怀鬼胎。可是我看他也是自作聪明，洗了录音带，还有无数听众做证，他想赖也赖不掉的！

罗阡哆嗦了一下，脸色煞白，很快走出去了。

可是录音带毕竟是被洗掉了，怎么办？郭立枢沮丧地想道，重重叹了一口气，没想到家贼难防，这个家四分五裂，同床异梦，还叫个家吗？

四

太阳岛绿叶扶疏的杨树林中那幢小楼窗口的灯光，经常是等第一片霞朵从大江东边飞起来，淡淡的晨雾渐渐散去的时候才熄灭。而太阳一落山，夜雾升起，小楼又重新变得明亮了。湿润的风从江面上吹过来，钻进林子深处，和树叶一起低吟着。

不眠的夜晚，荆原长时间地在小楼上来回踱步。远远的若即若离的涛声或是寂静中突起的一声鸦雀的呓语，都会把他带到二十几年前的忆中去。游子归故乡，只见城市的面貌依旧，大江奔腾如故，而家乡的人却陌生得多了。他感慨、伤心、欣喜而又振奋。回忆是残酷的，他不愿折磨自己了。一个人在经过漫长的二十二年以后重新获得了工作的权利，要补回二十二年中失去的东西，几乎没有时间来回忆自己过去那些悲怆的日子。他要急急地赶路，前面堆着无法做完的事情，实在是无暇坐下来欣赏自己身上可以引为光荣的伤疤。当然那浩如烟海的往事中尚存着一星半点游丝般的温暖的记忆，他珍惜地把它藏在心的深处，从不轻易打开，就像他对丁香花的感情无人知晓一样……

来到这个城市以后，荆原摆脱了一些日常工作，又有机会接触了大量的人和事，除了座谈讨论、应邀做报告以外，他还搞了不少调查研究。前几天他赶写了一篇文章。他在这篇文章中谈到坚持四项基本原则和解放思想的辩证关系、目前存在的困难以及思想解放和资产阶级自由化的根本区别等。他指出有些人是庸人自扰，鼠目寸光。上次在大学做的报告已经弄得满城风雨，他并不是不知道，可他并没有什么一鸣惊人的企图，某些人居然如此兴师动众，他也只好置之一笑。他原以为自己人微言轻，只起一个抛砖引玉的作用，想不到自己的话会有这么强烈的反响，心里倒反而暗暗聊以自慰了。他白天继续接待来访，晚上继续写作。凡有单位诚意来邀请他去讲话的，他概不回绝。他有时清晨出门嗅到紫丁香的花香，往往会停下脚步，伫立凝思，似乎也有一点茫然！

今晚他刚结束了手头这篇文章，放下笔，起来踱着步，脑中不知怎的跳出了唐代诗人刘禹锡的一首古诗《聚蚊谣》，他低头默默地吟哦起来：

> 沉沉夏夜兰堂开，飞蚊伺暗声如雷
> 嘈然欻起初骇听，殷殷若自南山来
> 喧腾鼓舞喜昏黑，昧者不分听者惑
> 露华滴沥月上天，利嘴迎人着不得
> 我躯七尺尔如芒，我孤尔众能我伤
> 天生有时不可遏，为尔设幄潜匡床
> 清商一来秋日晓，羞尔微形饲丹鸟

嗡嗡去吧！他喃喃自语，轻蔑地一笑。

楼梯突然响动了，一个急促的脚步声传上来。人还没进门，就传来一声清脆响亮的"荆原老师"的叫喊声。进来的是个高个子的小伙，有一张圆圆的带有几分稚气的脸。荆原想起来，这是一个大学生，上次来过，叫郭立楠。

这么晚了……他怜爱地说，一面拉开抽屉拿出一个苹果，高兴地坐下来削皮。

我有一点急事，小伙子气喘吁吁地说，真的有急事。是这样的，昨天下午，我二哥的几盒录音带在家里突然被人洗掉了。他录的就是上次您在我们学校的讲话，他想整理出来，鬼知道搞些什么名堂。他是校团委副书记，不用说您也能猜到是谁。奇怪的是录音带突然被洗掉了……

慢慢讲，慢慢讲。荆原把苹果递给他。

他贪婪地咬了一口，大概很渴，又说下去，他硬赖我，说是您指使我干的，说您心虚害怕了，想销毁证据。他到处散布这种舆论。我回家跟他再三解释也没用，吵了一架，只好来找您。真对不起，给您添麻烦了……

小伙子局促不安地低下头去，用眼角悄悄瞟了他一眼。他这样惶恐，倒使荆原不由得好笑起来。

不要紧。他宽慰他，依你看，这是怎么回事呢？

我一点也弄不明白。他苦着脸，我没干这事。我知道他录了您的讲话，心想您才不怕他抓辫子呢！

荆原点点头说，就是。大会上多少人有目共睹、有耳共闻的嘛。还怕？但他隐隐感到了事情的严重。

梅玫姐虽说是他的爱人，可同我的观点一致。她也绝不会干的。

荆原想起上次来过的那个文静的、眼睛里带一点淡淡哀愁的姑娘，原来是郭副书记的妻子。他简单地思索了一下。事出意外，不必紧张，但也不能等闲视之。他领教过那些专靠造谣中伤吃饭的小丑们的伎俩，他自己倒也无妨，就怕影响了大家的情绪。他知道，有多少人的眼睛在看着他啊！

他在屋里走了几步，很快决定了，爽直地说，这样吧，我这里有那天的发言提纲，你帮我找几本同学的笔记，我再回忆一下，一两天之内我把它全部写成文字，由你去交给他，随他怎么处理都成！

好办法！郭立楠叫起来，把手里的一大块苹果都塞进嘴里去了。他鼓着腮帮子美滋滋地嚼着，忽然想道，假如自己有这样一个父亲该有多好！他从来没有体验过同父亲像朋友一样交谈的乐趣。他想着想着怔住了，奇怪自己怎么会冒出这样的念头。

荆原欣慰地望着郭立楠。小伙子有一双多么纯洁无邪、明净清澈的眼睛啊！鼓鼓的腮帮子上，淡淡的茸毛还没有全部褪去。但你能说他们是天真无知的吗？不，他们已经学会思考了。这就是今天这一代青年。有时他们也许过于偏激，也喜欢发表一点不成熟的理论，但他们不受传统和世俗观念的束缚，敢于冲破旧的羁绊罗网，去摘取属于新时代的果实。年轻的大学生——中国新的希望！

他忽然觉得小伙子的脸上有一点他熟悉的东西，使他觉得亲切。是什么呢？念头刚一闪过，他马上觉得自己可笑。郭立楠才二十出头，当然不会是……不会。

荆原老师，您什么时候再去我们学校呢？小伙子站起来要走，天已经不早了。

把这篇文章交出去以后就去。噢，最近还打算到处走走，农业、林业、工业都很想看一看啊……他像对老朋友那样谈着话，把郭立楠送出来。

回到楼上以后，他坐下来开始工作。

然而他发现自己的脑子乱纷纷的，怎么也无法集中。刚才走的那个青年那张圆圆的脸不时浮现在他的眼前，使他心神不定。他这是怎么了?!

他无论如何没法排解由于这双明澈的眼睛勾起的一种思绪。这种思绪像江底电缆一样，虽然看不见，却沉得很深很深，似乎要把他无尽的思念输送到不知名的远方去。他本来也可以同大多数人一样，在那样一双纯净温柔的目光的抚爱下，享受妻儿欢聚的天伦之乐。但这一切却显得那样遥远。他有过两个儿子，同他们的母亲一模一样的眼睛，多少年来像星星一般缀在他的心上。黑夜去而复来，星星总在闪着微弱而永恒的光亮……

他心里突然涌上一股强烈的冲动，他是那样渴望能马上见到他们。他是个人，他也需要普通人的温暖和抚爱，为什么不去找找他们呢？他猛然挥起手里的笔写下了几个字，揉揉眼睛，才看清自己写的原来是孩子的小名。他要写信吗？他不知道……

失去的毕竟是失去了，找回来也很难再属于他。

他对着纸笔出了一阵神，长长叹了口气，伸出手，一把将那张纸揉成一团，又撕成了碎片，无力地扔到屋角的纸篓里……

他用拳头捶了一下太阳穴，晃了晃脑袋，好像要努力把思想集中到文章上来。然而他坐着，很久了也没写下一个字……

开始他听到一种轻微的响动，好像是人的脚步声，从楼梯窸窣爬上来，到他门口停止了。他以为会有人敲门，等了一会没有动静；去开门，门外却什么也没有。真是神经过敏！他想，大概是太疲倦了。不过他一向并不喜欢大惊小怪，这种现象这几天已经连续发生好几次了……

难道有谁想进来又没有进来吗？

倒是有人提醒过要他注意安全。纯属无稽之谈。他一不是首长，二不是富户，怕什么？

他写了一会，觉得有点热，顺手推了窗子。扑进来一股鲜凉的晚风，几只青虫趁势飞进来，绕着台灯扑腾。窗子还没有安纱窗，可是夏天已经快来临了。

他伏案挥笔疾书，稿纸上留下了淡淡的手汗……

啪，突然，一包什么东西从外面飞进来，打在墙上，又弹落到床边的地上。他微微一惊，马上镇静下来，用脚踢了那纸包一下，没有什么动静，便弯腰把它捡起来打开了。

外面是用一张冰棍纸包的，里面有一个纸团和一只浅褐色的抱马子木雕刻的小公鸡。

荆原浑身颤抖了一下。他呆呆地望着这只磨得光亮的木雕，好像从梦幻中醒来。他认得它，是二十多年前大儿子周华十二岁生日那年，他亲手刻了送给他的。它怎么会突然回到了他的手里边？

小公鸡昂着头，好像要抢在黎明前发出第一声啼鸣。儿子是属鸡的，他原希望儿子也能报晓……

他看得出了神，半天才想起那个纸团。他贪婪而慌乱地看下去：

亲爱的爸爸：

也许我没有资格这样称呼您，我们兄弟早已随妈妈改了他姓。这些年中我们没有一次想到过要去找您，所以当您作为已全部恢复名誉的学者荆原重新出现在我们这个城市的时候，我深知自己同样没有资格去看望您。但我已经在您做报告的会场里远远地看见过您了，我一次次徘徊在您住的小楼周围，为的是再见见您……我一次次爬上楼梯，却没有勇气敲门。亲爱的爸爸，也许我们将要这样永远地分别着，分别着，再也不能团聚了……

经过那一个长长的噩梦醒来以后的现实并不比梦境强多少。我绝望过，死去过，但1976年10月的风使我"复活"了。我挣扎着，努力想重新站起来，但是当我耳闻您来这个城市以后受到的非议和责难，我预感到我的心又在一天天冷却，一天天死去。再这样死去活来，谁知道还能折腾多少时日呢？

我给您写这个字条，一不为乞求您的怜悯和宽恕，二不为希求您来拯救我的灵魂。我只是请求您一件事，假如您还爱着您的孩子，就请您答应我，无论如何答应我——

我听说有一帮人打算从您开刀，把那些鼓吹思想解放的人狠狠收拾一顿。他们已经扬言，不把您赶回关内誓不罢休！他们说时候一到，您这样反动的家伙该重新戴二十年帽子！

原谅我这样残酷地伤害您，但这却是千真万确的。我求您赶快离开这个城市，趁他们还没有下手。这种专靠整人为生的人，这些年您见得还不够多吗？只有避而远之。您快走吧，离开这个只留下伤心的记忆的城市。万一您最近不能马上离开，您也绝对不要再在任何公开场合发表谈话了。您的每一句话都是您的绞索。这一切都因为您是过去的"右派"，这个永远也无法洗清的罪名……

您还认得那只小公鸡吗？二十二年来，它一直陪伴着我。在那所我一生中永远不会忘记的白屋子里，这是唯一留下的纪念。它虽然不会啼鸣，不会跳跃了，但它的心却是永远爱您的……

忘记我们吧，属兔子的已变成了狼……

荆原痴痴地抓着那页纸，傻了似的跌坐在椅子上。这飞来家书字字血泪，滴在他心头。他来到这个城市后，紧张的忙碌中总好似暗暗地期待着什么，期待什么呢？可不是这样一封揪心的信！信上没有提到老二和他的母亲。又为什么说兔子变成了狼？似乎老二是属兔子的……

来这个城市以后，他没有去打听、寻找他们。难道是他不想念他们吗？不是的。出于一种极其矛盾的心理状态，他觉得过去的都已经过去了，他又何必去搅扰人家平静的生活呢？尽管他在夜晚想他们想得发疯，第二天起床，他却以惊人的冷静控制了自己的冲动。来看望他的老同志中，似有热心人想同他谈这个问题，他都用话岔开去了……二十二年，为了一篇说真话的文章远走天涯。繁重的劳动、艰苦的生活他都能忍受，然而孤独无穷无尽的孤独，几乎使他没有力量再活下去。他曾经怎样渴望着能再见自己的孩子，现在他回来了，回来了，得到的却是这样一封凄楚感伤的信。

中国有句古诗叫作春江水暖鸭先知。二十二年来，所谓的"右派"们站在政治斗争的风口浪尖上，冷暖饥饱都首当其冲。他原以为那都将永远成为过去，这封信中的事实倒是给了他当头一棒！对于任何可能到来的灾难，他并不害怕。但他的心里充满了深深的忧虑，却不是为了自己……

右？又是右？荆原突然感到了一股强烈的暴怒和愤恨。他像一只发怒的狮子一样在地板上来回走动，震得整幢小楼都好像要摇动起来。他很想大声地喊什么，嗓子却噎得慌。

他渐渐平静下来，目光落到了那只光滑的小公鸡上。他把它握在手心里，默默亲了一下。忽然他想起了什么，发疯般跑下楼去，奔向大门口。

夜雾茫茫，四处是无边的黑暗。太阳岛的夜晚路灯稀疏，高高的天幕上，微弱的星光似乎无力揭开那黑色的帷幔。远远传来最后一班渡轮的鸣笛，风儿在树林里穿行，弹着无人能听懂的悲哀的夜曲……

她就是在这样一个漆黑的夜晚离开他的，早晨起来的时候，只见空屋子里孤零零地插着一把新鲜的紫丁香，是她留给他的唯一纪念。花瓣上洒着几滴露水，酷似离人的眼泪。很久以后他才发现，她把他们影集上的一张在丁香树下四个人合影的小照揭下来带走了，带到了无人知晓的角落。可是，难道天亮的时候，光明还不肯把他们还给他吗？

荆原在老榆树下站了许久。慢慢地，一串热乎乎的东西从他那冷峻威严的眼睛里涌出来，爬过了整个脸颊，有几滴渗进那深深的皱纹里去了……

他的嘴唇翕动了一下，无声地呼唤着，我的孩子，你们在哪里？

第三章

一

梅玫窗下新栽的丁香树苗竟然活了。修长的枝条泛青，发出了绿茸茸的叶片，闪闪发亮，在春天的冷风里战战兢兢地颤动着。

这也许应归功于梅玫的细心照料。天气还寒的那几天，她替小树苗包上了厚厚的一层草绳，才使它不至于冻死。然而小树的成活并没有带给她多少欣喜。她觉得自己也像它一样羸弱，瘦小，每天在提心吊胆中过日子，随时都会被突然袭来的狂风吹折，不知何时才能长得独立茂盛，抖开那云霞一般的花冠。她替小树苗浇水，清水里时常滴上她忧郁的泪。这些天她越发显得憔悴了……

罗阡病倒了，病得很不轻，发着低烧，夜里还说胡话。郭立枢要陪她上医院，她执意不肯，说这是老毛病，年年一累就犯，吃几服汤药也就好了。这几天梅玫天天替她打针，还亲自做了汤面稀饭伺候她。昨天请了一位大夫来家望诊，开了不少药，今天早上总算退了烧。梅玫为照顾婆婆，还特地请了两天事假。

录音带事件发生的第二天，郭立楠回到家里同郭立枢大吵一架，两人几乎动起手来。郭立枢冷嘲热讽，一口咬定是郭立楠干的好事；郭立楠死不认账，一副受了委屈不肯相让的架势。他们是在客厅里吵起来的，梅玫也劝不住，愈吵愈烈。罗阡进来喊了几声他们也不听。罗阡一怒之下，抓起茶几上的一只细瓷花瓶摔在地上，他俩总算暂时休战。梅玫从未见罗阡发过这么大的火，况且她以前一向偏袒郭立枢，昨天却把他好一顿训斥。她说楠楠明明没有回来过，录音带绝非楠楠所为，要追查就追查她好了。再说几盒录音带又有什么了不起，值得如此大动干戈？气得郭立枢砰地关上房门不再出屋。过后罗阡见地上的花瓶碎片，却又心疼得不行，一边收拾一边落泪，有一阵竟泣不成声。偏偏郭立楠又不懂得安慰体贴母亲，梅玫在一边劝罗阡回房，他却在客厅墙上贴起画来。是苏联的乌兰诺娃主演的《天鹅湖》的剧照。白天鹅伏在地上，两条丰腴滑润的手臂朝后伸展着，脸微微仰起，似乎渴望着蓝天。她的上半身几乎占据了整个画面，因此除了很少的一点透明的胸衣以外，很像是袒露着身子。罗阡正打算离开，一眼瞥见了这幅画，吃了一惊，脸上愀然作色。梅玫从旁一看，不觉好笑。原来楠楠这个浑小子不知是有意还是无意，竟把画挂在了郭自彬遗像的正对面，他那阴冷的目光愤然而无可奈何地瞧着这新来的占领者———位娇媚可爱的女郎。罗阡紧紧皱着眉头，说这种照片还是不挂为好，走过去一把揭下，却让郭立楠敏捷地夺了过去。他满不在乎地耸耸鼻子，竟然还要往墙上挂。罗阡喑哑着嗓子说，这未免有点太不像话。楠楠大声嚷嚷说，你懂什么？这是艺术！这句话似乎刺伤了罗阡，她流着泪默默走了出去。郭立楠手里拿着画发了一阵呆，也觉得对不起母亲，却硬是不肯去赔礼道歉。扔了画，连夜过江找荆原谈录音带的事去了。

罗阡就是在这第二天病倒的。两个儿子的争吵，楠楠的任性粗鲁，都使她伤心难过。但梅玫总觉得她像是受了什么强烈的刺激。她在昏睡中几次梦呓都好像念着一个什么人的名字，有一次梅玫听出来好像是周××，她吓了一跳，罗阡以前的丈夫不是姓周吗？她还喃喃念着什么录音、录音的，难道那录音带同她有什么关系？细心的梅玫想到前天晚上兄弟俩吵架时罗阡的态度，不由得也生出一点疑心。罗阡为什么一口咬定不是楠楠洗的录音带呢？好像她知道是谁干的似的。近来这位沉默寡言的婆婆许多行为都十分反常。她连着打破碟子，把饭烧煳了，蒸馒头没放碱，有一次还把高粱米当成小豆放在粥里。是人老糊涂了，还是她有什么心事？梅玫不是那种斤斤计较、惹是生非的女人，她只是觉得奇怪，似乎有一个连她也不知道的秘密在这个家庭里徘徊，她越发觉得婆婆可怜起来。她为她端茶送水，倒屎倒尿，服侍得周到体贴，不完全是出于媳妇对婆婆的孝心，而是一种女人之间的同情。

今天罗阡是好得多了，她坐起来喝了一点橘子汁，听着收音机里播放的评戏《罗汉钱》。傍晚时分，梅玫进去问她晚饭想吃点什么，她忽然用一种梅玫从来没有听见过的温柔的语调说，坐下，陪妈坐会。

梅玫受宠若惊。她坐下来，惶惶不安。

坐过来一点，坐到我床边来。罗阡微微笑了笑，但笑里分明含着一丝苦意。几天之内，她的头发白了许多，那保养得很好的皮肤上忽然显现出许多皱纹来。

梅玫想，她也许是要同自己说一件什么事？她静静坐着，等待着罗阡开口。

罗阡慈爱地望着她，脸上每一条皱纹都显得安详亲切。她也曾有过做妻子的柔情，失落在哪里了呢？

梅玫，她的嘴唇动了一下，似乎想说什么。她也许有许多知己话要告诉梅玫？可是她抚摩着梅玫的手背，却轻轻叹了一口气。

妈，有什么事吗？梅玫终于忍不住问。

没什么，没什么……她解释说。

究竟是什么使她难以开口呢？她一定是有话要说。梅玫突然想起来，罗阡有好几次悄悄走到门口，好像是为了看望那株丁香树苗，她似乎对丁香抱有一种特别的眷恋。

梅玫又默默等待了一会，替罗阡试了一遍体温。

罗阡在试体温的时候长久地盯着梅玫看，看得梅玫都不好意思起来了。

快一年了，还没有吗？她把体温表从口腔里拿出来，突然问。

没有什么？梅玫的脸唰一下红了，她心慌意乱，又失望又害羞。难道她等了半天，罗阡要说的竟是这样一句话？不，也许她是用这句话做引子呢，这是做婆婆的才能问的。

我是说，不会是你们不要吧？

单位有规定，有计划。梅玫简短地回答，真想走开。说实话，关于生孩子，她似乎没有一般年轻妇女的那种兴趣。

罗阡似乎放了一点心。她还想说什么，郭立枢回来了。

郭立枢今天好像特别高兴，手里拎着一只大盒子。梅玫去开门，他在走廊里就迫不及待地把梅玫捉住吻了一通。梅玫没有能够挣脱。这种突如其来的亲热唤起她心中淡薄了的情感，丈夫身上熟悉的气味使她觉得亲切，又觉得怅然……

快来看！给你买了什么？猜猜。郭立枢兴高采烈地说。

梅玫摇摇头。

他得意扬扬地打开盒子，取出了一件粉红色的长睡衣，一抖开，房间里豁然一亮。睡衣上绣着朵朵玫瑰红的小花，在灯光下闪着诱人的光泽。梅玫伸手摸摸衣料，是绸子的，这种东西外面商店倒不多见。

我去还录音机，李局长的儿子托人买了三件，问我要不要，我想贵是贵点，可真他妈的漂亮！出口转内销的，买也买不到。他殷勤地把它披在梅玫身上，用一种夸耀的口气说，这回该不骂我思想僵化了吧？睡衣——最最资产阶级的，不也给你买了吗？

梅玫看着郭立枢那种关怀备至的模样，心里突然感动起来。她为什么老对他不满意呢？他到底哪一点使她不满意呢？没有人不羡慕她有这样一位能干的丈夫。她低头瞅瞅自己身上，禁不住对他嫣然一笑。真的，也许自己先前的那种疑虑和不愉快都是多余的……

他们坐下来吃晚饭。郭立枢对她炒的菜赞不绝口，一边兴致勃勃地说，这两天你没去学校，情况发生了好大的变化，团省委和文教办都派来了调查组，召集同学们开了座谈会。他们都找那个学生会主席谈话了，还追查是谁把荆原请到学校里来的，态度很明朗。你看看，不是我瞎胡闹吧！

他看梅玫放下筷子，眼睛睁得老大，知道自己这番话起了作用，便压低了嗓子，显得很神秘地说，今天我到荆原的原单位去做了调查，找到了当年把他划为"右派"的那位领导。他说，荆原当年实际上是个极"右"分子。懂不懂？极"右"分子！

梅玫撇了一下嘴。

你必须承认，在这场斗争中你的表现是不够坚决的，郭立枢说。他吃饭时发表谈话一点不影响他夹菜，如果他话说得越多，那就表明他这顿饭吃得越香。当然我不怪你，是外界的思想影响造成的嘛。你马上就会看到我的……（他本想说胜利，又改了口）我的努力不是白费的，荆原很快就要被赶走了……

你说什么？梅玫叫起来。

不要大惊小怪。郭立枢拍拍她的肩膀，你应该同你的丈夫站在一起。至于录音带，上次是同你闹着玩的，当然不会是你。老婆总不会拆自己男人的台啰……

他笑眯眯地望着梅玫，接着用最温和亲切的声音要求她今天晚上务必到祝书记家里去一次。他说本来早就应该去了，是妈妈生病拖了几天。他说这件事无论如何只有她去最合适。祝书记是她爸爸的老战友，又很喜欢她，她去一趟是百分之百成功的。

你可别以为我要你去走什么后门儿呀！郭立枢郑重声明，你只是去反映一下情况，下级向上级反映情况是正常的。现在的问题，只要祝书记对荆原表态就好办了。他偏要拖拖拉拉，要开什么党委会来研究研究，这完全是多此一举，官僚主义作风……

梅玫默默收拾着桌子。

方便的话还请祝书记向省委的文教书记汇报一下，听说文教书记同马书记的关系不错。我本想找李局长的儿媳妇的，她是马书记的外甥女，可惜她到千山休养去了。这件事只要捅到马书记那里，马书记说一句话就妥了。其实祝书记应该亲自去找马书记才对……

他走到她身边，猛一下把她搂在怀里，含情脉脉地说，好梅玫，辛苦一趟吧，为了我们，不，为了国家的命运，就求你这一回。当然你别忘了对祝书记说，这节骨眼上可千万别派我到党校去学习。对了，我托人从南方捎来一斤出口的茶叶，猴魁，怎么样？不错吧？你顺便带去……

放开我，梅玫急促地说。她突然又觉得厌恶他了。

你答应我我就放开。他嬉笑着。

你放不放？

你去不去？

两人正相持不下，门铃骤然响起来。郭立枢无可奈何，松开梅玫去开门。进来的是郭立桎。只见他头发蓬乱，脸色铁青，不看郭立枢，径自到自己房间去了。郭立枢回到客厅，见梅玫不在了，又跟到厨房。梅玫见他进来，不等他开口，甩了一下头发，平静地说，我不能去，我做不来这种事。

郭立枢脸上的笑容顿时不见了。他咬着嘴唇，惶惑，恼怒，一言不发。看来他的长睡衣白买了。

梅玫看郭立枢如此失望，有点于心不忍，走到他面前温和而恳切地说，你到底为什么要这样做？你对我说句心里话好不好？

看看郭立枢不语，梅玫抓起他的手贴在自己脸颊上。这是她许多天来第一次温存的表示。她觉得自己是那么渴望同郭立枢说几句心里话。不管怎么说她是他的妻子，是曾经热烈而真诚地爱过他的，也许现在还爱着。为什么要听凭他们之间一天天变得陌生呢？不不，裂痕不应该再加深了。梅玫只要一想到他们曾经有过的美好的日子，对他的不满和怨恨就会烟消云散。

枢，咱们平心静气地谈谈。她充满感情地看着他，你对荆原的讲话有不同意见，可以找他当面谈，为什么要动不动就整人呢？我一想起前些年就觉得可怕，我爸爸这些年没少挨整，你自己也挨过整，为什么……

我没有时间同你讨论这个！郭立枢冷冷地打断她，把手抽回来，对于政治你几乎一窍不通。

温情在一刹那化为乌有，梅玫只觉得眼睛酸酸的，眼前这个品貌端正的爱人变得模糊不清了。他根本不愿同她说心里话，或者说根本没有心里话。她到底什么时候爱上他的呢？爱他的什么呢？她拼命眨着眼睛，不让泪水涌出来。

枢，你以前不是这样的……她难过地说。

你错了，我跟以前没什么两样，是你自己变了！你好好看看自己吧！

郭立枢说完气呼呼地走了出去。他没忘了去客厅拎上那两盒茶叶，然后重重关上了大门。

梅玫久久地怔在那里。水在炉子上噗噗地开着，她忘了去灌。她第一次问自己，到底是他变了，还是自己变了呢？难道真的是自己变了吗？变在哪里？又是怎样开始的呢？……

她想得头痛，好一会才记起来该到罗阡房间里去收拾碗筷。罗阡已倚着床栏静静地睡着了，眼窝下留着淡淡的泪痕。梅玫替罗阡掖好被角，突然一张两寸的小照片从罗阡的枕下滑出来。梅玫捡起来一看，惊讶得差点叫出声来。一棵灿烂的丁香树下站着亲亲爱爱的一家人。年轻时的罗阡竟是那样美丽动人，身边两个黑发大眼的男孩活泼可爱。在她的右边是一个年轻男子，显然是孩子们的父亲。梅玫觉得他似曾相识，却又无法想起在哪里见过。罗阡为什么珍藏着这幅照片？也许她还是一直在爱着他的吧？梅玫想，生活中毕竟不能没有爱和希望，罗阡似乎总还是在期待着什么，否则她如何有力量度过这些年漫长的孤寂呢？

梅玫把照片塞回枕下，踮着脚悄悄走了出去。她到厨房拎了开水，想到大哥房里去灌暖瓶。走到他门口，门虚掩着，正要敲门，却听见从里面传出一阵男人低低的啜泣声，沉重而痛楚。她从门缝往里一看，大哥正趴在床上，头钻在被子里，两个拳头捶打着床沿，痛苦得辗转反侧。她起初以为他病了，继而听见他含糊不清地自言自语，好像说着什么"我对不起你，我对不起你"……

他对不起谁呢？在这个世界上他与任何人无争，还会有负于谁？除非是那个女人。梅玫忽然想起来，罗阡在病中还曾经让她把郭立桦叫到房间里来，对他说了好半天话。说些什么梅玫不知道，反正郭立桦出来时默默流着泪。后来郭立枢告诉她，郭立桦答应母亲不再同那个女的接近了。郭立枢晚上亲自到郭立桦的厂门口去侦察过，郭立桦果然没再送她回家……郭立枢得意扬扬地说，这一个月看看外头的情形，他头脑该清醒了吧？反哪门子封建！

梅玫犹豫不决到底要不要进去，在门口站了一会。她心里确实非常非常为郭立枢难过。他自己尚需一双强有力的大手的拯救，哪里有力量去拯救那个不幸的女人呢？多么可悲的结局呀！难道他就没有勇气再做一点挣扎？梅玫真想问问他……

可是她自己呢？她在悬崖上还是在深渊边？有谁能拯救她呢？

她做完家务，回到自己房间里看了几页书，便坐下来写日记。过了不大会，郭立枢回来了，脸上没有笑容，也不同梅玫说话，看样子是没能碰上祝书记。见他回来，梅玫把日记本锁进自己的抽屉，去客厅看电视了。

二

第二天梅玫一早就去上班。她急于知道郭立枢对她说的是不是实话，事态是否严重到那样的程度。她憎恨自己竟然拿不出一点办法来制服这个自诩懂得政治的丈夫。说实话，她能不被他说服就是万幸了。她觉得自己不能再让这种情况继续下去了。

中午的时候，梅玫下楼去打开水，在楼梯口碰到了郭立楠。他握着一卷纸，正兴冲冲地从下面两级楼梯并一步地跳上来，差点撞到梅玫身上。

什么事这么高兴？梅玫嗔怪地说。

郭立楠扬了扬手里的纸兴奋地说，荆原老师的讲话稿整理出来了。上午我同政治老师说了一下，他说他想看看，最好争取在学报上发表，叫我中午把稿子送到他办公室去。

真的？那太好了！梅玫忍不住叫起来。

郭立枢迎面走过来，朝他们瞟了一眼，也不说话，径自下楼去了。

梅玫很想把昨天晚上郭立枢同她讲的话告诉郭立楠，想想毕竟不大好，就拐了个弯问道，荆原什么时候走呢？

往哪儿走？

回去。

干吗回去？

不是说有人……梅玫不好意思说下去。

赶走？他们赶得走吗？郭立楠断然挥了挥手，过几天他还要来开座谈会呢。你告诉郭立枢少在背后捣鬼！

你们还是注点意好，梅玫说。

注意？溪水边的小羊再注意，狼也是可以找到借口的！显微镜下总能找到细菌。放大五十倍找不到，可以放大五百倍！找不到大肠杆菌，可以找绿脓杆菌！郭立楠用他的生物学术语说，可现在是 1979 年春天，20 世纪 70 年代末期了，愚昧能一时蒙骗一些人，不能永远蒙骗所有的人！

他扬扬手里的东西，飞快地跑上楼去了。

郭立楠简短的话使梅玫心里踏实了不少。她在各办公室转转，果然也没再听说什么。人们对政治毕竟是十分淡漠了。

她轻松了不少，下班的时候哼着歌。路上碰到一个老同学，聊了好一会，回到家已近天黑了。大门没锁，自己房间亮着灯。她推开门，见郭立枢悠然自得地坐在沙发上看报纸，漫不经心地瞅了她一眼，连招呼也不打。她放下手提包，转过身，一眼望见写字台——脑子嗡的一声炸开了。

写字台正中放着她的那本深红色的日记本。日记本下压着一条一尺来长的白字条，一直垂挂下来，像"文化大革命"中批斗"走资派"时的大标语。上头用红墨水写着几个大字：你走得太远了！

你……梅玫惊愕得说不出话来，你怎么打开我的抽屉了？！

郭立枢慢条斯理地说，请别误会，我找一样东西，没法子，对不起。

梅玫呆呆望着那歪了的锁扣、扔在一边的扳子和郭立枢得意的神色，忽然明白是郭立枢明目张胆地撬了她的抽屉。郭立枢早就在监视、觊觎她这本日记了，而她却根本没想到。

你凭什么偷看我的日记？梅玫愤然涨红了脸。

偷看？什么叫偷看？别忘了我是你爱人！

这不是写给你看的！

那么写给谁看的呢？郭立枢忽地站起来，一下子把日记本抓在手里。梅玫想去抢已经来不及了。他晃着那个本子说，我还想问问你呢，你这些都是写给谁看的？

给我自己！梅玫挺着胸脯说。

给你自己？郭立枢扬了扬眉毛，一副讥笑的神情，说得倒挺轻巧，实际是这么回事吗？想不到一个共产党员也会干出这种事来！

我干出什么事了？梅玫正想反问，门轻轻推开了。罗阡披着一条三角羊毛披肩站在门口。她蹙着眉嘟囔着说，你俩又怎么了？真是造孽！

郭立枢如获救星一般，不由分说地把她扶进屋子里来，连声说，妈，您来了正好，来了正好。郭家出新闻了，您听听，这样的日记到底是不是我有意污蔑她！

罗阡在椅子上坐下来，微微闭上了眼睛。

您听听，郭立枢翻着纸页，急切地在寻觅着什么，我念给您听听。我不冤枉她！

梅玫痛苦地咬住了嘴唇。她不会撒泼，也不想为自己辩白。她倒很希望郭立枢把她全部的日记都照原文念出来，让罗阡来主持公道（虽说她未必是公道的）。日记本上写的全是她的心里话，并没有什么见不得人的秘密。她不愿让郭立枢看到只是因为觉得郭立枢不会赞成她和理解她。

2月15日，郭立枢清清嗓子念道，我第一次发现做客是这样无聊和没有意思，假如这是一家为了礼貌和某种目的而去拜访的人。你发现自己讲的东西人家不感兴趣，自己想要谴责的东西又恰恰触了人家的痛处。于是只好想出几句顺耳的话来讨好主人。我由此觉得一个人有合适的谈话对象也是一种幸福。我现在常常是这样，几天都说不了一句话。人家想同你说话，你又觉得无话可对他说，你想说话的人又没有。

家里的人都不在你眼里！郭立枢哼了一声，接着念道，2月23日，……我们凡做一件事，并不是真想这样做，而常常只是因为需要，要做给别人或领导看。真是没有意思。

2月28日，寒假快结束，又要开学了。我一想到将回到我那冷冰冰的档案室去，心里就不愉快。在那里我独自一人，常有孤独之感，好像一个未老先衰的人。整个寒假里他给我那么多的欢乐，他给我讲一些也许是很普通的事情，都会使我难以入眠。他帮我打开一个个思想禁区，使我看到了在自己的小天地之外还有那样广阔的世界。现在却要暂时结束了……

他是谁？郭立枢跷着二郎腿问梅玫，当然你不说我也很清楚。听下去！3月8日，大家庆贺妇女节，我却一点也不快活。小黎同她的丈夫离婚了，她的丈夫是个十足的市侩。她说在现代社会中妇女经济的独立并不能完全代替思想的独立。这应当怎么理解？

罗阡显得有些不安，她搓揉着那条披肩，默不作声。

4月25日，小的时候我满足于当"三好"学生，大了一心想当好干部、好妻子，将来做一个好母亲。然而这好的标准究竟是什么？人们说好的东西就一定都好吗？坏的呢？

梅玫坦然坐着。就这样的日记值得那么小题大做？

郭立枢看来早已把它读得很熟了。他很快翻过去，选着其中他认为是重要的章节。

5月3日，杨树先绿了，绿得像一层青纱。一个孩子戴着杨树枝编的花环。可是其余的树一点春的信息也没有，全然无动于衷地站在那里。在它们内心还是一片冰冷的冬天，春天离得还很远。我常常觉得在这个家，春天是不会来了……

罗阡似乎被什么蜇了一下，猛然动了动身子。

5月15日，紫丁香开得烂漫的时候，他出现在我们的生活中，好像一阵狂风过山，又好似一块巨石落水，把一切都打乱了。几年前我曾钦佩过的一个人同他相比，竟然如同太阳出来后的雾气一般消散殆尽了。在他的面前，我觉得自己无知渺小。这些天他一分钟也没有离开过我的脑海。我想，他年轻时是什么样子呢？也是这样冷峻、严肃吗？如果我是他同年龄的朋友，那该多么好啊……郭立枢念到这里，啪地合上本子大叫一声，妙极了！

梅玫吓了一跳，她怎么会写出这样的句子来呢？简直是幼稚得可以！她一定是在很激动的情况下写的，绝非郭立枢编造。现在事情弄糟了，郭立枢可以凭借这句模棱两可的话做出他需要的解释，掀起一场暴风骤雨。

她偷偷瞟了一眼罗阡，忽然发现罗阡的眼睛里涌满了泪水，她的脸色白得像纸一样。梅玫想，婆婆一定是生她的气了。老人有他们严格的道德观念。她有一点害怕起来，怯生生地说，你们听我说，这只是一个比方，形容我的心情。不要、不要误解了……

那么这样的话也是比方吗？郭立枢身子往后一仰，伸出手指舔了一下，打开本子飞快翻下去，当我们还小的时候，我们不知道应该怎样来生活，我们追求那些表面的虚荣、肤浅的答案，时间就这样白白过去了。而当我们比较懂得生活了以后，青春、天真无邪的少女时代却又过去，永不再来。我当初曾经感觉到的那种幸福很快消逝了，我不知道自己究竟是否还爱着他。为什么在人们看来我的家庭是那么美满幸福，我却丝毫感觉不到呢？可见每个人所追求的幸福是不同的，如果你发现了他的自私、冷漠和虚伪……

现在你自己来说说吧！郭立枢把日记本重重摔在桌子上，你到底要追求什么样的幸福？

梅玫坐在床沿上，低着头，像一个被审讯的囚犯。她的脸色苍白，显露着一种深深的委屈。她努力使自己冷静再冷静。她相信一切都是可以讲得清楚的。

结婚以来我常有这种感觉，觉得我们两个人太不相同。梅玫缓缓说，我很苦恼，可是我又无法消除这种念头。我只好坦率地写在日记上。我并不想对你隐瞒这种已经发生了的事实，也不伪装自己的感情，我想你是应该理解的。

理解？郭立枢冷笑一声，用一种近乎恶毒的口气说，一个被欺骗的丈夫还谈得上什么理解！

欺骗？梅玫愕然了。

不要再同我做戏了！你表演得够了！一个正在堕落的女人是不会感激她丈夫的苦口婆心的！如果不是为了挽救你，我何必来偷看你的日记？你的所作所为，正派的人是无法容忍的！郭立枢似乎尽力克制着自己的气愤，从上衣口袋里掏出一个小本子，打开念起来，×月×日，有人看到你和郭立楠在操场上眉来眼去达十五分钟之久；×月×日晚上，有人看到你和郭立楠一起去江北太阳岛；×月×日中午，郭立楠在你的办公室里待了半小时之多，房门紧锁……

天哪！梅玫失声叫起来。她朝郭立枢扑过去，拼命摇着他的胳膊，嘴唇剧烈地颤动，眼泪哗哗直流，造谣！全是造谣！为什么要这样诬陷人，你怎么能相信？楠楠是你弟弟……

郭立枢微笑不语，拨开她的手，又翻过一页继续念，×月×日，你去太阳岛同荆原会面达两小时之久，荆原送至轮渡……

你说什么？梅玫以为自己听错了。这完全是无中生有，他怎么会相信？……

郭立枢合上本子，双手抱着头沉痛地说，真想不到你会是这种人，道德、廉耻、信义都不要了！难道这就是思想解放运动给你带来的结果吗?！

你听我说，梅玫喘着气靠在墙上，在她那受了深深的伤害与侮辱的心里，还残存着一点对郭立枢的希望。她无论怎样不了解他，可他总应该是了解她的。她是一泓清水，一眼见底。即使她与他意见不合，吵嘴生气，他怎么可以怀疑她的品德和贞洁呢？她想，那一定是他一时的气话，或是听信了坏人的挑拨。于是她强忍着泪，压着火恳切地说，我并没有做什么对不起你的事，你说的这些都是主观臆想出来的。我喜欢楠楠，把他当成我的亲弟弟一样，这是事实；我尊重荆原老师，把她看作像我父亲一样亲近的长辈。这种纯洁的友情，你怎么能想得那么卑俗！她忽然气上心来，声音都变了，你怎么这样不相信人！

郭立枢两只手交叉在胸前，舒舒服服地晃着那把椅子，悠然自得地看着他那个小本本。这是他的日记本，几年来从未间断，他的许多方面的神机妙算都得益于它。他听完梅玫的话，不慌不忙地站起来踱了几步，答道，相信？我相信你还不相信他们呢！打着解放思想的旗号，干些蛊惑人心的勾当。"右派"会是什么好东西？那个荆原，听说老婆早已同他离了婚……

罗阡手里的茶杯猛地晃了一下，水洒了她一身。梅玫慌忙把她扶住，罗阡却推开了她，发出一声撕心裂肺的叹息，跌跌撞撞地走了出去。

郭立枢莫名其妙地站在那里嘀咕说，妈这是怎么了？

他回过头严肃地对梅玫说，不管怎么样，你目前的思想倾向是十分危险的，我不能不管。你必须迷途知返！我考虑了很久，最好的办法是写一封信……

什么信？她迷茫地睁大了眼睛。

一封揭发信。你应该立即往那个老"右派"的单位写一封信，揭发他在这儿以宣传思想解放为名，散布对安定团结不利的言论，还挑拨人家的家庭关系，造成恶劣后果……你不是说你不幸福吗？他滚出这个城，你就没这些苦恼了。你好好想想吧，假如公开你的日记会有什么结果……

梅玫猛地打了一个寒噤。控告信——他居然打了她这样卑鄙的主意，实在恶劣得出奇！这一刻她一切都明白过来。原来他煞费苦心地拿到她的日记，并以此威胁她，极尽歪曲、造谣、污蔑之能事，目的依然全部在于整垮荆原。在这场所谓的斗争中，他为了抢头功，真是不惜工本、不择手段到了登峰造极的地步。她刚才怎么还会对他抱有那样的幻想呢？梅玫的心一阵阵撕裂般疼痛，只觉得他和她之间那最后一丝感情也终于彻底扯断了，剩下的只是憎恶和痛恨……

梅玫，他见她怔在那里久不出声，便露出一点亲切的笑容走过来。他伸出手想去抱她，声音柔和得叫人毛发耸立，亲爱的，我会原谅你的，只要……

我没有请求你的原谅。梅玫冷冷地说，毅然推开他走了出去。她的脚步没有停留，径直朝大门口走去。

我没有什么可以请求你原谅的！她背对着他凄然重复说，用手捂住脸，朝前冲了几步跑出大门。

郭立枢追出来，黑暗已吞没了她苗条的身影。

三

梅玫在昏暗的路灯下奔跑着，穿过空旷的马路，在人行道上留下了她长长的影子。

她跑着，漫无目的地向前跑着，自己也不知道要跑到哪里去。

冰凉的泪珠顺着脸颊往下淌，任风儿吹洒开去，一滴滴落在脚下干燥的路面上。

风呼啸着，带着暖意的风轻轻推着她跑，把她一头油亮的黑发高高地扬起来，翻卷着，像一朵美丽的墨菊。

她跑着，喘息着，无声地饮泣。

她想起她和他第一次约会就是在这样一个春天的夜晚。风驰骋了一天，似乎疲倦了，不愿来扰乱他们。他们在碎石路上听着不知从哪家窗子里传出来的舒曼的钢琴曲《灿烂鲜艳的五月里》，他们走哇走哇，好像总也走不到头……

可原来这一切终究只是一场梦！一切都消逝了，结束了。娓娓动听的情话、温柔的举止、山盟海誓、蜜月旅行……统统都消失了，留下的只是失望、痛心。回忆只能带来厌恶和寒栗……

她是爱过他的，真心实意地爱他。她爱上他的那个时代无可非议，换上另一个姑娘可能也会爱上他的。可是当人们都开始觉醒的时候，她还沉湎在那虚幻的梦里。这一切不是来得有点太晚了吗？为什么她直到今天才看清他的灵魂？

她跑得累了，放慢了脚步，深一脚浅一脚。她要走到哪里去？她自己也不知道。

她一直以为他是值得她爱的，为了得到他的爱，她曾经有多少个夜晚辗转床榻不能入眠；仅仅为了使他在姑娘中间能对她留意地看上一眼，她精心地选择衣服，把头发梳了又拆开；她曾经在严寒的冬天到溜冰场去一站一小时，酷热的夏天顶着骄阳去划船，那都只是因为他在那里，为了听听他的声音，看看他矫健的身影。昔日那如胶似漆的感情如今都到哪里去了呢？为什么连踪影都不见？奇怪的是，曾经那样梦寐以求的东西失去了却并不觉得怎样可惜，似乎是在失去它以前很久，它就已经失去了它的价值。

她发现自己走到松花江大桥边来了。雄伟的桥墩和铁栏像是黑暗中屹立的巨大的魔影。稠密而浑浊的江水从它身旁流淌过去，闪烁着幽暗的波光。一列火车正鸣着沉重的汽笛从大江上横跨飞跃，奔向不知名的远方……

大江同桥墩相遇，火车同大山相遇，它们碰到一起只是由于偶然。相识了，也许结下了友谊。她怀着无名的悲哀想道，可是大江向前了，桥墩还留在那里，它们必定是要分开的，早晚是要分开的。因为一个要去大海，一个却担负着重任……

那么我同他的分手也是一种必然吗？她茫然望着江对岸微弱的灯火，为什么以前竟没有发现？至少应该看到我同他在某一个时期是站在同一起跑线上的。那是大江被堵塞、被淤积的时候，不，也许是小溪流刚刚出山的时候……后来一切都变了，他说得对，不是他变了，而是我自己变了。我离开了那干涸的沙滩，背后总好像有一股汹涌的怒潮在推我向前。可是我还留恋，还顾盼，这也许就是我这一年来总不愉快的原因。把一切责任都推给他也并不那么公平……

梅玫摘了一根新鲜的草茎在嘴里嚼着。她贴着江边的沙滩默默朝前，江水就在她的脚边流淌，黑幽幽的，没有声响。对岸江里远远传来高一阵低一阵的蛙声……

她突然大吃一惊地发现自己站在开往江北的渡轮码头上。她要到哪里去呢？她不知道。

现在她能到哪里去呢？她连个过夜的地方也没有。家是不愿回了，可是一个年轻女子，孑然一身，谁能收留她？

她望着黑沉沉的对岸出神。在她的心目中，太阳岛没有黑夜。那密密的林子里的小楼窗口亮着一盏不灭的灯光。他那岩石似的前额中正蕴含着新的思索……

最后一班渡轮的乘客开始陆续上船了。梅玫只要一迈脚，就可以走到船上去。她多么想见见他啊！在这样的痛苦中，唯有他能告诉她该怎么办。当一个人对世界绝望的时候，解除痛苦是轻而易举的，只要闭上眼睛往江里跳下去。但是她不会这样做。梅玫的心底似有一种什么微茫而又遥远的希望在召唤着她。

她真想迈上船去，要是能见到他，她就会知道自己该怎么办了……

但是她站住了。她不能够，也不敢越过传统意识的障碍。她最后朝对岸看了一眼，回过身默默朝堤岸走去。

就在这时候，她看到了一个高高的身影匆匆从堤岸上走下来，急急地走向渡轮码头。他走得很快，米色的风衣在黑暗中闪亮，一线微弱的路灯照着他严峻的脸。啊，是他！梅玫的心不由得一阵狂跳。

他在售票口买完了票，就向跳板走去。他稳当地走过了长长的跳板，就要跨上船去了。

要想寻找的人就在眼前，究竟叫不叫他呢？梅玫紧张地揪住了自己的衣领。即使他来了，她又能同他说些什么？诉说自己的委屈吗？不，不，她不愿意……

渡轮发出一声长鸣，码头上空无一人，船很快就要离岸。他把票递给了检票员，一脚跨上了甲板。

荆原老师！她突然忘情地叫起来，闪身从黑暗中走出，对他拼命地挥手，荆原老师！

他站住了，回过头来，他并没有看清是谁。按说他可以不理，在这样的夜晚，谁知会发生什么样的事情呢？但他把那只脚收回来了，对渡轮挥了挥手，很快转过身，从跳板上大步走回来。

梅玫忽然想远远地躲开，但是来不及了，他朝她走过来。

是你？他很惊讶，梅玫，我没记错吧？

梅玫点点头。她觉得胸中有一股潮在往上涌。

这么晚了……他关切地说。

梅玫抬起头望了他一眼，像一个受了委屈的孩子见到大人，忽然背过身去，用手绢捂住了眼睛。她真想扑在他怀里痛痛快快哭一场。

发生什么事了？他把大手放在她头上，不安地问。

梅玫摇摇头，抽动着肩膀，一句话也说不出来。

别哭，什么事总可以解决的。他像哄小孩似的说。她在他眼里实在还是个孩子。对于姑娘的眼泪他简直束手无策，一筹莫展。他想了想亲切地说，太晚了，我先送你回家吧！

回家？她喃喃说，泪痕满面地抬起头来，突然止住了哭声，一个字一个字地说，荆原老师，您告诉我，生活的意义到底是什么？爱情是永恒的吗？

这句没头没脑的话倒叫荆原犯了难。他站了一会，好像从这句话中猜到了一点什么。可是他怎么来回答这样一个庞大的题目呢？年轻的姑娘需要得到的答复是同她的切身经历有关的东西，而这一切他都无法知道。他略一思索对她说，时间已经很晚，他现在唯一能做的事情是送她回家。她必须先回家去，然后再来讨论生活和爱的永恒问题。他说得很恳切，焦急地询问她家住的方向。

他这一说，梅玫才想起来最后一班渡轮已经过去，荆原老师今晚是回不去江北了。她心里突然觉得惭愧。假如她继续留在这里，连他也无法去找地方休息。他当然不会放心把她一个人扔在沙滩上的。

大桥留在后面了。寂静的马路上只有她和他的脚步声。

梅玫一边走，一边断断续续地对他讲述了今天晚上她同郭立枢的争吵，讲述了他们之间这一段时期来产生的裂痕。自然，她没有敢谈到郭立枢要她写的那封控告信，这样的话她连说都说不出口。

事情都是我引起的。她抽抽搭搭地说，我也不明白自己怎么会那样讨厌他。我好像一点都不爱他了。可是付出过的爱情难道可以随便收回吗？

荆原默默听着，也很快懂得了梅玫的处境。不能孤立地看待她和郭立枢之前这场爱情风波。如果能够告诉她这正是一种时代的必然，她或许就不会这样痛心地谴责自己了。但也不尽然，恐怕许多家庭今天的状况依然是无动于衷的。未曾觉醒的、根本不愿觉醒的妻子和丈夫比比皆是，他们依然互相爱得热烈而真挚，互相赏识着对方那些过去年代的烙印。正因为如此，梅玫的痛苦才变成了一个奇怪而独特的现象，甚至不为她自己所理解。

然而生活究竟是什么呢？爱情是永恒的吗？他思索着姑娘的问题。他本可以很干脆地告诉她，不是。那种把婚姻当作绳索、把家庭作为牢笼的时代应该结束了。当产生爱情的条件发生变化的时候，相爱的双方无可非议也会随之变化。世间万物都在运动之中，何况爱情。它也需要发展、更新。这样简单的道理竟然会使一个受过大学教育的青年如此苦恼，可见传统的根基之牢不可破。但是荆原却犹豫不决。他有什么资格来回答这个问题呢？不仅因为他从来也没有仔细地研究过它，更因为在他的生活中根本就没有爱。这个字眼离他太遥远，也太陌生了。假如它曾经有过，如今大概也早已落入了大西洋的彼岸，再也无处寻觅。当狂风骤起的时候，她带着孩子离开了他。她明明是爱他的，就像他爱她一样。但是她走了。生活里有过永恒的爱吗？在这块古老的土地上，即使有过，究竟是什么破坏了它？是什么呢？

但那被破坏了的幸福和爱情的碎片总还有几片残留在他的心里。二十二年了，他一天也没有忘记过他们，在结着冰碴的农村小黑屋里；在矿山炙人的骄阳下；在大风中攀爬着的高高的脚手架上；在尖利的钢丝索刺进皮肉的痛苦中；在高烧昏迷，无人端来一碗清水的奄奄一息的时刻……妻子温柔迷人的微笑、孩子们欢乐的叫喊不时出现在他的眼前。他是怎样思念着他们啊！而这样一种或许是永恒的爱和情却被剥夺了、践踏了，至今无处寻觅。对于荆原来说，生活中具有永恒价值的东西只剩下一个与人民同甘苦、共患难的人的精神品格。只在这一点上，他对自己是无愧于心的。

但是时代毕竟是不相同了。荆原侧脸看了一眼旁边的梅玫，忽然欣慰地想道。在他们生活中正发生着的这一切——破裂或是离异都很难认为是一种悲剧的意义。不，历史并没有简单地在重复两代人的悲剧，一种本质的变异已经开始深入到人们难以觉察到的日常生活的领域中去了，他们是在朝前探索着新时代的生命……

他突然站住了。

梅玫诧异地望着他。不走了？她多么希望他说一句不走了。她真的再不愿走了。从小路拐进去就到了那幢绿屋顶的房子。想到它，她的心都缩紧了。

荆原确实是犹豫了。他突然感到了一种悲哀。他为什么要把她送回去呢？难道他所能够做的只有这个吗？他在会上讲演，在报上撰文，唤起人们对新生活的追求。而在现实的生活里，当他遇到了一个徘徊在十字路口的青年女子，他却别无他法，只有把她送回到那个连他也厌恶的家庭中去。这种行动倒是他自身的一个悲剧。现实与理想的矛盾就是这样不可调和。也许 1979 年最后一个 5 月所展现的春色仅仅是在冻雪初融的江岸上，迎来一阵淡淡的丁香的气息……

走吧！他下决心说。

四

一切要发生的事情终究会发生。

在这个世界上，除了两座山不会碰到，只要是活着的人，总有可能在某一个特定的环境下邂逅。

重逢应是喜剧，但在这个家庭里却恰恰相反。

荆原一路上又对梅玫说了些鼓励的话，要她不必为爱情的失望而痛苦，应该振作起来向前看。他说这些话的时候都是从她的角度去谈的。他不愿像一般的长辈会在这种时候做的那样去劝说梅玫同她的丈夫言归于好，他认为那反而是伪善和不负责任的。当走到她家门口那绿色的栅栏跟前的时候，他忽然想到为什么不可以进去同郭立枢好好谈一谈呢？既然他对他有意见，正好可以交换一下嘛。可惜今天的时间是有点太晚了。他决定改日再来。他把梅玫送上台阶，同她握手告别。

您……梅玫哽咽了，握住他的手不放。她紧紧地抿着嘴，好像一张开就会放声大哭。

荆原叹了口气，回转身。这时他发现他面前的暗影里站着一个人。

谁？他警觉地问。

对方细瘦的个头，微驼的背，像一个黑影。屋子里透出来的暗淡的灯光照着他，瘦削的脸上浮着一丝惨淡的微笑。

荆原浑身一阵痉挛。他怔住了。他在这张脸上看到了一个他在梦中寻求了二十二年的孩子的轮廓。他向他走近了一点，似乎想找到哪怕是一星半点可供追忆的印记。但蓬乱的头发、稀疏的胡须，竟连一点熟悉的影子都没有。不，不会是他，眼前这个像一根枯枝似的中年人，如何能同他脑海中那一棵鲜嫩欲滴的小松树连在一起？也许刚才那一刹那只是他的幻觉而已……

你是谁？他慌乱地问。他去掏贴身衣袋里的那只小木公鸡。

没有声音。

荒唐！他暗暗责怪自己，真是神经过敏。出什么洋相！他向梅玫挥了挥手，急速地下了台阶，拉开了院子的门。

黑影忽然蠕动了，幽灵似的跟上来，将他一把抱住。

我——我是你的孩子……他嗓子沙哑，几乎辨不出声音。他的心脏剧烈跳动，像树叶瑟瑟发抖。他的泪滴在荆原的手背上，滚烫灼人。这是郭立桎。他刚从设计室回来，见到荆原在他的家门口。他控制不住自己了。他梦里思念了多少年的父亲来到了家门口，他不能让他就这样离去……

我是周华啊，您的孩子……

突如其来的喜悦使荆原有点手足无措。他是个善于控制自己感情的人，也禁不住潸然泪下。他紧紧抱住了郭立桎，一句话也说不出来。等待得太久的欢乐到来时却已经麻木不仁……

梅玫呆呆站在一边。她忘记了自己的烦恼和苦痛，为他们的团聚感到由衷地喜悦和兴奋。她似乎并不觉得特别惊讶。在这个家里，好像任何稀奇的事都会发生，她或许早就预感着一种什么了……

她清醒过来，跑去按门铃。

郭立枢来开的门，他睡眼惺忪，看样子已睡了一觉。他若无其事地瞟了梅玫一眼，这才发现她身后还有两个人。

你……他吃了一惊。

梅玫去敲罗阡的门。

你？你来干什么？郭立枢睡意顿消，大声对荆原叫道，你到我家里来干什么？这是我的家！你竟敢……你破坏人家……还……

他说不下去了。他发现荆原正用一种异样的神情盯着他，冷峻，锋利，使他的脊背一阵阵发凉。

你给我出去！郭立枢鼓起勇气大声喊。他的头皮发麻。假如荆原真的是来找他算账的，他很难说没有一点心虚。听见没有？出去！

住口！是罗阡低微无力的声音。她由梅玫扶着，出现在房门口。

荆原震颤了一下，他的目光同罗阡相遇了。是气流相碰，尚有闪电雷声；是长风撞击，尚有大雨倾盆。然而分别了长长的二十二年之后，老人迷茫干涩的眼光却犹如两片互不相干的云朵，擦边而过，陌如路人……

妈！郭立枢求援了，他就是那个……

他，他是你的父亲！罗阡突然爆发出一声惨痛的叫喊，用手按住了胸口。她浑身颤抖不停，伏在梅玫肩头无声饮泣，继而呜咽起来，我答应过——答应过楠楠的父亲，永远不告诉立枢他的生父是个什么样的人。我答应过他，和周子轩永不见面。可是——啊，我的天哪！我全说出来了。他就是你的生身父亲！

郭立枢猛然惊呆了。由于这个可怕的家庭秘密的突然宣布所勾起的他以前偶尔的怀疑统统在这一瞬间得到了证实。他脸上掠过了一种大梦初醒的表情，夹杂着窘迫、尴尬、悔恨和遗憾。假如在半个月之前他就知道荆原是他的生身父亲，或许他就不至于亲手来导演这样一场丑剧。如果人们知道他如此上蹿下跳、兴师动众地发动这场斗争的斗争对象，恰恰是他母亲二十几年前在困难中摒弃的丈夫，岂不是要成为一件天下奇闻，传遍全城？他呆呆地站在灯下，翻腾的思绪在这短短的几分钟之内最有效地进行着工作。究竟应该寻找一种合乎情理的逻辑来对自己的行为加以解释，还是寻找下台阶的机会？他的脸色渐渐恢复了常态，又浮上了他平日那种自信和冷漠的神气。

父亲？他带着一种讥讽的口吻反问了一句，不要弄错，我从来也没有承认过这样一个父亲！无论是戴帽的还是改正的！

他把双手插在裤袋里，用脚点了一下地板，把头偏向荆原，严肃地补充说，党一时的错误并不能证明你们完全正确。少用父子之情这种东西来感化我，你们……他有点说不下去。

荆原一动不动地望着郭立枢，他想念中的孩子。当年那个耳朵大大、眼睛圆圆的小男孩哪儿去了呢？时隔二十二年，社会把他造成了现在这个样子：挺着胸脯，自命不凡，那双空洞的眼睛里闪现着狡诈和虚伪。荆原觉得自己的心在一阵阵地绞痛，痛得好像要碎裂。无论是在监督劳动还是在批斗会上，都从来没有这种难以忍受的疼痛。二十二年，生活的浪潮把他曾经失去的东西又冲回了他的脚边，不是磨损得百孔千疮，便是改造得面目全非。在那漫长的离别中，他曾对他的孩子做过最坏的猜测，也无非是在这些年中沦为小偷、流氓、文盲、乞丐。却万万没有想到，他竟然是坐在主席台他的座位旁边，嘴上讲着冠冕堂皇的语言，背地里却想把他置于死地的校团委副书记。而最最令人痛心的似乎还并不在于一个不认识自己父亲的孩子无意中扮演了二十二年前把他父亲打成"右派"的那种角色，而在于当他知道了他的亲生父亲以后那一副冷若严霜、无动于衷、誓不两立的架势！这是何等可悲的事实啊！结束了二十二年的苦难，改正了先前的错误，社会归还了你应有的权利和地位，你却失去了你的孩子。他们在长达二十二年的灾难中长成了畸形儿，一旦打破缸瓮，畸变的形体却再也无法复原。失去的时间尚可夺回，而失去的心灵、失去的美好的感情在哪里？在哪里啊?!旧伤结痂了，那新戳的刀痕却再也难以愈合，要带着它走进新时代了。年轻的一代，你们可知道父辈为此曾付出了怎样的代价？而具有讽刺意味的却是，他二十二年前那篇文章以及今天的报告中所坚持的那些关于人才学的论点，尽管一再引起非议，受到指责，却最终在他自己的两个儿子身上得到了悲剧性的验证！

荆原动了感情，思绪万千，老泪纵横。郭立枢不承认他这个父亲，他又为什么要来认这个儿子呢？他这个极"右"分子怎么会有这样一个极左的儿子？真是滑天下之大稽！而可怜的郭立桎又难道应该是他的儿子吗？小时候他教他逆水扳桨，可不是为了他今天这样猥琐地站在他的面前，形容枯槁……他的孩子究竟在哪里呢？也许他从来就没有过、不配有孩子。天哪！二十二年后他重新来到这个城市，竟然是这样的结局在等待着他么？大地万物一下子都在他面前黯然失色了……即使给他一座金山，他又有什么用？

他抬起头毅然决定走了。他不是这个家庭的成员，不是的。他没有什么话要说。二十二年中积蓄的全部希望都在一瞬间被冲得精光。二十二年来他没有一个家，今后也不会有……

他转过身去，蓦地看到了梅玫。她那秀丽的脸上布满泪痕，一双眼睛却闪着奇异的火花。

爸爸！她庄严地叫道，朝他走过来。她微笑着，眼里却噙满了泪。爸爸！她想说什么却没说出来……

荆原只觉得嗓子里热辣辣的，有什么东西在涌动。

爸爸！一个响亮的声音从门边发出来。还没等他看清，一双结实的手臂把他抱住了。

爸爸！我们都是您的孩子！楠楠欢乐而激动地叫嚷着，都是您的！您不要我们吗？我要叫您一百声，爸爸！爸爸！亲爱的爸爸！

我亲爱的孩子——荆原充满感情地长嘘一声，兴奋地把郭立楠紧紧搂在怀里，一直把他搂得喘不过气来。他在小伙子那双明亮清澈的眼睛里看到了新时代的希望。是的，这才是他真正的孩子，是他众里追寻千百度、踏破铁鞋无觅处的亲人啊。还有梅玫，那无数挣脱了旧锁链的青年都是他最可爱的孩子！

郭立楠从肩上的书包里拿出一沓厚厚的稿子塞在他怀里，快活地说，您的讲话，学报排出小样来了，请您看一下。我去江北找您扑了空。太晚了回家过夜，没想到在这儿碰见您，真是太巧了。

荆原翻着那些散发着一股新鲜油墨味的文稿，心里万分感慨。让那些人去跳脚吧，他永远也不会隐瞒并轻易改变自己的观点，讲一句违反事物客观规律的假话！

印出来了？印出来了？……罗阡忽然慌张地问。她死死抓住了郭立楠的衣角，身子像要坠下去。她喃喃道，怎么印出来了呢？你们不怕犯错误？印出来了？怎么会？我早已把录音带洗掉了……

原来是你干的好事！郭立枢咆哮起来，气得脸都歪了。

是我，是我干的……罗阡摇晃着身子靠在墙上，闭上了眼睛。她的呼吸是那么微弱，好像一根在风中飘动的游丝，随时会断裂……

荆原一阵心酸。眼前这个他曾经爱过的女人，在离开他以后的二十二年中也许什么都得到了，就是没有得到最重要的东西——爱；她也许什么都没有失去，唯独失去了最宝贵的东西——幸福。他感谢或责备这噤若寒蝉的女人帮的那个关于录音带的小小的倒忙吗？不，这只能证明她二十二年中内心深处的忏悔和谴责。他想了她二十二年，回来了，剩下的却只有怜悯……

他把他的手伸给了郭立枢，同他再见。郭立枢却触电般把手缩回去了。

回来吧，爸爸……他垂着头结结巴巴地说道，您——该回来了，回到这个家里来……

回来吧，爸爸，我们都欢迎您回来。梅玫和郭立楠几乎同时说，恳切的眼睛充满希望地望着他。

郭立枢怔在那里，张大了嘴，鼻尖上沁出了颗颗汗珠。至少在几分钟之前，他还没有想到会是这样一个局面——除了他以外，几乎全家人都欢迎荆原回来，他们都爱荆原。郭立枢尤其没有想到罗阡的态度，这大大出乎他的意料，使他恼火、懊丧，然而心里也确实有那么一点不自在起来。他隐隐意识到自己刚才那番话说得有点过于绝对，起码是不聪明的。他为什么要当众宣布不承认父亲呢？事实上他是存在的，并且在人们心目中占有了相当重要的位置。假如今天郭立枢有一个享有盛誉的父亲会怎么样？说老实话，今天社会形势的变化尚难预料……

郭立枢恍惚感到了自己血液的流动，流得急促而慌乱。那血液居然有着面前这个刚直老人的一部分，他觉得有点不可思议。荆原对于他完全是陌生的，记忆中的父亲模糊而遥远，他几乎无法寻找自己感情中与荆原相通的那部分。他想说一句话，一句可以弥补刚才自己的粗暴而又不失身份的话，却发不出声音，口很干，舌头发麻。他搜肠刮肚地寻找这样一句话，这句明明不知该怎么讲的话……时间一秒秒过去，他难堪而焦急，却还是没有能找出这句得体的话来……

我们会再见的！他的思路被打断了，荆原紧紧握住了梅玫和郭立楠的手大声说，夏天很快就要来了。

郭立楠忽然想起了什么，从书包里掏出一张纸递到他面前。荆原看着，眉头舒展开来……

那是一张铅笔速写，是郭立楠在那次报告会上匆匆画下来的。线条很粗糙，但却准确、简洁而传神。梅玫一眼就发现了郭立楠所捕捉的荆原的形象特征，那坚如岩石的额头以及额头上如同岩石细密的缝隙般的皱纹，皱纹里蕴藏着无尽的思想……

荆原的眼睛湿润了。他把它小心地夹在那一卷文稿的小样中，转身走出门去。他走得很快，似乎害怕慢了的话，他就会失去迈步的力量而留在这儿。他没有再回头看他们，径自走进浓重的黑暗中去了。

爸爸——突然，郭立枢揪心地叫喊了一声，发狂似的冲出门去。楠楠紧随着也追了出去。

郭立枢闭上嘴，漠然望着荆原的背影，转身走进了自己的房间。

他来了，又走了……梅玫倚在院子的栅栏上，泪珠在眼眶里滚动，却没有落下来。他不会回头了，不会，他不是这种家庭的成员……

她忽然觉得眼前亮了一亮，是什么在黑暗中闪烁？她抬起头来，发现原来是邻家院子里的白丁香开了，紫丁香刚谢，白丁香就送来了更为馥郁的香气。那一朵朵雪花般纯净的花团银光闪亮，酷似黎明前的曙色。

这一夜格外长，天快亮的时候，梅玫悄悄起床，走到院子里。

太阳还没有出来，四处弥漫着淡淡的晨雾。台阶上影影绰绰坐着一个人，梅玫走近一看，竟是罗阡。一夜之间，婆婆的头发几乎全白了。她怔在那里，披肩上闪着一层晶莹的露水，手里捏着一枝凋谢的紫丁香。

梅玫在罗阡身后静静地站了一会，没有惊动婆婆。她呼吸着春天早晨潮湿而清新的空气，为这迷茫的晨雾遮掩了初开的白丁香感到几分惋惜。然而，她很快觉得自己的忧虑是多余的，朦胧的云雾中正透出几道橙黄色的光束。晨雾总会消散的，即使不是淡淡的雾，而是浓浓的雾。

发表于《收获》1980 年第 3 期

斜厦

他也许是全城最后一个听说那栋塔楼闹鬼的人。

但他终于还是知道了 20 世纪 90 年代的楼房竟然还闹鬼这一说，而且闹得有鼻子有眼，闹得蹊跷离奇，闹得栩栩如生。

据说先是有民工发现自己清晨醒来时竟躺在了水泥预制板的地面上，连褥子带枕头完好无损。继而就如同瘟疫传染，整个房间的民工都在地上直挺挺躺成一排，十分壮观。这些人平日里一天干十几小时活，劳累不堪，通常一觉睡到天亮，从未有梦游或是神经衰弱的不良倾向，即便是有人睡相不佳偶然翻身落地，也不可能形成如此军事化的地面行动。更奇怪的是无人有痛感，且一律在不知不觉中往东南方向失足。如果不是半夜出鬼有一只魔爪将他们一个个搬运下来，还能有什么解释？

又据说他们喝酒时，那酒杯尚未倒满酒便会往一边淌，在杯口与酒之间形成一个裤裆似的三角空缺，任你怎么倒酒那杯子总是不满，就像有个小鬼在一边勾着指头算计着你。最邪的据说是玩麻将牌，那麻将牌怎么也摞不成垛，塌方似的出溜出溜往下滑，没等出牌，它自个就往外跳，蹦到地上死活找不到，隔了好几天发现在走廊那头的角落里……

他早在一年前就警告过承建这座大楼的第三建筑公司的一个什么经理，大楼未竣工之前楼内规定不许住人。他担心工人会从未加设防的电梯井口一脚踩空摔成肉酱，以前就发生过这样的事。但他说了等于白说，没人会听他的。高楼内又通风又凉快，即使没有电没有水，对于那些从农村招来的民工来说仍然是不住白不住的理想所在。

吴工程师已过不惑之年，略有几根白发，做过几年工农兵学员，是绝对的无神论者，所以他对那些荒诞不经的闹鬼传说当然是嗤之以鼻。但以前他每晚落枕就着，一觉睡到天亮，一只闹钟是不够用的，必须同时开两只以上的闹钟才能把他闹醒。却从这天开始，夜里的他辗转于床榻，噩梦不断。梦中的他总是在摆弄着一堆堆凌乱的积木，而后积木坍塌，将他活活埋在其中，只露一个脑袋，犹如当年孙行者被压在五行山下一般……

这天早晨他不用闹钟便早早醒来。脑子里尚未消失的积木使他想起该楼开挖地基时曾多次挖到过的朽木白骨，森森寒光曾刺痛了他的眼睛，令他毛骨悚然。果然大楼开工后不久，这栋大厦的总设计师苏总工程师与世长辞，安然归天。作为苏总的助手之一，完成大楼的重任就历史而光荣地继承在他的肩上。但从那以后，他却常有一种不祥的预感……

当然梦总归是梦，梦醒后的吴工仍然精神抖擞地按时去设计院上班。即使他在被大厦闹鬼的传说纠缠一夜之后，晨光中他也仍匆匆起身，直奔大厦工地而去。

吴工淹没在自行车的洪流中，穿越大街小巷。自行车发出干涩的呻吟。

灰褐色的城市正在一日日漫无边际地向四外扩散膨胀。代之以昔日破旧的农舍菜园的是一座座被建筑师们称为"冷冰冰的方盒子"的高层建筑，赫然矗立于城区周围，犹如一道新的长城，将绿地与田野隔绝其外。吴工曾见过一幅从飞机上拍摄的城市鸟瞰图，第一眼就令他暗暗吃惊——城市的形状完全是一只四边突起、中间凹陷的巨盆，由盆中蒸腾的烟雾尘埃恰如一只灰黑的盆盖悬浮其上，使他顿感呼吸憋闷压抑。然而盆边还将继续增高增厚，终将筑成一片坚固的混凝土森林。

所以吴工在邻居和同行们眼中永远是一个埋头干活走路而目不斜视的怪人。他对城市景观总有一种莫名其妙的恐惧心理。即使在他的情绪特别熨帖的日子，他的目光只要掠过那些饭店顶端犹如土财主头上的瓜皮帽一般风光露脸的旋转餐厅或是古董街口簇新的石狮子、街心公园里被小孩子摸得黑不溜秋的假小孩汉白玉雕塑，他发亮的额头便顿时黯淡无光。

有人说吴工至今单身一人，坏就坏在他这双总是眯缝着的小眼睛上。而问题在于大学时代的吴工并非如此。他也不知究竟是从什么时候开始，明亮的眼睛就一年年在城市的高楼之间萎暗下去，瘪下去，最后连看女人也是那么一副目不忍睹的神态。虽然总算被破格提拔为高工，眼睛却是越发蒙眬。

此刻吴工汗涔涔地仰视那栋风传闹鬼而面目狰狞的塔楼，就又目不忍睹起来。

设计要求高达七十层的大厦至今尚未竣工。四下包裹着钢筋铁骨的脚手架和密实的防护网，在三十一层处戛然而止，看上去如同一个上着石膏夹板的无头巨人。

就算闹鬼，就算外星人来访，也不该选中这座塔楼。吴工一时很有些愤愤然。他不喜欢这个楼是他自己的事，作为建筑师，他可不愿意在他的"领地"上节外生枝。尽管这座楼的外形设计极其平庸无奇，就是被市民叫作冰棍楼的那种大众化的直筒子，但它的设计高度在全城却是独一无二、史无前例！建成后，它将俯瞰整个神州大地甚至整个宇宙。它是领导者智慧和力量的象征，是全城人的骄傲和希望。为了它的早日建成，全城人奉献了心里以及心外的全部热情。虽是建建停停，历时多年，但总算有了半拉可望又可即的高度，怎么就会不明不白地窜出这些神神鬼鬼蛊惑人心的怪事？！

巨型塔吊卫士一般屹立于大厦一侧，加上水泥振捣棒不停咆哮的噪声，使他颇得安慰。工程的承建经理已在楼前等待，经理风度翩翩，精明强干，抹过油的头发又黑又亮。吴工已同这经理打过多次交道，在他面前吴工总不由得自惭形秽，他深信自己早已让这腰缠万贯的包工头给耍了个底朝天。

经理递过来一只安全帽。他们穿过预制板的门洞，走上楼梯。尘土飞扬的空气中，他闻到一种不可言传的神秘气息。经理的鼻翼在每个楼梯拐角都兴奋地翕动，似乎预示着一个重大机密即将泄露。吴工气喘吁吁，面色潮红，他觉得自己的腿绵软无力，奇怪的是他的身子开始摇晃，而且总像汽车拐弯那样往一边倒去。他想自己也许是得了恐高症或是美尼尔氏综合征，恍惚中抬头，猛然发现走在前面的经理居然一只肩膀高一只肩膀低，原来如此，气宇轩昂的老板竟然是瘸子，他忍不住扑哧一声笑出声来。

经理头也不回地说了一句，这回你知道了吧！

忽然就有一张白纸从他眼前飞过，接着又是一张，天女散花一般。有声音怪叫，邪了！有声音应和，真邪了！他几步并一步攀上楼，只见一群民工席地而坐正在打扑克，那扑克牌明明是往西甩出手，却飞碟似的往东边悠悠地滑脱下去……

经理站住，背着手，似总结地对他说，这回你们不认也得认了！

吴工浑身一激灵，眼前黑了黑，额头沁出一层冷汗，膝盖颤了颤，一把抠住墙缝，呛了一口风。他知道自己输了。其实他早知道，只是他不想认也不能认。认个鬼认个外星人认个什么也比认这强。认了他就完了，这楼完了大家也都完了。

吴工定神憋住一口气，转身往楼下跑，一溜烟跑到立体交叉桥上，他知道在哪个位置能够囫囵个儿地观望这座楼。桥上挤满了人，男的女的、老的少的，个个手搭凉棚，围着那塔楼挤眉弄眼，暗暗笑着，一脸秘而不宣的鬼祟神气。只听一片喊喊喳喳声，重复着那两个字，邪了！邪了！

吴工木然而立，将眼镜摘下在裤腿上蹭了蹭又戴上，戴上又摘下，脚下的尘土湿了一大片也浑然不觉。眯细的小眼睛睁得老大，良久，薄薄的嘴唇歪了歪，腮帮子抽动着，嚼碎一句只有他自己听得见的话，不是邪了，是斜了！是座斜厦！

吴工跌地喃喃自语，顾不得斯文扫地。他早知道有这么一天，大厦要在全城人面前脱光它的衣裤，就像那个皇帝的新衣。也许他一直所担忧所惧怕的就是这一天。现在他不认也得认了，正如那经理一向断言的那样，如果是施工质量的问题，倾斜幅度绝不会如此之大。而真正令他痛心的是，他大概是全城最后一个知道大厦并没有闹鬼，而仅仅是由于地基沉降引起了倾斜这样一个简单的事实的人。

当天下午吴工破天荒地被请到了院长办公室。

院长亲自站起来在他身后把门锁上，亲自给他沏茶，用的是抽屉里自己的碧螺春茶叶。院长面色红润，慈眉善目，使人倍感亲切。院长当年曾留学列宁格勒（今圣彼得堡），是建筑界的权威人士，内行管内行，很受设计院上下的敬重。

然而院长温和地望着他，并不急于发话。院长只是说，辛苦辛苦，先凉快凉快吧，倒像是唯恐吓着了他。吴工感到心里很温暖。他一路上已准备好了全部的答辩词，因而十分沉着镇定。

请原谅院长大人，这座大厦开始设计时您还没调来，总设计师是苏总，也许您认得他。那时我刚从建筑学院毕业，建筑界中青年是断层，人手奇缺，院里调我来给苏总当助手。那时他刚从"牛棚"里出来，毕生的梦想就是盖一座全城最高的塔楼，并建议选址在东湖西侧。关于这个地址院里是有争议的，我查阅过地质资料，这块地方很早以前曾是湖沼，土层中有淤泥和流沙层，原则上不适宜盖高层建筑。您也许知道苏总搞建筑是半路出家，专业水平不那么……当然不是学院派的，但他的性格里具有一种挑战和反潮流的气魄。他说，地质资料不是一成不变的，我们应当有超越前人的勇气。这块地方别人都不要，我们要！我们会创造出建筑史上的奇迹。他的想法市领导非常欣赏，最后方案是市领导亲自拍板的。苏总亲自搞的结构部分。当然勘查设计院提供的数据是仅做参考用的。于是大厦就在这块淤泥地上站起来了。也许您了解后来的情况，由于资金由于原材料和一切不言而喻的原因，大厦几度停工，施工的时间跨度确是长了些。前几年有一个建筑质量检查团曾发现塔楼有倾斜的趋向，认为是施工方的责任，撤了一个副经理，从十三层往上反复修改和矫正了几回，以为没大问题了，却没想到，没想到……

吴工沮丧地垂下头去，内心充满失职的耻辱感和悲哀。万一大厦日后倾覆，其后果不堪设想，那么他就是十恶不赦的千古罪人。虽然设计图上的审定人是苏总而不是他，这个浪漫又奇特的创造者是苏总而不是他，当时他只是一个初出茅庐的毛头小伙，他只是参与了计算，何况资料、数据不准确的话，他如何会有准确的计算结果？但吴工的年龄断层恰恰断在了儒家与弗洛伊德交接处，因此他多年来一直在谴责自己——他当时并没有提过一句反对的意见，他曾渴望得到苏总的赏识与提携。所以当苏总带着未竟的遗憾离去时，才会把这宏伟的蓝图托付给了他。他是作为苏总最信任的学生而接受嘱托的，他抵御不了这种荣誉和成功的诱惑。如今苏总虽已作古，他又怎么能忘恩负义地背叛先师呢？

因此吴工左右旋转着身子，躲避着院长的目光而讷讷不知所云。他想说，如果要追究法律责任，就索性把我送交法庭好了。他偷偷瞟一眼院长，而院长依然神态自若笑容可掬。院长终于心平气和地说话了，口气之平淡就如同平日在走廊里相遇问他吃过饭没有。院长说，吴工，事情就是这个样子，过去的先不谈了，重要的是有什么补救的办法没有？

吴工惊魂落定，眼眶潮湿。那一刻他认定院长是世界上最专业、最聪明、最杰出的院长。他赶紧点了一连串头，以便同院长达成最默契的配合，尽快制定阻止大厦继续倾斜的方案。亡羊补牢，祖宗早有遗训在上的。

院长站起来送客。院长虽近离休年龄但办事仍有效率。他拍着吴工的肩膀说，我看嘛，这一次学术性的论证会就先不开了，人多口杂，意见容易分散，我马上派出测量小组给你一套准确的检测数据。你辛苦些，一周以后先弄出个方案来，注意一定要稳妥，但目前要保密，我们要在市里领导过问此事之前把准备工作做好。明白？

吴工久久地握着院长的手，院长对他的青睐通过黏湿的手掌传递过来。他全身一阵酥麻，说实在的，被领导委以重任的滋味真有点让人陶醉。

他倒走着退出门去。隔着走廊的玻璃，他望见夕阳正从一排高楼后面坠落下去。血红的天空衬托着千篇一律的楼群生硬的线条，犹如一块毫无生气的布景。他想城市的小学生课本上应把"太阳下山了"改成"太阳下楼了"。在这片拥挤的土地上，高层建筑正在不顾一切地风起云涌，否则把那些数以亿计的人口往哪儿塞呢？

他眯起眼。黄昏的余光中，一幢幢细高的建筑物犹如一个个沉默而忠实的见证人，记录着、证实着城市和民族的历史。他的心忽而一阵紧缩，打了一个寒战，刚才的兴奋和激情顿时悄然飘散开去……天气燥热，城市终日笼罩于一片炽热的白光之下，憔悴而疲惫。位于城市中心广场那个形如悬挂的宫灯的电视发射塔却像一只滚烫的火锅，日日煎熬着吴工的神经。

吴工在三天之内拜访了本城最优秀的建筑师。他在建筑界人缘尚好，凭他的信誉和人品，他相信不乏出谋划策之人。院长没有谈到报酬，但报酬总会有一点，近日电视里常为那些做出了杰出贡献的人颁奖。他不是那种斤斤计较的人，到时候从他的奖金里分出一部分，作为给同行的回扣或是信息费或是提成或是资助都未尝不可。

他首先想到的是大学同学，后来读了硕士，虽在国内没有获过奖，但在日本得过一次国际竞赛奖的时工程师。时工的设计以丰富的想象力和独创性著称，常常给人以出其不意的审美体验。

他找到时工时，时工正夹着一卷图纸，站在自家十七层公寓的顶楼，脸色苍白欲做跳水状。吴工眼疾手快，一把拽住时工说，你这是干什么？何苦

— 91 —

来着？时工说，你放开我，我的设计方案被枪毙了，灵魂已死，生命还有何可恋？那些蠢货非让我把方柱改成圆柱，把灰色换成黄色，再加一个琉璃瓦的亭子顶，不这么改就不批。哼，这就是中国的内向耗散自活系统，懂吗老兄？世界建设已进入未来主义，这里还有人花大钱修造神仙佛祖名妓遗迹，搞假古董真庙堂，倒说什么维护古城风貌发扬传统文化，再往下就该借尸还魂了不是？20世纪20年代俄国建筑师罗巴金的莫斯科高层建筑方案，过了半个世纪才在芝加哥变成西尔斯大厦，谁能预测未来的行走式城市、插入式城市、夹挂式城市、超级结构式城市不会在下个世纪变成人类的理想城市呢？嗬，我说，你找我有什么事？

吴工松开手。他记起这已是第三次在楼顶平台拯救时工了。当然时工属于比较容易被拯救的那种，只要谈到未来主义他一般就立即复活。为了巩固时工的一线求生之念，他赶紧叙述了来意，并恳求时工在挽救了斜厦之后再考虑消灭自己也来得及。

时工没等听完，回身将腋下的图纸向空中甩去，说，这些都不要了，不要了，我马上就有新的伟大构思。他一步跨下围栏，弯腰捡了一块石子，在水泥地上画出一道向上的斜线，斜得倍儿直。又在斜线的顶端，往相反方向又是一斜。然后在第二条斜线的顶尖上直直地往上画出一根直线，扔掉石子说，瞧，成了！

吴工蹲下身，又索性趴下，眯细的小眼睁得老大，他看清水泥地面上出现了这么一个图案。

这叫闪电式，嘿嘿，也可叫反转式。建筑物表面着银色涂料，在黑沉沉的乌云下，犹如一道闪电直插大地！时工满意地搓着手，一头长发迎风飘扬，展示出对生命的无限热爱。他解释说，根据反作用原理，在倾斜的顶部再反方向加高，即可扶正固本，反反得正。更重要的是，外观上的视觉刺激可给人以雷鸣般的警告。你说，这个超未来主义的构思，难道不是中国建筑史上前无古人、后无来者之一绝?!

吴工坐地不起，浑身凉透。他想自己也许是找错了人，或者是时工入错了国籍。这小子吃了三十年米饭，怎么就不懂这种奇形怪状的东西怎么会被有关方面批准？但吴工嗫嚅着，迟迟未敢开口，他怕一开口时工又要做跳水状。于是他面对闪电式频频点头大为惊喜，反复欣赏良久，忽然哎呀一声说，老兄，忘了告诉你，地基倾斜恐怕还得另有措施，弄不好向西的斜线过一段又往东倾斜怎么办？

时工哑然无语，面色渐又苍白起来。吴工不由得紧抓住时工的衣襟不放，时工却一声苦笑，挣开他的手指，悲壮地一甩长发，径自一人悻悻而去。吴工有了时工的教训，物色第二位合作伙伴时便有了充分的斟酌和谨慎。他记起了杜工。杜工的设计以求实稳重经济适用而颇受用户好评，在建筑界有口皆碑。

他寻到杜工时，杜工正光着膀子挑灯夜战。屋里无比闷热，吴工伸手要去按电风扇开关，杜工递给他一把扇子，努努嘴说，开不得开不得，一开都刮跑了。吴工环顾四壁，见桌上地上墙上摊着铺着的都是图纸，难怪是有电扇而不能用了。杜工五十有余，略略谢顶却是心宽体胖，任何时候对任何人都有求必应。杜工端一杯冰茶说，你怎么啦？干吗哭丧个脸死了爹似的？你要什么，说话！

吴工想起人们私下给杜工起的一个绰号，叫作杜斧子——案板前的钩子一溜挂满前臀后鞧五花排骨，你要瘦的要肥的或是肥瘦搭配由你任选，要哪块给哪块包你满意。就像是卖肉的，用户要什么样的他就能给提什么样的——你是要切割颠倒反差错位的后现代还是横三段纵五段的对称古典主义；你是要院围房的外向式还是四合院形的封闭式；是要得其形似失其气韵还是要具其色彩而失其笔法；是要三岔形古字形 T 字形的科学主义还是要民族风格加现代主义的综合美……总之是应有尽有按需分配。杜工的座右铭是用户就是上帝，所以他从不出售成品而只是来料加工。也许正因如此，他的设计事务所总是顾客盈门。

吴工磕磕巴巴将来意说明，却没想到杜工听完后哈哈大笑，笑得脖颈直颤，一边笑一边抓起桌上两条大理石镇纸，竖立，底部分开，顶端合拢，对搭成这么一个人字形。

杜工说，你瞧怎么样？这叫斜斜得正。两个错误相加，等于一个歪打正着。

吴工定睛端详这个人字，心中茅塞顿开，不由得大喜过望，急忙问，你的意思是，在斜厦东面再建一座反方向的斜厦，利用平衡原理，将斜厦支撑

斜厦

住？也就是把本该往上建的楼层挪到旁边来建，既安全又保险？

杜工摇着扇子，点着一支烟，鼻孔喷出两道白雾，说，老弟，我给你讲个火炬的故事。我从干校回来那年，有消息说上头让搞些革命的城市雕塑，市里的展览馆要在门前广场上竖个火炬，就为这火炬的形状犯了难。火炬当然要有风中飘舞的动感，可如往西倒，含义肯定有疑问；如往东倒，岂不是表示西风压倒了东风？他们来找我，我说这还不好办，往北或往南不就行了。他们说北边是个超级大国，指向南方又背离首都，弄不好出个错，就要吃不了兜着走……唉，我那一回可算是彻底明白建筑师是个什么行当了。

那后来呢？吴工心里勾起一些酸溜溜的同感。

你猜怎么着？杜工把手里的烟举起来，小屋内无风，缕缕烟气直直地往上冒。人哪，要是明白了什么法子都有。我告诉他们可以开发三维空间，让火炬不偏不倚不东不西不南不北，干脆直指蓝天，哪个方面都不是。嗨，结果怎么着？揭幕仪式一举行，一溜首长全哗哗鼓掌，说这体现了"刺破青天锷未残"的革命大无畏气魄……

吴工愕然，闷闷地半天无话，眼盯着两块镇纸，犹犹豫豫地问，不过你看，这人字又像是两条叉开的腿，若是建成了，哪位领导来视察，从下面走个来回，突然发现说受了胯下之辱，兴师问罪起来……

杜工的眉毛跳了跳，解嘲地笑笑说，若真是韩信再世，倒也能以此作为教训而发奋图强……

吴工喝一口凉白开，咕嘟咽下，两眼发直，说，杜工，你这个方案怕是不行了，你忘了这塔楼东边恰是个小湖，你往西斜的楼莫非盖在水里？

这一问问得杜工张口结舌笑容凝固。杜工说，老弟你有所不知，我患糖尿病明天还要交货，咱们改天再议吧，你先自个琢磨琢磨……吴工独自一人在街上游魂似的闲逛。

夜已黑尽，路边的楼房透出白炽的昏黄的幽蓝的灯光，像是一尊尊千眼神佛。远处的建筑工地只露出正在施工的最上一层和吊车顶部的亮光，在深蓝色的夜幕下，酷似一座悬在空中的楼阁。

吴工想连时工和杜工都没辙，自己真是穷途末路了。也许该上外科整容医院去受受启发，听说时下连驼背罗圈腿都能矫治，为什么他居然就面对一座斜厦而一筹莫展?

冷不丁就听有人喊了他一声。喊声清脆香甜,未等他辨别记忆来自哪一次约会,一阵白天黑夜都通用的香水味已缠住他的胳膊。他看见一张布满雀斑、形如柿饼的脸。他不可能忘记自己曾经是怎么坚定不移地拒绝了或者说是逃脱了她。吴工虽然常被人挑剔,但他也常挑剔别人,尤其是未婚的女人。

你看了这本新到的杂志没有?她微笑着露出锋利的牙齿,向他进一步靠拢,你瞧这上面,贝聿铭说,中国的建筑师正在进退两难,他们不知走哪条路。对此你有何感想啊?

吴工想起她正是自己准备拜访而为其尊容却步的建筑沙龙才女艾工。他突然产生一种遇到救星的幸福感。也许只有女性的那种温婉细腻才能将他从混乱的泥淖中拯救出来。那一瞬间他想,如果她能帮他摆脱困境,他也许可以考虑娶她为妻作为报答。于是他迅速调整了情绪,用充满诗意的声音回答,当然,伟大的罗丹早就说过,我们整个法国就包含在我们的大教堂中,如同整个希腊包含在帕提侬神庙中一样……

艾工撇撇嘴打断他,算了吧,听说你有个设计栽了?真的假的?

他故作轻松地说,那不过是小事一桩,地基沉降,设法往里灌注水泥就解决问题了。

愚蠢!她喊起来,愚蠢!你难道一点不懂得现代建筑的语言内涵?你听说过美国达拉斯的市场大厅吗?那大楼的设计本身就向前倾斜,倾斜是一个意向、一个象征、一个有意味的形式,它意指政府在向民众屈身、鞠躬,表示政府愿弯腰为民谋利。多棒多深刻多发人深思啊!不过,可惜你盖的是民宅楼,正好相反……

你饿了吧?我请你去吃夜宵好不好?吴工眼前出现了希望的飞碟,他必须抓住它而在所不惜。

他们走进一家小吃店,坐下来以后她便安静得多了。她用手腕支撑着下巴,严肃地询问他大厦究竟斜到什么程度。

他随手拿起桌上的一只塑料杯,做出一个斜度。

她的眼睛猫一般发亮,连声说,太妙了,简直太妙了,真是一个天赐的艺术品。她一只手按住杯子说,你别动,千万别动,一只手抓起桌上的一把筷子,架在杯子的一侧。她说,你看见了吗?必须首先巩固塔楼的地面结构,

斜厦

用钢缆将塔楼底部团团绑住，然后每一层用一组钢缆从倾斜的反方向延伸到地面的支撑点，就像拴帐篷那样，大厦就绝不可能倒塌了。从建筑语言上来说，这个设计同时寄予了负负得正的期待。你看它的外观像什么？

艾工用手指蘸着残留的可乐，在桌上画出一个图形。

这叫竖琴式！看清了没有？真的是一架巨大的竖琴。狂风来时拨动琴弦，它会奏出世界上最古怪刺耳、最不和谐然而也是最振聋发聩的声音⋯⋯

吴工怔怔地面对一只杯子和一把筷子，想象着全城面对这个怪物时的哗然。其实人们不喜欢振聋发聩，城市不需要艺术品，只需要他们需要的东西。住在这里面的人没准会夜夜做噩梦，或想入非非。他支吾着对艾工说，恐怕还得按照塔楼目前偏离垂直线的数据重新计算地基土质承载力。艾工的柿饼脸明显长了起来。他于是暗暗决定还是暂时当单身汉，并趁着艾工深情地摆弄她的筷子时，很不男子汉地从竖琴后面溜走了。他没法不溜走，因为他根本没法向她解释为什么竖琴不行。假若竖琴真的竖了起来，全城的人恐怕都会"震"聋发"疯"的。

吴工眼前天昏地暗，一团漆黑，真是走投无路。黑暗中他遥望鬼影幢幢的塔楼，夜空中电焊的火花四射，忽如焰火照亮了他的绝望——如果发生地震，恰好不多不少里氏 4. 7 级，就那么轻轻一震，便把斜的地方给正过来了！那该是多么省事多么高明多么顺理成章啊！

但假如多了那么 0. 1 级，再多了那么横的几晃竖的几摇，偏偏就把个不堪一击的斜厦给震塌了，岂不是弄巧成拙、前功尽弃么?!

真是震也不是，不震也不是；改也不是，不改也不是。

难煞吴工。吴工狠狠地往地上吐了一口痰。

三天以后，吴工出现在院长办公室。他从洁净无尘的玻璃门中看见自己形容枯槁，颧骨突出，禁不住吃了一惊。但此时他已顾不得个人形象，而从容不迫地向院长出示了一周以来自己选定的最为稳妥最为可行的方案。他认为最可靠最简单并能从根本上解除斜厦之难的唯一选择就是拆除斜厦，另行选址重建。他全面论述了重建的理论根据，希望院长当机立断。

院长以礼贤下士的风度耐心听完他的陈述。院长的银发有条不紊，连电扇来回旋转的热风都掀不起一根。院长微笑着，全部的回答只有两个字，钱呢？

才子吴工眼前一片空白。霎时间他眩晕他迷惘他恍然他彻悟。从院长苍白而丰润的嘴里说出钱这个字，连钱也充满了温文尔雅的文化气息。他想自己那张压在箱底的建筑学院的毕业文凭，应当签上今天的日期。今天他才彻底明白大厦的地基不是钢筋混凝土不是淤泥流沙而是另一种东西。院长的话言简意赅，一语中的——如果没有钱（学名资金），什么闪电式火炬式竖琴式全都是他妈的扯淡！吴工无地自容，奇怪自己怎么连如此简单的原理都一无所知。当初就算是读了博士，智商大概也是在那些民工之下的。

如今真是拆也不是，不拆也不是；建也不成，不建也不成。

院长看了看表，咳了一声，发表了如下吴工迄今为止聆听过的最长的讲话，这个星期你辛苦了。其实，其实关于这个楼的决议，啊，不，是决定，不不，是意见，上头已经下来了，你就不必，不必再忙乎了。前天市领导亲自去工地做了视察。你知道那位主管城市建设的马副市长吧？他对大厦反复进行了观察，他的观察结果是大楼根本就不斜，这是一些别有用心的人恶意中伤。斜的恰恰是别的楼，当然别的楼不归我们管……

吴工眼前浮现出一个胖老头，那老头总戴着个墨镜。有一次他摘下墨镜擦汗，吴工发现他是个斜眼。吴工想笑又笑不出来。

院长严肃地看了他一眼，继续说，不过考虑到天文地理民情等一系列综合因素，上头决定这座楼就盖到三十一层封顶。只要若干年内不发生地震或是龙卷风等意外情况，大厦在几十年内不会倾覆。所以院里决定交给你一项重大的甚至是特殊的使命：为了向大厦落成后搬进去居住的市民证明大厦的安全性，你作为大厦的设计者之一，同时又是未婚的大龄青年，院里决定正式分配给你第二十九层两室一厅住房一套，入冬以前就可搬进去……

吴工身子斜了一斜，一种自我牺牲的光荣和哀伤感纵横交错，使他的心脏隐隐作痛。他急忙拉过一把椅子，将后背和椅子搭成人字形。他喘了一口气，无意中望了望窗外，竟然第一次发现窗外的楼房原来全是歪歪扭扭的。他呆呆地愣了一会神，心想也许是以前的坐标出了毛病……半年以后大厦终于落成，煤水电三通电梯一应俱全，吴工迁入新居。吴工带头搬入后，住户争相仿效，三十一层大厦毕竟能缓解全城几百家人的超级拥挤。一时间搬家公司生意兴隆。

时工杜工艾工听说后都来庆贺乔迁之喜。时工发表感想说，其实该楼可代伞塔，利用斜厦与建筑物垂直线的距离，在顶楼开辟跳伞台，跳下去准保安全着地。杜工赠他一幅书法新作，并特意为他题诗，诗云，身悬悬兮渺无期，心悬悬兮终相依。个中滋味只有吴工自解。艾工送他一只泥塑的不倒翁，临走时眼泪汪汪就像要同他永别似的……

最令吴工惊讶的是，三建公司的那位经理居然改行经营了一家现代家具开发公司，专为该楼的居民承建只适用于该楼的一种一头高一头低、一边重一边轻的特殊家具，以保证该楼的住户全家老小早晨醒来时，不会发现自己从床上被搬到地下；酒杯也能斟满；孩子做作业时钢笔再不会顺势滚落……总之一切的一切都非常圆满。自从这个家具公司开张以来，斜厦里原来那些闹鬼的传说全都不攻自破，渐渐被人们淡忘了……

然而吴工自从搬入斜厦以后，却染上了些前所未有的怪癖。他把房间里所有的东西都拴了绳子。在床上焊接了不锈钢的床架，看上去就像一只笼子。他还常常在半夜里三番五次起来走到阳台上去检查门是否已锁上，回到床上便久久地端详墙上那张比萨斜塔的照片。他开始就着安定片喝酒，并且做梦的水平大大提高。他总是梦见自己吊在一只热气球的网篮里，随气流上下颠簸晃荡；或是站在笔陡的山崖上做跳水表演；有一次他梦见飞机失事，丛林湖沼遍地是残骸碎片；还有一次，他梦见了海啸，电闪雷鸣中一架巨大的竖琴沉入海底……醒时他冷汗淋漓，心慌气短。无奈中他安慰自己说，既然比萨斜塔再斜上一百年也倒不了，想必这斜厦也还能将就些年头，那又何必庸人自扰呢？

发表于《钟山》1991 年第 5 期

沙暴

一

那场风来得挺邪。

它如同面目狰狞的黄风怪，扑进了这座北方城市。天空在它尖厉的呼啸声中一点一点塌陷，像一个爆炸的水泥仓库，飘落下铺天盖地的细密而浑黄的粉末。于是突然间天空消失了。空气中充斥着呛人的沙尘气息。城市在这疯狂旋转的黄色烟雾中渐渐模糊，似乎正被风怪吐出的气流一口一口吞没。

尽管这几年春天，这种被气象台称为扬沙的天气每年都会出现，辛建生心里还是觉得有点邪门。

他顶着风骑车，听得见沙砾被风刮在车轮钢圈上的簌簌响声，人和车都不住地摇晃。昔日光滑的柏油马路已变成一块块黄土地，任凭驶过的自行车轮在沙子上留下蛇状的辙，又很快地被风抹去。在他左边骑车的一个姑娘，头上脸上被一块透明的纱巾严严实实地包裹着，像个蒙面女侠。右边的一个姑娘干脆在脑袋上扣了一顶浴帽，把一头秀发包在其中，倒像是在洗黄沙浴。

八仙过海，各显神通。他对自己说。旅游观光，其实这邪风恶沙倒是春天的都市一景。

正想着，就差点和右边冲来的一辆自行车迎头相撞。那人说，你瞎了眼么？他说，你才瞎眼了，不是刚亮的黄灯么？那人就乐了，说，你再瞧瞧，今儿还能有什么别的色吗？他很费劲地抬头眯着眼辨认红绿灯，心里知道是怎么回事了，也就不再计较。回头看一眼十字路口中央的交通警察，那黄绿色的警服上落了厚厚一层灰沙，一动不动地站着，像个刚出土的兵马俑。

他找到金城饭店那幢高楼时，觉得自己已是筋疲力尽，腰部隐隐作痛。身上的每个毛孔都被汗水和沙土堵住，黏糊糊地裹得他透不过气来。连发根里也落满了沙子，头皮一阵一阵地痒痒。就像当年去草原插队，坐在拖车的尾部，在荒天野地里颠了几天几夜似的……

他在饭店门口迟疑了一会，他不知自己有没有记错。印象中，"金城"是一座风格别致的白色大厦，今天却整个朦朦胧胧，灰不溜秋，呈现着一种可疑的黄色。

玻璃门自动开启，他走进去。紧接着额头被什么碰了一下，鞋尖也遇到了障碍。他发现自己面对着第二道玻璃门，只是因为那扇巨大的玻璃门亮得过于透明，以致他根本没有察觉它的存在。系着金色腰带的年轻门卫懒洋洋地替他开门，斜视的眼神掠过一丝难以捉摸的微笑。他从那拉开的半扇玻璃门中看见自己一头冲天的怒发、两只被风沙吹得通红的眼睛、歪斜在黑黄脸上焦干的嘴唇。他下意识地拍打衣服上的灰尘，门卫竟朝大厅左边的方向对他做了一个请的手势。

也许是应该打的来这儿？辛建生觉得有些别扭。如果打的，就绝不会弄得这样一身黄土。可的是随便打的吗？打一次的，起码是一个月工资的五分之一甚至更多。再说不就是内蒙古的哥们在一块聚聚会吗？就算有人举行婚礼，也用不着打的摆谱。

辛建生一向认为自己是个淡泊之人。如果不是念着内蒙古哥们当年的交情，他是不会轻易到这种豪华饭店来凑热闹的。

门卫手指的方向是一扇写着 WC 英文字母的门。他恍惚记得这是洗手间的意思。他明白自己确实需要整理一下形象。看来高级饭店就是不一样，连门卫都善解人意。他轻轻推开门，一地的彩色釉面砖光亮晃眼，不知从哪儿散发出一股淡淡的香味。四面走过来几个身穿白色礼服的老头，笑容可掬地低声问他，先生，需要什么服务？

他以为自己走错了地方。定定神，发现眼前其实只有一个老头，刚才的那几个人是四壁镜子的折射。他望着这彬彬有礼的老头，禁不住往后退了一步。他没有料到上厕所还需要别人服务。当然更为重要的是，这种服务到底收不收小费？大街上的收费厕所最低一毛钱，由此推算，这儿的小费最低也得一块钱。如果不收费，厕所里弄一个大活人守着干什么？他倒不是付不起这一块钱，而是实在觉得有点冤。

不用不用，谢谢了。他连声回答，急急地就溜进单间插上门。尿其实只有很少几滴，早都在路上变成汗水蒸发了。他在里头粗粗捋了捋头发，掏出手绢抹了抹脸上的灰，在他认为不需要收费的范围内，简略地把自己收拾了一下，然后洗了洗手，等不得用干手机烘干，就走了出去。

他重新来到大厅，一时竟有些发蒙。

起先是脚底滑了一下，镜子般光亮的大理石地面，斑斓的图案很是晃眼；大厅空旷而幽深，使他难以确定自己站立的位置；四周的壁画、奇形怪状的绿色植物、柔软而低矮的沙发，都给人过于柔软和虚假的感觉；浓重的香水味袭来又飘去，呼吸十分憋闷；悠悠的钢琴声，也许是泉水声从香水的间隙传来，令他有些不知所措。

一些人正从玻璃门那儿进来，气宇轩昂彼此响亮地打着招呼。他注意到一辆赭红色的小卧车，一直开到门边上。门卫迎上去躬着身子打开车门，有人从车上光彩照人地款款走出，很多人围上去。一会工夫，那位穿粉红色长裙的新娘怀里就拥满了鲜花。她拿着鲜花的那双手上齐齐地排列着八只金光闪烁的戒指。她身边那个矮矮胖胖的男人，西服领子上别着一朵像是纯金的饰物，伸出手同周围人握时，短粗的手指上竟也戴着三只闪闪发光的金戒指，每只都有针箍那么宽大。

俗不可耐。辛建生嘴角泄出一丝鄙夷。他往边上靠了靠。他又一次想，自己是不是记错了地方。他甚至有些后悔接受这次也不知到底是由哪个哥们转发来的邀请。就在这时，他的肩膀被人重重地拍了一下，他回头看见了那些熟悉的面孔，他知道现在即使想溜也是不可能的了。

后来他就随着贺喜的人群进入餐厅。后来他才知道，那个戴三只戒指的男人就是十年前与他下乡时在同一个牧场、外号叫作猴子的知青。据说猴子这几年在深圳那边做股票，大大地发了一笔。没人知道那钱的数目，但猴子这一回重新结婚，娶的是一位刚刚淘汰下来的时装模特，就看这婚礼的排场、气派，可知猴子是绝对的今非昔比了。

直到落座后，辛建生才明白，原来内蒙古的哥们只不过占了全部宴席的几桌。陪客中总得有几位当年患难的旧交，至于是张三还是李四，猴子其实是无所谓的。

不知怎么，他心里有些不得劲。

有人给他递过来一张烫着金字的卡片，他看见某某主任的字样。

有一张淡蓝色的卡片是从空中飞过来的，上面有彩色的照片，注明是某某总经理。

人人面前的餐桌上都摞起了一沓名片，交叉起伏着。

有人高声问，哎，辛建生，你的呢？留个电话，以后联系也方便。就这回，为了找你费大劲了。

他笑笑回答说，我没这玩意。真的。

一个工厂设备科的工程师，印了名片给谁看去呢？他心想，却仍然微微有些发窘。

抽烟，喜烟不抽白不抽。这几个月健牌涨到九块了。旁边的人扔过一支烟来。

他把烟放在一边。他戒烟已有七八年了。

他坐在靠窗口的角落里，背着身后壁灯的光亮，不希望有更多的人注意到自己。无论他愿意承认还是不愿意承认，他发现自己的处境有些尴尬。

所有在宴席上就座的宾客，几乎全是西装革履，衣冠楚楚，唯独他一个，穿着件半新不旧的涤卡面料夹克衫，邻座的人蹭着他的衣袖时，衣服上就散发出一股灰尘的气息，连他自己都能闻到。他还从黏糊糊热烘烘的衣领那儿嗅到脖颈上不断传来的汗味。露在外头的那一截衬衫领子，一定让那该死的风怪涂抹得脏兮兮惨不忍睹。

也许还是该打的来这儿，他又一次对自己说。他开始觉得浑身不自在。他怎么就没有想到，这早已不是蒙古包那时候了？他以为自己衣着随随便便能体现往日的亲切，可你的境遇你的失败全都在那截领子上，让大伙一目了然。就算你其实并不在乎这些，可是面对那些尤其是过去从里到外、论本事论名声统统不如自己的老友，那雪白的名牌衬衫领子配着百十块钱一条的鲜艳领带，在你眼前晃来晃去，你不是突然就莫名其妙地感觉到失落了吗？

宴席终于开始，酒杯频频举起，气氛越发热烈，辛建生几乎听不清前后左右的人都在说些什么，也无非是谁谁出了国，谁谁升了局长，谁谁发了财。

再以后，就是说些本城最新发生的抢劫案诈骗案还有足球羽毛球赛事什么的。好久不见，话题实在是很丰富。

辛建生小心翼翼地抵挡着周围人发起的干杯攻势。按当年的酒量，五十度以上的白酒他起码是半斤。但他拿起面前的五粮液，只喝了一口，顿时就没了情绪。他听见沙子摩擦着牙床的声音，沙子在牙齿的缝隙间流淌，又顺着喉咙流向食道，碾磨着他的胃壁，这种感觉弄得他很不舒服。他便试着猛劲吃菜，却是一口一个碜，沙子在香酥鸭和鱿鱼片之间翻卷不息。但这种场合，吐自然是吐不得的，就只好咽下去。如此一番拼搏，牙缝里的沙子仍是层出不穷，如再吃下去，胃就不成了鸡的嗉囊了吗？他心里更有些怨恨今天这场邪风恶沙。

他正拿不定主意是否应该下决心再去一次洗手间时（漱口想必不该收费），猴子和他的新夫人端着酒杯就到这一桌来了。

托大伙的福哇！猴子很响亮地给大家敬酒。胖得眯成一条细缝的小眼睛漫不经心地从众人胸前掠过，黑亮的头发好像一根根要滴下油来。酒杯碰撞的响声连成一片，又升起一片恭喜声。猴子说抱歉抱歉失陪失陪，只是很礼节地抿了一小口酒，便挽着夫人往前面一桌走去。走了几步突然回过身，从西服口袋里掏出三张大票，往桌上一扔，说了句，这是交通费，给哥们回家打的。

他走开后，大伙才发现，那票子每张都是一百块面额的。

猴子的福发成这个样子，胖得都快没形状了，辛建生闷闷地想。猴子的眼神压根就没看谁。他觉得他和猴子之间其实隔得老远。

这天晚上，辛建生一直干坐着，听当年的内蒙古哥们借着酒兴大侃。他们已经在谈论彼此的生意，探讨互利互惠的合作可能性。辛建生对此兴趣索然。他不喝酒也不抽烟，好像一个局外人，连他自己也觉得怪乏味的，但他仍是无话可说。

终于是散了。有人问他住哪儿，大伙正好分几条路线打的，捎个脚也就到了。他站起来，用很夸张的声音说，我骑车，自行车还在大门口呢！

忽然有个人从人群里急急挤过来，一阵温热的酒气喷在他脸上，接着伸过来一双软绵绵的女人一般的手，紧紧地抓住他不放。

建生，好你个小子，我总算找到你了！

他愣了一愣，目光从那人突出的眼镜上闪过，尴尬地张了张嘴。

嗨，我是吴吞啊！一个牧业队的知青，八中的。怎么，不记得了？

那人不由分说地把他拉到角落上，那种过分的惊喜令辛建生很是纳闷。

他望见窗外路灯下被狂风刮得东歪西倒的树影。黑暗中，看不见白昼肆虐的灰，夜晚把黄沙也染成了黑色。

二

那地方曾经有五棵松树。

一马平川的宝力格牧场，方圆几百里，牧草如浪，肥羊遍地，望见帐篷，望见牛倌马倌，望见蓝天白云，却望不见一棵树。

那五棵松树生长在宝力格牧场人迹罕至的边缘地带，再往北跑一程马，就到了同蒙古国交界的区域。几乎一直到它们从草原上消失以后，他们才知道，在当地边防站的地图上，它们是一个重要的地理标志。有人说它们七百岁，有人说它们一千岁，还有人说它们的年龄是不可猜测的。当地的牧民谈起这些松树的时候，脸上的神情就像是见到了佛爷。

五棵松树屹立在一个缓缓的小山坡上，如一只张开的手掌。那是到达草原后的头一个夏天，辛建生第一次见到它们时，感觉就像是有五个披斗篷的剽悍卫士，在淡淡的云影下，远远地策马奔来。风吹起骑士身上鲜绿的袍子，在正午浓烈的阳光下翻滚，渐渐近了，那五棵粗壮笔挺的树干上一层层碗大的鳞片，如红鬃马背上油亮的毛皮……

吴吞说，栋梁之材呀，真是天生我材必有用！

那一天，他们围着松树转圈，拼命拍打着树干直到把手拍疼。树却依然屹立着纹丝不动，手掌拍出的嘭嘭响声，在空旷的原野上听起来微弱无力。

自从离开城市，在新结识的知青伙伴里，辛建生还是第一次看到吴吞如此兴奋。吴吞可以说是个不动声色的人，在那个二十郎当的年龄，这种习性当然是成熟的标志。

吴吞从一开始就是他们的头儿，是查干窝拉牧业队的知青小队长。在查干窝拉的第一年，知青都住在牧民的蒙古包里，小队长却管着全队的知青。

所以当吴吞突如其来地重新出现在辛建生面前时，辛建生记忆中那些最辉煌同时也许是最耻辱的往事，就像在风天被吹散的羽绒枕芯，漫无边际地随风飘开去。

吴吞那时不叫吴吞。吴吞在下乡前就改名叫吴军，但八中的知青还是管他叫吴吞。他们说有时天在口下，有时天在口上，一个吴吞，放之四海而皆准。

第二年，知青有了自己的蒙古包。吴吞和辛建生住在一个包里。

有了新家就得有家当，比如游牧民族搬家的毡篷车、柜子车、面板、锅盖什么的。队里给准备了一些，却因为人多不够分，何况吴吞那会正在酝酿着一个广阔天地大有作为的宏伟计划，计划为牧民办一所小学校，计划在每个蒙古包前竖立一块黑板报，等等。办学首先需要课桌板凳，黑板报也得用木头来做。

那么木头呢？在这块只长草不长树的地方，听说牧民用木料，就得赶着牛车在草原上走十天半月的，到呼伦贝尔那边去买。

吴吞却显得胸有成竹。等到那年冬季草场的事安排停当，他就领着七八个人去了五棵松。

许多年来，辛建生一直清楚地记得伐树那天的情景：一场大雪刚停，静谧的草原上响起了雄壮的歌声。歌声震落了如五顶巨伞高擎的松树树冠上的积雪。一只褐黄色的老鹰恼怒地从高高的树顶飞起，凶狠地扇着翅膀，绕树转了一个大大的圈，无声地钻入蓝天。在它站立过的地方有一根粗壮的枝条，突兀地翘着，似乎被它锐利的爪子占有得过久，树枝光秃秃地发青发亮，像一根横插的羚羊角。辛建生听牧民说过，老鹰喜欢蹲在高处，它的视力可以从一千多米的高空觅见草丛中的耗子。在这之前，它几乎每天都盘踞在这根树枝上，好像是它的专用宝座。

歌声停下来的时候，有一滴金黄色的松脂掉在他黑色的棉手套上。辛建生听见风从松针细密的缝隙里穿过。松涛舒缓起伏，彼此的树冠如手牵着手搭在一起。

松树的呼吸在最后一分钟里仍然平静。钢锯响起来的瞬间，辛建生曾感觉到一种被撕裂的疼痛，而后便好像冻僵了似的麻木。他们为那五棵松树很费了一番力气，直到太阳西斜的时候，他们终于听见了那一声轰隆的巨响，一个巨大的黑影朝着白茫茫的雪原踉跄扑倒下去，像一个从身后被击中的武士，毫无防备地倒毙。撅断的树枝弹落四散，一只金灰色的羚羊角蹦到他的靴面上，光滑的枝条上还留着鹰爪的痕迹……

几天后，当牧民闻讯赶来时，雪地上横倒着五棵大树，像五座折断的佛像。雪地已被人的脚印踏得破碎发黑，而松树的树冠树干却明洁如初。

牧民们惶恐地勒马而归。第二年春天，牧民小学开办，没有一个牧民把孩子送来上学。那些未曾干透便粗制滥造的课桌板凳歪歪斜斜地扔在草地上，最后在干牛粪被淋湿的雨季里，成了知青生火的柴火。

牧民的状子一直告到盟里。边防站、林业局也火上加油。为此，吴吞不但没有当上知青的先进典型，还被盟里的知青办暂时免去了他的牧业小队长职务。吴吞对此很是不解。他曾愤愤地告诉辛建生，可见愚昧与落后是多么顽固，我们要建设一个新牧区，而牧民却在祈求神灵的保佑。不彻底破坏并砸烂旧世界，又怎能建设一个红彤彤的新世界呢？

那五棵草原古松从此就从宝力格牧场的边缘永远消失了。它最终留下的纪念是一辆厚如砖块的木板做成的柜子车。六年以后，当吴吞赶上最后一届工农兵大学生，彻底离开草原的时候，柜子车的板材被整块整块地拆下来，做成了一只其大无比的木箱，装得满满的，随同吴吞运往城里……

因此，辛建生对吴吞的感觉比较不容易说清楚。

三

一只灰褐色的老鹰从一棵秃树上箭一般俯冲下去。

树下是一条湍急的河流，翻腾着蓝色的浪花。有一条大鱼在水面浮游，刚露一点脑袋。那只老鹰已接近河水，同时猛伸出双爪，把那条大鱼活活地抓出水面。鱼在鹰爪下挣扎，鹰却从容不迫地飞回树枝，在树上开始享受它的美餐……

爸爸，那是只鱼鹰吗？女儿问。

你没听解说词吗？那是只非洲老鹰。他回答。

将满四十岁的辛建生还是第一次从电视上看到老鹰抓鱼。刚才屏幕上的情景，就像二十年前他曾亲眼看见的草原老鹰抓羊羔抓兔子抓老鼠那般惊心动魄。

每个星期天晚上电视里的《动物世界》节目，他是必看无疑，每集不落的，这种习惯差不多已经持续了十年。但每次打开电视选择频道的时候，他不知为什么总会有些犹豫。就好像是去会见一个很久以前的恋人，想见却又怕见，最终还是见了，缠绵中想起了自己一度的负心，就有些不好受。

因而他总是问女儿，你想看哪个台呀？

《动物世界》呗。女儿总这样回答。

口味是需要培养的。这既已成为女儿的选择，他便释然。

某国的一个野生动物保护区内，一头母豹叼着一只捕获的羚羊，身后跟着几只小豹子，似乎在寻找一个可以安全吃食的地方，找来找去，竟然钻进了游客停在树林里的汽车底下……

真是难以置信，他盯着屏幕吃惊地想，人和豹子竟可和平相处。

妻在厨房里喊道，有人敲门，听不见哪？我占着手呢！

他去开门，冷不丁觉得门口蹲着一只豹，定定神，发现原来是吴吞。吴吞穿着一件有迷彩图案的牛仔上衣，顿时就像换了一个人。

吴吞说，今天有点空，又不刮风，出来溜达溜达。上次见面，说好了要来看看你的。他说着就脱了外衣，主动挂在门后的钩子上，像是在自己家里。

辛建生平日最不愿在看《动物世界》的时候被人打扰，因此脸上的热情就不够自然。但吴吞毕竟是多年不见的老友，那天自己又给人家留了地址。他招呼吴吞坐下，从抽屉里找出一包红梅烟，又让女儿去拿火柴。妻以极快的速度端上一杯热茶。家里凡有客人造访，妻总是十分高兴。

吴吞笑眯眯地打量着他这两室一厅的住房，目光从彩电冰箱组合柜上一一掠过，似乎很羡慕地说，过得不错嘛！

嗨，马马虎虎吧。辛建生心里有几分得意，又补一句，还不是靠她，勤俭持家呗。

这房子，单位分的？吴吞随意问。

哪里呀！妻插嘴说，是孩子她爷爷那一年落实政策，学院给补差的，家里就让我们先住着。就凭建生那单位，又是三角债又是亏损，工资都差点发不出来，上哪儿分房去？

吴吞淡淡一笑说，我最近刚买了一套商品房，三室的，等有闲工夫，上我那儿玩去。

三室一厅的，那得多少钱？妻的惊讶露在脸上。

也就是十万二十万的，其中还有原来单位分房折的钱呢。吴吞很谦虚地说，如今光省钱不行，得会挣。

建生忍不住问，那天晚上你给我那名片，不是写着你在什么部当着一个什么处长吗？走红道的，有权还有隐性收入……

不行不行，你不明白。吴吞一个劲摆手，那些小权能办什么大事啊？所以去年就决心不干了。正和朋友们弄个公司呢，执照快下来了。给你那名片，早先的。

建生一时不知该说什么。像吴吞这样的人，该上学时就上了学，该立业时就当了处长，按说是混得够可以了，却还琢磨去下海，他有点替吴吞惋惜。

成千上万只小海龟密密麻麻地拥挤在海滩上，一步步艰难地爬向大海，像是一只只游在沙地上的蝌蚪……

建生有些心不在焉，不时地瞟一眼屏幕。他想吴吞来得可真不是时候。

把电视关了吧。吴吞收了笑容，口气里就有了二十年前当队长时的威严，今儿来还想和你商量点正事。他那样子很认真。

建生说，那就上小屋去谈吧，这节目孩子爱看呢。

他想，会不会是吴吞要拉他上他那个公司去呢？按他的技术，搞一点新产品开发不成问题。不过自己那个厂虽穷，可待的年头多了，人缘还蛮好，一天天得过且过的，也没觉得怎么不行。吴吞若要请他出山，铁饭碗变瓷饭碗，总得有个正正当当的理由才能答应。

然而，吴吞同他商量的事却完全出乎他的意料。

吴吞说，除了他自己的那个公司，他还想联络一些人，成立一个草原经济开发联谊会，用来协助当地牧民发展畜牧业、农副业的深加工，也算是老知青在现有条件下为牧区做的一点新贡献。

他侃侃地讲述了一个诸如此类的宏伟计划。据他了解，这个联谊会将有广阔的开拓前景。所以他目前要做的第一步就是找上几个哥们，亲自到原来的牧区实地勘查一番，拟一个可行性规划。

怎么样，够劲吧？吴吞有些激动的样子，算上你一个，跟我一块回宝力格一趟。工资、路费可以由联谊会出，实在不行就请病假，这就看你的了。

辛建生很有些疑惑。这种公关性质的活动，他认为自己根本不是合适的人选，吴吞怎么会看上自己？

他就问了一些比如联谊会的经费从哪里来、活动方式和经济效益等方面的问题。吴吞含糊其词地对此似乎有点不耐烦，只说，你先不用管那么多，先说你到底想不想回宝力格吧？

辛建生没有回答。这件事来得太突然。

其实先去看一看，就当是旅游也值。吴吞又说。

不，我不想去。辛建生站起来。

为啥？

不为啥。辛建生打了一个嗝，胃里很不舒服。自从那个扬沙天气，他吃进去一嘴的沙子以后，他老是觉得像是有沙砾在胃里碾磨。

吴吞也站起来，笑笑说，那你再考虑考虑吧，反正也不急，只是别错过机会了。

吴吞似乎还有许多话没有对他说。他能感觉到。

他送走了吴吞，妻过来问，那人找你有什么事？

我也不知道。他有点心烦意乱。

虽然他曾许多次梦见绿草如茵的宝力格牧场，但他明白，他是再也不会有勇气回那儿了。

四

无论在任何时候、任何地点，只要你抬头往天上看，碧蓝碧蓝的天空极高处总有几个黑点，一动不动地定在那儿，像是白天出没的星星。有时星星稳稳地坠落下来，蓝色的光晕化成了两只雄厚硕硬的翅膀，在半空中被强大的气流托举着，悠悠地穿过阳光，划过天空，盘旋在偌大的草原上空。

在草原牧羊的寂寞日子里，辛建生可以称之为娱乐的快活时刻，便是把羊群赶到一片茂密的草场，任羊群自由自在地吃草，然后找一面向阳的草坡，四仰八叉地躺下来，头枕着自己的胳膊，无心无事地观赏天空中的老鹰。

那只老鹰突然就如同流星一般，往地面斜斜地俯冲下来。他惊诧地仰起脖子，只见前面半人高的草丛里，窸窸窣窣蹿过去一只灰兔，连蹦带跳地直往沙柳林里钻。那鹰呼扇着翅膀掠过草尖，草叶被纷纷折断。兔子惊恐地往前奔跑，鹰紧随其后穷追不舍。猛地，老鹰伸出一只利爪，死死抓住兔子的臀部，那爪子如同一只铁钩，深深嵌入兔子的皮肉之中。兔子疼痛难忍地回身挣扎，刚一回头，老鹰的另一只爪子便牢牢地箍住了兔子的颈部。兔子再也动弹不得，长长的耳朵顿时就耷拉下来。老鹰沉甸甸地飞起来，爪子垂直地抓紧它的猎物，一直往小山顶上它的鹰巢方向飞去。

这种场面辛建生见过多次。嚼着草根，他反复琢磨老鹰为什么总是用一只爪子去抓兔子的尾部？后来有牧民告诉他，鹰的两只爪子是横着长的，兔子却直着往前跑，鹰要想抓住兔子，就得设法让兔子的身体横过来。果然一抓尾部，兔子就回头。一回头，老鹰的两只爪子双管齐下，便可得逞。

于是辛建生很佩服老鹰的智慧。老鹰有勇有谋，在草原上，可以说是天下无敌。老鹰有铁钳般的爪子和铁钩似的利嘴，没有一种鸟会自不量力地袭击老鹰，更没有一种猛兽能够侵犯老鹰。它们在这片天空随心所欲地翱翔，成为草原千年万年的统治者。

只是极偶然地，老鹰会遇到一只狡猾的老兔子。那兔子或许有过惨痛的教训，即使躲避不及被老鹰钳住了臀部，却强忍住疼痛，死不回头，用尽全身的力气继续拼命往前跑。只要钻进了沙柳林，老鹰便将遭到杂乱枝条的抽打，再无用武之地了。那时，老鹰只好悻悻地扔下兔子，缓缓升空，余勇可贾地在沙柳林上空久久盘旋。

草原上有句谚语：人老奸，马老猾，兔子老了鹰难拿。可见鹰的捕技是可以作为参照系的。

刚到草原的头一年夏天，辛建生总是带着牧民送给他的那条牧羊狗，躺在草坡上，远远地欣赏老鹰消磨时光。有一天，却没有想到同老鹰意外遭遇。

那天他躺在山坡上看书，阳光下小风又温和又凉爽。他不知不觉就睡着了。过了很久，他似乎被什么声音弄醒，慌慌地坐起来，见羊群还在坡下低头吃草，平安无事，并无狼的踪影。刚放了心，侧过身子，却见斜坡下方的草地上立着一个毛茸茸、灰乎乎的东西，差不多有半人高，正埋着脑袋一顿一顿地啄着什么。他揉揉眼，顾不上细看，吹一声口哨唤来大黄狗，就命令它朝那家伙冲过去。正是下坡，黄狗撒开四蹄一阵风就冲到了那家伙跟前。那东西一激灵，张开翅膀飞起来，因是仓促起飞，又是下坡，尚需一个贴地滑翔的过程，速度就相对缓慢，在绿草地上投下一大片黑影。只见大黄狗狂吠着，纵身一跃扑了上去，竟把那家伙扑翻在地。他觉得不对劲，赶紧奔到近前一看，差点吓了一跳：原来那是一只老鹰。

老鹰被黄狗打翻了个，灰褐色的脊背贴地，麻黄色的胸脯朝天，让狗的两只前爪死死按住，一时似乎有些发蒙。黄狗叫得凶极了，声势咄咄逼人。但奇怪的是，黄狗不像往日那样将脑袋直对着自己的猎物，而是歪着脖子，眼睛冲着另一个方向。

辛建生看一眼狗，又看一眼鹰。他的目光忽然与鹰的目光对视。

那是怎样尖锐、深邃又凶狠的两只眼睛啊！辛建生清楚地记得自己打了个寒噤。在苍茫的天穹和恬淡的白云下，它冷冷地逼视着他。琥珀般棕黄色的眼珠，漆黑的瞳孔像两个黑洞洞的枪口，利眼中似乎珍藏了宇宙间亿万年的精华，傲然藐视着一切生物。那目光深处透出一种来自太阳的威严金光，一眨不眨，肆无忌惮地直射他的五脏六腑。

他急忙移开了自己的眼睛。他不敢正视它，也不敢再被它正视，怕被它的目光灼伤。

难怪那条敢于与恶狼撕咬的大黄狗，刚才都把脑袋转过去了。

他哆嗦着吹了一记口哨，命令黄狗放开它。这道命令竟使黄狗如获大赦，顷刻间足球般弹开老远。

于是老鹰从容不迫地翻过身，竟然没有忘记抓起它刚才捕获的一条长蛇，很有大将风度地乘云而去。

那条背上有一轮轮黄黑色花斑的蛇吊在鹰的爪子上，很像一架直升机垂挂的软梯。

辛建生有过这样的经历，对于老鹰，就有了格外的敬畏。

然而，他见老鹰抓得最多的却是原野上的耗子。

那个时候，草原上的老鼠还不像后来他们离开的时候那样猖狂，凡是有人有草的地方总是有老鼠。草原鼠的兴趣爱好比较独特，它们不啃衣服不吃书本，却嚼草叶草茎草根、掏沙打洞以及快速繁殖。它们在草场上做窝，一个老鼠窝就有七八个洞口，隔一个月又制造出新的一窝，一出门浩浩荡荡几十只，蔚为壮观。凡有老鼠洞的草地，地面上的草便稀稀拉拉发黄。秋风一起，草原鼠们就把结了草籽的草秸早早地咬断，一堆堆整整齐齐地码在洞口旁晒干，再一点点拖进洞去。牧民说，一窝鼠一年差不多要吃掉一只羊的口粮。千百年来，老鹰就自觉而又义不容辞地承担了捕捉老鼠的职责，如同地面上的猫，血管里奔腾着视耗子为世仇的遗传基因。

辛建生躲在放羊的草坡上，在每日无声无息寂寂流动的时间里，最得享乐的趣事便是欣赏老鹰的狩猎表演。

通常，鹰在高空长长地滑翔与巡视，沉着地寻找它的目标。但它们也常常降落到离人畜很近的草场上，站在木桩、土墙或牛头骨上四下观望，等待着耗子出洞，以便进行近距离的突然袭击。

金黄色皮毛上有黑色花纹的金花鼠，长长的尾巴像一把毛刷。它出门之前喜欢蹲在离洞口不远的地方，探出它的小脑袋东张西望，毛茸茸的身子一会伸长一会缩回。当它确信安全的时候，才会鬼鬼祟祟地跑到草地上寻食。一种被知青称为萝卜鼠的东西比较傻帽，它们经常一个个直着肥硕的身子，东一只西一只立在草场上，远远看去就像一只只大青萝卜。小灰鼠的洞口离得很近，从这个洞口出来又进了那个洞口。还有些专门用来临时避难的死洞，钻进去半天也不出来。

老鹰却显得挺有耐心，雕塑似的伫立在洞口，一动不动。只等这些小动物一探头，老鹰雄赳赳地伸出爪子，一只爪子踩住一个。

老鹰抓耗子从不用嘴帮忙。有时不留神让老鼠溜了，它会气急败坏地去追。耗子溜得飞快，钻进草堆就没影了。而鹰，别看它在天空中翱翔得那么潇洒，在地面上就没了优势，只见两只鹰爪笨拙地迈着八字，像个醉汉横着身子摇摇摆摆，跌跌撞撞，跳着当时还无人领教过的迪斯科。但是老鹰依然锲而不舍，它巨大的翅膀拍打着地面，卷起阵阵灰沙。鹰在自己扬起的尘埃中迈着坚定的步伐，一有机会，它就抬起尖利的爪子狠狠朝耗子踩去，踩住一只，便低头一口吞下这小肉蛋似的美味，待饱餐之后才悠然飞回山顶上去。

很多年以后，辛建生和他的伙伴们才发现，当年老鹰们活着的时候，草原很安宁。那时的草原才是真正的草原。

五

星期天一早，妻便催着他起床。妻总有许多家务活，留给他星期天解闷。妻的理论是，如果星期天出门逛商店，必须是要花钱的；如果探亲访友，自然也要花钱；请朋友到家来玩，就更得花钱。所以既省钱又省心的办法，当然只有干家务。

妻是很贤惠很懂得持家的女人，辛建生一向很重视妻的指示。

因此，他的星期天总是在家里度过，连父母那儿，他也只是在过节时才礼节性地去拜访一次。他已经习惯了这样的生活。

妻说，这几天风停了，阳台上落满了土，该扫扫阳台了呢。

他便换了一件在家干活穿的旧涤卡中山装，拿了扫帚簸箕去打扫阳台。果然，阳台上堆放的杂物和极小的一块空间都已积了一层厚厚的沙尘，冷不丁一看，就像黄土高原似的。他一扬扫帚，大风天呛人的气息就扑鼻而来，将人闷头闷脑地埋在其中。好容易憋足劲一口气扫完了，低头一看，满地仍是横七竖八的黄道道，沙漠似的。再扫一遍，仍然如此，那些极细的沙尘像黄色的颜料粉，渗透到水泥地面的每一道缝隙里。

他嘴里就有了那天晚宴上沙子磨着舌头的感觉。

这些天，由猴子婚礼所引起的种种不快已在他自认为一向我行我素的生活习性中归于平静，但这会他重新觉得有些恶心。胃里的那些沙子也不知是否已经屙出去了，他想，莫非就没完没了了？

他取来湿墩布，仔细拖阳台地面，连栏杆上夏天摆花的水泥棱子也擦了一遍。做完这些以后，他又到厨房的柜子里悄悄抓了一把小米，撒在栏杆上的水泥棱子上。每次擦完阳台，他便要瞒着妻干这件事。他喜欢看着不知从哪儿飞来的一只只小麻雀落在他眼前的阳台上，啄着他撒下的小米粒那种快活又紧张的样子。

远处的树已有了蒙蒙的绿色，像积雪化尽后刚刚萌动的春季草场，在向阳的暖坡上被轻风温存地抚摩……

从窗口那儿传来吱吱呀呀的小提琴声。女儿又开始了她星期天的功课。妻说女儿的小提琴老师认为她很有音乐才能。如果是伯乐，该给女儿买钢琴的。他告诉妻，他从小一听钢琴就会犯癫痫的毛病，且无药可治。

女儿的小提琴声突然中断。他听见阳台上有什么东西扑腾的声音。妻正好出门去倒垃圾。他冲着阳台喊，别抓我的麻雀啊！女儿却冲着他喊，爸爸快来，一只鸽子，咱家飞来了一只鸽子。

女儿的怀里紧紧抱着一只白色的鸽子。那鸽子的腿上有一只小小的铜箍，刻着几个数字，另一条腿上有一道血痕。鸽子似乎站不太稳，咕咕叫着，有气无力地把脑袋靠在女儿的胸前。

咱们收养这鸽子吧，爸爸？女儿的眼睛很热切地望着他。

妻不知什么时候进来了。妻从女儿怀里把鸽子接过去，在手里掂了掂，拍拍它的背说，怕是有一斤多重呢！

女儿说，它找不到家了，没人要它了。我要，我要养鸽子。

那次你姨结婚，酒席上一只乳鸽就要四十多块钱呢。妻的呼吸突然就急促起来，眼睛放出了亮光。

辛建生扭头到抽屉里找出一块胶布，替那鸽子缠了腿上的伤口，虎着脸说，把它放了！放了，听见没有？

妻和女儿都噘起嘴来。他看见她们的嘴唇在动，却听不见她们在说些什么。他好像是吼了一声，抱过那只鸽子走上阳台。他的手臂往前用力地一扬，那鸽子像一只白色的羽毛球，飞过淡青色的树梢……

他避开妻子惊愕的目光，轻轻摸着女儿的头发。他不能说出，他放走鸽子是因为害怕妻子会趁他不备杀了那鸽子吃。很多次，只要面对那些活生生的飞鸟和小动物，他便觉得自己是个罪孽深重的人。

妻愤愤走开去。他回到房间，发现门厅里站着吴吞。

吴吞春风满面，笑嘻嘻地对他说，今天是星期天，天气又好，约了几个朋友去郊外遛遛，楼下就有辆面包车等着，什么都现成。你要是不去，可就扫了大伙的兴了。

他愣着，他不明白吴吞为什么又来找他。去宝力格的事，其实那天他已经一口回绝了不是？

吴吞又说，今天我请客，你嘛，带张嘴就成。

妻走过来推推他的胳膊，说，你去吧去吧，在家待着也是待着。

每次他在家和妻有了口角，妻便想方设法支他出去。妻从不扩大战事，况且妻对吴吞找他很感兴趣，他有直觉。

吴吞为什么事先不往他单位打个电话呢？当辛建生莫名其妙坐上了吴吞的"大发"车之后，觉得自己像是被绑架了。

汽车穿过市区。街边又立起了一座座新的大厦，奇奇怪怪的名字令人目眩，辛建生只有在经过那些大楼时才会突然觉得，这个城市对于自己实际上已十分陌生，甚至他已被排斥在城市之外。

建生，你看那家美发厅，门口的广告牌上写的什么呀？红灯亮的时候，吴吞从车子的前排座回过头问他。

他想吴吞真是没话找话。这一车人，闹了半天他一个不认识，自然就无话可说。他瞟了一眼美发厅的门面，慢腾腾地说，最新发型，潮在其中。又忍不住评论，现在潮水都值钱啦。

嗬，这么远的字你都能看见啊！吴吞由衷地兴奋起来，我就记得你的视力是咱牧业队最好的。怎么，念了几年电大，没把眼镜戴上？还是当年的二点零？

他就觉得吴吞刚才让他看字像是一个考试。吴吞从不白白关心他人。这么说，他辛建生还有一双值得骄傲的眼睛。可惜自从离开草原，到煤矿到返城到上电大到在工厂当技术员，这双眼睛再也没有派上过什么特别的用场。在城里，人都只需看眼前的东西，还有电视。

这样闷闷地想着，觉得路很长。车子已上了郊区的路，又开了十几分钟，车停了。吴吞进去找了个熟人，车便开了进去。那人领着七拐八绕的，又停在一座健身房似的建筑物前。下了车，辛建生跟着吴吞走进去，看见墙上一大排黑白分明的靶子，竟然是一个室内射击场。吴吞说这儿有朋友，可以免费打枪玩，打多久都行。跟着吴吞车来的那几个年轻人便跃跃欲试。不一会，就听见枪声乒乓响成一片，那自动替换的靶子像个鬼脸似的一上一下，枪眼却都落在远离靶心的外环。

废物！辛建生听见吴吞嘀咕。吴吞像个教练似的，冷眼站在一边盯着。那枪声震得辛建生耳膜嗡嗡直响，他转身走了出去。

哎，建生你去哪儿？吴吞马上跟了出来，怎么不试试？机会难得呀！吴吞笑着说，其实这是专为你安排的。这些人吹呗，一动真格的全熊了。也就是你，准行！

辛建生说，谢谢了。我想回去。

吴吞的脸一下就黑了。他说，那怎么行？你要是走了，今天就全白费了，全乱套了，求求你还不行吗？就算给我个面子……

说得辛建生心里有些不忍，便反问，你不知道我再也不想摸枪了？

哎呀，你这个人怎么这样死心眼？吴吞笑着撇撇嘴，这是靶子，和你那不是一回事。

有几个人跟着出来。吴吞像是看到救星，拦着他们说，这个辛建生，我们在草原插队的时候，知青里头数他枪打得最准。那些野鸭子在水里游着，他说是打脖子，绝不会打在胸脯上。来来，还不快让他给你们露一手！

那些人便围着哄着，连拉带拽地把辛建生推到靶场上。

他别无选择。举起枪托的那一瞬间，他想这下肯定要丢丑了。他的手一直在微微颤抖，眼前一片模糊。整整十七八年，也许更久，他没摸过枪了，而他拒绝打枪的原因却无法对这些人言说。

枪声响了。他觉得自己的心猛然一震，整个人都被弹了出去。

随枪声响起的是众人的叫好声。他睁开眼，见子弹打了八环。

这不是当年最好的成绩。他想，他完全可以打得更好。

他深吸一口气，眯起眼，轻轻扣动扳机。那会他头脑中一片空白。他听见枪响，抬头看见靶心的黑窟窿。他浑身的血液开始涌动，一种久已淡忘的欢悦从他心底升上来，使他重温了往日的激情。他觉得手指尖传来一种难以忍受的瘙痒，胸腔里有什么东西在撞击着他麻木已久的心。鼻翼一阵一阵翕动，口干舌燥。

他按捺着内心的冲动，连连扣动扳机。枪响的那一刻，他突然获得一种极度的快感，如同多年以前第一次满足青春热欲那般过瘾。

六

三条银亮的小河蜿蜒着流入夏季草场那片四周环山的盆地。盆地中央是一汪清凌凌的湖水。从小山包上望下去，湖泊便像是一面光可鉴人的镜子，将天边层层叠叠凝固不动的浓云收入其中。灰绿的芦苇已纱帐般蔓延开去。太阳西斜时，便有丝丝缕缕白烟似的水雾在湖面上悠悠浮荡。雾气从那些一直站在水中纳凉的棕红色的马群中间穿过去又穿过来，经久不散。土红色的本地牛吃饱喝足了，懒洋洋地卧在湖边的草滩上，闭目养神；刚出圈的绵羊风卷乱云一般咩咩叫着冲向水边；十几只灰麻麻的野鸭子慌慌张张地拥成一团，从被绵羊染白的湖面钻进了密匝匝的苇丛……

唯有孤独的老鹰居高临下地俯瞰和瞭望着地面，永远离群索居，独往独来，傲然凌驾于万物和苍天之上。

辛建生和他的伙伴刚到宝力格牧场那几年，差不多每个山包上都住着一只或一对老鹰。它们各占一个山头，各领一方天空，各自划分着心照不宣的势力范围，彼此互不侵扰，相安无事。

每当老鹰开始在天空盘旋的时候，草原狼和金红色的狐狸便竖起了耳朵，躲在草丛深处自己的窝边，翘着脑袋仰望着鹰的去向。一旦老鹰向下俯冲，它们就会鬼鬼祟祟地尾随其后，期待在老鹰捕获猎物之后，至少也能分到一些残羹。

老鹰是当之无愧的草原之王。那时，辛建生确信无疑。

他记不清究竟是从什么时候开始，蒙古包里的知青都在悄悄谈论一种神秘的药材，对于治疗风湿性关节炎有特效。什么麝香虎骨熊掌，与这种东西相比，统统不在话下。从城里探亲回来的知青说，在南方，这东西一对就值上百元，而且压根买不到。

到底是什么呀？在蒙古包昏暗的油灯下，他好奇地追问。

鹰爪！

他浑身一颤，出了一头冷汗。

听明白了吗？就是老鹰爪子！你们想想，虎骨熊掌治风湿，稀罕吗？裹着那样厚实的虎皮熊毛自然抗寒。可是老鹰爪子呢？草原的冬天零下四十多度，老鹰整天光秃秃地露着那一对爪子，飞在刺骨的白毛风里，蹲在滴水成冰的雪峰上，爪子上连一根保暖的毛也没有，它怎么从来不冻僵？那爪子还特别有劲，一家伙就能抓透黄羊的五脏六腑。这种高寒草原的老鹰，爪子里准有一种特殊的抗寒成分，只不过以前没被发现罢了。用内蒙古老鹰爪子泡酒，人家南边的人就认这个，据说还是什么宫廷秘方呢。

辛建生听得目瞪口呆。他想反驳点什么，却又说不出来。

隔了些日子，辛建生放羊回来，见蒙古包的地毯上放着一个布包。有人把布包打开，他看见一对灰黑色如同铁锚般坚硬的鹰爪。

他还从未这么近地看过鹰爪。它差不多有壮汉的手指那么粗，大半根筷子长的脚骨上紧紧裹着一层纽扣般大小的鳞片，像是涂了一层釉，泛着铁青色的亮光。三长一短的四根脚爪弯成一个坚韧的钩形，在爪子的顶端，伸出尖刀似的锋利的爪甲，发出半透明的黄褐色光泽。拿在手里，如一件精致的稀世珍品。

在鹰爪靠近根部的地方残留着几处血痕，便是被利斧齐根斩断的。

怎么样？明儿你也去啊？你的枪法那么准，一打一个中。

这家伙好打得很，胆子忒大，不怕人也不躲人。

吴吞那儿有的是子弹。就说是打狼用，反正各包都有一支基干民兵的半

— 117 —

自动步枪……人们七嘴八舌地对他说。

那一夜，辛建生听着草原上远远传来的狼嚎，眼睁睁看着蒙古包顶盖上的天窗一点点发白。他感觉到自己的血管在突突跳动，热血就要喷涌而出。他觉得自己一直所渴求所盼望的日子就要到来了。在那之前，甚至连他自己也不明白他所期待的究竟是什么。在宝力格的三年里，他打过无数的旱獭子、野鸭子，还有黄羊、狼和狍子。但如果同打老鹰相比，那些地上跑的傻东西能算是个什么野物呢?! 老鹰确实曾把他震慑得胆战心寒，那么如果反过来他也能降服老鹰，那该是个什么劲头哇?!

还在中学念书时，他就被学校选去参加军训打靶了。在一个全民皆兵的年代，神枪手是男子汉渴慕的一个人生目标。也许就是这个原因，他才千方百计报名来了草原。可至今他还未尝过对空射击的滋味。

第二天，当太阳升起来的时候，辛建生拿起猎枪走出了蒙古包。他抬头仰望蓝天上那个遥远的黑点，第一次真正觉得草原的天地广阔无垠。坦荡辽远的旷野上，他站立着，像一个圆规的中心支点，勾画出四边圆弧形的地平线。除了空中的老鹰，周围甚至没有一个比他更高的东西。

枪声在空旷的野地震响，草叶发出簌簌的战栗声。他从来也没有听见过如此震耳欲聋的枪声，空中的那个黑点像一块陨石沉重坠落，巨大的翅膀遮住了半个太阳。那一刻天空暗了一暗，绿色的草地被一阵黑云覆盖，他的枪筒上撒满了百合憔悴的花瓣……

在辛建生以后的梦中，那始终是他一生难以忘怀的辉煌时刻。但在白昼的阳光下，面对死去的老鹰那一双依然凶光毕露的眼睛，他却不能不惶恐不悚然——硕大的老鹰绵软地倒在他的脚边，翅膀四边黄黑色的羽毛血迹斑斑。而鹰的眼睛却一直瞪着他，如它生前一样一眨不眨。

在老鹰死不瞑目的恶视中，他或许曾经感到过愧疚、恐惧和疑惑，但是知青们的蒙古包却一连多日喜气洋洋。一粒粒基干民兵的专用子弹，无须花费成本便轻而易举换来的战利品，开始被盘算着各种用途。很快大家都心照不宣——鹰爪将是一种可打开种种后门儿的珍贵礼品。

很快就有了由吴吞主持的牧业小队集体召开的批判会。批判对象是二次大战时希特勒党卫队的帽徽——谁都没想到而吴吞想到了，那帽徽上的标志就是一只张翅的老鹰。老鹰同法西斯有某种不可否认的内在联系，要打倒资本主义就必须打倒老鹰。况且老鹰还叼羊羔。虽然叼羊羔只是偶尔为之而主要是抓老鼠和兔子，那也掩盖不了老鹰凶残的阶级本性。吴吞做了以上一鸣惊人的发言，慷慨激昂，一下子便抓住了事物的本质，不由使全体新牧民对吴吞重新折服。有一个原来叫洪茵而下乡后改叫红鹰的女孩，被大家叫成红色资本家，大哭了一场以后，只好又改成了红缨。

自从老鹰的性质在那个秋天被正式确定之后，无敌的老鹰就突然成了知青们共讨共诛的敌人。

七

辛建生走出厂子的办公楼时，天已快黑了。

为了修改一个设备改造方案，从厂子到科室到车间都已反反复复地磨了几个来回。许多年来，辛建生就干着这种拉锯的活，在产供销的严格计划中，为厂子寻找活下去的一点空间。他忠于职守却不善言辞，疲于奔命却碌碌无为，对于他这样一个从未做出过特殊贡献的小职员，厂头儿甚至都没有正式看过他一眼。辛建生年轻时曾有过的很小一点抱负，便在这把大锯年复一年、日复一日的销蚀损耗中，被如同黄沙一样不断洒落的锯末所掩埋，性情就变得越来越寡淡和沉默。

他取了自行车，推到厂门口，用气筒给轮胎打气。

老百姓怕官，官怕洋人，洋人怕老百姓……他一边打气，脑子里不知怎的就跳出来这小时候念过的民谣。人有时候会突然出现一些莫名其妙的念头。他想，这倒是一个极妙的连环套、关系链。可是假如洋人不怕百姓而且和百姓串通一气呢？这个连环套就进行不下去了……可他这几天干吗总想起连环套？

他胡乱想着，正要跳上车，车把却被一只手拽住了。

等你半天了！

吴吞一张瘦削的脸，在暮色中显得格外苍白。

走走走，跟我走，今天晚上就咱俩，有话同你说。

对于吴吞的出现，辛建生似乎已不感到突然。吴吞在最近短短两周内一再找他，他自然懂得还有未说出来的话。只是他不喜欢这样诡秘，也不愿意吴吞到单位门口来拦截自己。他便回答说，家里等着吃晚饭，要谈就到家里去谈好了。

吴吞说，我已经给你老婆打电话请过假了，我请你吃饭。

辛建生想问吴吞怎么会知道他老婆单位的电话，话到嘴边没出口。问了就跌份了。他想起那天在射击场打枪的事，无论如何，那一天是他回城以后屈指可数的开心日子，回到家半夜没睡着，扣动扳机的食指在被窝里兴奋得直抽筋。照这么说，蒙古包的哥们在一块还是挺有意思的。

犹豫之间，就让吴吞在一边领着，进了一家个体饭馆。

饭馆人挺多，放着刺耳的流行歌曲。吴吞要了酒菜，掏出一包万宝路放在桌上，自己点了一根，开门见山地说，那一次在你家说的那个草原经济开发联谊会，目前看来还缺少开办资金，还得大伙想想办法呢！

辛建生没说话。资金是个敏感的话题，他疑惑地看了吴吞一眼。

哎，我的意思可不是让大伙掏钱，都挺不容易的。

辛建生觉得有些发窘，就端起杯子喝了一大口啤酒。

吴吞用筷子拨着菜，闷着头说，我倒是有个两全其美的计划，想让你帮我参谋参谋。

不用这么客气，说吧，我听着呢。辛建生这才觉得有些饿了。

吴吞四下看了看，小声说，这会人多，待会再说吧。倒是想先听你说说，这些年究竟混得怎么样啊？见了两次，也没得空好好聊聊。

辛建生又喝了一大口啤酒。这几天，那种牙碜的感觉总算没有了，胃也似乎光滑了许多。

你不是都看见了吗？他随意说着，不够小康，也算个小小康吧。人这一辈子，钱多多花，钱少少花，生不带来死不带去，想那么多有什么用？

你真的就不打算动弹动弹，挣他一大笔钱，为你老婆孩子做点贡献？吴吞说着就把眼睛眯了起来，像广告上那种自我推荐的样子。

没劲。辛建生摇摇头，我不想当那部分先富起来的人，也不想当那部分后富起来的人。我不穷不富，收支平衡，胸无大志，知足常乐。老婆孩子跟我，别的好处没有，有一个好处却是别人没有的，你猜猜是什么？平安无事。

吴吞嘿嘿笑起来。被烟呛了一口，直咳。待咳嗽止了，沉下脸道，建生，不是我说你，这么多年过去了，你怎么还跟那时候一个德行，活活的一个死不开窍？都什么年代了，还有你这样死守几个工资过活的人？说白了，这叫犯傻；说文明点，这叫迂腐；在医学概念上，这叫痴呆。话不好听，却是这么回事。仗着咱们一个锅里吃过手扒肉，我先把丑话说在头里，再过几年，就你这样的，准保成为一部分先穷下去的典型了！

辛建生也不生气，给自己添了酒，慢条斯理地回答，干吗我就非得跟别人一样活呢？买房子买汽车？还累赘呢。回城这些年，光知道置冰箱彩电洗衣机，就跟草原上那羊群一样，成天跟在几只头羊屁股后面让人赶着，赶时髦，我可真受够了。

辛建生听自己的声音像是有一点口是心非。

吴吞狠狠地掐着烟蒂，似笑非笑地干咳一声，说，那你干吗不引领一次新潮流呢？也好发挥你那些在厂里用不上的"剩余价值"。

我？除了打枪，别的本事好像没有。建生还有点自知之明。他的眼光落在吴吞的万宝路上，心里忽然就有了一丝恼恨。

你这么说只不过因为没有遇到机会。吴吞冷笑了一声，如今到手的机会再不抓住，你可就真的对不起祖宗也对不起自个了。

吴吞突然做了个结账的手势。他的眼睛通红，发出燃烧的亮光。他拉着辛建生走了出来，走进了街对面的一家歌舞厅。

辛建生还从来没有来过这种也许就叫作卡拉 OK 的地方。灯光闪烁，人影幢幢，旋转着的光环掠过头顶，衣服一会发紫一会变绿；缭绕的烟雾中，有疯狂的歌声直刺他的耳膜，令他透不过气又有些莫名其妙的亢奋。他们在一个角落坐下来，吴吞又要了两杯啤酒。

他听见那年轻人似乎在唱，没有你便没有我，没有你便没有我……前面一台大彩电的屏幕上，有一行字迅速滑过：请跟我来，请跟我来……吴吞一仰脖，把那杯酒一气喝干了，喷着酒气，贴着他的耳朵说，听着，哥们，假如你照我的计划办，不出半年，我准保让你发财！

又有一个粗哑的女声唱着，宁可等到将来去后悔，也不愿现在挽回……辛建生觉得像是一个二重唱一般的声音在他耳边说，如果他参加了这个计划，所得的收入，个人和联谊会对半分，这样的话既促进了草原的经济发展，又可使个人无本致富，还可满足有关人士保健和治病的需要，真可谓一举几得，国家集体个人三方得利，何乐而不为呢？何况还有有关方面提供交通工具，一旦准备完毕，就开车直驱牧场……

他听得稀里糊涂，便问这到底是由哪个部门主办，谁是头。

这你就别问了。这些事比较复杂，不能随便说。说了你也不明白。昏暗的灯光下，他看不见吴吞的脸，只听见一个低沉而神秘的声音从很远的地方传来。

你知道吗？那天看你枪法还是那么好，我可乐坏了。咱内蒙古的哥们里头，我最后就选了你。这种事人不能多，要是泄了，就没咱的戏了。要知道如今在南边，鹰爪的价钱一对就是好几千，比当年翻了十几倍，就因这是天然药品……

你说什么？你刚才说打、打什么？辛建生突然就结巴了。

鹰爪呀，老鹰的爪子。去弄他个百十对，不费什么劲，一次就能赚好几万哪！

可是，可是老鹰是国家保护动物，你知道不知道？辛建生有些愤愤地咬着嘴唇，又不是20世纪70年代，如今猎杀老鹰是违法的！

违法？吴吞满不在乎地哼了一声，你就不会不让人抓住？草原那么大，半天见不着个人影。打下鹰，就地剁下鹰爪，把鹰埋了，几十对鹰爪也不过一书包大小，车座底下、车前厢里，哪儿不能藏？他拍着辛建生的肩膀，就算是让人发现了，你放心，我自有法子让他们乖乖放行……

辛建生猛地推开吴吞，站了起来。他怔了一会，摇摇晃晃走了出去。

八

自从老鹰被定性为敌我矛盾之后，宝力格牧场上空的枪声就再也没有停过，甚至还波及其他牧场和公社。

一般来说，老鹰喜欢立在山包顶上或是很久以前留下的残垣和木桩上，在视线所及的制高点终日瞭望。即使是有人走到离它十几步远的地方，它也不屑一顾。有时它甚至飞到离人很近的场部住宅区，窥探那里的老鼠或是母鸡的行踪。

有人说过，强者是最容易被打败的，因为他傲视一切而忽略了对方。无敌的老鹰便不幸应了这句名言。它把自己变成一座雕塑一个目标，暴露给所有觊觎它的枪手。

辛建生又一次猎射老鹰，是在去场部买粮的路上。一只灰褐色的老鹰就立在路边的一根电线杆上。看来这是它经常盘踞的领地。电线杆的顶部已被老鹰的粪便刷成白色，远远望去像是涂了白色的石灰水。他瞄准它的时候，手微微有些颤抖，而老鹰却纹丝不动，锐利的目光投向很远的地方。他似乎踌躇了一会，也许他是在期待老鹰突然飞走。但那时老鹰却把脑袋转了过来，闪电般的眼神在枪的准星上亮起一块斑。他哆嗦了一下，枪声便响了。

那只老鹰砸在地上的时候，扑通一下，竟把他骑着的马吓得退了好几步。

他把老鹰的腿和翅膀用绳子缚起来，倒挂在马鞍子的一侧。当他走近场部的商店时，他发现许多人围上来看他的马，嘴里还发出啧啧的赞叹声。他低头一看，原来是捆老鹰翅膀的绳子松了扣，老鹰爪子虽然还吊着，两只翅膀却横着摊开。马一走，老鹰那两个硕大的翅膀便呼扇呼扇着，从马肚子到马尾，占了整整大半匹马身子宽。

许多孩子跟在他身后叫唤。辛建生第一次有了英雄一般的自豪感。

第三只鹰是他在草场上打的。当时他正躺在草坡上晒太阳，一只鹰低低地在他前方的羊群上空盘旋。他拿过枪，把枪托支在地上，身子还斜着就瞄准了，就那么一扣扳机，鹰便栽了下来。

他不记得自己一共打了多少只老鹰。打下了老鹰，他拿回蒙古包，扔给随便什么人就算完事。他从来不干用斧子剁鹰爪的活。他要的不是鹰爪而是打老鹰的荣耀。一般鹰爪都由吴吞亲自处理。吴吞那小子眼睛近视，枪打得挺臭。辛建生从未见他打落过一只老鹰，就有一次打中一个黄羊，还打在羊屁股上。但他剁鹰爪却干得利利索索。建生无意中看到，吴吞连睡觉都掖着枕边的那只面口袋，里头支棱八叉的，正一日日鼓胀起来。

吴吞剁下了鹰爪，烧一锅开水把鹰毛煺了，然后开膛破肚，洗净了为大家炖鹰肉吃。蒙古包里终日飘荡着鹰肉的香味。鹰肉的表面裹着一层金黄色的油，炖熟的鹰肉也如块块白金般闪耀。肉质细腻，肉汤鲜美，人说吃一口鲜得眉毛都掉了。吴吞总是一边吃一边说，宁吃飞禽一口，不吃走兽半斤。吃过鹰肉，第二天浑身都是力气，好像连胳膊上的肌肉都会鼓起来。辛建生爱吃老鹰肉，有一次他甚至壮壮胆，吃下了老鹰的一只眼珠。那只眼珠直到他夹在嘴边时，还死死地瞪着他，以致他没敢嚼就囫囵咽了下去，自然是什么滋味也没尝到。以后的很多天，他都觉得五脏六腑往外冒火。

偶尔，香味会把过路的牧民引来。牧民爱吃汉人包的饺子，爱喝知青从城里带回的油茶面。但是牧民走进蒙古包，掀开锅盖，见是一只肥嘟嘟的老鹰，就会像看见乌鸦似的扭头出了蒙古包，跨上马就走。

当时谁也没顾得上想牧民为什么不打老鹰也不吃老鹰，反正牧民既落后又守旧，除了牛羊，连鱼都不吃。后来吴吞就给牧民们上了一课，题目叫作"保卫草原"。那个报告里声讨了老鹰的十大罪状，并用通俗易懂的比喻，把老鹰叼羊羔的行为比作旧社会草原上欺压牧民的牧主。上课果然有效，以后凡是打老鹰，如与牧民相遇，他们便只是远远地在一边看着，并不阻拦。

慢慢地，有人就觉得用枪打不过瘾。他们不知从哪儿弄来些炸药，灌在玻璃瓶里，放在老鹰常去的地方。等上几天，突的一声轰响，老鹰血肉横飞，绿草地上五彩斑斓，黑黄羽毛沾着鲜红的血迹随风飘扬，又缓缓地落地，像是夏日的一场黑雪。

但炸药常常会把鹰爪炸飞，得不偿失，于是仍然改用枪打。附近山头的老鹰被打得统统不见了，便到远山坡的秋季草场或是更远的冬季平原草场去。又有人提议捕捉小鹰，说小鹰的肉比老鹰的肉更鲜嫩。

辛建生曾在一个暮春的下午，在一个山顶裸露的岩石上找到过一只老鹰窝。那块棕红色的岩石四周覆盖着一大片一大片白色的鹰粪，瀑布般垂挂着。鹰巢就如同一只巨大的祭器，供放在石头顶部，面向蓝天，无遮无拦。说是巢，其实只不过是由几块破羊皮和碎毡漫不经心地围成，其简陋粗糙像是一个临时的栖息场所。他在那奇特的鹰巢边站了很久，心想，也许这才是傲视万物的老鹰真正的王者之尊。普天之下，苍穹之上，唯有老鹰根本不需要一个遮风避雨的场所为自己提供庇护，因为整个天空都是它的家园。

在那些破碎的羊皮上摆着两只灰黄色的老鹰蛋，与鹅蛋差不多大小，蛋壳上有黑褐色的麻点。他忍不住伸出手，把鹰蛋放在自己随身带的黄挎包里。正要爬下岩石，头顶突然刮来一片乌云，一只老鹰如旋风般出现在他面前，恶狠狠地直朝他扑来，甚至可以说是冲着他的眼珠扑来的。他吓出一身冷汗，便一边用胳膊挡住脸，一边用极快的速度将老鹰蛋放回巢中，然后连滚带爬地出溜下岩石，跳上马一口气跑出几里地。待人和马都大汗淋漓气喘吁吁，才敢站定了回头去望，见那只老鹰还在山顶上巡视。

这次历险，他从未对人讲过。后来有人捡回了七八个老鹰蛋来，炒了盆香喷喷的野山葱鹰蛋。他不吃。他只是对同一个包的哥们说过，如果你们把老鹰蛋都吃了，将来还有什么老鹰可打呢？但没人听他的。

假如那时辛建生真的知道几年以后老鹰被打光之后，草原是个什么情形，当时他还会像着了魔一般去打老鹰吗？也说不准。他打老鹰打得心安理得问心无愧，是因为他没有剁下鹰爪子去换钱，或是作为什么珍稀贵重礼物去打通上大学招工返城的关系。他打老鹰就是因为他有本领打下老鹰。打下老鹰的瞬间，他觉得整个天空都属于自己。

所以他仅仅是在盟里的一个煤矿将他和其他几个知青招工去当了矿工以后，才把自己做的一只老鹰标本送给了盟里知青办的人。他做过好几只老鹰标本，还用鹰翼上粗硬的长毛做过一把精美的鹰毛扇子，但给过什么人都忘了。到最后回到他出生的城市，他连一只标本也没留下。

吴吞比他先离开宝力格牧场。吴吞前一年回城探亲时，带走了整整半面口袋老鹰爪子。有人透露说，吴吞是用鹰爪去"慰问"兵团几位当年爬雪山过草地的首长了。但人家既然是曾为革命出生入死落下风湿性关节炎、寒腿病，享用几只鹰爪治病实在也理所应当。蒙古包的知青私下议论一番，自是无话可说。吴吞探亲回到草原不久，上头来人招收工农兵学员，吴吞就悄悄上大学走了。临走时还让大伙打几只老鹰解解馋，可建生在草原上转了半天，天上空空如也，连个黑点也没有看见。

九

星期天上午，辛建生端了一大盆洗好的床单被罩，拿到楼下的空地上去晾。才一会，又原封不动地端了上来，对妻说，不能晾了，刮风了。

妻便问，是刮黄沙吗？

他说好像不是，只是刮风。妻说，如没有沙子，还是晾在楼下吧，否则当天干不了，晚上还得晾在卫生间里，怪占地方的。辛建生就又端着盆下楼去。

总是刮风。打辛建生记事起，这个城市的春天总是刮风。风里即使没有黄沙，也好像裹着涂料，刮着刮着，树就刮绿了，花也刮开了，刮下人身上穿了一冬的厚羽绒服，街上的女人就换了色彩鲜艳的风衣。早晚的风依然飕飕刺骨，穿风衣的日子就很长；脱了风衣的时候，夏天也就到了。

辛建生觉得这个城市其实没有春天。

他晾完被单刚想上楼，邮递员来了。他看着邮递员往自家的信箱里塞进一封信去，便说，哎，师傅，你没弄错吧？

辛建生，五二室，错不了。绿衣使者说完，转身就跃上了自行车。

他急忙把那封信抽出来。他家的信箱一向形同虚设，通常有信也是寄往单位。会有什么人给他写信呢？

竟是一张烫金的请柬。里头用毛笔字工工整整写着：特聘请辛建生先生为草原经济开发联谊会常务理事。底下有朱红大印，还签着一个他从来没有听说过的名字。

他慢腾腾走上楼去。他不知道该不该把这事告诉妻。说实话，他有点兴奋，他还从来没有收到过这种玩意。信封太大，塞不进裤兜，而毛衣又没有口袋，手里还有一只空盆。

他进了屋，就把那请柬扔在了饭桌上。

妻正在摆弄一条项链，见他进来，把项链塞给他说，你看看这是怎么了？好端端的就扣不上了。

他试着弄了弄，果然是扣不上。再细细看，是搭钩坏了。这会他正没心思，就说，这东西差一环都不行，我没办法。

妻就有点急，说过几天单位要去郊外野游，她就这一条项链，好容易有个机会戴一戴，怎么就断了搭钩？再说，项链不戴也就罢了，可是搭钩无缘无故地坏了总不是个好兆。

妻还想要借题发挥往下说什么，女儿抱着小提琴走过来，一眼发现了那张亮晶晶的请柬。她结结巴巴念完上面的字，笑嘻嘻地问，爸，这是广告吗？

辛建生有些哭笑不得。

女儿是个电视广告迷。只要电视上做过广告的东西，统统确信无疑。洗头液香皂面霜还有小食品，非广告上露过面的一概不要，就连平日说话的语言也活学活用。你要是说，哎，这个菜同上回做的不一样，她就会回答说，不一样就是不一样；你要是说，乖乖你别缠着妈妈买呼啦圈，她就会对你说，挡不住的诱惑嘛；你若问她这东西好不好吃，她准保回答，味道好极了；你若是称赞某个相声节目真逗乐，她就跟着喊，万家乐，乐万家……简直就拿她没办法。她生活在一个广告世界里，她的生活中只有一个权威，就是流行的时尚，而时尚则通过广告作为最佳媒介。

辛建生至少在理论上是一个极其讨厌时尚的人。他设法阻止广告对家庭和女儿的骚扰，所以就尽量地少看电视，即使不留神被电视连续剧中的广告偷袭时，也一律关闭声音。但一段时间以后，他发现收效甚微。女儿放学回家，照样把那"卜卜松脆，真正好吃"的营养麦圈嚼得咔嚓响。广告已经成为空气成为自来水成为挥之不去的尘埃，无孔不入，无处不在。广告引领着城市的最新潮流，如一场又一场旋风接力赛，使得每一个人都在广告牌下失去了判断。没有一个人敢于抗拒或者能够抵挡广告的渗透力，谁都担心被广告排斥和疏远。如果你家中竟然没有一件广告上认可的物件，你便会被人认为是一种不可理喻的落伍和愚昧，甚至是一种没有文化的表现。辛建生曾经对他所厌恶的广告文化做过一点探究，按照他自己的思路，他认为，其实人们未必真的需要依赖广告选择商品，而是人这种动物，天生无法摆脱价值和精神的相互认同。他们中的大多数人害怕游离在时尚之外的孤独，害怕自己会成为人群之外的丧家之犬。

于是他很痛心地挥挥手对女儿说，去去，就知道广告广告的，拉你的小提琴去吧！

妻这才注意到了那张发亮的请柬。她走过来仔细研究了一番，脸上有一种会意的微笑，却是轻描淡写地说了一句，理事理事，倒是管事还是干事？没准就是没事找事呢？

他没料想妻竟然并不在意，一时有点失望。

这几个星期，吴吞没有再来找他。他反倒有些纳闷。按他了解的吴吞，定是不达目的不会罢休的。现在寄来了这张请柬，这件事看来还没完。要说真的是为草原发展搞什么活动，按说他不该推辞，即使不愿去牧场，也该干点别的。但吴吞怎么就会想到去打老鹰？他那天晚上回家，做梦都梦见老鹰恶狠狠地朝他扑过来。

这些天你是怎么了？整天心神不定的，是不是又要评职称啦？妻突然问，还给他倒了杯水。就坐在一边择着韭菜。

评高工还早着呢，起码五十岁吧，你着什么急？慢慢熬呗！妻很通情达理地开导他，这日子没个头，眼看粮食又要涨价了。说是一人发十二块钱粮食补贴，你还以为赚了，其实粮食一涨什么都得跟着涨。是个人都得吃粮啊，你就是挣得再多也没辙。刚把冰箱彩电洗衣机买齐了，这又出来个录像机；

要买了录像机呢，人又在挤着买什么微波炉、电子游戏机了；再有钱，还有空调等着呢。就算家里有座金库，也能填进去。到明年，指不定家家都想弄辆汽车了……

你说些什么呀！辛建生不耐烦地打断妻的话。虽说妻在安慰他，虽说妻从不像那些小市民，成天跟丈夫打架逼着男人去弄钱，虽说妻从不说他不爱听的那些话，可她越是表现得那么深明大义，就越让他心里不好受。有时他甚至觉得她是故意摆出一副哀兵必胜的架势，让他自个去体悟她的弦外之音。女人如果懂点心理学，男人算是没辙。

我的意思是说，你就死心塌地当你那个工程师，咱家反正比上不足比下有余。妻仍是心平气和，孩子将来让她自个闯荡去。老师说她有音乐才能，该给她买架钢琴，可咱家买不起。就让她拉小提琴，我看也挺好。人这一辈子，怎么过不是过呢……妻的眼神就黯淡下去。

辛建生心里终于有些隐隐的愧疚，他接过妻手中择的菜，说，明天我把项链拿到厂里去，找个师傅给你修修吧。

从阳台上传来女儿悠悠拉着小提琴的声音。他忽然想，当初干吗让女儿学小提琴呢？说是让她懂点音乐，性情就会比一般人高点档次。其实自己也未能脱俗，为什么就不让她去学学谁也看不上的书法或是古典诗词呢？人摆脱不了环境的约束。他想，以为自己活得与众不同，活得轻松潇洒，可是想在人堆里独树一帜，还是比别人活得更累。

他站起来，把那张请柬一撕两半，扔进了厨房的簸箕。

他觉得胯骨那儿针刺般疼了一下，莫非是腰间的老伤又犯了？

十

辛建生当然认为自己是一个无神论者。只是在极偶然的瞬间，他怀疑过那次从马背上摔下来，会不会是一种报应。

他喜欢骑着马在春天的草原上疾驰。

风一天天变得温柔。春天的风使他想象着女人亲吻的滋味，身子就有燥热的感觉。太阳如一个成熟的果子，一日日透出紫红色的光亮，褪去冬天的惨淡无力，渐渐丰满圆润。

阴沉沉的残雪无声无息地融化，闪烁着最后一点鳞片似的蓝色光泽，钻入毛茸茸的绿草地。从腐草和青草的根部渗出一股股甜蜜而又清凉的潮气，撩得人心痒痒。清晨薄雾刚刚散去时，四周的山包裸露出杂色的砂岩，被一层羊绒般柔软的青草隐隐遮掩，草叶的顶尖上冻凝着眼泪般的露珠，马蹄飞过，溅起一片浅绿色的波浪。山脚下那条小河的水开始上涨，阳光在水面掀起一层金黄一层银红的波纹，蒸腾的湿气浓重而芬芳……

辛建生的枣红马像一团火一样从草原上掠过。

风在他耳边吼叫着，充满弹性的土地在飞奔的马蹄下发出快乐的呻吟，犹如拨响一排低低的琴弦。

突然，马蹄似乎被什么东西绊了一下，马的身子整个塌陷下去，甚至没等他反应过来，他已连人带马重重地滚落在地上，一股沙土的气息劈头盖脸地罩住了他。他感到腰部一阵刺骨的疼痛，久久站不起来。马在不远处惊恐地望着他，不安地甩着尾巴，打着刺耳的响鼻，马背上大汗淋漓，根根红毛如滴着晶莹的血珠。

他清醒过来时，发现在他跌倒的地方有一大片起伏不均的沙包，马蹄印清晰地显现在一个歪斜的沙坑里。沙坑连接着一个个土洞，洞口或深或浅，竟然覆盖了周围偌大的一片草场。

是耗子洞。枣红马因此一脚踩空，失蹄栽倒。

他奇怪这片肥美的草场，什么时候竟一下子冒出来这么一大片耗子洞，仿佛草皮底下有一座老鼠城，开凿出纵横交错的地道网。草原被掏空了，再也承受不了马蹄的重量。

那天，他带着一肚子懊丧一瘸一拐回到蒙古包，不等他的伤痛痊愈，同一个包的伙伴中，相继又有几个在遛马的时候被耗子洞暗算。有位哥们一匹心爱的快马竟被鼠洞折断了腿，落了个终身残疾。蒙古包里一片迷惑不解，说这好好的草原怎么就闹起鼠害来了。愤怒之余，还骂声不绝地发誓要教训教训这些该死的耗子，便结伴去草场弄个究竟。

春季草场一般都选在背风向阳的缓坡和平原上，青草早早便发芽生长，肥肥嫩嫩一片新绿。早春时大批母羊产羔，全靠这片最早的新鲜牧草滋养乳汁。小羊羔断奶后，靠的也是这片嫩草。所以春季草场也叫接羔草场。一直要到雨季来临，牧民才把羊群赶到山里的夏季草场去。牧民有句话叫作夏活、秋肥、冬瘦、春死。春死指的就是羊群熬过了长达七个月的漫漫严冬，耗尽了皮下和尾巴中的脂肪，只剩一身骨架，一旦春寒雪灾，跟不上新鲜的草食，牧民便会眼睁睁看着羊群一批批死去。

春季草场就成了蒙古包四季游牧的长链中顶顶重要的一环。

辛建生在那天黄昏时分，在漫天深紫和玫瑰红的晚霞中，走过蒙古包近处碧绿的草地，在云雀啾啾的鸣叫声中，走向春季草场的深处。眼前的情形令他瞠目结舌，如果他在许多天以前就仔细观察，他早就该发现，昔日一片天鹅绒般油亮的草地，如今三步五步一个沙包。耗子在打洞时，把浅浅的土层下的沙子全都掏了出来，像老鼠屎一般拉得满地都是。它们还咬断草根，吮吸草汁，噬食草叶，往日齐靴高的墨绿色牧草已一丛丛变得萎黄干瘪，那一片草场简直就像个癞痢头。

一个叫乌力吉的牧民远远地牵着马冲他走来。走近了，他看见乌力吉满面泪痕，乌力吉嘶哑着嗓音用汉语吼着，老鹰没有了，草场也没有了！老鹰没有了，老鼠大大的有！

乌力吉的吼声在暮色沉落的草原上，狼嚎一般令人毛骨悚然。

宝力格的草原鼠果然以惊人的速度大量繁殖，几乎在很短的时间里，便占领了整片整片的草场，成为新牧场的统治者。就连蒙古包也开始受到老鼠的袭击。有一天，辛建生起床的时候，竟然在自己的棉靴里发现了一窝粉红色正在蠕动的小老鼠！

往年干爽的风开始裹挟着沙砾呼啸而来，打在蒙古包的毡墙上，沙沙作响。初冬的第一场雪像是枯黄的落叶翻卷。风清日朗的草原不知从什么时候起变得混混沌沌，草原沙化像一场可怕的瘟疫悄悄蔓延开去，一口一口地吞噬着往昔翡翠般的绿草地。

第二年春天，接羔草场的草长得稀稀拉拉，羊羔由于母羊奶水不足而一批批死亡。家家户户门口堆起了小山似的羔皮，收购站又因羔皮毛疏板薄质量太差而拒绝收购。宝力格牧场上空笼罩着一种恐怖的气氛，有几个牧业队的牧民已和知青动了刀子。更糟糕的是，秋初向上头交售羊毛的时候，宝力格牧场维持了许多年的优质羊毛一下子降了两个等级。那羊毛里混杂了风沙带来的沙砾和草棍，以往云朵般柔软洁白的羊毛变得如同一堆粗糙干硬的破棉絮。

当辛建生和他的伙伴们终于明白自己闯下大祸的时候，一切似乎都已经太晚。他们一天天站在蒙古包外凛冽的寒风中，翘首仰望空旷的蓝天，期待着能发现一只老鹰的踪影。然而，黑色的乌鸦飞过去了，金色的大雁飞回来了，老鹰却再也没有出现。

无敌的老鹰原来只有一个敌人，那就是人。

人消灭了羊群的敌人的敌人，结果却亲手伤害了羊群。莫非那便是阴魂不散的老鹰最终的报复？

辛建生站在沙尘滚滚的原野上，陷入了对自己初始的疑问。他想起那个螳螂捕蝉、黄雀在后的典故。那么黄雀之后还有什么？螳螂不知，黄雀也不知。万物皆有克星，正如人在捕杀老鹰的时候，人的视线无法超越眼前的诱惑，而没有老鹰之后的黄沙和草荒将会危及人自身的生存……

风吹草低，他看见脚下的原野一片迷茫。

牧民从呼伦贝尔运来一车车桦木，在草原上竖起一根根木桩，召唤着喜欢居高临下瞭望草地的草原雄鹰，希望它们能被这些木桩吸引，回来时有落脚、歇息而且便于观察、捕捉老鼠的地方。

但老鹰始终没再回来。宝力格牧场上空的老鹰，他们的爪子早已被泡在酒瓶里；雏鹰在蛋壳里已化作人们贪婪的血液。孤独的老鹰于是很不孤独地一起消失了。

辛建生和他的伙伴离开宝力格的那年春天，牧场的三条小河都已干涸，水泡子也已被风沙淤死。祖祖辈辈生活在那片草原上的牧民，扔下已经用了上百年的甜水井，赶着一群群瘦骨嶙峋的牲畜，迁徙到很远的深山里去了。

如此推断，辛建生根本不明白吴吞说的宝力格牧场如今到底在什么地方。

十一

不，我不能去，单位走不开。他用手捂着话筒低声说，一边回头望着办公室的同事。

话筒那一端传来的声音却有一种不可抗拒的威严。辛建生只听见对方说，一切准备工作都已经做好了，近日就要出发。

再说吧，回头再说。他小声恳求。他实在不愿意让单位的人知道这件事。明天我再给你打电话吧，他说。他本想说，算了吧，吴吞你别再缠着我了，我不会去的。可他没说。他不明白自己为什么就不干脆拒绝。他的声音听起来有点发虚。

快下班了，没有什么人注意到他。办公室里的人今天都没情绪。不知怎么回事，那个方案听说又不行了。

好像是起风了。有人叨咕，怕是又要刮黄沙了，早点溜号吧！

都快立夏了，怎么还有扬沙天？也真邪门了。有人说着开始收拾东西。快走快走！刮了风没法骑车了。

从办公室肮脏的窗玻璃望出去，天空果然昏暗下来，一片破抹布似的彩旗在风中抖动，朦朦胧胧看不清颜色。西斜的太阳如一块长了毛的蛋糕，被随意抛掷在高楼的尽头。靠近楼窗的那棵杨树，昨日还鲜艳明亮的片片绿叶，顷刻间蒙上了一层厚厚的灰沙，叶子便如黄色的谷穗一样沉沉地耷拉下来。

辛建生最后一个走出厂门时，那一个多月前曾侵袭过这座城市的黄风怪又肆无忌惮地卷土重来。呛鼻的尘埃味弥漫着整条街道，浑黄的烟雾中行人如皮影戏蠢蠢攒动。辛建生只觉得眼前一片混沌，抬头望不见天，低头找不到地，头昏脑涨，都快窒息了。

大地也会埋葬天空。他想，如果在厂里继续干下去，就会像是在这种天气里走路，看不到什么前途。

那么吴吞的事就有意义吗？你根本搞不清他在做什么。如果说当年他们打老鹰是出于无知，出于物质的极度匮乏下为改变自己命运不得已的掠夺，那么今天呢？今天却有了一个精心策划的冠冕堂皇的名义。按照目光远大的吴吞的理论，你若甘愿放弃自己所属的资源，便是绝对的观念陈旧或是神经错乱了。

人真是一种健忘而又阴险狡猾的东西。

辛建生往地上狠狠吐了一口含沙的唾沫，他的嘴里又有了那天苦涩而牙碜的感觉。他甚至想，吐出的那些沙子会不会是从宝力格牧场沙化的草原上刮来的？他抹了一把脸上的尘土，决定不再继续骑车。他把自行车存在附近地铁的出口处，随着人流匆匆钻入了地铁站。

坐环城地铁到崇文门那一站上去，再换公共汽车就可以到家。但他平日很少坐地铁，以致地铁车票已经涨价他都忘记了，挨了售票员的一记白眼。

地铁车厢竟拥挤不堪，似乎人们都像他一样，为了逃避风沙或别的什么事情而躲入这个封闭的地下世界。车厢里的空气浑浊又闷热，他的身体随着车厢晃荡，觉得比地面上更昏沉……

可是吴吞却干得很来劲。不像他总是这样疑虑重重，自相矛盾。吴吞比谁都明白，他在这世上要的是什么。车少人多，车厢总有挤满的时候，你不拼命挤上去，别人就会把你挤掉。你两手空空被扔在站台上回不了家的时候，你以为自己很潇洒，而别人却真正潇洒地坐在沙发上看电视，而你最后还得设法挤上车回家。你不把别人变成多余的人，自己就会成为多余。这块土地上的人实在太多太多，多得就像戈壁滩上的沙子。人挤碰着人，活活就卷起一场沙暴。

车到一站，有人下车，辛建生幸运地得到一个座位。他坐下去面对站台时，才发现自己坐反了方向。

本来他可以立即下车，走到站台对面去换一辆逆行的车，但他却不想放弃这个座位。反正是环城地铁，顶多是绕一大圈，坐下去总会到站。这种天气，他宁可在地底下无休止地兜圈子。

有人从车厢里穿过来，低声叫卖着当天的晚报。他注意到卖晚报的老头穿着一件肥大的长风衣，如有人递过零钱，他便从风衣的内襟里抽出一张报纸来。很偶然的一瞥，他看见那件风衣的夹里上缝着几只大口袋，一沓沓报纸便插在其中。一看便知这种流动零售是没有执照的，一旦有什么身份不明的人出现，老头便把风衣一扣，若无其事地走人。

如今，人琢磨的就是怎么把别人兜里的钱，合理合法地掏到自己的兜里来。

辛建生想起在那个雾气隐隐的歌舞厅里吴吞说的话。

可他没有说，为什么我们都尽心尽力工作，但我们依然贫穷？

车厢如笼子一样闷得难受，他解开领扣，却还是觉得透不过气。

到了他老年的时候，是不是也会沦落到在地铁偷偷卖报以补贴家用的地步？他心里有丝丝战栗，如地震的余波从远处传来。

那么，究竟是现在的人生重要还是虚无的未来重要呢？他问自己。如果没有了现在，将来又为什么而存在？凭什么宝力格牧场的那一场浩劫由他来负责，由他来愧疚呢？人人都参与了抢劫，他却被排除在分配之外。他干吗要维护一个自己根本得不到的东西，到头来却被人当作傻帽嘲弄？破坏的责任就该让知青来承担吗？贫穷到底是谁的过错？因你改变不了贫穷，人们只好自己来设法改变。牧民依赖羊群生存，人和羊互相占有。到底是人制约了羊，还是羊制约了人呢？也许草原统统变成一片沙漠，牧民就会从落后野蛮的游牧生活越过华夏古国的农业文明而直接进入工业文明了？也许落后国家就得用破坏作为投资才能进步？也许只有疯狂才能拯救疯狂？……再往下想，越想越糊涂。而这些事干吗要他这样一个小小老百姓来劳神费心？

辛建生终于切实感到了自己的可笑，心烦意乱地闭上了眼睛。

他蓦然明白自己需要借口。人都需要借口，他之所以甘于被吴吞的借口纠缠，也许就因为他还期待着会有更好的理由来说服自己。

他恍恍惚惚走出了地铁站，出口处一阵强烈的穿堂风吹得他几乎站立不稳。他原以为地层的深处能给他片刻的宁静，他以为他能躲过这黄风怪。但沙尘已顽强地钻进了他的神经，磨砺着他的血管，暴虐着他的躯体，他终是无可逃脱，无处藏身。

如果没有那次扬沙天的聚会就好了。他想，那样就不会有吴吞不会有请柬，也许后来的这些麻烦都不会有了。但如果他没有参加那次婚礼，也许他永远不会发现自己已是这般无足轻重地被排斥在社会需求之外，也许他就错过了一生中一次千载难逢的机会——如今只有对于吴吞，他才是举足轻重的，除了吴吞，再没有别人真的需要他。

扪心自问，像他这样一个小职员，自身还有什么潜在的资源可待挖掘呢？年轻的女人有性资源，大款有票资源，达官显贵有权资源，而他却一无所有。里外搜寻个遍，才发现唯有一手射击的好枪法和草原猎鹰的经验，可算作技术资源。而这资源如果不经吴吞开发，便如同深山的矿石一样不见天日。他辛建生即使再愚钝固执，也不会悟不透这个新潮的"真理"。

一切智慧和德行必须转换成金钱才有实际价值。

人已无善恶之分，而只有成功和失败的区别。

他能抗拒到底吗？

昏黄的路灯下蜷缩着一个人，怀里抱着什么东西。大风中竟有许多人围着观看。他听见有人说，二十块钱一只不贵呀，果子狸在北方可是稀罕物，尝个新鲜呗！他果然看见一只毛茸茸的小动物在蠕动，那一刻忽然有一种悲天悯人的怜爱油然而生，他真想掏出钱把那玩意买下来，然后让女儿到郊外把它放了。

他的手停留在口袋里，他的衣兜里没有那么多钱。这么说来，保护动物也得先有钱才行。他站了一会，悄悄走开。他想即使他把它买下放生，难道就不会有人再把它捉住然后吃掉吗?! 心里就有些无可名状的悲哀。

当他一身沙尘走进自己家门时，妻已摆好了晚饭。他洗漱之后，疲惫不堪地坐下来。餐桌上竟然有他爱吃而很久没吃了的红烧肘子。气氛似乎与往日有些不同，妻大块大块地给他夹肉，脸上有慷慨的笑容。

后来妻就吞吞吐吐对他说，我们单位有个同事她爹得了风湿病，跑遍了全国的大医院，花掉了上万块钱，也没有治好。前几日，有人从南边给她带来个偏方，就是用蒙藏高寒地区的老鹰爪子泡酒，泡上九九八十一天，再喝上七七四十九天，有效率百分之九十九点九。你看这神不神? 可她上哪儿去弄这老鹰爪子呀? 想来想去想起我说过你在草原插队的事，就求我让你去给弄几对来。记得你以前也说过，你好像会打枪来着不是? 看那人也怪可怜的……

别说了。他打断她，我明白了。他突然长长松了口气。

治病救人和保护老鹰哪个更重要呢? 保护动物是为了人，救命当然也是为了人。为了眼前的人命，也许就只好先挪用一下人类的根本利益了。毕竟人保护地球只不过是保护自己的另一种方式。

他冲着妻笑了一下。在妻不善撒谎的眼睛里，他看到另一个煞费苦心的策划者。但是他还是很感谢妻的聪明，妻是真正懂得他脾性的人。妻从不逼他去做什么，妻只是给了他一个充分的理由，使他在做出最后决定时能够心理平衡。

女儿忽然问了一句，今晚有《动物世界》，爸你看吗?

他擦擦嘴，匆匆回答说，你先看吧，爸爸要出去打电话。

临出门的时候，他看见那张撕成两半的请柬已被重新粘好，很庄严地立在柜子上。

一辆白色的北京吉普悄没声地停在辛建生的楼下。

辛建生把背包扔进后座。车的前排坐着吴吞和司机。

他关上车门坐定，朝吴吞正色道，我可把话说在前头，这次去弄点就回来。可不能像以前那样，实行三光政策啊!

这你尽管放心。要是一次都打光了，下次再去就没有了嘛。吴吞很痛快地回答。

辛建生张了张嘴，咽下一口唾沫，终于没再说什么。

车子发动了，天上没有一丝风，沙暴已平息。车窗外妻和女儿的面孔很快被车轮扬起的阵阵灰沙遮住了。

发表于《小说界》1993 年第 2 期

转载于《中篇小说选刊》1993 年第 4 期

银 河

上篇　都市男人

摘引：银河星云由星际气体和星际尘埃组成。如果星云附近有光度较大或温度很高的恒星，星云便反射星光；或者受高温恒星的紫外线辐射而发光，称为亮星云，例如猎户座。

老穆亲自派去机场接人的那辆奥迪，过了晚上 8 点半还没有回来。

电话早已来过了，说是飞机晚点。晚到什么时候呢？司机也不清楚。

等在办公室里的老穆一直也没闲着，确切地说是桌上的电话始终没闲着。老穆每天千头万绪的工作，归根结底就是打电话。这会他已把明天的事情都用电话安排妥了，他不能再等。9 点钟，他在银河大饭店还有个约会。

临走前老穆检查了一遍那只黑色的真皮皮包。钱夹和手机是他出门时必须配备的两个前轮，加上汽车的四个轮子，老穆的地球才能转动。不过今天没有公车可用，他担心同那位小姐的约会，"开盘价"不会太高。

他在洗手间仔细整理了一下自己，头发刚用貂油黑发霜处理过，乌黑润泽，足可以假乱真。真丝领带飘柔熨帖，纯金的领带夹将深灰色的西服衬出一片亮色。老穆在任何时候任何场合外表总是一丝不苟，他深信男士着装讲究是身份的标志，半点不能马虎。所以他一出场衣冠楚楚，气概非凡，只需向四周的女人递去几个眼神，不愁没有"下家"来接。

老穆至今已同各种风格、各种职业的女性约会不下几十人次。老穆算不上大款，但在情场一向如鱼得水。更绝的是，情场得意，赌场也得意，刚泡完妞就上牌桌，老穆的手气依然过人。问题不是有没有妞想要傍他，而是他想不想让那些妞傍。每次得手太容易，脱身却费点劲。虽不是钱的交易，但总有妞会给他出些难题，让他去利用手头各种各样的关系，来偿还她们的支出，然后就拜拜。在老穆自己看来，在同年龄的男人中，他即使算不上龙头股，至少也算是优质股吧。他纳闷如今的那些女人，那几个曾经真让他动了心思的女人，眼看着刚刚将他填入了买单，可还没等把他焐热，随手就抛了出去。扣去手续费，没赚倒赔了，她们也不在乎。至少目前为止，还没有一个女人愿意把他长期留在床上，耐心等着暴涨升值，然后一次赚足，交割后将收获之物入库封存，不再转手。

原因也许很多。但老穆心里明白，那些他迷恋的女人，多半都是成天热心于倒腾男友，擅长低价购入、高价抛出的"证券专业户"。

老穆并不气馁。有时，他觉得同这样的女人周旋才是真正好玩的事情。女人的乐趣，说到底就在这一进一出、碰碰撞撞的游戏之中。

老穆出了单位大门，在街上等了好一会，才有一辆两元一公里的皇冠开来。已是初冬，好像是突然降温了，一阵阵冷风呛人。但老穆仍是慢慢伸出一只手，很有派头地将那车拦了，打开了后边的门。

老穆不喜欢坐在前排。根据他的观察，真正的大官都是坐后排的。

皇冠启动时，咯噔一跳，远不如奥迪的不动声色。开出几步远，感觉更糟。在一切同享受有关的方面，老穆的鉴赏能力堪称一流。好在"银河"不远，将就吧。

车过闹市，街上花花绿绿的霓虹灯眨着媚眼噗噗地往车里钻，一时令老穆心醉神迷。这座曾经昏沉沉的城市，如今一到夜晚就这么光彩照人了起来，像街上浓妆艳抹、招摇过市的女人，让人忍不住想入非非。

十字路口的红灯亮时，车不得不缓缓停下。快 9 点了竟还堵车。

忽然就从老穆百无聊赖的视线里，跳出一位窈窈窕窕的小姐。

她站在前方街口的拐角那儿，看样子是叫出租车。

首先引起他注意的是车灯下那位小姐的一双长腿。

那腿几乎就是裸着。橙黄色的街灯将她薄薄的贴身丝袜幻化成一种肉质的色调，短过膝盖的棕色皮裙泛出柔和的皮肤质感。上身是一件紧身的短款毛衣，小小的开襟皮背心，被丰满的胸脯撑开了，扣子形同虚设。一条浅黄色的丝巾软软地垂着，如同她的身子，在寒风中瑟瑟抖动。

身高一米六五，误差不超过两厘米，体重五十三公斤左右。正符合老穆的口味。

最后他浏览了她的脸，两片冻得发紫的嘴唇依然鼓胀饱满，微微翘立。老穆在那个瞬间，触电般掠过一种微妙的联想，腿上一阵酥麻。

只有当黄色的面的经过时，她才向前抬起胳膊，但绿灯通行的马路那边，没有一辆面包车经过。

该，冻死才好！沉默多时的司机突然恶狠狠地骂了一句，要想俏，也不看看天气，如今这女人，你说都是怎么啦?!

老穆沉下脸，说，把车开过去！

司机冷冷地回答说，去"银河"不往那个方向走。

让你把车开过去！我付你加倍的车费！老穆又说了一遍，很坚决。

车门在那个女人面前敞开时，她似乎并没有感到特别的惊讶。她裹着一股香喷喷的寒气，几乎连滚带爬地落在了老穆怀里。坐稳后好像才发现车里还有个人，便往一边挪了挪，冲着司机说，怎么没到9点就用上保镖啦?

老穆问她要去哪儿。她说，随便，先暖和暖和再说，实在太冷啦。

司机把车往路边开，停下说，这车没法走了，你们到底先去哪儿?

不是说好了吗? 先送这位小姐。现在你先等一会，我会付双倍的等车费。老穆慷慨地说，一边盘算着。盘算不需要很多时间，只一会，老穆就打定了主意。他哗的一声拉开了皮包的拉链，毫不犹豫地掏出手机，嗒嗒按了一串键，然后对着手机喂了一声。他掏出手机时，一张名片顺便就掉到了车座上。电话通了，他十分抱歉地告诉对方，今天晚上怕是不能赴约了，单位临时有一件重要事需要处理，请务必谅解，下次再约下次再约。

那小姐听着，恍然说，不好意思不好意思，原来你是先人后己呀，这样的人现在可不多了。她低头看一眼那名片，大咧咧地问，你是什么主任啊?

总务部主任，相当于正处级。嗨，也就是个管家呗。

还是个部级单位? 部里怎么有公司? 哎，你们公司做什么生意?

什么赚钱做什么。

官办的？那你是官商了？

老穆很谦虚地解释说，在今天的中国，官办公司才具有最强大的实力与后盾，这是一切私营公司无可替代无可超越的优势，处在经济主动脉的位置上，是未来经济不可动摇的发展趋势，等等。那小姐似乎听得津津有味，从她渐渐变得红润生动的面孔上，他看出她对自己很有兴趣。这正是他盼望的。

敢问小姐贵姓呢？

姓方，你就叫我方小姐好了。

请问方小姐做什么工作呢？秘书、美容师，还是礼仪小姐？

是记者，她纠正他，不过那是一家小报。报纸刚办不久，你大概还没听说过吧。今天下午出来采访，吃了晚饭，没想到突然降了温。

竟然是个记者！老穆颇感意外。但他很快想起来，记者通常都善于交际，见多识广，不至于碰一碰就大惊小怪的。

于是老穆说他无论对报纸还是记者都非常感兴趣。读报如同吃饭，每日必不可少。既然是遇到了记者，他真的有许多想法、许多建议，想同新闻界的人士谈一谈，于国于民都会有利。今天偶尔相逢，必然有缘。小姐如果肯赏光，他非常想请她到他家里去坐一坐，他们可就当前的经济形势、社会动态再进一步交谈交谈。那一定是极有意义的。

他望着方小姐的眼睛。他的眼神很诚恳。根据他的经验，这样诚恳的眼神是很难拒绝的。果然，方小姐只是略略犹豫了一小会，并没有一口拒绝。她笑笑说，好呀好呀，我们这一行就是和各种各样的人打交道的，什么意见都要听一听……

看样子她是把他当成采访对象了？

老穆心中暗喜，他见的人多了，还不知谁采访谁呢！

皇冠车掉了一个头，往银河大饭店相反的方向开去。老穆十分庆幸今天没有用单位的公车，倒是因祸得福。假如是本单位的司机，老穆断不敢采取如此速决的方案。他在部里一向很注意影响。

车到那栋高层住宅楼下，老穆给司机一张一百元，说不用找了，不过得开张发票。

方小姐跟着他上楼时，像只燕子似的，悠悠地就飘上去。

　　她到底是真不懂还是假不懂呢？老穆心里有点打鼓。该不是那种女人吧？倒也不像。再不就是有点没心没肺的。如今的女孩，刚认识十分钟就上床，也不是什么新鲜事。她大概还是初出茅庐，一钓就咬钩，看来还是自己那张名片生效了。对于年轻女人，他名片上的头衔总是百发百中的。

　　老穆用钥匙开门时，手有些颤抖。他觉得他和方小姐彼此都满怀着一次冬夜艳遇的渴望，就像那些外国电影里的镜头，真他妈的刺激！

　　人到中年的老穆事业正如日中天，别看处长官不大，实惠可不少。房子车子票子啥都不缺，就觉得自己生活缺点刺激。男人被一个老婆套牢十几年，连本带利，该是多大损失？幸亏他及时解了套，上一次做亏了，还有许多机会翻本。即便偶然有透支行为，也无非是趁着自己还不算太老，抓紧时间浪漫浪漫、风流风流而已。

　　老穆轻轻打开了墙上的开关。哇——方小姐发出一声惊呼。

　　客厅的天花板上呈现出一个雕花的大圆圈。从凹进去的弧形顶池里射出一道宝蓝一道金黄一道翠绿的灯光，镶木地板上像是变出一块绚丽的波斯地毯，让人眼花缭乱的。灯光下的方小姐像一块五颜六色的魔方。

　　老穆接着打开了卧室、餐厅还有厨房、洗手间的灯。霎时间满屋子灯火通明，一片辉煌。所有的窗帘都是电子遥控开关的，电视是二十九寸画王，紫红色真皮沙发。小小的仿酒吧柜台上，随意地撂着一瓶喝得剩一半的轩尼诗X.O。

　　似乎在无意中，老穆忽而觅见方小姐眼角的几丝细细的皱纹。明亮的灯光下，方小姐显然不像刚才在街边上看起来那么年轻而纯情。

　　像是有三十了？不过他暂时不想冒昧地问她的年龄。不是处女也许更够味。

　　那一间是什么？方小姐满不在乎地在屋子里走来走去，倒像是个主人似的。

　　是——是书房。老穆唯独没有打开那一间房子的灯。说是书房，目前还基本上没有什么书可陈列。他不太想让她参观。

　　方小姐把脑袋探进去看了一眼，也就作罢。

　　她在屋里转悠一圈，忽然有些诧异地问，你太太呢？

　　老穆很熟练地回答说，没有太太没有太太。原来有，现在没有了。原因嘛，很复杂，一言难尽。主要嘛，主要是因为我的工作太忙，太敬业，工作起来就玩命似的——我想你能够理解……

方小姐一点没有想要问下去的意思。她好像对他和他太太的分手压根没有兴趣，很专心地玩着一台镶着银边的小汽车打火机，一按方向盘，就打出火来了。

老穆还是第一次遇到不想追问他离婚原因的女人，不觉有些扫兴。转念又觉得眼前这个方小姐真不是个俗人。

他从未把自己离婚的真实原因告诉任何一个离婚后邂逅的女人。

真实的原因无论如何是不能说的，就连他这样久经沙场的人也难以出口。

那时候他还没有现在这套三室一厅。浪漫的意念终日徘徊，却受到客观条件的限制，虽然煎熬却终难兑现。后来就发生了那件事，是他从南方的一个城市出差回来以后。那座城市是一个陷阱，他付出了许多宝贵的人民币，也换得了梦寐以求的几夜风流。酣畅淋漓的代价是一种奇痒难忍的隐私。当他发现它时，已无可挽回地波及他的妻子。

妻子不依不饶绝不原谅，坚持若是私了，得把那所房子留给她和孩子。

说起来其实也没什么。妻原来就是不解风月之人。结婚十几年，在床上还像个黄花闺女，像截木头，像条冰箱里拿出来的冻鱼。他的渴望就是从那时候一点点积攒起来的。积攒的愿望憋在腹腔，就像日益膨胀的气球，随时都会炸裂。妻的驱逐令是他的彻底解放之日，从此一个个女人来来去去，如此循环往复，他觉得世上可爱的女人于他是一个永远也填不满的无底洞。

所以离婚后的老穆绝不会多看一眼周围像妻那样的女人。老穆若是再娶，定要娶一个风情万种、千娇百媚的尤物。老穆要的女人不仅要会做饭，还得懂得做爱。不懂得做爱的女人能算什么女人呢？像眼前玉腿架翘、胸脯高耸地歪倒在沙发上的方小姐，就能在瞬间让老穆的欲望迅速膨胀。

窗帘已关上，灯光暗下来，只留一盏墙角的壁灯，幽幽的很迷离。

他走过去，把一只手搭在了方小姐肩上。

方小姐没有拒绝，笑吟吟地呷了一口杯子里的酒。

他的手往方小姐的腰上滑去。他觉得自己腹中有无数条鲜活的小鱼在游动。

他的手越过了她腰上的皮带，开始去拽那双丝袜。

方小姐将他的手轻轻按住了。

哎，你这个人怎么一点过渡都没有呢？她说。

过渡？老穆觉得这个词挺新鲜。还需要什么过渡呢？就像股票，只有一个选择：买还是不买，抛还是不抛。只要一犹豫，点数就错过了，所以每一次艳遇，老穆从来都是迫不及待地直奔目的地而去。

老穆不得不按捺住满腔的激情，暂且做一次违心的过渡——还有什么呢？他讷讷说，你要是跟了我，这儿所有的东西就都是你的了！不算存款，请客吃饭、汽油费、长途电话费统统报销，你想那是个什么数？你别看我不是老板，可架不住工资以外的那些好处啊，还不行么？……

讲完这些，老穆已是热血沸腾，身不由己。他一把将方小姐按倒在沙发上，然后很快抽出一只手，去给自己开门。方小姐在他身下气喘吁吁地嚷道，不行不行，这太没意思了。你就不能再等等啊？

等等？等什么？没有时间了，我没有时间啊……

怎么会没时间呢？我什么都没有，有的是时间……

我真的没有时间。白天我的时间都是别人的……

时间怎么会是别人的呢？

你不懂，求求你快一点，别再磨蹭了……

不行不行，我不是那种人……

那种人又怎么？我就喜欢那种人……

老穆一边说着，一边发起了第二次猛烈攻势。这一次比较顺利，他的手已经触摸到了她温暖而丰满的胸脯，令他一阵眩晕又一阵迷醉。方小姐似乎已经不再挣扎，她仰着脸，扭着身子，嗲声嗲气地说，那好，有个条件，你得先给我讲讲你们这些官办公司的内幕，行不行啊？

老穆腹中刚才还在骚动跳跃的游鱼，顿时随着一团冰冷的潮汐退出了沙滩。

那一刻，手提电话的铃声不合时宜地响起来。

老穆后来回想，也许他当时是不该接那个电话的。不接那个电话，也许他和方小姐就"成交"了，至少也能达成一个意向性协议。但他不可能不接电话，他的每一个电话都很重要，每一个电话都不能错过。或许是一笔生意，或许是头儿有什么指示，再或许是以前填过买单的哪个女人，又想同他再炒作一番……

老穆其实是很想再结婚的，娶一个夜夜都愿意同他做爱的女人。

所以老穆就去接了那个电话。

但他不想让这位多少还不知底细的方小姐听见他电话的内容。于是他接通电话后，就走到隔壁屋子里去了。

那电话讲了好长时间，是一位港商从银河大饭店打来的，想要委托他物色一块地皮。他的回答有些心不在焉。但是对方没能体谅他的苦衷，依然喋喋不休。听着话筒里嗡嗡的声响，他想等会自己一定要对方小姐说，你看你还不相信，刚才就那么一点空隙，不充分利用，现在你知道我确实是没有那么多时间了吧？

当他终于收起手机时，听见门厅里传来砰的一声巨响。

他慌忙走到客厅去。客厅已空无一人。

他曾恭恭敬敬递给方小姐的那张名片很显眼地留在沙发宽大的扶手上。

空气中飘荡着一股淡淡的香水味。

收盘价大跌，老穆十分懊丧。讪讪地点了一根烟，在沙发上坐了一会，觉得屋子里有些发闷，便打开了客厅的门，走到阳台上去。

城市依然睁着眼睛，街灯宛若长龙。小汽车前灯金黄，尾灯血红，烁烁地闪亮，来来往往，像夏日的萤火虫，在密密的都市丛林里匆匆交媾，而后各奔东西。城市被夜晚的灯光装饰得如此灿烂时，夜空便倏然暗淡下去。老穆抬头望天，乌蒙蒙的空中没有一颗星星。

老穆知道自己属于猎户座。

　　摘引：银河星云由星际气体和星际尘埃组成。如果附近没有光度较大温度较高的恒星，星云便不发光，称为暗星云。暗星云遮蔽其后面的星，所在的天空区域星数特别少，显出暗星云形状，例如马头星云。

布工在街口的公用电话亭已排队等了十几分钟，前面的人还在讲个没完没了。

他家里目前没有电话。虽然安电话的钱早已交了，电话机子也买了，电话却依然固执地沉默着。偶然听领导说，交了钱还得再偷着付一份额外的小费，那电话线才能通。

安装电话的钱是她付的，说是为以后联系接送孩子的事情，有电话就方便了。她既已为他花了那么一大笔钱，安电话的小费，自己是不好意思再开口了。

但布工不想付什么小费。布工向来是原则性强的人，他认为这是助长不正之风。再说，那么多年没有电话都过来了，还在乎这一天两天的？

事实上，并没有什么人会给布工打电话。布工每天按时上下班，有事在单位就办了。若是安了电话，以后月月还得交电话费，哪怕一个电话不打，起价也得三四十块，得少买好几本书呢。算算也真是不值得。

排在他前面的人总算放下了话筒。布工走上去，似乎是犹豫了一会，深吸一口气，伸出一个指头，小心地按了一串电话号码。在他的生活中，不需要记太多的电话号码，就这也是一个暂时的例外。

话筒里传来嘟嘟的忙音。占线，布工痛快地放下了，如释重负。

每次给她打电话都让布工觉得别扭。既然已经离了婚，最好就永远不要再见面了。他可不想同她藕断丝连的，指望着有朝一日破镜重圆。但实际上他和她无法不见面，他和她之间还有一条割不断的纽带——孩子。协议离婚的时候，他坚决把孩子留下了。理由很充分——她那么忙，哪有时间辅导孩子的功课呢？她既然想要发展自己，就别耽误孩子的学习了。他即便真像她说的那么平庸无能，可培养培养孩子总还是绰绰有余的吧？她终于让了步，但条件是每个大礼拜的周六和周日，他必须把孩子送到她或孩子的姥姥那儿，让孩子与母亲团聚。

如此一来，每隔两个星期，周末下班前往她办公室打电话约定接送孩子的时间地点，就成了他必须履行的职责。她确实很忙，所以那时间地点老变，布工的电话打得十分艰难。不知为什么，她从不使用手机。若是打到她的 BP 机上，等那电话回过来，公用电话若是占线了，还是联系不上。有时候，布工在公用电话亭一站就是一小时。

但这也怨不得她。布工单位没有人知道他已离了婚，所以他不能在办公室给她打电话，何况他又不愿让邻居看见她开着车来接孩子，布工是讲面子的人。所以每次都得约好了地方，他亲自送孩子在外面等着。

布工离婚后的生活就这样被孩子分割得支离破碎。他觉得离婚后比离婚前还累。不同的是，如今再累，累的是手和脚；而那时累的是心。

所以当她在某一天夜里提出离婚时，他第二天早晨就同意了。从街道办办完手续出来时，她说，她和他结婚九年，他还是第一次像个男子汉。

虽已分手，她说话还是那么伤人。布工发誓这辈子再不找这样的女人。

那部公用电话好容易空了出来。布工又拨了一次电话号码。这一回，电话算是通了。铃响了好一会才有个声音来接。他说找一下狄总，对方说狄总正在开会。他说，我有急事，麻烦你叫她一下。那声音说，你是孩子他爸吧？狄总留话了，说她今晚在饭店有个酒会，走不开。麻烦你把孩子送到饭店来，五二三八房间，6点。

他正想说什么，对方又补充说，今天公司的车没空，狄总吩咐让你打的来。她会把车费付给你的。

电话挂断了。布工愣了一会。

一口一个狄总、狄总的，真是莫名其妙。布工愤然想。他以前的老婆，孩子她妈，不到两年时间，就这样变成了一个至高无上的狄总。倒像是个电视剧里的故事似的。人说女大十八变，十年八年的，竟然就像是换了个人似的。那句俗话也没说清楚，十八变莫非还真变到八十岁才能消停？

布工看了看表，暂时咽下心里的不悦，回家接了儿子直奔地铁站。

他当然不会按她要求的那样，打的去银河大饭店。他要是真打了的，好意思收她的车费么？而不收她的车费，就他那点工资，打的岂不是太奢侈了？再说他为什么非得按照她的吩咐，说打的就打的呢？

他偏要带儿子坐地铁去。别以为他和她离了婚，他还得处处服从她的指示。从儿子脸上，他明明看出他对满大街的士的无限向往，其中包括对他妈那辆丰田的无限崇仰。他想儿子早晚有一天也会不再满足于他那套两居室的房子，早晚会离他而去，重归母亲的怀抱。但他眼下顾不了那么多，眼下他必须让儿子去坐地铁。地铁是一种人生态度、一种做人风格、一种运行在地下的抗议。她应当明白，今天的世界上，唯有他的品性是不可改变的。

正是下班时间，地铁里拥挤而闷热，人挨着人，脚碰着脚。儿子紧紧牵着他的一只手，随着车厢的吊环晃来晃去，一句话也不说。自从他和他妈分开以后，他一直都是这样，脸上一副成年的漠然。

布工与"狄总"原是大学同学。布工那时的学习成绩在全系遥遥领先。

想当年布工曾经无比优秀，无比杰出，差一点就拿全额奖学金到哈佛去读硕士了。于是他厚厚的眼镜和矮小的身材吸引了全校女生的目光。那个现在被人称为狄总的女人，有一天当着全班同学的面，把他脸颊上的眼镜一把抢了下来，然后用自己的手绢将眼镜擦到差点看不出玻璃镜片为止。

所以那时布工的视线终于落到了这个女生身上。镜片很亮，他看见她咄咄逼人的眸子里只有他一个人。

后来哈佛落了空，布工被分到了一个研究所。后来研究所被解散了，布工就去了一家工厂。工厂的效益每况愈下，布工在那里无所事事。后来布工就想起考硕士研究生。一连考了几年，导师说他年龄偏大了点，专业也不大对口，布工就开始写书。写了书没处出版，后来终于出版了，又让他自己去卖，家中窄小的门厅里堆满了印着他名字的书。后来工厂评职称，总共只有一个高工的名额，大家争得死去活来，布工宣布放弃竞争。于是布工到了四十五岁那年，仍然是一个落魄潦倒的普通工程师。人称布工布工的，布工就成了他十分顺耳的别名。

而那个后来成为狄总的女人，在为布工生下了一个儿子以后，便跑到深圳去主持开发了一个高科技产品。产品似乎很畅销，还没等布工反应过来，她已经成了一家大公司的副总经理。离婚后，索性就成了总经理。

她曾经请布工到那家公司去当一个部门经理，遭到了布工的坚决拒绝。

布工喜欢自己这种悠闲散淡的日子。那些书即使现在卖不出去，再过几十年，没准就洛阳纸贵、万古长青呢。

但狄总似乎并不这样认为，有一次，她甚至骂布工是个不思进取、得过且过的庸才。她一直企图把自己的那套人生哲学强加在布工头上，她习惯在家里指手画脚、吆三喝四，如果哪一天晚上她早早地回了家，一晚上家里就噪声不断，不得安宁。然而身为女人，她却连猪肉鸡蛋多少钱一斤都不知道。几年来，儿子的家长会她从来没去参加过。每回她和他发生冲突后，布工反省自己，便觉得无限委屈。想想家里柴米油盐的，都是他在操心料理，买菜做饭，洗洗涮涮，不抽烟不喝酒，还不够模范丈夫么？而妻的不满情绪却与日俱增，就连在床上也一天比一天失去了以往的热情，一天比一天冷淡下去。

就算她挣的钱比布工多上几倍，那女人的价值也就跟着翻倍么？

女人一旦有了什么事业作为借口，就非得变成悍妇模样？

在地铁车厢的热风里，布工依然解不去心头的憋闷。就算他善于自我心理调节，无条件地崇拜自己的老婆，甘当老婆的附庸，难道狄总就会满意他吗？在一种不平等的关系中，下半辈子彼此真能和平共处？

所以布工还是选择了长痛不如短痛，一了百了。

布工不相信这世上就再找不到一个温柔淑女了。

地铁停靠在一个大站，哗哗下去一群人，又哗哗拥上一群人。下一站就到银河大饭店了，他拉着儿子往门口挤。

布工忽然觅见了前面车门，有一个女人的面孔很是眼熟。他再仔细地看了一眼，心里咯噔跳了一下。他又悄悄往前挤了挤，终于挤到了那人旁边，轻轻叫了一声，是方小姐吗？

那女人回过头来瞥了他一眼，一脸茫然。

布工讷讷地说，方小姐不认识我了吗？前不久你还到我们厂里去过，去采访关于破产的事，我还——还给你提供过——一些材料……

布工的额头上沁出了一层汗珠。

方小姐恍然大悟地笑了笑，好像是想起来了。

她笑得很迷人，笑容中有一种善解人意、恰到好处的温存，令人感到亲切。那次去厂里采访，同去的还有一个女记者。方小姐看上去有三十出头了，她话不多，慢声细语的，问一句她记一句，微微点着头。不像那个女记者那么咋咋呼呼，你说一句她便反问一句，好像是来同你打仗似的。也许正是方小姐脸上那种显得很富涵养的微笑，给布工留下了很好的印象，那个瞬间布工觉得自己心目中的理想就是像方小姐这样不显山不露水、有文化而不张扬的女人。那天在送两位记者去食堂用餐的路上，从她们之间的打趣中，他无意中听出了方小姐尚是单身，当时心里竟涌起一阵冲动，却眼睁睁看着她们离去。

时隔多日，居然就在这茫茫的都市重逢，布工心里升起了一种强烈的希望。但愿这意味着一次可遇而不可求的天赐良机，能把那根断了的线头重新接上。

地铁广播报着站名，下一站很快就要到了。

我们该下车了吧？儿子抬起头问。

这是你儿子？方小姐摸了摸男孩的头。

是的是的，布工连声说，我和他妈分开后，他一直跟着我过。

他很高兴有机会这么说，方小姐应该能听懂他的意思吧?!

地铁明显减速。布工忽然决定放弃下车。今天只要方小姐还在地铁里，他就决不轻易下车。反正地铁绕着城转，过了这站还有下一站。无论到哪一站下车，几步走到站台对面去，往回坐就是，也不用重新买票。

车门开了，又合上。人似乎少了许多。他看见了方小姐火红色风衣下摆露出的黑呢裙边。两个人就这么面对面站着，一时却又无话。话其实很多，只是不知从何说起。方小姐也不主动开口，布工觉得有些尴尬。

还那么忙吗？总这样呗，说忙也忙，说不忙也不忙。报纸销路好吗？不好不坏吧，反正总能卖出去。最近有什么新闻呢？满大街都是，弯弯腰就能捡着，瓜皮果壳的，报纸就像个垃圾箱。方小姐俏皮地撇撇嘴。明显地，她比那天在厂里活泼幽默了许多。布工想，如果能给她留个家里的电话号码就好了。地铁虽然往前开着，但总是要到站的。那一刻，布工终于很懊悔没有早些跟电话局通融通融。

我，我想——你能给我留一个——一个——一个电话号码吗？布工说。

方小姐迟疑着回答说，我，这会我没带笔……要不等下了车，你可以在站台上买张我们的报纸，那上面有。再说我也老不在办公室，不大好找的。

地铁又开始减速。车驶入站台的那一刻，方小姐挪了挪身子，往前走一步，又回过头对他笑笑，很有礼貌地说，我到站了，再见。

方小姐的身影很快消失在黑暗的地铁隧道里。

当布工赶到银河大饭店时，时针已指向 7 点差一刻。狄总的秘书等在大门口，脸都拉得有半尺长。他把儿子交到她手里，一句话没说就走了。

布工在寒风凛冽的马路上徘徊，突然想起自己没吃晚饭，便在街上买了一个烤白薯充饥。他暂时不想回家，也不知道自己有什么地方可去。

那个方小姐竟然连给他留下个电话号码的意思都没有，实在有点太过分了，布工怏怏地想。似乎在方小姐眼中，他这样的男人连交个朋友的资格都不具备。方小姐那双优雅温和的眼睛，只一眼就把他看得很透；而他看不见的她那两片清清爽爽、干干净净的视网膜，毫不犹豫地把他过滤，排除，驱逐到外星球去了。

好不容易就这么一个能让布工欣赏的女人，却压根没戏。

布工沮丧地在街头徘徊，双腿绵软，几口烤白薯下肚，心里越发堵得慌。

莫非他真是个如此不受女人欢迎的人？他的嗓子眼里一阵阵往外冒火。离婚两年来，他也并非无人问津。一个中级职称、中等收入的中年知识分子，按理说是供不应求。他的那些熟人亲戚曾找出各种理由，想把一些大龄女青年塞给他，统统被他拒绝了。三十好几的姑娘没嫁出去，不知道有多么挑剔多么怪僻，他可不想再自投罗网。眼看着厂里的那些同事，连零花钱都让老婆给管得分文不剩。远远近近的，如今哪有一个女人，说话不是军令如山的？可见女人们早都异化得不像个女人了。报纸上还嚷嚷什么女权主义，就像狄总那样，有了权，却没有一丝女人味。

其实约会也不是绝对没有过的。布工在离婚之后，对重新开始未来的生活也曾充满自信。他认识过一个医生，看样子是很文静的人。后来才知道她是个麻醉师。他想起一部电影，叫作《女人比男人更凶残》，便担心有一天医生累得弄错了对象，一家伙把他给麻醉过去，那可就再也醒不过来了，于是赶紧草草收场。后来又认识了一个会计，会计倒是十分小鸟依人，第一次约会就挽住了他的胳膊。那一天去逛公园，阳光下他突然发现那会计嘴唇两边居然生着一层淡淡的绒毛，嘴上有毛，毛即等于胡须。女人长了胡子，还能是个贤惠的女人么？看来那小鸟依人多半是个假象，等胡子再长长些，獠牙就该露出来了。布工几乎满怀恐惧，快快逃离了那片胡子的怀抱。

后来还有过一个外省的远房表妹，不知从哪儿听说了什么，在一个雨夜赶来，敲开了他的房门。她湿淋淋地站在屋子中央，把身上的衣服一件一件地脱下来，直到露出贴身的胸衣。一边脱一边直截了当地对他说，她还在童年时候就已爱上他了，出了五服的亲戚结婚不算近亲，生了孩子不会畸形。今天晚上她就住在这儿了……

布工拿着热水瓶的手突然哆嗦，一半的开水都洒在了杯子外头。他躲进了卫生间，隔着小窗玻璃连声说不行不行，她不把衣服穿上，他就不出来了。一直等到雨停了，他就把她送到了附近的一家宾馆。那宾馆很贵，她一连住了三天，花去了布工整整两个月的工资。

布工不悔。他抱定了宁缺毋滥，绝不将就凑合、绝不再受骗上当的决心。

但今夜的布工何去何从？天下之大，难道就再也没有一个能与他一样清心寡欲而又温文尔雅的女人了吗？

昏暗的马路上，他的目光突然被一道刺眼的霓虹灯吸引过去。

他看见了一块巨大的广告牌，上面写着电脑红娘四个字。

电脑红娘？布工似乎听人说起过有这样一种婚姻介绍所。

不必见面，不必难堪，不必浪费时间。只要交一点手续费，就可以把这个城市里所有想结婚的女人一个不漏地调到自己面前的屏幕上，应有尽有。然后再把那些麻醉师会计师理发师还有须在雨夜送去宾馆的女人统统删除。只需用排除法，排除到最后，剩下的就是你想要的那个人了。

布工一时精神大振。他借着霓虹灯的光亮，摸出钱包点了点钱。

然后他推开门，大步迈了进去。

就在服务小姐笑容可掬地向他迎来时，他看见一长排电脑后面掠过了方小姐火红色的身影。

布工站住了，一丝僵硬的微笑凝结在他的下颌。

这么说，方小姐是宁可找电脑帮忙也不愿和他交往了，他和方小姐真是咫尺天涯……

布工把钱包塞回兜里，说了声对不起，回身悻悻地走出了那所房子。

马路上空空荡荡，路灯稀稀落落。夜幕吞没了城市的一切亮色，城市如同死一般沉默无语。布工抬起头望天，只见一道璀璨的银河从他头顶越过，无数星星在遥远的天际，发出微弱冰冷的光芒。

如今宇宙星际间的距离也变得越来越宽阔了么？布工疑惑地想。

他决定过几天再来这儿。

摘引：有一种亮的银河星云，形状接近圆形，称为行星状星云，也叫环状星云，例如天琴座。行星状星云以外的亮银河星云，形状不规则，比较松散，称之为弥漫星云。

在满屋芜杂而澎湃的钢琴声中，突然钻出了一种尖锐而刺耳的声音，BB——BB——

那声音娇弱，急促，一声紧接一声，如同一只蟋蟀或是蝈蝈，在室内雄浑的琴声中穿来穿去，把回荡在空气中的那些大漠疾风和九霄星辰般旋转的音符搅得个乱七八糟。

有没有可能把它当作和声和一种配器来处理呢？最初西希脑子里掠过了这样一个念头。搞作曲的人，耳朵里不会错过任何一种发声器。

西希没有搭理这个声音，继续着他键盘上的演奏。

BB——BB——那个声音依然固执地呼叫着。

西希终于明白，是他皮带上的 BP 机向他传递着来自人间大地，确切地说是城市人群的某种信息。

本来西希完全应该在坐到钢琴那儿以前，就把这该死的 BP 机关掉。但是目前西希不能这样做，西希正在等待着一个生命攸关的电话。

会不会是银河大饭店的咖啡厅终于打电话呼唤他，愿意同他洽谈，继续聘用他去为那些脑满肠肥的食客们演奏小夜曲或是流行音乐了呢？

西希刚想到这点，手指下的行云流水立即停止了疯狂的运转。耳边突然降下一种戛然而止的静寂，天花板下久久振荡着嗡嗡嘤嘤的回音。

他拿起那 BP 机来辨认上面的号码。只一眼，便把那机子扔到身后的躺椅上去了。

又是她！又是她！总是她！

想要的电话偏偏不来，而不想要的却缠着他不放。

西希打定主意不回电话。

他重新在琴凳上端坐，一只脚伸出去，搁在钢琴中间的踏板上，深吸一口气，准备开始。

那只脚并没有踩下去，却感到一阵钻心的疼痛。

一阵阵袭来的疼痛就像 BP 机的呼叫，把西希脑子里的乐谱搞得残缺不全，高音低音互相错位，一个奇妙的旋律就此忽然间无影无踪。

西希恨不得往键盘上狠狠地砸下去。

这半年多来，自从接到了那个越洋电话以后，西希可谓祸不单行。

先是剧团搞什么聘任制，找了个理由，就把他给解了聘。

剧团本来就不景气，团长成天托着个钵，乞丐似的到处化缘。广告多施主少，实在开不了锅，团里就拿西希改革了一刀。西希从音乐学院作曲系毕业，分到这个市级歌舞团，一心想搞交响乐。交响乐既不民族又不传统，既不先锋又不那么不先锋，既不现代又不后现代。前几年，有朋友给弄来一笔赞助，倒是找到乐队排练演出了一场，曲高和寡，观众的掌声都鼓得不是地方。

剧团需要赢利，聘的是为那些当红歌星写曲的人。西希被人忍痛割了爱，但西希很理解，过了一段时间，年轻的西希反觉得自在又自由。

后来西希每天晚上到银河大饭店的咖啡厅，去给人弹钢琴曲。

饭店的演奏很容易对付，就当是每天练习手指吧。钱还不少，足够让西希继续写交响乐了。西希可不愿意像历史上那些伟大的艺术家一样，生前贫困潦倒，非得死后才能将乐谱拍卖得儿孙们纷纷争夺遗产。

西希的 BP 机和摩托车就是为此而置办的。有了这两件武器，到各处混些饭钱，可以随叫随到。

本来一切都很顺利。那首题目为"银河"的交响乐，气势磅礴地写出了第一乐章，却没想到刚写完就出了事。人说祸不单行，他却是接二连三。半夜从"银河"回来，骑着摩托车，在路边稳稳当当地就把自己给摔了。摔得不远，当时自己爬了起来，还把车骑回了家。第二天就站不起来了，腿肿得像个水桶。后来送了医院，拍片子说是骨折。在医院住了一个多月，上个星期才算脱去了那一身斑马似的病号服，让人背回了自己家里。

"银河"那肥活算是丢了，刚攒下的一点钱也花得差不多了。

那辆摩托车撂在屋角，上面蒙了一层厚厚的灰。

算起来，这一连串的事故都是那个越洋电话打来后发生的。

她在电话里说得倒是若无其事。既然她已等了他整整五年，既然他没有办法把自己弄到大洋那一头去，既然也许他根本就是不想去与她团聚，既然……

他打断了她，冷冷问一句，要请律师吗？

对方说也许不必。手续其实挺简单，资料寄过来，签上字什么的，再寄回来寄回去的，过一段时间就生效。

他想写《银河》最初的灵感就来自曾经是他妻子的那个女人，那个像江南丝竹一般幽怨的声音在地球那一端的电话里渐渐消散，沉落，然后越来越遥远，越来越飘浮，直至最后完全消失……

那个时刻，一幅极其灿烂的星系图景在他眼前横跨苍穹，冉冉升起。

他本来就不想去那个地方定居，他所有的音乐素材都来自脚下的土地。他担心自己一旦离开了这块地方，就会像那些企图自杀的巨头鲸，搁浅在彼岸的沙滩上。他认为这同什么爱国主义毫不相干。他的英语不算太好，一开口就使他觉得像是一首拙劣混乱的课堂音乐习作。五年中他曾硬着头皮，一次又一次地去那个大使馆签证，然后又一次一次地被拒绝。他之所以抱着一丝侥幸，希望能飞越一次太平洋，说穿了也并不完全因为那个地方有他的妻子。他只是极想到真正的皇家歌剧院去欣赏真正的音乐会，还有广场爵士摇滚乐。

曾是他妻子的那个女人在许多年前是他的低年级校友，天生一只夜莺，歌声夜夜在校园上空盘旋，把男生们搅得彻夜不眠。那只夜莺后来被他养在了笼子里，时间很短暂。其实他早就明白夜莺养不住，他只是想品尝占有夜莺的滋味。果然没出半年，那只夜莺就飞出了笼子，她的歌声漂洋过海，鸟窝筑在了新大陆。

离婚手续还没有完全办妥时，他就听同学告诉他，夜莺早已投入了一位奥地利鬼子的怀抱，据说是真正的瓦格纳传人。

她爱过他吗？他不知道。他对爱情这个古老的话题一点也打不起精神。自从她走后，他这杂乱无章的笼子里断断续续养过鹦鹉喜鹊黄鹂鸽子，偶尔还有芦花鸡什么的，羽毛都很美丽，只是叫声不同。她们轮流在这里过夜，乐谱从床头一张张滑落，飘飞在房间的各个角落，第二天再重新拼接，即使排错了序列，更有一种失衡与不和谐的奇效。他觉得每次和不同的女人做爱，都像谱写一首新的乐曲。看似每一架钢琴均由标准化的零件组成，无非是七个音符加高音区低音区的音阶，再加上升降的半音，等等，但通过他的手指，却能将她们塑造得风格迥然相异。无论是协奏曲还是变奏曲，其中无主题有主题无调性有调性慢板快板各种技法，都可变幻无穷，随心所欲。

西希在音乐和女人两个方面都无师自通，才华横溢。

所以那只夜莺的离去并不怎么使他痛苦。那些来去自由的鹦鹉喜鹊们很快抚平了他心上浅浅的伤痕。假如不是最近一连串的倒霉事，这种无牵无挂的日子倒使他觉得妙不可言。

BB——BB——那焦虑的呼唤声又响起来。

肯定还是她，西希连呼机号码都懒得再看。她有一个专用的代号 F147，是她自己起的。她说这是麻将中一组十三不靠的数字，彼此互不相连。

第二乐章开头，这是一个降 F 调。为什么非得用降 F 调呢？西希自己也不明白。又是 F、F，那不是调名，而是一个女人姓名的缩写……

西希重新在钢琴旁坐下来。他觉得今天的思绪纷乱，简直就无法工作。

腿依然疼着，跌坐下去时，琴键在他胳膊肘下突兀地发出一声巨响。

他愣愣地发了一会呆，曲谱模糊成一团飘柔的黑发……

那一天，他猛然一下子把她抱起来，放在了琴凳上，她的高跟鞋无意间敲打着一长排雪白的琴键，十几个琴键同时发出一声怪诞的混合音响，就像一阵冲天的海啸摧毁了堤岸，肆意践踏着肥美的良田。那一天，她温柔的身体紧贴着钢琴的柱脚，欢快地呻吟了很久，直到他们彼此筋疲力尽……

后来她哭了。她说她还从来不知道——不知道原来可以这样，就像外星人，像在太空遨游，或者就像死亡之前，灵魂正从肉体中分离出来……

在西希所有的经验中，他觉得那是最到位的一次。他一点也不觉得这是亵渎艺术。他从来都认为，只有在害怕亵渎的人那里，艺术才会被亵渎。

但事实上他到现在为止也不知道她的全名，只知道她姓方。朋友们都叫她阿方。听说是个什么小报的记者。

这位阿方小姐是他在一次朋友家的派对上认识的。那天晚上，因为大伙的起哄，他不得不弹奏了自己刚写完的一首钢琴独奏曲。一曲终了，那个穿一条白色亚麻长裙的方小姐就朝他走了过来。她抬起了他的一只手，在每一根指尖上轻轻吻过。他记得那整整一个晚上，方小姐的眼睛都没有离开过他的手。

那天凌晨分手时，他给她留了自己的 BP 机号码。

后来的日子，每当他的 BP 机快乐的声音响后不久，方小姐美丽的胴体就会像打开了琴盖的白色键盘，展现在他的眼前。那个时刻世界都已沉默，唯有高亢而激扬的华彩乐段在狭小的屋子里横冲直撞，跃动流淌。

但西希却再也不想继续下去了。就像乐谱上突然出现的休止符，是一个必须遵守的空白。

就从交响乐《银河》的整体构思诞生的那一刻起，就从那个越洋电话中断在黑暗的夜空中开始，西希已不可改变。

虽然他曾多次对她说过，艺术其实无法被某一风格局限。风格即模式即锁链。某种主义一旦形成，便是它的死亡之日。西希在艺术上崇仰变幻无定的自由，怎么都可以，只要它不被主义所吞噬。

但生活中的西希却奉行与此截然相反的原则。西希抱定了他的独身主义，就像粗暴的手指将他与琴键割裂成两半。

纷杂的思绪中，西希忽然听见了房门被轻轻叩响的声音。

会有谁来找他呢？西希犹豫要不要去开门。今天他没有开门的兴致，他的《银河》第二乐章阴云密布。几乎每一个在脑中闪现的音符都像流星一般迅速从大气层陨落，无影无痕……

敲门声很有耐心地继续着。西希不得不想起来，好像是有人同他约好，今天要来借用他闲置的摩托车的。

他一瘸一拐地向着门那儿走去，无奈地打开了门。

门外站着一个女人，那个他眼下最不想见的女人——阿方小姐。

西希有点哭笑不得。他将凌乱卷曲的长发往后使劲甩去，侧了侧身子。

穿着黑色长大衣的方小姐如一团乌云，无声无息地飘了进来。

乌云顷刻间化作雷霆，阿方小姐暴怒的咆哮声震得西希耳膜生疼。

从早晨开始，我一连呼了你七次，你到底为什么不回？

雷鸣夹着闪电，黑大衣连同白围巾，还有手套和拎包，一股脑向他扔过来。

你必须给我解释清楚，你为什么不回电话？

西希将手插在腋下，冷冷地说，不回就是不想回呗。

为什么不想回？

不为什么。

什么叫作不为什么？不为什么又是为什么？

西希淡淡一笑说，我不能给你回电话了。我们已经结束了。

那个叫阿方的小姐伸出手扶住钢琴。她的脸色苍白，白得像遥远的星光。她就那么呆呆地站着，后来她便把脸埋在手掌里，低声啜泣起来。雷声已息，浓云依旧，闪电化作滂沱大雨，劈头盖脸地往西希脑袋上砸下来。

她哭了很久。哭声稍停时，她抬起头说，可是西希，你知道我是多么爱你……我真的已经爱上你了！

西希不吭声。

我从来没有真正爱上过一个人，但是我爱你……

西希咬着嘴唇，觉得有点怪不好意思的。

别说什么爱不爱的，多不现代啊！他说。

想了想又追了一句，爱这玩意可不是随便说的，我从不与人说爱。

后来他又补充了一句，其实你和我都未必知道什么是爱，更不知道世界上究竟是否真的存在被人叫作爱情的这种东西。反正我不知道。

西希耳边忽然掠过一个奇妙的旋律，如精灵的翅膀，扇起一阵微风。

他抓起一支笔，趴在琴凳上草草涂抹起来。

阿方小姐的声音像是从天外传来，可我知道你爱我，西希你别骗自己了。你虽不知道爱是什么，可你已经爱了。爱当然不是说而是做的，可假如你不爱，你又为什么要做呢？

西希终于恼怒地扔开了手里的笔。他想既然今天不再做爱，也许是必须说一回爱了。就让他说出来好了，他本不想说，是阿方小姐逼着他说的。

我们之间本来好好的。他匆匆说，可是自从你爱上我的那个时候，咱俩就完了，因为我根本就不想结婚。我不能和一个爱上了我的女人继续相处，就是因为我害怕我有一天会屈服于爱，再次陷入婚姻的牢笼。

阿方小姐颤声笑了起来，我根本就没说过要和你结婚啊……

你是没说过，但你总有一天会说的，那时就晚了。你会失望，你会愤怒，没准还会让我赔偿你的青春损失费，而我会说我根本不知道你损失的是什么……

BB——BB——呼机又一次固执地响起来。西希悄然想到，既然阿方此刻是在他的住处，自然不会是她在呼他。这么说，他很有必要察看一下呼机上留下的电话号码。

他看了一眼，又朝着窗口的亮光看了一遍，眉毛跳了一跳，然后回过头对她说，实在对不起，我得出去打电话！是银河大饭店的人呼我。我还得混口饭吃啊。

阿方小姐冷笑了一声，站直身子，用了一个夸张的大动作披上大衣，抢在他前头昂然走了出去。

西希蹒跚地挪着步子走出电梯。一股冷风卷起他的长发，遮住了他的眼睛。

他撩起头发，抬头看看天，天上没有银河，只有几颗孤零零的冷星，互不搭界地高悬着，漠然以对，像一只只老乌龟悠悠自得地游过江河，彼此相望而又相忘，漫步于浩渺的天际。

第二乐章得推倒重来。他想，可以试着把西方的打击乐和中国腰鼓的节奏结合，这样就会有悬空感，并且断裂、阻隔。弦乐的滑音要一颗星一颗星地变化，每颗星都是一个寒冷孤独的个体，虽然彼此的光芒可以互相传递互相照耀，但它们之间的距离却永远不能移动不会变更，就这样来表现银河的构成……更重要的是，银河无法过渡，没有船没有桥什么都没有，银河不是黄河，银河就是银河……

多日以后，老穆在银河大饭店咖啡厅一次新的约会中，与手里牵着一个孩子的中年男子擦肩而过。那人走得太急，差点把老穆手里的手机碰掉。但老穆很有风度地对他笑了笑，他希望给身边的女人一种处变不惊的印象。

后来老穆看见了坐在咖啡厅里的方小姐。她虽然远远缩在僻静的一角，但老穆还是一眼就看见了她。她好像是一个人在此，一只手静静地托着腮，专心地听着什么，那眼神迷蒙，浮游于云里雾里，另一只手拿着一把小勺，慢慢地搅着杯中的咖啡。

一种若有若无的钢琴声在大厅里低低回荡，弹钢琴的是一个长头发的年轻人。

老穆对身旁的女人说，银河大饭店咖啡厅闹得慌，咱们另找个安静的地儿怎样？

下篇　都市女人

摘引：银河星云由星际气体和星际尘埃组成。如果附近有光度较大或温度很高的恒星，星云便反射星光；或者受高温恒星的紫外线辐射而发光，称为亮星云。

放下电话，狄总将整个身子埋入柔软的转椅靠背，轻轻地舒了口气。

她知道自己一直在盼着这个电话，很久。

她按了一下通往套间外屋的电铃，然后用高跟鞋的鞋尖微微点了一下地毯，椅子迅速地朝窗口旋转过去。从玻璃的反光中，她看见秘书小姐出现在她的视线里。她仍然将脸冲着窗户，背对着秘书说，真是不巧，今天晚上有个同学会，外地同学来出差，我推不掉。可能……可能会晚些。

秘书冲她莞尔一笑，说，又是周末了，总经理也该放松放松啦。

紧接着又补了一句，没关系，还像上次那样，我去替您接孩子好了。

狄总犹豫了一会，想了想说，那就把孩子送到我妈那儿去吧，告诉她我明天上午就回去。哦，假如孩子他爸来电话，你就告诉他还在老地方，带着孩子等公司的车去接。

您不用车了吗？秘书小姐很体贴地问。

不用不用，我可以打车走，狄总有些心不在焉地回答。

她看了看腕上的表，指针跳得出奇地快，就像一辆越野摩托车旁若无人地在高速公路上奔驰，没有红灯拦阻，站站不停。她被这种感觉弄得心慌意乱，就连宽敞的办公室也如车座似的晃荡起来。

还不到下班时间，但狄总决定早些离开。在今夜那个约定的时间之前，她还有许多准备工作要做。

临走之前她又向秘书叮嘱了一遍各种注意事项，诸如下周洽谈业务的日程、各种报表的汇总、公司成立三周年的庆典活动筹备，以及最后离开办公室前一定不要忘记检查传真机并打开录音电话……秘书小姐嗯嗯地答着，脸上的表情转眼间变得木木的。

不必这么不耐烦嘛。狄总话到嘴边，却没有说出来。她知道秘书小姐不喜欢她这么事无巨细，没准就在心里嘀咕她婆婆妈妈呢。但狄总一向很自信地认为，女人管理公司，优势就在于比男人更细致更周到更具体。都说男主外女主内，那么几千年下来，女人管理家政的经验早已成为女人的遗传基因，无非是把小家的概念扩成大家，换个地方当家长而已。女人有了权，就能够更全面地体现女人的职责，比男人更善于下达命令，更敏感更严厉。因而比之男人，岂不是更加得心应手？

尽管——尽管狄总在离婚以前，实际上对家政管理并没有太大的兴趣。

不过狄总此刻没有心思对秘书循循诱导，她不想再耽搁时间，只觉得脑子晕晕乎乎，身子绵绵软软的，随着电梯的启动，心猛然往下坠，说不出是痒是疼。

她走出电梯，在一楼大堂略略迟疑，走进了中庭一角上的那家美容院。

公司所在的银河大饭店内设备各项服务、各类时髦的娱乐设施，有求必应，就像一座专供人享乐的独立王国。

狄总其实是美容院的常客。只要公司的业务忙得开，她每周必然抽出两个小时，到这里来将自己抚慰一番。

有时候，就连她自己也惊讶，离婚以后她像是完全换了个人似的，身心时时都有一种像是要长出翅膀来的感觉，然后悠悠升空，飞过城市玩具积木一般的楼群建筑物，往遥远的星辰飞去，一个人在浩瀚的苍穹下遨游，独往独来。过去她也曾习惯于独行，但那时她像一只风筝，胸前总吊着一根线，会把她收回地面。她不能飞得太高，他常给她背诵什么"又恐琼楼玉宇，高处不胜寒"一类的诗词。那个人称布工布工的工程师，也就是她的前夫曾十分认真地告诉她，若是从物理学上解释，那些行星其实都是些冰冷的石头。

但她还是离开家走了，挣脱了风筝上那根原本就太短太细的绳。她从小就喜欢星星。她不能真的上天，难道还不能"下海"吗？她的星星在"海"里，大海同天空一样辽阔，何况除了风还有浪，很过瘾。

每当她飞得累了，游得倦了，她便来美容院歇息，任美容小姐云一般的手指一点点揩去她脸上的泪汗，一丝丝剔去嵌入皱纹里的辛苦。

空气里浮漾着一股素雅而恬淡的香味，不艳不俗，恰到好处，厚厚的紫色丝绒窗帘隔绝了街市的喧嚣，这里宁静得悄无声息。离子发生器喷出一片云又一团雾，萦萦缭绕着，弥漫了填塞了外面坑坑洼洼的世界，弥漫着一种温馨的气氛。

狄总像往常一样，在窄窄的小床上躺下来。对于她来说，这是一片都市里的人造沙滩。

她忽然觉得身子底下有点硌，用手一摸，竟然是一只打火机。

那只打火机很精致，极薄极轻，金灿灿的外壳镀一圈银边，轻轻一按便吐出金黄色的火苗，继而转成暗红色，稍后又由红变蓝，蓝色的火焰尖端围着一层紫红色的光晕……

刚才这儿有男的来过？她问美容小姐。

小姐说，是。是有个男的来过。如今男人来做美容很平常啊……

她把手伸出去，将那打火机悄悄扔在床底下了。

她不想再多问那个男人是什么人长什么样。尽管她已经不记得他使用的那只打火机是不是这个样子，但枕巾上留下的那种男用香水的气息，却使她突然泛上一阵恶心。自从发生过那件事后，任何时候任何地点，只要她一闻到与此类似的气息，胃里马上就会翻江倒海。

她欠身下地，对小姐说，换了，统统给我换了，我加付服务费，必须换。

如果不换她就走人。但事实上她不能走，她今天必得通过美容，使自己容光焕发。即便是换个美容院，时间怕也不允许了。

狄总再次在新换的床单枕巾上躺下来时，心里依然别扭。

那种气味固执地飘散不去，就像那天晚上他久久纠缠她的情形。那个叫作老穆的男人是她的公司业务往来已久的某部合作伙伴。此人仪表堂堂，颇有人缘，嘴里总有一种甜腻腻的口香糖味，能把周围的人都摆布得十分熨帖。他的圆通从不让人讨厌，很得各方的赏识。据说他很快就要从正处提为副局了，他虽然经商，但不知怎的，仍然具有一种似是而非的公务员身份。

应当承认，狄总自从摆脱了那个平庸懦弱的布工，她对那些事业上有一定成就的男人，尤其是精明强干的男人，抱有难以抑制的好感。她从不认为一个成功的女人背后必须有一个不成功的但诚心的丈夫辅佐。按照狄总的理论，一个成功的女人应该拥有一个更为成功的丈夫，这才是女人真正的成功。

所以那一天在银河大饭店菊花厅的晚宴散了以后，他向她索要一份资料，她便带他一起上楼到了自己的办公室。那天她喝了不少酒，脑子已有些晕晕乎乎，秘书早已下班，办公室里只有她和他两个。她觉得浑身燥热，便斜靠在平日接待客人用的长沙发上。她不记得同他说了些什么，后来他走过来坐在她身边，然后抱住了她。起初她拒绝了，肯定是拒绝了，但他没有松手。后来他就说了一句话，就这一句话便击中了她的要害，顿时令她瘫软无言，乖乖缴械。

他说，女强人不也是个女人吗？

后来的许多日子，她一直在反复回忆这句话。她明白在自己的内心深处，其实最害怕的就是那句问话的答案。她虽然曾经渴望做一个成功的女人，但当她被人们称为那种固定意义上的女强人后，她发现所谓的女强人，其实在大多数人心目中却是个贬义词。

那个时刻她渴望为自己平反。她感觉从自己身体的各个部位强烈地涌上来一种难以克制的欲望。心的深处有个声音对她说，你很寂寞很孤单你需要他你需要一个男人是的你同别人没什么两样……

于是便发生了后来的那些事。她任由他从上到下一件件褪去她的衣服，那个过程中她始终闭着眼睛。但她没有等到温热的肌肤，却触摸到了他冰凉的衣扣。她睁开眼，发现他根本没脱衣服，只暴露出身体的某个部位，这个场面令她有点尴尬。他解释说没时间了，这是在办公室，时间太长不合适。他没有抚摩她也没有亲吻她，很快，甚至没等她感觉出什么滋味，一切就已经结束了。

在她穿衣服时，他向她提到了那笔生意。他的神情与口气就好像他刚刚做出了莫大的牺牲，为她雪中送炭，现在轮到她来偿还了似的。

她冲进洗手间，将自己五脏六腑内的污物吐了个天翻地覆……

美容小姐柔嫩的手指从她扭曲的面孔上轻轻滑过。小姐已不止一次地称赞过，说她的面部皮肤保养得很好，依然富有弹性。她的身材虽然略略显胖，但结实丰满，没有多余的肉。小姐问她是否还定期去做美容保健操，她说是的，而且每天早上她还坚持做仰卧起坐。眼前的云雾消散了，蒸汽已经关闭。有针刺般的小锤在额头或腮上移动，她知道是在用精华素按摩。手指有节奏地敲击着头顶、太阳穴、颈椎的各个穴位，最后用软刷在脸上涂抹面膜，鼻孔里钻进一阵清凉的水果味，慢慢渗入颜面，沁人心脾……

这双手对她皮肤的爱抚和照拂是她用钱雇佣的，不是恩赐不是强暴。只可惜，美容小姐尽心的按摩依然无法消解狄总的身心饥渴，这一双手和那一双手彼此不能替代。那么这个世界上，究竟还有没有既非恩赐也非雇佣的一双手呢？一双既能真心拥抱她，又能支撑她的手呢？

狄总从中学到大学，从单位到公司，一直都梦寐以求做一个出类拔萃的女人。她知道自己离目标已经不算太远，她或许能成为一个出色的企业家，但她不知道自己是否算一个幸福的女人。那最后的一双手是一座遥远的雪山、一个西绪福斯神话、一颗永远与地球保持着距离的行星……

狄总在偶尔遭遇过老穆这样的男人以后，曾有很长一段时间对男人失望至极。终于明白了春风得意的男人早已不属于她这个年龄的女人，却已为时太晚。她借口原来的房间位置不对，向银河大饭店交涉调换了公司的写字间，以免每天对着那只沙发，时时让她觉得恶心。但狄总毕竟已在商海沉浮多时，人情练达化作一种喜怒不形于色的隐忍。那笔生意虽然免谈，而她同老穆的公司依然保持着友好互利的原则，他们时常见面，彼此心照不宣，就像什么事情都从未发生。

有一阵子，狄总脑子里甚至掠过同前夫布工复婚的念头。那个念头刚刚闪过，她就怀疑自己是不是哪儿真的出了毛病。那些居家过日子琐琐碎碎、鸡毛蒜皮的往事，他那种平庸，那种懒散，那种无所事事却又自以为是，那种忌妒猜疑和小心眼，真是想一想都会让人丧气。到最后，上了床彼此也是无动于衷，一个心气孱弱的男人，身体的那一部分似也同步地萎缩下去……而她竟会认为自己真的山穷水尽，有一个次的也比没有好吗？

世上的弱男人不可求，而强的男人却又求而不得。看看周围适龄的中年男子，不是太俗就是太雅，不是太风流就是太迂腐。再剩下的就是那些五六十岁的老头。这几年，她的身边一直不乏许多人老而心不老的追求者。可只要想一想他们松弛而干瘪的皮肤，就让人起腻。那些日子，狄总陷入一个难以排解的悖论之中。这道左右枯竭无源的夹缝，莫非真没有她这么优秀的女人的立锥之地？

一直到他出现，一直到他用那双白皙而修长的手捧起她的脸亲吻，她整整一冬天的惶恐才随着春雪流淌而去。

她终究还是信奉产品质量第一的。在她经手的生意中，绝不允许假冒伪劣。如今，她终于等到了。

狄总走出美容院时，在镜子里观赏了一番自己。她已恢复了自信，在今晚。

大厅里几棵米兰盆花开得正盛，金黄的米粒隐藏在浓密的碎叶中，若有若无，淡雅的芬芳远远近近地散开去，含而不露地走过暮春最后的日子。

狄总加快了脚步。她在饭店的快餐厅简单吃了一份砂锅排骨加炒饭，然后进了美发厅，吹洗了一番头发。又来到饭店的二楼商场，买了一些小食品和水果。她在商场徘徊了好一会，似乎没有她想买的东西，便匆匆走出前厅，招手叫了一辆的士，赶往另一家名牌商业城。

当她拎着一只大纸盒从商业城走出来时，时针已指向9点。

街上华灯闪烁，车流如织。和煦的晚风像一双温暖的手，轻轻抚弄着她的脸颊，然后慢慢地抚上她的额和唇、肩和胸，以及全身……

透过那只纸盒，她看见一只白色的摩托车头盔戴在他乌黑油亮的长发上，长发潇洒地飘扬起来，追赶着她乘坐的蓝鸟轿车。那摩托时快时慢，发出泉水般剔透的声音，沿着马路流淌……

狄总抱着那只纸盒从的士上下来，走出电梯，打开房门时动作有点费劲。两道门上了三道锁，有时连她自己也觉得像是住在一所防卫森严的监狱之中。

而这道排斥一切男人的大门，很快就向那个叫作西希的男人打开了。

粉红色的丝织窗帘软软低垂，温柔得像一团水汽，湿润了干燥的夜空。

占据了整面墙的镜子里，有一个脱下名牌西服套裙、匆匆换上柔软的棉布睡裙的女人，正在走来走去。她卸下了常常令她觉得像是枷锁一般的纯金项链，让胸口完全袒露，连一丝点缀也不要。耳环也去掉吧，免得碰疼了他。戒指当然也得摘了，对于一个真正具有魅力的女人来说，她呈现的应该是她的全部天然之美；而对于一个能够真正欣赏这种成熟之美的男人，女人的任何饰物都是多余的。

这一切关于女人审美情趣的学问，都是她在离婚后，确切地说，是在认识了西希以后，才慢慢品味到的，就像第一次嚼一颗槟榔，尝出了生活里那种曾被她忽略的滋味。

她走进洗手间，打开了热水淋浴器。雾气和水流缠绕了她全身的肌肤，像他激情澎湃的拥抱，每一次都能把她从里到外地浸透……

最后一道工序是化妆。妆是一定要化的，尤其在她这样的年龄。但要化得不留痕迹。那布工以前说过一句唐诗，叫作"草色遥看近却无"，用在这里倒是很贴切，只是勾出一个形、匀上一层色、点出一星眼神、咬住一种神态而已。粉底与腮红的色度，都是差一毫便远去千里的……

她终于把自己收拾满意，然后在客厅的长榻上坐了下来。

房子很宽敞，是去年公司为奖励她而购置的，装修精致得无可挑剔，家具不多，显得有点空空荡荡。这便是她今后的家。但有房子能不能就算是有家了呢？她不知道，她太忙，忙得没有时间来享受她的房子，还怎么能享受一个家呢？房子里缺什么家具可以随时添置更换，而一个真正的家，只要有家人的呼吸和声音，即便坛坛罐罐也样样珍贵……

光滑的镶木地板上，一只猫悄然走来。没有他的气息，没有他的声音，没有他用过的东西。他像一盏灯或一支蜡烛，只能在黑暗中与她相伴。那一刻，她甚至怀疑世界上从未有过那么一个人，闯入过她的生活……

那个初冬的夜晚，她因为处理一个急需的文件，离开银河大饭店时已近午夜。她也许本来可以住在办公室，但她还是想回家，这样第二天可以换一套衣服来上班。就在电梯里，她遇见了那个叫作西希的年轻人。西希每天晚上都在饭店的咖啡厅弹钢琴，她常陪客人喝咖啡，所以也常听他弹琴。对于他的琴声，她不敢妄加评论，但她挺喜欢这个沉默寡言的大男孩，他的模样虽然温文尔雅，但坐在钢琴边，手指和头发一阵一阵弹跳得疯狂。那天夜里他像是喝醉了，拼命地按着电钮，说要上九十九层去吃夜宵。她说饭店没有九十九层。他说有。她陪着他到了顶层，他死活还要往上去。再走就是露天平台了，她担心他这个样子会出什么意外，任由他沉重的胳膊搭在她肩上，进了电梯。她想，让他到自己办公室去暂住一夜吧，醒醒酒，第二天再说。走到办公室门口，才发现自己居然怎么也找不到钥匙了。夜已深，服务员小姐也早不见踪影。问他家的地址，他晃着脑袋嘟哝说，不是在天鹅星座就是在巨蟹星座，你自己找吧……

于是，万般无奈之下，她把这个无处可去的年轻人带回了自己家。

他一觉睡到了第二天中午，狄总为等他醒来，只得请了一天假。

他醒来后发现自己待在一个陌生的地方，似乎也并没有什么惊讶。喝过咖啡后，他显得精神焕发，开始向面前的这个女人诉说他的种种烦恼。他的叙述语无伦次而滔滔不绝，一种带有胸腔共鸣的嗓音犹如即兴的钢琴曲，在她的房间里横冲直撞。她默默倾听着他的诉说，后来她总算弄明白了，这个年轻人是个作曲的，他生活得很不如意，而他目前最苦恼的是他那些女友们总是缠着要同他结婚……

他讲完了那些以后便突然告辞了，就像一个中途卸去了身上所有重负的人，了无牵挂地重新上路。

后来他便时常来这儿与她闲聊。他出现时往往是深夜，是在他结束了银河大饭店每日的演奏之后。有时他会在半夜突然给她打电话，听着他慷慨激昂莫名其妙的话语，她知道他准又是喝得半醉了。但他一次也没有去过她的办公室，即使偶尔在饭店相遇，他也是视而不见，就好像除了这所房子里的她以外，那个被人称为狄总的女人根本与他没有任何关系。

狄总已记不清这个西希每次来她家，自己都对他说过些什么。也许她说什么并不重要，他需要的只是有人能听他说些什么，甚至他说什么也并不重要，重要的只是叙述与聆听这种形式本身。有一次他似乎突然想起来问她，像她这样善解人意又温存体贴的女人，他却为什么从来没有在她家里遇见过她的男友。她回答说她没有。他说这绝不可能。她说这是真的。于是他感叹，说她这样的生活方式不是真正的现代女性，她可以不结婚但她绝不该浪费生命。他说得很急切很真诚，却把他自己忘在一边排除在外，眉宇间有一种孩子般的纯真无邪，令狄总怦然心动。在风浪险恶的商界，狄总已久违了男人脸上的这种神态。

她终于变得焦躁不安而且不耐烦了。那个苍白的冬季过得没完没了，就像她和他一次次漫无边际的闲聊，只将养料储存在包裹严密的树根里，却不发叶不开花更不结果。冬季将尽，从城市街道两边的树坑里已冒出了不可遏制的丝丝地气。那是一个冬末的雪夜，他浑身湿漉漉地出现在她面前，融化的雪水在地板上溅落成一个花环。她拿毛巾替他擦干了头发，又为他倒了一杯热茶。

时间似乎过了许久，她终于开口说，你真的以为，像我这样比你大几岁的女人，仅仅只配与你聊天，为你分解忧愁，仅仅只是，只是你的一个谈话对象吗？

他愣了一会。远远地，似有雪水滴落的声响从阳台上传来。

她又说，你永远都将是自由的。

后来他站了起来。他伸出了两只修长的胳膊，迎着她走过去。他从容而舒缓地环住了她的腰，将她慢慢抱紧。他的嘴唇湿润灼热，那里再没有话语没有旋律也没有她平日熟悉的酒味，唯有树叶与花瓣从雪地上钻出来……

第二天早上他们醒来时，窗外已是一片银白。

雪化了以后，春风便与西希一起来临，将这套宽敞的公寓刮得一派生机。

电话铃急骤地响起。

狄总伸出去接电话的手却在半空中停住了。她不愿意在这个时间里有人来电话，并非是担心公司会有什么紧要的公务，即便是再紧急的业务，她也能尽快处理妥当。她害怕电话，是因为从那个雪夜西希留在这儿以后，她唯一请求他的事，是希望每一次他无论来还是不来，都务必先给她一个电话。她不喜欢突然袭击，在她这个年龄，她需要时间准备，准备好自己的最佳状态。

但狄总还是接了这个电话。她听出了话筒里秘书小姐的声音，小姐说狄总吩咐的所有事都已处理好，请她放心。但下班前接到一个姓方的女记者电话，说下周希望采访狄总，问狄总能不能接受，她好提前做些安排。记者催得很急，她只好这么晚打扰狄总……

狄总尽力克制着恼怒，冷冷地回答说，星期一再说吧！一个记者，至于吗？

她抬头看了一眼墙上的挂钟，时针已指向 10 点。这会，它们已明显地放慢了速度，不紧不慢地画着圆圈。那根短针尤其走得涩重，似乎每一步都要付出极大的气力。长针和短针互相追赶着又逃避着，它们将在午夜 12 点时汇合并拢成一个整体。那个时刻只有短短的几秒，然后它们又迅速分开，重新开始各自的旅程，在那个相交却不能厮守的圆盘上，继续它们永无休止的循环……

他每次都在这个时间到达。那是银河大饭店打烊，一天即将结束，而另一天即将开始的时候。

今晚，她想要告诉他，公司不久将举办三周年庆典活动。她希望他能来参加。如果他愿意，她将借这次活动，就在银河大饭店为他安排一场西希交响乐作品演奏会。所需的排练经费都由公司承担。

她走到阳台上去。她的目光搜索着楼下空旷的街道。

没有一辆摩托车的踪影，唯有一阵悠远的钢琴声从高高的天际飘来……

她抬起头凝望着夜空，银河璀璨，星云密布。然而，对于这些铺满天空的星星，她实在已是熟视无睹。

却没有月亮。

没有月亮的夜色，看起来是何等寂寥何等虚空。而那个炽热发光的太阳虽能照耀月亮，却无法驱逐月亮周围的乌云，太阳的光芒是多么微不足道多么辛苦徒劳啊……

但她依然崇仰太阳。在那幅绚丽的星图中，它必定要作为燃烧的恒星存在。

一声门铃低低的吟唱终于在身后响起，她缓缓退出洒满星光的阳台，往门那儿走去。在宽大的镜子里，她看见一个妩媚而端庄的女人，正飞快旋转着生硬的门锁，脸上浮现出一种几近赴死的决绝。

每一次约会，她都将此看成最后一次欢乐的诀别，那个叫西希的年轻人，他也许下一次就不再来了。她随时等待着他的消失。唯其如此，她才能像那些发光的恒星一样，让大大小小的行星们永远围绕着她旋转。

摘引：银河星云附近没有光度较大温度较高的恒星，星云便不发光，称为暗星云。暗星云隐藏其后面的星，所在的天空区域星数特别少，显出暗星云形状。

叶女士比约定的时间晚到了几分钟。在街口那个巨大的电子广告牌下，她离老远就看见了他身上那件土灰色的夹克衫。

还是上次那一件嘛。这个人是不是有点邋遢呢？她这样一想，心里就有些担忧。

就是上次那一件。不过男人同女人约会，穿得这样俭朴，这样随随便便的，肯定不是那种拈花惹草的人了……她又想，心里便有些高兴起来。

叶女士是通过电脑红娘认识这位姓布的工程师的。他输入在电脑中的全部档案资料，基本上令她感到满意。见过几次面以后，更坚定了她的想法——年龄、工作、职称、两室一厅的住房，还有电话。虽然这些都是外在的条件，但总得先有外才有内啊。要说内嘛，在叶女士目前认识的单身男士中，布工也可以算得上第一人选了。从见面的第一眼，叶女士就认定布工是个老实人。她和他并肩在公园里逛了一大圈，他离她始终有两拳之隔，生怕碰着她似的；走渴了，他去买了两盒纸包的梨汁，递给她，还特意倒了一遍手，拿着那盒的上端，将下端腾出来，放在她手里，一副男女授受不亲的样子。走到背静处，见有一张长椅，她说，歇会吧。他推一推眼镜，打量一番四周，说，这里恐怕不安全呢，再往前走一会吧。又走了一会，最后总算是坐下了。是在湖边上，身后是条路，旁边是个游船码头，来往都是吵吵嚷嚷的游客，互相说什么都听不清……

但叶女士却偏偏因此而喜欢上了这个布工。

在经历过她的前夫老穆那样的男人以后，她为自己制定的再婚标准是，未来的丈夫必须是一个忠实可靠、有家庭责任感、能同她一起度过后半生的人。

据说布工的前妻现在是一家大公司的总经理。女人当了什么总经理，难道还会安安分分地过日子吗？可见他们的离异无可非议，势在必行。离婚以后的布工，快三年了都没有再婚，自己一个人带着一个男孩生活，既当爹又当妈的，多不容易。身边有一个孩子拖累，上班下班、洗衣做饭的，可见就没有那种时髦男人成天惦记女人的心思和工夫。若是嫁给这样的男人，两个人一心一意地过日子，还会有什么烦恼呢？

当年老穆留给她的创痛依然时不时地使她心有余悸。天下的男人，任是张三李四金猴银猿，只要没有老穆那种见女人就腿软的毛病，即便再穷再丑，都有可能进入她的选择名单。可惜如今的单身男人一个比一个"坏"，一个比一个疯狂，四十岁的想找个二十岁的处女，六十岁的竟还想找个三十来岁风韵犹存的女人。就她这样快奔四十岁的半老徐娘，还能怎么挑剔，往哪儿挑剔呢？她可早就打定主意，不到万不得已，是决不嫁老头的。

所以布工是目前电脑呈现给她的极少几位理想人选之一。

看起来布工对她也还满意。他对女人别无所求，唯一求的是贤惠，是温和，是能让男人觉得自己还是个男人的那种女人。他说，小叶，你也受过委屈，受过感情折磨，我们难道不应该互相理解互相珍惜吗？

当时她一听这话，心里就感动得想落泪。她在一个机关当出纳员，收入不算多也不算少，老穆临走前给她们娘俩留下了一笔钱，还替她们买下了原先的旧房。那笔存款的利息，每个月用来补贴家用，日子过得还算滋润。这位布工虽说钱不多，有他这份体贴的心，她也就知足了。几个月相处下来，该说的都已经说了。最后剩下的就是关于结婚的一些具体问题。比如说婚后的住房，婚后双方的孩子如何安置，等等。一旦过上了日子，针尖大的事情弄得不好，都会在两个人的感情上留下个碗大的窟窿。

想到这儿，叶女士脚上新换的高跟鞋生了风似的在马路上踩得嗒嗒响。她想快些和布工坐下来谈判，虽不说签字画押什么的，至少也得达成个口头协议，免得以后横生枝节。

来了？哦，你晚了九分半钟。他说。一边把腕上的表抬起来给她看。不过没关系没关系，今儿星期天，反正也不上班。

车挺挤的，她说，没想到星期天路上也堵车。

孩子呢？

送她姥姥那儿去了呗。

她不缠着跟你出来吧？

不的，我闺女怪懂事，还说哪天让布工叔叔上咱家玩去呢。

这孩子，看着就有个机灵样。

你那儿子呢？又上他妈那儿去了？

昨儿下午就走了，待会吃了晚饭，我还得去接他回来，明天一早上学……

俩人说着些不咸不淡的话，在街角站了一会。叶女士张望着四周的餐馆，看好了门口垂着瀑布般灯帘的那家，说，就上那儿吧，还是坐下来边吃边谈踏实。布工便跟着她往那家餐馆走。走到门口，布工的脚步忽然停了，犹豫着说，不行不行，还是换个地方吧，我看这家——肯定是要宰人……叶女士心里有点那个，嘴上说，嗨，咱俩不是头一回么？该宰也得让它宰啊。约好了一起出来吃饭，菜在其次，主要得有个幽静的环境你说对吧？布工讷讷地应着，只是不动。她脸上有点发烧，心里一怒，便说，今天我请你，你别想那么多了行不？布工连连摇头，又迟疑了一会，很快说，那咱俩实行 AA 制吧，各付各的，你看怎么样？说好了啊！

总算是在餐桌前坐下了。叶女士情绪略略有些受挫。

她要了一个凉菜拼盘、一个咕老肉、一个香菇鸡翅、一个清炒小油菜。布工直摆手说够了够了。问他喝什么酒，他说他什么酒也不喝，就喝点菊花茶算了。她想，一个男人若是不喝酒，生活中将会减少多少麻烦？不觉心情又好了起来。何况布工不仅不抽烟，连烟味都闻不得一点点。

等着上菜的那会，布工摘下眼镜，仔细打量了她一番。

你怎么戴上耳环啦？他显得惊讶的样子。她伸手摸了摸耳朵，不好意思地解释说，刚刚穿了耳朵眼，不戴上点什么，那耳朵眼就会闭上的。那你怎么能戴金耳环呢？他又说，你脖子上还挂着珍珠项链哪，可是这两种首饰根本不能戴在一起嘛。还有这只景泰蓝手镯，和你的衣服颜色也不配……

他絮絮叨叨地说着，全然不顾及她的反应。起初，她因为他对自己的关切，还有些微的感激，后来便觉得这个人好像有点婆婆妈妈的。再说下去，她忽然想起他的前妻，那位总经理，高级职业女性，当然有本事把自己收拾得气质高雅。而他这些有关女人的服饰常识，还不都是从那位狄总那儿贩卖来的吗？

叶女士的脸上有了愠色。她觉得从今天一开始就不大顺当。但叶女士毕竟是善于克制自己情绪的人，情绪好坏直接影响事情的成败。即便想发脾气，也得忍到结婚以后。幸好菜已及时上了桌，她为他斟上茶，把手镯往毛衣袖子里塞了塞，便与他慢慢吃起来。

很快，她便把话题引到了房子和孩子的事情上。

看起来布工对此也早就胸有成竹了。他慢条斯理地说，假如我们真的准备结婚，按我的想法，可以把双方的两套住房加起来，换成一套三室或四室的大房子，我们两人住一间，一个男孩一个女孩各住一间。若再有富余，可以为我布置一间书房；没有富余，书房就和客厅合在一起，也将就……

这是一个最理想的方案了，他很兴奋，就是得费些工夫想法换房……

叶女士不吭声。其实她早就知道他会这么盘算。

然而按照她的计划，事情就不该是这么个逻辑。他儿子占一间，他再占一间书房，明摆着她和女儿不是就吃了亏么？他难道就不能为她想一想？

她说，可是你不知道，我现在那房子产权不是自己的，没法换啊。

他愣了一下，说，那——那就卖了呗，卖了索性再买个好的。

没法卖。那是政府补贴的福利房，产权丢了还得追究责任呢。

他夹起一块咕老肉放进嘴里，嚼了一会，含糊地说，那——那你说怎么办啊？

她抿了一口茶，想了想说，你的那个儿子，你已经带了几年，难道就不能借着你再成家这个机会，送还给他的母亲，让她去抚养几年吗？

话音未落，布工就急急打断她说，这绝对不可能，我决不会把儿子给他妈。听他的口气，他宁可放弃同她结婚，这个方案也没有任何商量的余地。

她笑着点点头说，那可也是啊。又吃了几口菜，放下筷子问他说，既然你不愿把儿子给他妈，那么也许可以请一位保姆，让儿子和保姆另住在你原来的那套房子里？不等他插话，她忧心忡忡地补充说，根据许多再婚家庭的经验，双方的儿女搬到一起生活，早晚会产生种种意想不到的矛盾。所以眼不见心不烦，干脆还是早早地井水不犯河水为好……

你的意思是……布工扶了扶鼻梁上的眼镜，身子往后仰去，你的意思很明确，分式相加，还没统一分母呢，就先准备约分了？那可绝对不行。你这样解题根本无法运算，用计算机也不行，连题目都出错了。

他一口气喝干了杯子里的茶，像是打算走的样子。

叶女士心里有点慌慌的。她可不愿现在就把他惹恼，放跑了他，再逮回来可就费劲了。他既然坚守那个宝贝儿子的阵地，看来就得她让一步了。但让步也得适可而止，总不能由他得寸进尺吧？于是她一边给他添茶，一边连连向他解释，刚才她只不过随便说说而已。办法总得一个个去想，这个不行，可以再想下一个，何必说说就恼了呢？过日子本来就有一大堆烦心事，她正是因为有同他结婚的诚意，才会考虑一劳永逸地消除事故隐患呀。

布工垂下头，好一会没说话。

她夹起一只鸡翅放在他盘子里，笑笑说，那你说吧，你说个办法我听听。

他伸出两只手，使劲地挤着脑袋两边的太阳穴，忽然冒了一句，小叶，你说这家到底是个什么概念呢？

家？什么概念？什么什么概念啊？叶女士一时有些发蒙。

他自言自语说，一男一女住在一起，那是不能叫作家的，那只是个巢，是个窝，可以是同居关系，也可以是搭伙做伴，好则好，不好就散了，两不相欠。可是孩子是骨血，是你的另一个生命。有孩子的家，那才是真正的家，这个家无论走到哪里，都拆不散分不开的，你说是不是啊？

叶女士仔细品味他的话，觉得也是。是那么个道理。其实她自己何尝不是把相依为命的孩子当作全部的家呢？她点点头，一时想不出什么话可以反驳这位别人家的男性家长。

所以——布工顿了一下，抬起头，一口气说了如下一大段话，所以按我的想法，咱们结婚以后爽性各住各的，各自带着孩子，还住在原来的房子里，你按你的方式生活，我按我的方式生活。你可以来看我，我也可以去看你，当然这个看的意思，我不必说明了，就是说，我们彼此都要经常尽夫妻的义务，这样对身体健康是有好处的。再说双方不天天住在一起，还可以避免你刚才所说的那种摩擦，不至于为了各自的孩子，还有油盐酱醋什么的，一次次做疲劳试验消耗人生……

布工的镜片闪闪发亮。他已完全沉浸在自己关于家的美好设想之中。

对了，我们还可以先做一次婚前财产登记。他补充，不管什么方法，我们为什么就不能试一试呢？

叶女士那一刻眼睛酸了一酸，忽然就有了想哭的念头。

那还叫什么家啊？她苦着脸说。

那怎么就不叫家呢？

那……那不成了……成了牛郎织女了吗？

牛郎织女？牛郎织女才现代呢。最古老的往往也是最现代的，要不是那道银河的相隔，一年才得一聚，他们如果日日相守，没准早就打得不可开交了……

叶女士觉得自己若是再坐下去，定是要哭出来了。她恨不得马上站起来离开这儿。也许她真得考虑嫁一个老头了。

俩人都没再动筷。这顿饭是没法吃下去了。布工已伸手看了几次手表，示意他还得去接孩子。她扭过头，向服务员小姐打了个手势。一张单子送到桌上，她瞄了一眼，一共一百六十七元八角。

布工开始掏他的钱包。她也掏出了钱包，抽出两张一百元的票子。

布工严肃地说，不是说好了 AA 制吗？一个人实付八十三元九角。

叶女士犹豫了一会。刚进门那会，她确实诚心想付这顿饭钱的。但现在，她想自己即使坚持付了，布工也不会领情。

于是为了零钱，两个人又让来让去地凑了一阵。最后是她付了八十五元，布工付了八十二元八角，才算把饭钱结清。

出了餐馆，彼此说了再见，也没再约见面的时间，只是说再打电话吧。她便一个人往电车车站走。布工骑车，要往相反的方向去。

她刚走了几步，听见身后有人叫，小叶。回头看，见布工骑着车追上来，从口袋里掏出一只大红色的信封，递到她手里说，我还差点忘了，下个星期六晚上银河大饭店有个舞会，咱俩一块去参加吧！

她借着路灯把那张请柬晃了一下，诧异地问，银河大饭店，你儿子他妈不是就在那儿上班吗？

就是就是，就是庆祝她那个公司成立三周年，把我一块邀请上了。挺友好的，这是风度。他有几分得意地笑着说，我要去的，而且要你也去！我想让她认识认识你！让她明白我不在乎同她分手，我生活得挺好。

叶女士心想，连房子的事情都还没有个眉目，他倒像是和她真有那么回事了似的。不过她和他在舞会上露了面，他们的关系是不是就变成既成事实了呢？也许她倒可以借此机会，让既成事实来改变他关于房子的那些奇怪想法。只是她得把女人的青春换成时间和耐心去等待。

叶女士握着请柬的那只手悄悄缩了回去。

电车来了。车门在她身后关上。隔着车门，她听见布工在下面喊，你若是去，可别戴那些首饰啊，什么都别戴，记住了⋯⋯

她坐下来，从车窗里望出去，晴朗的夜空满天星斗。银河像一道瀑布，把整个天空截成了两半，却找不出哪颗星是牛郎，哪颗星是织女。她漠然看了一眼，便把目光移向了地上的街市。夏天眼看就来了，要为女儿准备换季的衣服，她得在前一站下车，到商场去遛一圈。

摘引：有一种亮的银河星云，形状接近圆形，像行星，也称为行星状星云，在其中央常有一颗高温恒星。有些行星状星云呈圆环的形状，例如天琴座内的环状星云。行星状星云以外的亮银河星云形状不规则，比较松散，常称为弥漫星云。

方小姐迈着轻松的步子，悠悠穿过一个个明亮如镜的柜台。

都市的春天是从超级商场的精品屋和时装柜台上走来的。

裙子风衣运动服 T 恤衫短裤还有紧身衣各种最新款式，像冰河解冻像孔雀开屏像热带植物园，占据了所有的柜台里以及柜台外的墙壁。今天是这个样子，明天又变成另一个样子。柜台像一座座开放着奇花异草的花坛，开了又谢，谢了又开，日日绽放出五光十色的花朵，招引着顾客来扮演蝴蝶蜜蜂。

她喜欢这个叫作大宇宙的商场不夜城。几乎每个星期，她都会到这个地方来闲逛。即使不购物，在这里随便走走，也够让人兴奋的了。

在这个钢筋水泥铺筑的都市丛林中，还能有什么比一种幽雅的购物环境更惬意更方便的休闲去处呢？

方小姐在都市出生，在都市长大，她几乎不知道都市以外的世界如今是个什么情形。都市生长的速度比她从少女到女人的发育过程更快得惊人。城市无限地膨胀着，像无数条蠕动的蚕，一层层蜕着老皮，一天天甩掉了原先的花园、树林和绿地，在城市的夹缝中结出一个又一个封闭而细长的茧子。污浊的空气淹没了花香，就连树叶都变得真假难分。她早已对那些假惺惺的公园感到腻味了，她宁可在那些茧子似的高楼大厦中选择一个比较透明的茧子，一次次走进去将它衔住，然后把它柔韧的丝缠绕在自己身上。

宽敞的大厅里弥漫着一阵阵忽而浓郁、忽而素淡的芳香，笼罩着她，经久不散。她知道那是化妆品柜台在挥散它的香味，像一座盛开的玫瑰花坛。她甚至能分辨出哪一种香味属于哪一种牌子的化妆品，是雅芳是高丝是旁氏还是绿丹兰……香水中自然是法国香奈儿的气味最高雅，甚至可以使用高尚这个词，但价格令人咂舌。她暂时还无法将其供奉床头，所以每次来逛大宇宙都会深深吸气，熏上一星半点余香在衣服上，也够让人陶醉一阵的了……

方小姐迈上了通往二楼的自动扶梯。她今天不打算购买化妆品，今天的采购任务很紧急也很明确，她必须在5点以前为自己买妥一只真皮女包。

她一向喜欢用那种宽宽大大的包，比如说佐丹奴仿真，式样简洁明快，容量还大，装什么都行。干她这行的，整天在外面跑新闻，那种板板正正的女式坤包根本不实用。原本的一只式样已过时，很多次倒是想买只新的，七混八混的就拖下来了。

但再拖不过今天了。6点，她将出席在银河大饭店举行的一个庆典活动。有自助餐和舞会。其实类似这种活动，平时隔三岔五就有，她参加得多了，何必单为这一次，非得把自己重新武装一番呢？她的钱本来就总是紧巴巴的。

不是为了西希，她在心里对自己说，决不是为了西希。她和他的关系早已了了。只不过她偶尔路过银河大饭店，觉得累了，会去咖啡厅坐一会，听听他的琴声而已。即便在以前，在他们彼此很亲密的时候，他也从来不曾注意过她用什么挎包。当然更不是为了别人。她向来是一个我行我素的女人，她根本不在乎在任何场合下遇到任何以前的男友……

只有她自己明白，她如此煞费苦心，是为了那家公司的总经理狄女士。

一个星期以前，狄总接受了她的采访。初识这位仰慕已久的女企业家，方小姐感到她的握手间有一种冷而硬又说不清楚的东西。那位狄总首先解释说自己很少接受记者采访，她喜欢做得多些说得少些。但这次恰好在公司成立三周年前夕，有必要对社会适当做些宣传，三年的拼搏，自然也有许多可以探讨的话题。采访比她预想的顺利。狄总不仅善于辞令，而且擅长总结经验。她只用了半个多小时，就把公司三年来的经营方针，也就是她本人对于市场运作的基本思想，有条不紊地陈述清楚了。方小姐对狄总的初步印象是她是一个思维清晰、理性很强的女人。

狄总停顿了一下，那是个明显的句号。于是方小姐开始提问。提问是女记者方小姐的强项，既要沿着对方的思路，在大脑曲曲折折的沟回中挖出更深层更宝贵的体验，又得不被对方所牵制所迷惑，而是挖掘疑团消除疑团，一丝丝剔去芜杂的材料，最后把那根主脉剥离出来，再将所有的毛细血管与之贯通。方小姐干记者这行时间并不算太长，但她觉得这是自己干过的工作中最为得心应手的一个。她喜欢同各种各样的人谈话，只有在与人交谈的时候，城市才呼吸着。

她感觉出狄总对她提出的那些问题开始产生了兴趣，脸上最初那种带有戒备的线条正快速地变得柔和而明朗。狄总似乎渴望某种表达和阐释，她避开了锋芒，委婉而巧妙地绕过雷区，再做出回答，让人觉得她已尽了最大的诚意，但她必须将那些最要害最核心的地方留给你自己慢慢去体味。这样，在最初有些生硬的感觉里，狄总的语音就透出了一种富有弹性的韧劲。

方小姐不觉对狄总本人产生了一种好奇与好感。

严格说，狄总像大多数事业成功的女人那样，长得并不漂亮，却有一种耐人寻味的气质，从她丰满的身材上洋溢出来。那天狄总穿着一身浅棕色的西服套裙，露出胸前咖啡色与淡黄色小碎花相间的真丝衬衫领子，卷曲的长发随意地盘在脑后，一只与她衬衫花色几乎完全相同的发夹十分鲜艳醒目地点缀着。没有多余的首饰，只是在耳垂上嵌着两粒淡黄色的琥珀，里面有影影绰绰的花纹浮动，就像她的眼睛，看上去很有内容。

简练而雅致的职业女性风格。单单是那件衬衣和发夹的颜色和谐，就得花去多少心思？方小姐在心里感叹。妆也化得恰到好处，不留意或是不懂行的人几乎就看不出来，而这种含而不露的修饰才是一种真正的讲究哪！需要审美的品位、知识和时间，当然最重要的，手头还得有较为宽裕的人民币。那个瞬间，她几乎很快改变了自己以往对那些所谓女强人的偏见。在这位狄总面前，她甚至觉得自己像一只尚未长成的丑小鸭。她无法确认狄总的年龄，但女人若是活到狄总这份上，大概也不枉为一个女人了。

那一刻方小姐有些走神。这位狄总在她的采访后面所呈现的背景色彩，恰恰触动了方小姐内心最为苦恼而又矛盾的一份心思。

方小姐承认自己一直渴望做一个成功而又不失魅力的女性。但她磕磕碰碰走到今天，终于明白女人的成功与魅力，如鱼和熊掌一样不可兼得。她的目光扫过都市那些成功的女人，她们身上似乎总是缺少了什么，变得不那么可爱；而可爱的女人，天生注定她们无法成功甚至不屑成功。所以最后那些成功的女人总是让男人敬而远之，望而生畏。男人们永远都在追逐着必须依附他们的女人。女人因依附而可爱，女人一旦不依附，那可爱又由谁来欣赏呢？

方小姐不喜欢没有男友的生活。而与男友们自由相处的第一要素，是一个属于自己的小窝。男友与房子是与家决然无关的一种概念。多年来，她为房子所困，盲目周旋于一个个男友之间，恰如她每日周旋于都市的新闻垃圾之中。

后来她便有意无意地向狄总谈起了那个关于女人的话题。

事隔多日，她仍不明白，狄总到底是有意还是无意，那个话题刚一开场，就被她客气地打断了。她又谈了些别的什么，无关紧要的什么。她依然彬彬有礼，但在方小姐看来，狄总就像忽然间披上了一件斗篷，将自己包裹得严严实实。在她脸上重新绷紧的微笑中，方小姐读出了狄总内心难以掩饰的傲慢……

最后狄总站了起来。她让秘书小姐拿出一张请柬，邀请方小姐下个周末来参加公司的庆典活动，然后吩咐派一辆公司的轿车，把方小姐送回家去。

那只大红色的信封曾让方小姐的眼睛亮了一亮。她以为那是一个红包。采访最后毕竟得落实到文字，关系到宣传效果的好坏，应该说是狄总有求于她。在方小姐的采访活动中，对此类红包她总是来者不拒。这是她每个月用以添置服装、化妆品等女性支出的主要来源。但遗憾的是，眼前这位光彩照人的女企业家全然没有那个意思。

但第二天，狄总竟然亲自给方小姐打了电话。

她在电话中强调说，希望方小姐一定抽空来参加周末的活动。那天的采访，她本人对方小姐留下了很好的印象。因此周末那天，她将有一个重要的事情想同方小姐面谈，请她一定来。语气间似有一点神秘，不愿说破究竟是什么事。

什么事呢？这个电话很让方小姐费了一番猜测。

也许正因为如此，方小姐今日出席狄总主持的招待会时，便得格外留神，分外小心。自尊也好虚荣也好，女人在另一个比她更强的女人面前，即使她口袋里只剩下了最后一分钱，即使她再需要帮助，也绝对不能让对方察觉她的窘迫。

方小姐站在琳琅满目的女式挎包柜台前，一时有些手足无措。

牛皮猪皮羊皮仿羊皮山羊皮绵羊皮，方形圆形椭圆形梯形锥形三角形，棕色蓝色黑色赭红色墨绿色米色乳白色即便是棕色也还分为深棕浅棕偏红的棕偏黑的棕艳丽的棕和沉闷的棕，还有长带短带卡口金黄还是银白内里三层五层以及带一道拉链还是带三道拉链……

每一种式样细细观赏下来，方小姐倒抽一口冷气，脑子顿时有些发晕。

款式颜色质地还有价格。她的目光久久审视着各种不同的货物，忽然发现这种种因素想要集中在某一只坤包上，搭配得天衣无缝恰尽人意，几乎没有可能：款式满意颜色却不妥，质地精良而价格实在太贵，价格合理可款式不合适，颜色柔美但质量不敢恭维……

再说还得考虑怎么同服装搭配哪，一种颜色往往只能配一种服饰啊！

方小姐怔怔地站着，在柜台前陷入了突然而至的困惑和茫然。

就在她愣怔的那个瞬间，有很多男人从挎包里钻了出来，高大威猛的深沉冷峻的温存憨厚的精明狡诈的风流倜傥的猥琐木讷的，俊美的丑陋的得意的潦倒的狂傲的谦恭的还有学者商人艺术家官员大款小款……她试过很多，但没有一个令她真正倾心，唯独那个作曲家西希，爱过却又爱得那么失望。好像曾有一个叫老穆的中年男人，那个寒冷的夜晚，他骑士般的侠义风度曾使她差点入迷。然而绅士的外表下面，却是一场俗不可耐的交易。过后再想起他气喘吁吁的那些俗话，真让她忍不住喷饭。老穆虽然色欲强旺，但若是给她做性伴侣，怕也是不合格的。男人再坏再损再不成气候，也不能像那个老穆似的，除了上床便再无半点情趣。又还有像布工那样的单身男人，就算他是一座尚未开掘的富矿，那矿藏却埋得太深，她可不愿花费转瞬即逝的青春年华，去开采它的未来。那么既然她不想在此投资，又何必去招惹他胡思乱想呢？得罪也就得罪了。她眼下急需的是一座露天煤矿，煤层厚而煤质优良，开采又极现成，铲斗一撮就装车……

可供选择的东西太多时，居然与无可选择时一样的结果：没有选择。

方小姐的眼前迷迷蒙蒙，一片浑噩。

她忽然把眼前揣摩多时的一只精巧黑包往柜台上一推，对售货小姐说了声谢谢，转身匆匆离去。

上帝造人时显然缺乏敬业精神，常常偷工减料，粗制滥造，全然不像天上的那些星宿，无论发光的还是不发光的，入了夜，每一颗都晶莹闪烁。

而天下的男人和女人也许都只是些盲目空转着的卫星，在自己早已注定的轨道上，围绕着另一颗事实上并不存在的行星盘旋。那颗行星却又追逐着更遥远更壮丽的恒星，周而复始，织出一幅虚妄迷幻的星图，供都市的人们消遣……

天色刚刚暗下，街灯已迫不及待地亮起，敞开了不夜之城的天幕。

方小姐觉得自己像一颗漫无目标的流星，湮没在都市的辉煌里。

她出现在银河大饭店的门口时，已换成一身牛仔装束。浅蓝色的弹力牛仔裤，配一件精工制作的镂空牛仔背心，脚上一双旅游鞋，肩上随意地搭着一只牛仔背包，看上去精神利索。她明知道这身服饰不适合今晚的场合与气氛，但她偏喜欢以与众不同的风格来出奇制胜。当然，还因为那只最终没买成的坤包。

绚丽的灯光下，她看见狄总正站在饭店门口迎候客人。

这一晚，狄总穿着一条淡紫色的羊绒长裙，那紫罗兰色水一般柔和，汩汩垂坠，不经意地勾勒出她身上丰满的线条。羊绒衣料一眼看去就是高档优质的，薄而轻盈，有滑润的丝绸效果。长裙低开领，衬托出她颈项与胸口白皙的皮肤。她几乎什么首饰都没佩戴，只是在羊绒裙的领口上缀着一只硕大的紫水晶胸针。那若有若无的亮光时不时幽幽闪烁，为她染上了一层暖色，使她的整个脸都变得生动起来。

方小姐到得似乎晚了些，客人入席的高峰已过，恰好台阶上寥寥无人。

今天晚上您真漂亮，显得特别年轻。方小姐对狄总说。

您也是，您好可爱啊！狄总很高兴的样子，您来了真是太好了！

方小姐从她的牛仔包里拿出一沓报纸，说，报道出来了，给您带了几份。

狄总将标题扫了一眼，没有再看，却往后退了一点，躲在灯角的暗处，对方小姐浅浅一笑，说，你来得巧，客人差不多都进去了，我这会倒正有个空。我们这就谈谈，好吗？等一下酒会正式开始，我怕就忙不过来了……

方小姐矜持地点点头。她不想让狄总看出来她也同样迫切。

后来她听见狄总说，她公司目前的经济效益仍在持续上升，业务量日趋增大，她急需增加秘书，尤其是得力的秘书，可以兼管公关。而原来的那位秘书小姐已派驻香港，她多方物色，遍寻无着，有很多女孩子来应聘，却没有特别合适的。情急中，忽然就想到了方小姐。她和方小姐虽然接触不多，但谈话中发现她有一种潜在的资质，尚未有效地开发利用起来。方小姐假如愿意到公司来，她不仅感到十分荣幸，对方小姐本人来说，可能也是一次极好的发展机会……

狄总娓娓的言谈中，却有一种居高临下、不容拒绝的语气。虽然她始终用赞赏和欣悦的目光望着方小姐，方小姐仍然觉得有些不自在起来。

最后狄总轻轻说，至于你的工资报酬，我愿意高于本公司一般职员的标准。我可以告诉你的是，这大概将是你目前工资以及其他额外收入的五倍以上。

方小姐睁大了眼睛。她觉得自己脸上的肌肉都绷直了，然后她悄悄咽下了一口唾沫。

狄总伸出手，把她额前的一缕碎发撩起，亲切地说，不必急于回答我，你考虑考虑。但我想听到让我满意的回答。

这天晚上的谈话如若到此为止，方小姐将会度过一个无比兴奋激动也无比美好的夜晚。然而接下来发生的那些事情，却在很短的时间里改变了一切。

一辆奔驰而来的摩托车箭一般蹿到了饭店门口，一个戴着白色摩托车头盔的男子从车上急急地跳下来。他把车往门边的台阶下一甩，便直奔大堂而去。他走得很慌乱，但方小姐还是看清了——那是西希。

在银河大饭店遇见西希，本没有什么奇怪。但令方小姐吃惊的是，西希刚一露面，狄总便匆匆对她说了声再见，眼里掠过一丝微妙的欢愉，然后紧随西希走进了大门。

那种急切而温柔的眼神，方小姐懂。

隔着几乎透明的玻璃门，在空旷的过道上，方小姐依稀看见两个渐渐靠拢的身影，西希把那只修长而潇洒的胳膊揽在了狄总的腰上。

那晚的自助餐极其丰富，方小姐却一口也咽不下去。

一直到狄总宣布庆典活动开始，并介绍了今天晚上的庆典内容，方小姐才如梦初醒，原来舞会已被取消。代之以舞会的是青年作曲家西希的作品演奏会，将由市歌舞团乐队演奏他的一首交响乐新作《银河》。

方小姐当然不会忘记，她离开他的去年冬天，交响乐《银河》刚有了第一乐章。她无法知道西希后来的灵感是从哪颗星上接收来的。但她懂得，举办一场非营利性的音乐会，没有一大笔经济赞助，根本不可能。

方小姐找了一个不引人注意的位置，悄悄坐下来。

大厅里依然人声纷纷。她感觉到有束滑腻腻的目光，从侧面的座位上递过来。她没动身子，只是将眼角的余光往那儿瞥去。她看见一身考究的西装和油亮的头发，还有一张笑眯眯的胖脸。她觉得此人面熟，却忘了他叫什么。不一会他身上发出一种蝈蝈的叫声，他拿起手里的手机开始讲话。方小姐忽然想起来，原来这个人是老穆。

她回过头去，冲着他嫣然一笑。

有两个人从她前面的座位上站了起来，离席而去。那是一个男人和一个女人。那女人穿着一套颜色鲜亮的扎染套裙，图案和款式却有些不伦不类。只是她没戴任何首饰，算是将刺眼的蓝色抹淡了些。她一边错开座位上的人腿，一边对后面的男人嘀咕，明明说是舞会，怎么开上音乐会了？真没劲！后面的男人似乎不大情愿地跟着，眼睛却瞄着老穆。后来他们走到了狄总面前，好像是说了些什么，彼此都笑着，很有礼貌地握了握手，然后一前一后地消失了。

音乐响起来的时候，方小姐斜靠在椅背上，闭上了眼睛。

那个时刻，世界都已沉睡，都市的喧哗被音乐的雨帘隔断，净化为一片宁静的太空。宇宙原本万籁无声。一团团气体与尘埃在深不可测的渊薮中回旋，升降，膨胀，聚合。它们彼此渴求着企盼着对话，微弱的声音以光年的速度传递，那声声探询与问候掠过长空，星系间从此有了音乐的颤动。它们翻滚着战栗着，偶尔脱离了自己原有的轨道而侵入了对方的空间，于是摩擦，纠缠，崩裂，分离，坠落，爆炸。无垠无际的银河星云从此充斥着光与声的暴力，日冕银晕还有强烈的星际耀斑，交替变奏着永恒的怨仇与绝望……

弦乐的滑音一颗星一颗星地变化着，断裂，阻隔，有悬空感——西方的打击乐和中国腰鼓的融合——这一小节表现了极度的不和谐、狂躁而迷乱，互不关联。每颗星都是一个寒冷孤独的个体，虽然彼此的光芒可以互相照耀，但它们老死不相往来。星回石移，只是没有鹊桥……

两行冰凉的泪似琴的颤音，沿着她的面颊簌簌下滑……

她不知道音乐会是什么时候结束的。她只是听见了一阵稀稀拉拉的掌声，然后是一片嘈杂的人声，如铺天盖地的阴云，覆盖了她湛蓝色的天空。当她睁开眼睛的时候，大厅里的人走得空空，只剩下乐队正在收拾乐器。没有狄总，也没有西希。

她背上她的牛仔挎包，快步走了出去。

她想也许应该向狄总告别，顺便对狄总说一声，她已经做出了决定，她暂时不会到她的公司来当秘书。如果狄总需要解释，她会直言相告，她历来不习惯在女上司的手下工作，狄总也不例外。

她当然没有必要对狄总说明，其实真正的竞争是在女人之间进行的，女人的竞争对手只能是女人自己。

当都市的女人重新回归女人之时，都市已失去了男人。

她不需要狄总为她提供的机会，她的竞技场不在这里。

她用目光寻找，但在互相寒暄着陆续退场的客人中，仍然没有看见狄总。

她走出了饭店的大门，发现地面上湿漉漉的，天空中飘着雨丝。

她在台阶上站了一会，犹豫着是不是该打一辆的士走。

忽然就从刚才西希扔着摩托车的那个角落，她听见了西希的声音，应酬应酬，我知道你一直在忙着应酬你那些无聊的客人，那些人根本就不懂得什么是音乐，让我给他们演奏白瞎了我的时间，糟蹋了我的《银河》，而你，你根本就没仔细听我的《银河》，你一直在同那些聋子们周旋。那全是一帮聋子你懂不懂……

一袭浅紫色羊绒长裙的背影在雨丝中默立。

方小姐不想在这里久留，急急走下了台阶。

袅袅雨丝在大厦霓虹灯的光亮中，千条万条熠熠生辉，像五彩缤纷的焰火。

一辆摩托车轰鸣着从她身后赶上来，在她身边戛然停下。西希掀起摩托车的头盔，懒洋洋地对她说了声，上来吧，我送你。

她摇了摇头。

摩托车溅起细碎的水花，轰然远去。

漆黑如墨的夜空里没有一颗星星，但她知道那银河依然存在并横跨天穹。世间那么多男人和女人，只能隔银河而相望。星星落地，化为珍稀的陨石。

雨下得大了，一辆辆出租车从她身边驶过，招手不停。

方小姐把牛仔包顶在脑袋上挡雨，心里暗暗庆幸自己没有买那么贵的包。她只是不明白，自己出门怎么总是遇到坏天气。

银河

发表于《作家》1995 年第 1 期

残 忍

　　牛锛死后二十年，当他的忌日将近的时候，在当年的知青中，唯有马嵘一人想起了这个日子。他记起这个日子也许有点偶然。那天他接到了一封加急电报，告诉他北方的某个边境小城来了一批土耳其皮货，物美价廉。电报上要求他在某一天前必须赶到，支票和现金都成。他盯着电报，觉得那个日子很怪又有点眼熟，好像同他有什么关系似的。

　　后来他忽然就想了起来，那天应该是牛锛的忌日。

　　回城最初的那几年，牛锛每一年的忌日，他都会摆上两双筷子和酒壶，点上香烛，对着北方的天空为牛锛祭洒一番。后来就有些顾不上了。他想牛锛不会见怪。

　　他一直是想着要到那儿去一趟的。自从离开那儿以后，他还从没有回去过。

　　既然现在恰好有了一个顺路的机会，既然在同牛锛之死有关的人中，只剩他一个人回到了这座城里，既然又是二十周年祭，他理应亲自到葬着牛锛的那个地方，去看望他当年的哥们。

　　那地方很远，往北再往北。若是过了江就是俄罗斯了。那时叫苏联。

　　马嵘做买卖，算是个小老板，钱不算太多也不算太少。还是个光棍，出门很方便，买上火车票就走人。

　　牛锛临死前对连队有个请求，说用不着把他送回城里去了，就将他埋在那片草甸子里，坑挖得深些，平上土，不起坟，也不立碑。等来年青草长起来的时候，就跟世上从来没有过这么个人一样。

然后他又补了一句，你知道成吉思汗吗？至今后人谁也无法找到蒙古帝王的陵墓，因为他躺在一棵剖开的大树干中，树干镂空，合上后用三圈金箍箍紧，最后深埋于地下，再让马群把土地踏平，那儿就像什么都没发生过。

牛锛在死前对马嵊单独说的最后一句话是，日后你替我娶了她吧，拜托了！

牛锛说出那句话时刚满十九岁。如今牛锛死了已有二十年了，马嵊却始终没能娶她。

这不能怪马嵊不守信用，不忠人之托，或是没本事把她搞到手，或是压根没看上她，等等。对于像杨泱那样的姑娘，当年连队几乎所有的男生，假如政策允许，都愿意为她决斗一次的。

问题出在杨泱本人。自从那件事情终于被牛锛揭秘以后，杨泱便不告而辞，从此销声匿迹。严格说，杨泱是在傅正连失踪两个月后重又露面的那天夜里失踪的。女生们回忆说，杨泱半夜起来上厕所，好像就再没有回来过。

隆冬1月，茅楼冻得梆硬，一捶一个白点。杨泱不可能消失在粪池里。

那床印着粉红色牵牛花的被子还软软地摊开在她的铺位上。昏暗的灯光下，粉红与鹅黄相间的被面闪闪烁烁，搅和成一团迷雾。马嵊偷偷伸出手去摸了一把，被窝里已冷冰冰地没了热气。炕前木箱上的那只搪瓷口杯里还留着半杯白开水。马嵊认识杨泱的杯子，那上头有广阔天地四个红字，一次让牛锛碰掉在地上，磕破了一块皮，那四个字中间就少了一个，变成了广阔地，没有天了。

马嵊呆望着那只杯子，忽而周身毛骨悚然。他不知道这个失去的天字同那件事情到底有没有某种不可告人的联系，抑或是命运的某种暗示？怎么偏偏就没有了天呢？为什么不是地呢？假如没有地就好了，没有地，土地的地、草地的地、地方的地，如果没有那片地的话，也许什么事情都不会发生了，起码傅正连不会死，牛锛也不会死，杨泱当然也不会失踪了。

那是马嵊当年的想法。过了几年以后，马嵊才渐渐明白：有时候一种人活着，那么另一种人便不得不去死。他们无法相容于同一片天空底下，就像

— 185 —

牛锛和傅正连。人说天有九重，那是神话。人间的天空却太低太薄也太狭窄，狭窄到窒息时，人便只能沉入地下，入土为安了。

那一天，杨泱木箱上的小圆镜和蓝色塑料梳子，还有墙角一双破旧的棉胶鞋，都依然原封不动地待在那里。她离开时几乎什么都没带走，就好像她随时都会回来，或者像一个幽灵，伴着呼啸的朔风，将夜夜叩击连队宿舍的窗户。那些东西在三年后才被人收起来，送回江南的父母家中。此后整整二十年，杨泱从所有人的视线中彻底消失了，消失得无影无踪。谁都不知道杨泱究竟是死了还是活着。她的亲戚始终坚持着她在广阔天地以身殉职的说法，要求有关方面赔偿的官司打得旷日持久，却因无人能够证明她的死亡，至今无法终了。但杨泱似乎不想表明自己仍然活着，在不断升温的各种知青聚会知青名录知青联谊活动以及老三届的同学会上，杨泱从未露过哪怕一根眼睫毛。

同当年的傅正连相比，杨泱是一个真正的失踪者。二十年中，马嵘为了寻找杨泱几乎走遍大江南北。马嵘没有放过任何一种可能的线索，以便使杨泱重返人间，但皆以失败而告终。杨泱固执的失踪意味着马嵘将继续他单身汉的生活。他不可能违反他和牛锛之间的生死誓盟。他至今仍活在人世，是牛锛用命换来的，而那条命只不过要求他娶了杨泱，代替哥们牛锛，一辈子不再让任何一个别人去爱杨泱而已。

那是马嵘和牛锛之间一个绝密的阴谋。在那么多年寻找杨泱的过程中，马嵘始终无法消除自己心中的罪恶感。但他不结婚并不说明他守身如玉或洁身自好。光棍马嵘也许比那些有家室的男人过得更加滋润更加潇洒。马嵘自从有了钱以后，身边一直不缺女人。他照例寻找着失踪的杨泱，但那一点也不妨碍他泡妞或被妞泡。在他看来那完全是两回事。

不过马嵘知道世上的任何事情都是需要付出代价的，一次永远的失踪便是另一次暂时失踪的代价。从一开始，从傅正连失踪的一开始，一切就已经被注定。只是马嵘计算出那代价的价格花费了差不多二十年时间。火车开动的那个时刻，马嵘想的是，他付出的那些代价，早晚总得有个了了的时候吧？

指导员开始怀疑连长失踪，是在连长去团部开会的三个星期以后。

连长去参加的那个会议并不长，按说应该在一星期后回来。

但一星期又过了一星期，连长还是没有露面，就连电话都没打来过一个。

以往连长外出，走到任何地方，都会从电话那头频频发来各种指示。但这次的确是有点反常，连长自从走上通往公路的那条小道后，好像就从连队突然消失了。蛛丝马迹原本很明显，只是大家都放松了警惕，指导员后来痛心地回忆说。

那三个星期中，十三连地界上方的天空格外晴朗，白云格外温柔，小河格外缠绵，庄稼格外招摇。牛锛和马嵘留意地观察过，全连的人，就连指导员本人，眉头都缓缓地舒展开来。人们大口大口地呼吸着深秋爽朗的空气，大声地谈笑，再不必左顾右盼，随时提防着连长从背后忽然出现。

起初的两个星期里，十三连的战士们几乎忘记了地球上还有连长那么个人。没有连长的日子过得很快很轻松。直到有一天，作为兼职文书的杨泱在清晨被隔壁屋子杀猪一般的电话铃声吵醒，梦中那铃声让人心惊肉跳。

电话是从团部打来的，询问傅永杰同志是否已经回到了连队，为什么到现在还迟迟不向团部汇报上次会议的布置落实情况。话筒里遥远而嘶哑的嗓音十分严肃地质问说，以往十三连对上级的指示总是一丝不苟，如今傅永杰的十三连还想不想当典型了呢？

杨泱拿着话筒愣了一刻，好一会才反应过来，傅永杰其实就是傅正连本人，傅正连就是傅永杰。她很想对着话筒告诉对方，在十三连没人管连长叫傅永杰，而是叫傅正连。原因很简单，连长姓傅，一开始大家就叫傅连长，傅连长听起来就是副连长，于是傅连长整日一脸乌云。有明白人便及时改口叫正傅连长，正傅连长叫得太拗口，一含糊就变成征服连长，连长的眉头暴风雨即将来临。全连战士总结教训，经过反复练习，最后演化成傅正连三个字，不仅朗朗上口，而且含义准确，能够全面体现出连长的种姓以及职务。傅正连诞生后，就连傅永杰本人也十分满意。于是傅正连后来就全方位笼罩了十三连全体。

不过杨泱很快打消了那个念头。她嗯嗯答应着，慌慌张张放下了话筒。

她对指导员说，团里来电话，说连长早就该回了。

指导员说，那他去哪儿了呢？怪了怪了。

杨泱又说，让汇报呢，十天前团里的会就开完了。

要是路上耽搁了呢？顺的话得走两天，要是不顺呢？搭不上车什么的。还有公路，公路坏了？……指导员扳着手指头算了算，浓黑的胡楂里积满迟疑。迟疑在腮上徘徊了多时，忽而微妙地收敛了，闷着头走开去。

指导员不说，杨决心里也猜到几分。指导员不说是因为指导员不能说。不能说自然是因为傅正连的暂时失踪多半具有某种不便声张的性质。人说兔子不吃窝边草，既然傅正连在自己连队都下得了手，出差在外，怎么就不会趁机打点野食充饥？指导员深知连长的这一嗜好，也许由于同病相怜，也许是家丑不可外扬，宽容的指导员适时收敛起他的迟疑，准备给傅正连创造继续失踪下去的机会。

这些情况都是杨决后来悄悄告诉给马嵘的，马嵘又转给牛锛。记得牛锛当时问了一句，那杨决呢？你看她急是不急？

马嵘回答，她急什么？！她说傅正连要是永远不回来了，那才好呢！

停一停马嵘又补充，杨决还说，傅正连的胳膊上是带着她扎的伤口走的，说不定是流血过多，死在半路上了。就怕他不死又去祸害别的姑娘，还不如当初把他一刀扎死算了……

马嵘记得当时牛锛的眼圈忽地一下子就红了。

第三个星期过去之后，指导员终于沉不住气了。

据说他让杨决起草了一份电报，是拍往傅正连安徽老家的。指导员亲自骑着自行车，到十几里地外的营部拍出了那份电报。又过了一个星期，安徽那个什么县的回电来了。营部的邮递员送报来时，邮件摊了连部一炕，有人无意就把那份电报拆了，电文说，傅永杰根本就没有回老家探亲，家中也无人生病，等等。

那份电报在连里引起了一阵不小的骚动。等指导员赶来时，全连已一片沸沸扬扬。谁都没有说出那句话，但谁的嘴唇上都写着那句话——十三连连长傅永杰同志失踪了，真的失踪了。

傅正连失踪了。一个大活人，一个曾经趾高气扬、说一不二的大连长，忽然活活的就不见了人影。没人知道他去了哪里。

指导员无法继续藏匿隐瞒傅正连的失踪。在十三连那已是一个公开的秘密。指导员让杨决往团部打了一份关于失踪的报告。于是，在傅正连失踪后的第五个星期，团部工作组正式进驻十三连。

马嵘在后来许多年里反复回忆的是，从傅正连离开连队，到此人被发现失踪的整整一个多月期间，牛锛和自己始终表现正常，能吃能喝能拉能睡能干活能发言能批判能写信还能下棋打扑克。他和牛锖一次也没去过那个地方。几场阴冷的秋雨下过，地头冒出一层最后的青草，像是光头上长出稀稀拉拉的头发，若是扒拉扒拉，草丛里还能找出几个褐色的蘑菇也说不定。

傅正连的失踪是20世纪70年代初轰动二十六团，以致后来波及整个农垦兵团的一件大事。

方圆几百里黑土地，除了彼此间相隔几十里路的小小连队，荒无人踪。

在连队营房的五里地外，有一条坑坑洼洼的公路经过，通往更偏僻的连队。那条布满沟壑的公路将与世隔绝的连队和附近的村落勉强连接起来。雨季来临时，公路隔上一段便被一根长长的原木卡子挡上，那是禁止通行的标志。那个季节，连队就像黑色海洋里的一座孤岛。

工作组夜以继日的初步调查像一团沼泽地的烂泥，陷进去没了顶，咕嘟咕嘟冒几个泡，连撮头发都看不见。

十三连的知青们主动热心地提供线索说，傅正连每顿必喝老白干，临走的那天中午还让食堂做了小灶。傅正连是酒足饭饱后独自一个人离开连队的。有人看见他走上了通往公路的小道，兴许就是傅正连自己喝糊涂走岔了道，误入了草甸子，踩了一个空，陷进沼泽里了呗。再说甸子里有狼，白脸瘸腿的那种，记人仇。去年傅正连想弄张狼皮褥子，带人下过狼夹子，夹住过一只小狼，那老狼拖着夹板跑了，后来每到半夜常在连部四周嗥叫，也许就是那只老狼等在了路边，撕回去一张人皮褥子，报了它的私仇。还有，怎么就不能怀疑傅正连是跑到江那边，或是去蒙古国了呢？哪儿不能去？老毛子馋酒烟，他们缺的傅正连都不缺，正好拿去换媳妇也难说。傅正连亲口说过，老毛子娘们乳房圆圆像皮环，屁股大大的像个大列巴（面包），可暄乎了，要能摸上一摸，那是个什么滋味！

一派胡言！工作组的首长那几天失望得很愤怒。失望是由于这些所谓的线索毫无参考价值，愤怒是由于十三连是建团以来全团连续两年的先进典型——这些证词无论对傅正连本人还是对团部都十分不利。

还有一种猜测认为，傅正连是在搭车去团部的路上遇到了不测。比如他携带了某种贵重物品，遭到了盲流抢劫。此类事件在这一带虽然闻所未闻，也不能绝对排斥在外。于是工作组兵分两路，一路去负责查询那段时间里途经十三连连部外公路上来往的车辆，另一路检查了傅正连宿舍里的全部物品。

杨汏在工作组进驻的最初两周内，曾作为连队文书协助工作组调查。她后来告诉过马嵯，傅正连留下的东西收藏得十分精心，果然有好几块崭新的手表、野兔皮獭子皮，还有成条的烟和关内才能买到的酒。她说工作组组长很快便命令将这些物品查封起来，任何人不得翻看。后来就再三重申了工作组的纪律，纪律要求每个人都对傅正连未曾失踪的财物守口如瓶。

两周后，杨汏突然被通知去马圈小号接受隔离审查。

指导员脸色阴沉地告诉她这个消息时，鼻孔里一直呼哧呼哧地喘着粗气，似乎有什么东西憋得他透不过气来。杨汏对指导员宽宏大量地笑了笑。她觉得这原在自己的预料之中，她早就知道会把她列为怀疑对象的。

就在那天晚上的全连大会上，工作组组长宣布说，对公路车辆调查的结果证明，傅永杰同志根本就没有搭上任何一辆车，没有一辆过往车辆载过他。也就是说，傅永杰根本就没有离开十三连，他是在十三连的连区内失踪的。所以从现在开始，将对十三连所有涉嫌人员进行排队审查。

杨汏满不在乎地走进马圈隔壁的小黑屋时，忽然想起来，去年冬天，马嵯曾在这里被傅正连关过三天禁闭，只是因为马嵯对人说了傅正连克扣知青伙食费一类的话。于是马嵯被几个干临时工的盲流绑在马圈的柱子上，挨了几十马鞭子，又冻了整整一夜。后来还是杨汏替他写了检讨书，送去交给傅正连的。

杨汏蹲小号的那天夜里，隔壁的马群不断打着响鼻，马蹄焦躁地落地，重又提起，在干硬的地上敲打出嘚嘚的声音。杨汏觉得自己的思维已快被深夜的寒冷冻僵，她抱紧了自己，试图从那些马蹄声中听出一种神秘的启示。朦胧中，黑暗的马棚屋顶似有一道微弱的月光划过——假如连长真的是从十三连的地面上消失的，杨汏忽然明白，他的消失绝不会是一次偶然。

天亮的时候，她听见马圈的门被打开了，一阵杂乱的脚步声往隔壁的屋子踢踏过去了。从她身后的木板缝里传来了马嵯粗声大气的喘息。

马嵯就是靠在墙根吸烟时，发现了自己同隔壁屋子中间的那个破洞的。一缕缕烟顺着墙沿往一道缝隙袅袅飘去，他蹲下身，在破洞那头望见了杨汏的一只眼睛。他喊了她一声，缝隙那边扑过来一阵杨汏嘴里哈出的热气。

马嵯对着洞口说，嘿，我也来了，来给你做伴，别害怕。杨汏说，那不是我干的，你相信吗？马嵯说那当然，你干不了。杨汏又说，也不会是你干的。马嵊说，那可难说，如今全连的知青差不多都成了嫌疑犯，人心惶惶，人人自危。工作组根本不听知青们提供的那些材料，一味袒护傅正连，凡是被傅正连整过的人，都被认为有报复的动机。何况像我这样出身不好的人，就是阶级报复了。

在马嵊以后不断重复的记忆中，那是他和杨泱之间的最后一次谈话。他一直希望能记起这次谈话更多的内容，但他的回忆中却充斥了马圈里浓重的马粪味。他只记得杨泱反复说，尽管她用水果刀把傅正连的胳膊扎伤了，那是他咎由自取，但她并没有真的杀害傅正连。

最后她忽然用肯定的语气说，不过我知道是谁干的！

马嵊打了一个寒噤。

你知道？谁呢？谁？

我不会说的！永远不会！

死也不说吗？

死也不说！

那就永远不会有人知道是谁干的！马嵊松了口气。

马圈悄无声息。从破洞那边传来窸窸窣窣的声音，他猜是杨泱手里在捻着一根干草茎。

似乎过了很久，杨泱轻声说，牛铧呢？他为什么没进来？

马嵊没有回答。

昨天晚上，我好像总是听见窗底下有脚步声绕着马圈走——牛铧……

他和杨泱的那次谈话就终止在牛铧那两个字上。门开了，又有新的人被送进了这个临时小号。在后来的两天里，他和杨泱再也没有机会说过话。

牛铧?! ……马嵊在长达二十年的时间里，始终回味着咀嚼着琢磨着杨泱最后留在他记忆中那关于牛铧的两个字。他无法肯定在牛铧那两个字后面究竟是一个问号，还是一个惊叹号，或是一个句号。这个标点对于解释杨泱在牛铧死后的失踪至关重要。但语气飘散在空气中，时间一点点擦去了那个本来模糊的符号，他再也无法捉住它们。

落了一场小雪，雁群一日日飞尽。

大雁走了以后，空旷落寞的荒原显得越发寂寥苍茫。

拱形的天穹一览无余，平展的原野一目了然。蓝天白云之下清晰地凸现出连队营房一栋栋红色的瓦顶，在雪地上赤身裸体，袒露胸怀。

营房前的空场上还有一眼孤独的水井、两排光秃秃的钻天杨、三台熄火的拖拉机、四挂卸了套的大车，这就是十三连的全部。

眼睁睁地看着太阳从东边出来，又从西边落下。月亮也是一样。你想不看也办不到，它们就悬挂在你的视线里，无遮无挡。

在如此简单到接近纯粹的一个地球角落，能隐藏什么样的秘密呢？

谁敢相信，一个堂堂七尺男儿会失踪于这样一个连麻雀都无处藏身的地方？

长长的一个月之内，十三连所有知青的来往信件都被工作组暂时封锁，——拆阅检查；所有的探亲申请都被拒绝，得等那个失踪的连长有了下落再做处理；知青们轮流着被叫去连部谈话，白天谈了晚上再接着谈，前半夜谈了后半夜继续谈。如此几日轮番轰炸下来，十三连的人个个面色铁青，眼圈发黑，连吃饭都打着哈欠。与马嵯关在同一屋的老高中生说，这都同"文革"的刑讯逼供差不多了，还不如干脆用刑呢，大家都当一回李玉和风光风光。

审讯自然是毫无结果，知青们互相证明说，自己在任何时间任何地点的任何行为都有据可查。傅正连即使真被人干掉了，也不能随便弄个人当替罪羊！大伙议论说，反正傅正连是不在场，鬼才知道他究竟还能不能回来。人不在场，还不敢说实话么？一开始玩笑着说的那些线索，傅正连行贿受贿拷打知青，如今反话正说，向毛主席保证，那些事都是傅正连失踪的原因，由此顺藤摸瓜，准保没错——如此再往下审，工作组骑虎难下了，闹不好真倒成了傅正连的控诉会了。

越发没有头绪，ABCD 甲乙丙丁，没头没脑，无凭无证。

只剩下那片沉默的土地，紧闭唇舌。而谁能撬开它的嘴，让它说话呢？

傅正连失踪得很彻底。光天化日之下，就那样变作了一缕风一丝烟一粒尘一滴水，消失得无声无息，杳无踪迹。

马嵯隔壁的小屋里，杨泱始终一言不发。她甚至拒绝提供那个夜晚傅正连同她之间发生的难堪之事的任何细节。

第二天晚上，马嵯屋子里的人都清楚地听见了破洞里传来的对杨泱的审讯，你承认自己扎伤过傅连长是不是？

……

目前，在十三连所有的知青中，你是傅连长失踪事件最直接、最重点的怀疑对象。你无论说还是不说，只不过是你的态度问题。我们早已掌握了大量的证据，证明你有谋害傅连长的强烈动机和愿望。今天再次向你交代政策：坦白从宽，抗拒从严！你的抵触情绪很大，这样是不会有好结果的！

……

你如果承认是你对傅连长下了毒手，组织上可以考虑你的阶级出身和一贯表现，对你从宽处理的。再说，傅永杰同志欺负了你，他确实也是有错误嘛，你是一气之下误伤了他的嘛……

……

你再这样对抗下去，我们只好把你尽快送往团部处理了！团部和师部的首长都不允许我们再拖下去了……

马嵘忽然听见了一记响动，像有什么东西从窗外跃过。

什么人？出去看看！

像是有个人影，一晃就不见了，回来的人丧气地汇报。

从那以后，对杨泱的审问就改在连部的办公室进行了。杨泱每次从连部回来，马嵘留意着那边的动静，总会听见杨泱长久低声的啜泣。马嵘曾不顾一切地对着那个破洞大声嚷嚷说，杨泱你可千万要挺住啊，不是你干的，你不能承认！

杨泱没有回答。有一阵，那个屋子静得没有一丝气息。杨泱像是死了一样。听送饭的人说，杨泱已经好几顿不动筷子了，还听说上头催得很紧，杨泱真的要被押送到团部去了。

马嵘在心里骂着，我操你个牛锛，这个时候你都干什么去了？还不快想个法子，把杨泱赶紧弄出去呀！

又过了几天，一位下巴光滑、满脸稚气的年轻人，也是所谓的工作组组员前来"释放"了马嵘。马嵘记得自己临走前是往那个破洞里看了一眼的，他想对杨泱说，等我出去了就来救你！但那儿黑乎乎的，他什么都没看见。马嵘昂首挺胸走出臭烘烘的马圈时，听到从连队宿舍那边传来一阵令人毛骨悚然的哭笑声。他问路边的人，说是二排曾与傅正连暧昧过的一个女知青，多日就这样哭哭笑笑疯疯癫癫语无伦次。马嵘回头对那人说，瞧，再这样下去，十三连的人全都会发疯的。

马嵘在那个重获自由的时刻，由于极度兴奋也由于极度疲倦，忽略了那个工作组成员对他的回答。当牛锛死了以后，他在彻夜的不眠中，想起那个年轻人有意无意的话，才如遭电击雷轰般抱头捶胸，后悔莫及。

——不会发疯的，这事已快结束了。现在主要的怀疑对象是有了，可以肯定的是傅永杰同志是因公殉职，受人迫害致死，头儿已经决定要把他作为光荣牺牲报上去……

牺牲？谁牺牲了？

傅永杰啊，就算是牺牲吧！我们总得对上头有个交代啊……

扯！牺牲个屁！马嵘嘟囔了一声，骂骂咧咧地甩手而去。

那天傍晚马嵘回到自己宿舍，看见牛锛叉着手站在门口，离老远他便闻见牛锛嘴里喷出的酒气。牛锛把一个酒瓶子往他怀里一塞，说，喝吧！

马嵘那一觉睡了很久。从傍晚一直到第二天中午，热炕和酒精使他酣睡不醒。醒来后他终于恍然大悟，在那次贪婪的大觉中，他已铸成大错。他居然没有防备牛锛酒瓶里的预谋。于是紧接着，就发生了那个最要命的结尾。而当他发现时，他和牛锛创下的丰功伟业已万劫不复地割裂成两半。

曾经属于他的那一半，在傅正连突然重新"露面"时同步失踪。

马嵘在睡梦中，只觉得有一双手使劲地摇着他，直到把他摇醒。

有一个声音在他耳边说，日后你替我娶了她吧，拜托了！

他听出那是牛锛的声音，便猛地坐了起来。只见眼前一个人影带一阵风，往门外飞快刮过去了。

马嵘跳下地，拔脚就跟，却在门槛上绊了一下。

牛锛跑得像只兔子，一溜烟往食堂那儿去了。

马嵘抬头看天，明晃晃的日头当空，正是中午。

有人敲着食堂门口那截专管开饭用的铁轨，当当的响声一声一声传得老远。

从地里收秋回来的人正陆续往食堂拥。

工作组的一溜人从连部办公室走出来，拿着铝制的饭盒。

牛锛像是没命地跑着，迎着那些人，迎着风。他跑过了所有的人，忽然一个急转身，在工作组的人面前站下了。

马嵘听见牛锛呼呼地喘着粗气。

哎，你们找到傅正连了没有呢？牛锛笑嘻嘻地问。

这是组织的事。

听说你们要把傅正连作为牺牲的烈士上报？

这不关你的事。

好，那么你们想不想知道傅正连究竟在哪里呢？

开玩笑！

不要逼人太甚了，实话对你们说，不用查了，那都是瞎耽误工夫。傅正连早在两个月以前就让我给埋了！

……

不怕吓着你们，是真的埋了。

……

嗬，你们想知道埋在哪儿吗？你们得先把杨泱给我放了！这是条件！

……

我的耐心有限，你们放是不放？

四周一片死寂。悠悠的钟声被众人的呼吸沉沉压住，牛锛的额头冒出一层油黑油亮的汗珠。

那个声音说，去通知杨泱，从今天开始自己到食堂打饭。

牛锛弯腰系好了鞋带。当他看见杨泱的身影从马圈那边出现时，他一扭头说，大伙去找几把铁锹，跟我来！

通往公路的小道在途经路边的一丛灌木林时，很不经意地打了一个弯。走在前面的行人在这一段拐弯处，背影被灌木的枝权遮挡住，后头的人在差不多两三分钟的时间里看不见前面的人。

灌木林紧挨着一段废弃的水渠。水渠往东，便是一大片平展的草场，地势低洼，雨季浅浅积水，草却长得茂盛。当年开荒时翻了个开头，终因秋涝拖拉机下陷而作罢。后来改作了家属队的放牧点，赶了些牛羊来吃草。有一年，发现羊得了一种胀肚的怪病，才发现这片草场里竟长着些不易为人察觉的毒草。毒草根本无法根除，放牧不得，从那以后，这片草地便撂了荒，百无一用，年年闲置。于是这块地方除了远处的过路人，平日人迹罕至。

二十年以后，马嵘仍然无法解释当年在这里发生的那件事情，究竟是由于先有了傅正连其人，他和牛锛才会发现那片草甸，还是因为先有了那片草甸子，他们才会想起来给傅正连那样一个结局呢？

牛锛大步走在头里，空着两手，一甩一甩的，像是骑着马在套马。

一左一右，紧跟着工作组组长和指导员。

很多把铁锹在马嵘前面一闪一闪的，像古代的兵器，寒光凛冽。

马嵘微微眯起了眼。他浑身软绵绵，一点力气都没有，像一叶芦苇漂浮。

他已经不可能阻止牛锛了。牛锛在说出那句话时，一切都已无可挽回。

牛锛消失在灌木丛后面，牛锛又出现了，牛锛越过了水渠，牛锛往草甸子里奔去。就是那片草地。斑驳的荒原连着天边的地平线，萎黄的草茎从薄雪中探出头来，一根根支棱着，像一块巨大的钉板。正午温煦的阳光下，草甸松软柔润，雪地一踩一个脚印，才走一会鞋底就拖泥带水，像灌了铅一般死沉死沉。

除了草地还是草地，除了太阳还是太阳。

甚至每一寸土地都极其相似，每一片草叶都一模一样。

没有标记，没有异常，没有任何痕迹。

没有人能够发现这个地方，没有人能够找到这个地方。

如果那天牛锛不说出来，傅正连就将永远地失踪下去，亘古难觅。

但牛锛却在最后的时刻说出了那个地方。

牛锛终于在草地中央一棵孤零零的蒿子秆那儿停了下来。

就这儿，挖吧！他说。

人们围过去，铁锹铿铿作响。几个女生抱成一团，躲得远远的。

天空霎时就暗了，太阳模糊成铁青的冷光，雪和草的原野一片紫酱色。

马嵘下意识支撑着手中的铁锹，一头深深地插进土里，两只手死死地握着锹把，下巴伏在锹把的横杠上。他的身子随着铁锹晃了几下，又站住了。

时间似乎停滞了，没有时间。当生命终止以后，时间是个什么概念呢？

黑的雪，白的泥土，血红的草茎，灰绿的天空。

牛锛一动不动地站立着，始终没有回头。牛锛在最后的时刻，就连看他马嵘一眼的意思都没有。

地球被掘出一个黑洞，洞穴渐渐扩大，像一个地狱的入口。

从黏湿僵硬浑噩斑杂的泥土中，首先跳将出来的是一点刺眼的猩红。

红色的帽徽，还有两块红色的领章。

马嵬睁大了眼睛。那个瞬间他甚至感觉到一种微妙的快意。他没有想到，当傅正连的尸体已变得丑陋不堪、模糊难辨时，这足以证明傅正连身份的三点红色居然还保持得如此鲜艳动人。

那具尚未腐烂的躯体被重重地砸在地上，竟然悄无声息。

女生们都把身子背过去了。有人跑开去，拼命地呕吐起来。

后来马嵬听见了牛铧的声音。那个声音像是从外星球传来，忽忽悠悠，飘飘荡荡，那不是人类的声音，也许上帝才会那样说话。不，也许在很久很久以前，远古的地球人曾经这样宣告他们自己的法则。牛铧说过，只有人才有权利制定自己的法律，他只不过是想重温一遍在这个地方失踪许久的原则而已。

牛铧说，我假如不说出来，就出不了我这口气！

牛铧又说，就让傅正连这样无缘无故地失踪，太便宜他了！

牛铧还说，我宁可当一名罪犯，也不能让傅正连变成什么牺牲的烈士！

枯草肃立，万籁无声。

牛铧你，你、你也太、太狠了，你比那小日本、还乡团还……指导员结结巴巴地说不下去。

是你一个人干的？工作组组长瞪着眼问。

那还用问？老子干这点活还不是白玩？

马嵬浑身的血涌到了头顶。他的脖颈耸了耸，也许只差一点他就要喊出来了——还有我，是我同他一起干的！但马嵬的舌头好像不听使唤，他咽了一口唾沫，两排牙齿紧紧咬住，如一道生锈的闸门。

牛铧从怀里掏出一张纸，扔在了指导员脚边。

牛铧最后的一句话是，看好了，这是傅正连画了押的自供状，我为什么要这么干都在上头写着，甭再问我！

除了风啸，除了鸟鸣，原野上自古以来没有声音，而牛铧的声音从此留在了荒原上，直到许多年后知青离开这个地方。

牛铧说完那些，自己转身往通往团部的公路上走去。一个黑色的影子渐渐融入血红色的天空。在马嵬永远的记忆中，牛铧最后的样子就像是荒野上慢慢移动着的一棵树，苍茫无垠的天地之间绝无仅有的一棵树。

马嵬回头时，看见杨决苍白的面孔了无人色。

她的嘴唇动了一下，她的声音只有她自己才能听见。她肯定是说了什么，似乎是两个字。马嵬当时无法听清。其实马嵬是猜到了那两个字的意思，只是他后来再也没有机会问过杨泱。

二十年以后，初冬时节，马嵬在北去的列车上，昏昏沉沉地回想当年他和牛铧处置傅正连的情形。自从牛铧死后，他每想起那一次惊天地泣鬼神的壮举，在逐渐淡漠的负罪感中，更多的痛快淋漓油然而生。有时候，他像是在细细欣赏着品味着某一部电影中的精彩场景。这部电影本来是由牛铧和他共同编导的，他和牛铧都扮演了主角。但牛铧最后不由分说地剪去了同马嵬有关的全部镜头，使马嵬天衣无缝地失踪，而只留牛铧自己一人领衔主演，独占银幕。

马嵬和牛铧从小学到中学，一条胡同里混了十几年。再加上那几年的训练，无论是偷书还是打架，他们始终配合默契。马嵬一向都跟着牛铧，马嵬佩服牛铧。"破四旧"那年，学校操场跪着许多遣返回乡的地主分子，红卫兵牛铧用一把老虎钳，一家伙就把一个老头嘴里的金牙撬下来了。

按照马嵬对牛铧生前那些逻辑的理解，马嵬若肯将此惩治傅正连的荣耀全部让给牛铧，马嵬才同牛铧一样够哥们，才能算得上真正的男人。

牛铧一开口，救下了马嵬和杨泱两个人，怎么说都值。

况且牛铧还需要观众，需要一位能在以后的岁月里继续活下去，以便不断重新播映、回顾这部片子的忠实观众。

马嵬做到了这点，打了一点折扣的仅仅是，在日后马嵬自己偷偷的拷贝里，把那部电影里失踪的马嵬本人恢复成了当初的原样。

不露声色的勘查早已完成，剩下的只是行动。

在他们即将成年的那些混乱年月，流血或不流血的战斗都早已烂熟于心。模仿只是游戏，如果想要干点什么，就不能索性再伟大些么？

那年夏天，当一个周密的计划在十九岁的牛铧和马嵬心中日渐成熟之后，牛铧在收工回连队的半路上，向走在队伍最后面的傅正连提出，要在灌木林那边的草甸子里打一眼井。打了井，明年开春那地方就能开一块菜地，让大伙试种一点油菜地瓜什么的，将那块闲置的土地变废为宝，用以补充知青食堂。他强调说，这个建议完全是为十三连这个典型，既然是大有作为，丰衣足食能够为典型加分。

傅正连哼了一声。一般来说，哼就是不置可否。

没有人得知这件事，傅正连后来也从未提起过。

"打井"是在绝对保密的情况下进行的。在那几天有月亮的晚上，挖坑的速度很快。除了表面的一层草根，底下的土质松软，人站在坑里，把着锹往上扬土就是，两个人轮着挖，才花了两个晚上就完工了。

那眼"井"挖了有三米多深，四壁笔陡。见了水，底部是一池稀泥。

又撂了些日子，看看动静。没人察觉，神不知鬼不觉。

再等了些日子。耐心再耐心，小不忍则乱大谋。

机会终于来临。杨泱无意中提起，傅正连就要去团部开会。秋收正忙，连里的热特拉庄稼走不开，傅正连得自己走到公路上去搭车。

那个中午，连队的人都在很远的一块地里割苞米。

牛锛赶车送饭到地头，马嵘突然肚子疼得满地打滚。赤脚医生给了药，马嵘却像是疼得快死过去了。指导员让牛车把马嵘送回连部去，除此恐怕也没有更好的办法。

那辆牛车颠颠簸簸地绕一个弯，消失在路边的灌木丛里。

等待令人焦虑，还有莫名的兴奋。幸亏带了烟。

傅正连终于出现了，背一只瘪瘪的草绿挎包，醉醺醺地哼着小曲。

牛锛和马嵘从灌木丛后头走出来。

傅正连，向您汇报，那眼井已经打好了，您想不想去看看呢？

什么井？井？这里哪儿来的井？

就是明年开菜地用的那眼井啊，不是经过您批准的么？说来也怪了，刚才我们路过这儿，看见一只狐狸兜来兜去地绕圈子，我们去追，它一家伙猛跑，一蹿就蹿到那眼井里去了……

狐狸？

还是只银狐哪，没看过电影吗？那银狐皮的大衣领……

傅正连两只迷迷糊糊的小眼睛忽地闪出狐狸般幽幽的绿色。走！看看去！你们带路！傅正连在落入事先为他设计的陷阱之前显得十分豪迈。

他就那样毫无防备地接近了那眼干井。他是怀着对银狐的美好向往，轻而易举地走向死亡的。当他的一只脚踏上干井边沿的那个时刻，牛锛大叫一声，快看银狐，就在那儿——话音未落，傅正连已栽入了井底。

假如这部电影就到此结尾，牛锛以为那将是非常平庸而拙劣的。牛锛和马嵘在构思脚本的当初已设想了一个不同凡响的高潮。也许正是为了这场高潮戏，他们才精心策划了这口井。关于这口干井的场面是全剧不可缺少的布景。当井中的审讯结束时，牛锛和马嵘才能实现自己的导演意图。

你就先在井底下待一会吧！马嵘十分礼貌地向傅正连打了招呼。

栽入井底的傅正连被浑凉的泥汤解了醉意，此时大梦初醒。他挣扎了几个来回，总算在井底的泥水里踩住，然后把半截身子伏在井壁上，用手抠着泥土，试图从井壁上爬出来。但泥水没膝，鼓捣了一会却是徒劳，再爬，已气喘吁吁，有气无力了。

你们——你们到底想干什么？

牛锛从棉袄内襟里掏出了一支笔和一个小本。

从现在开始，你必须如实招供。你仗着自己有个什么叔伯，当了个什么三结合的狗官，以为没人敢管你，在十三连干了那么多坏事。一件件一桩桩，你都得给我们说个明白！

傅正连突然像只孤狼一般恶狠狠地号叫起来。

好你们这两个兔崽子王八蛋，等老子回去再同你们算账！你们敢这样整治我？不要命了！你们知道这叫什么？这是反军！反革命！死罪没跑！你们要是现在让我上去还赶趟，咱们两下拉倒谁不该谁！

马嵘拍了拍腰上的皮带。

想上来？好办，等你都招了就拽你上来！

牛锛二话没说，扬起铁锹往井里填了一锹土。那挖井的土就堆在四周，现取现用，往下扒拉扒拉就成。

傅正连抬起头眼巴巴望了望周围，眼神萎靡下去，嘴里嘟囔说，你们弄死我，你们也不得好死……

牛锛又往井里填了一锹土，吐一口唾沫，说，这荒天野地，有谁会知道你躺在这儿呢？填上土，过不几天草就长起来了。长上草，这儿就跟原来一样，连鬼都找不着。你听说过成吉思汗的陵墓吗？几百年过去，直到今天也没发掘出来，还算是千古之谜呢！为什么？就是因为埋得深，再让马把土踏平了，上哪儿找人去？就跟世界上从来没这个人一样。若是真就这么埋了你，你的待遇还不够级别呢！

傅正连的脑袋耷拉下去。

牛锛和马嵘把铁锹搁在井沿上，坐在铁锹把上，各自点了一根烟。

一只田鼠从井台溜过，仓皇逃去。

说吧，两年中你一共收了知青多少块手表？

五六块吧，记不清了，都是想上工农兵大学的……

还有些什么？

烟酒啥的……

你克扣了知青多少伙食费？明确点说！

大概——大概七八百块……

都用来干什么了？

招待团部下来的人。过年过节的，给团部的人送礼……

那次食堂失火，你非让事务长冲进火里去抢救豆油，房塌了，把事务长砸死了。他知道你好多事，你说你这是不是杀人灭口？

这——哪能这么说呢？

牛锛用脚把土块往井里踢下去。

傅正连慌忙说，我是有这个心思，该死该死，后来不是追认他为烈士了么？

你还想耍赖？少跟我们来这套！谁有罪？你有罪！你不说我替你说，看你服是不服？马嵘也黑了脸。

你私设公堂，吊打不服从你命令的知青，把那些不听话的人派去干重活；让盲流临时工替你打兔子采蘑菇干私活；什么会计出纳小卖店售货员，都安排了你看上的女知青，谁有求于你，你就强迫她们。不是一个两个人的事，你祸害的人多了，我操你个奶奶的！

在马嵘的记忆中，那场大义凛然的审判持续了半个多小时。那天是牛锛和马嵘下乡以来最为辉煌的一日。他们盘腿坐在松软的井沿上，居高临下蔑视着井中之物。阳光灼热而微风清凉，远远的云雀声此起彼落。十三连的人总是说天高皇帝远，但此刻，正义之神却与他们同在。

后来牛锛仰起脸看了一眼日头。

牛锛把写满了字的那张纸从小本子上小心地撕了下来，叠成四折，插在那支圆珠笔的别儿里，扔进了井中。——写上你的名字！牛锛的声音不容反抗。

马嵘补了一句，不写你更别想活！

那张字条与圆珠笔被重新扔上来。傅正连已整个身子瘫歪在井壁上。

马嵘似乎已做完了自己想做的事，他用一只眼看着牛铗。

牛铗又点燃了一根烟，急促地吸着，粗大的喉结一下下滚动，那烟全都吞进了肚子里。

最后牛铗往井里探了探头，艰难地咳了一声，哑着嗓子问，那杨决呢？你说实话！

傅正连气息奄奄地伸出一只胳膊，说，扎伤了还能有啥？男人一激灵，那玩意就不好使了……

马嵘后来想，也许恰恰是傅正连的最后一句话刺痛了激怒了牛铗。牛铗的脸色突然由青发紫，整个脖颈都变得黑红黑红。他将手中未燃尽的烟猛地往井里一扔，抓起脚边一块干硬的土疙瘩，往傅正连脑袋上狠狠砸下去。傅正连哎了一声便瘫倒在泥水里。牛铗又抄起脚边的铁锹，劈头盖脸地把泥土向着井里扬去。铁锹发了疯一般旋转着挥舞着，实沉而厚重的黑土如同推土机的铲斗，往井中狂泻一气。他一边拼命掀着铁锹，一边声嘶力竭地喊道，傅正连你听好了，你民愤太大，罪不可赦，老子今天代表十三连全体宣布你死刑，立即执行！谁也帮不了你救不了你，别以为这世上没有制裁你的王法，老子是替天行道为民除害，我哪怕明天就死，也不能让你这样的人再在世上多活一天！

马嵘觉得自己的手冰凉。他想牛铗一定是疯了。

你还愣着干什么?！踩啊，给我踩！踩实沉了，狠狠踩！那兔崽子今天是死定了，他甭想再活过来！我让他死他就得死，我不活也得让他死！我让他死得不明不白活不见人死不见尸才出了我这口恶气！

井边的泥土终于是一粒都不剩地填回到当初挖出来的地方去了。

开始还听到傅正连几声微弱的呻吟，到后来便一丁点动静也没有了。

那口干井原来所在的地皮上留下了一个黑圈。在偌大的绿色草场上，像一块不见血的伤疤。

牛铗斜着脑袋看了一会，从附近铲来几锹草皮敷上。他做这些时似乎已恢复了平静。马嵘觉得牛铗最后的动作显得从容不迫。

后来他们便赶着牛车离开了那里。

那天傍晚连队收工时，马嵊躺在被窝里依然揉着肚子痛苦不堪；而牛锛坐在连队宿舍门口的一块石头上，正在修理他的鞭子，还一扬手打了一个清脆的响鞭。

什么事情都没有发生过。

软卧车厢里明亮舒适。马嵊一路喝着一瓶长城白，就着一只烧鸡，细嚼慢咽。这会他的时间很多，多得不知如何打发，不想看书也不想聊天，只有睡觉。

当他睁眼时，车窗外已是一片灰蒙蒙阴沉沉的雪原。路边偶尔掠过一排苍郁的松林，枝上的残雪被呼啸而过的列车震落，如惊鸟的羽毛一片片脱卸，在空中飘零飞散。有几朵湿雪借着风力，猛地粘贴在肮脏的窗玻璃上，久久悬挂不去，像是一串串祭奠用的白花……

牛锛死了以后，十三连的知青做过许多小白花，用信纸用手绢用白色的床单做成一朵朵月季菊花牡丹还有百合……一丛丛一串串，悬挂在连部门前空场的旗杆上。那些白花一冬天都开在那儿，直到第二年猛烈的春风刮得昏天黑地。

马嵊木然望着窗外，那片看起来似乎是宽广宽厚又宽容的土地，在二十年后却使他感到了一种疏远和陌生。虽然那口井那块草地依然常常惊醒在马嵊的噩梦中，但背景已渐渐远淡，如一幅古老的山水写意。真正令马嵊不安的是那背景中仍旧鲜活的人物，他们似乎总是在一步步往前挪移，企图插入马嵊眼前平静快乐的日子，并且不怀好意地窥测着他，觊觎着他，使他不得安宁。

那一刻，马嵊突然怀疑，当初牛锛决定让他活下去，是不是为了在以后的岁月里，让马嵊独自一人来承受这种记忆的折磨呢？如此说来，牛锛的行为岂不是有点太——太那个了么？马嵊不想说出这两个字，这两个字也许同杨决最后说的那两个字有一点相似。

马嵊心里很有些别扭。

列车路过一个小站稍停。马嵊抓起一团手纸跳到月台上去，把窗玻璃上的雪花统统蹭了下来。

就在傅正连被人们挖掘出来的当天夜里，杨泱就失踪了。

牛锛当然不会知道杨泱失踪的事。他自首的结果是被工作组的人五花大绑地送去了团部，与傅正连的遗体搬运前脚后脚。

十三连与此事有关的四个人——傅正连牛锛马嵘杨泱，几乎做了一次失踪的轮回。

杨泱是最后一个。

全连出动，对杨泱尽心竭力地搜索寻找，徒劳而归。杨泱那个时候就好像知道世界上有一种东西叫作单程车票。

最初那几天，马嵘想对大家说，根本就不必去寻找杨泱。杨泱和牛锛之间的事情只有他们自己明白。当失踪的傅正连被牛锛再现时，杨泱是一定会失踪的。杨泱如果不肯失踪，牛锛让傅正连失踪就简直毫无意义了。

但马嵘没有说。从牛锛在马嵘酣睡的那个时刻，决定使马嵘从这个事件中隐形失踪以后，马嵘就懂得这个从此"失踪"的自己该为牛锛做些什么。

马嵘后来给团部的人送过许多烟酒，但最终也没有得到单独同牛锛会见和告别的许可。有人悄悄告诉他，上头一直在怀疑他是牛锛的同伙，只是牛锛一口咬定是自己所为，是那天中午他把肚子疼得直不起的腰的马嵘送回了连队以后，自己一个人干的。上头另一种意见，也认为不要再继续扩大事态，对马嵘的追究暂时作罢。你还想看望牛锛？一边去吧！

马嵘却不肯善罢甘休。他甚至很自信地对自己断言，一旦牛锛能够重新回到十三连，暂时失踪的杨泱必定会显形复出，如期而返。

那年初冬，十三连的鸡不鸣狗不吠，猪不打盹马不蹶蹄；十三连的人惶惶然凄凄然愤愤然；营房夜夜烛光恍惚，通宵达旦，任由豆荚苞米冻在地头，小麦烂在场院，被一场接一场的大雪压住，像一座座连绵起伏的坟山……

根本无须马嵘费心张罗，十三连全体已经自动发起了一场为牛锛鸣冤请愿的"群众运动"。尽管在私下里，许多人都说牛锛那家伙实在下手太狠了，但那份申诉书仍然写得哀婉动人却又义正词严。众口一词，都说牛锛同傅正连并无个人恩怨，牛锛为了伸张正义，将个人安危置之度外；又说傅正连长期迫害知青逍遥法外，是可忍孰不可忍，早就该杀，杀一儆百；还说傅正连仗势欺人，上头有人偏袒他包庇他，是破坏上山下乡运动……

申诉书被马嵘送到团部，在政治部武装部知青办转了几个来回，无人接收。那个冬天里，马嵥到过许多城市。他像一个乞丐似的在铁路沿线游荡。明明知道世界上有个地方叫作法院，但即便走遍天下，那时的中国唯独没有法院。又过了些日子，曾听说上头好像有人过问了此事，事情眼看就闹大发了，后来不知为什么又不了了之。

马嵥精疲力竭地回到十三连。他在茫茫雪原中绝望地想起，也许牛铮在关键的地方犯了一个错误。牛铮不该把傅正连亲笔签名的那份"罪状"在那天中午的草甸子里，随随便便地扔给了工作组组长。

十三连的人得知牛铮被判处死刑立即执行的消息，是在一场大雪过后。

十三连的人都没能听见那声枪响。马嵥也没有。

牛铮作为杀人犯的代价如他生前所愿——傅正连终于没有成为烈士。

大雪覆盖了通往公路的小道，一切都已草草收场。

风吹起雪原上干爽的雪末，天地一片混沌。太阳出来了，像一张惨白的脸，隐没在深紫色的雪雾里。

很久以后，十三连的人还是恍恍惚惚地觉得，深埋于地下的牛铮只不过是一次暂时的失踪，他的灵魂已离开了这个地方。说不定哪一天，他还会在他们当年一起出发的那个城市里与他们重逢。

所以后来，他们一个一个地从这片土地上消失了，以便不会错过同牛铮邂逅的机会。

没有人再提起杨泱。

只有马嵥明白，牛铮死了，杨泱是再不会回来了。

杨泱是受伤最重的一个人。

但如果杨泱的失踪是一种真正具备法律意义的失踪，那么马嵥将永远无法完成牛铮在最后的时刻交给他的使命了。如果杨泱继续地失踪下去，那么事情是否已完全违反了牛铮让傅正连失踪的初衷和动机了呢？还有，如果马嵥活着是为了等待一个永远不再出现的人，那么马嵥的存在实际上同一个失踪的人又有多大的区别呢？

马嵥不想搞清这些。后来的日子匆匆忙忙，再没有多余的时间来为这些伤脑筋。说实在的，他的生活中还有许多比这更急迫更能产生效益的事，得真个用心思用计谋用手腕用钞票，去一个个解决。

马嵘租了一辆拉达，到达曾经属于十三连地界的那片草场时，已近黄昏时分。

他的脚一踏上松软的草甸，火车上的那种陌生感便荡然无存。昔日的营房依然远远地趴在原地，裸露着赭红色的瓦顶，静静地悄无人声。几缕浅淡的炊烟从红砖砌成的炉筒中升起，在灰色的天空里写出修长的 1 字形。小风掠过，那 1 字忽而改成个 2 字，又渐渐弥漫开去，散成个 3 字形，再散便没了形状。一切都似乎没有任何改变，一切都与二十年前惊人地相似。只是旧日的营房那儿，不会再有他认识的人了。

马嵘往草地中央走去。他用手扒拉开枯草上的积雪，在地上坐下来。

就是这儿了。他说，我在哪儿，你就在哪儿。

他点着了一根烟，然后用这根烟头上的火又点着了另一根烟。他就那么两只手各执一根烟，轮流地吸着。

我来看你来了。他说，啥也没带，就带我自己。

没别的，就和我一块吸一根烟吧！他又说，还是烟解闷。

他一小口一小口地抽着烟，他想让那两支烟燃得慢些。

烟灰从手指的夹缝里落下，落在干草的根上，像是被弄脏了的雪。他坐了一会，觉得屁股发凉，便站了起来，掸了掸裤子上的雪末。

他那么站着，又咕噜了一句，不说悔了，不是悔的事，悔也没用。过了这么些年，再想想那事，你说值么？

一阵风吹过，他感觉有点冷，想起自己的围巾手套忘在了车里。

喉咙里憋了一口痰，他重重咳一声，吐了。还是堵得慌。忽而就觉得嗓子眼里像是塞着许多话，是今天站在牛锈面前才觉得非说不可的话。

值么？我看不值。不怕你生气，如今想，那真傻。为了一个女人，为了那个看不见摸不着的正义，搭上一条命。你要是活着多好，咱俩一块做生意，你下手狠，准保是把好手，一赚一个准。房子汽车早都置下了，夜夜卡拉 OK 娱乐城，想上哪儿上哪儿。世界上有的是快活地，要是有钱，什么样的女人搞不到手呢？

马嵘抽完了烟，从衣袋里摸出一瓶酒，用牙咬开瓶塞，将酒小心地洒了。雪地吱吱地响，塌下去一条缝，像是很不快乐地答应着。

荒原被纯净的白雪密密环绕着，如一座巨大的灵堂。几只乌鸦飞过，高处有了黑色，显得庄严肃穆。

马嵘环顾四周，觉得这个地方不错。他想牛锛还是会找地方的。

这地方大是大了点，弄不清牛锛究竟是在哪块草皮底下。

但也许正因如此，牛锛似乎无处不在。

马嵘的脊背忽而渗出了一层冷汗。

他愣愣地想，假如牛锛当年没死，假如牛锛活到现在，同他一起搭档做买卖，老板恐怕就轮不到自己来做了。牛锛将永远是老大，他充其量是给牛锛打工的，就牛锛那样的人，如有一天想要整治他马嵘一家伙，还不是白玩么？

再说，生意场上亲兄弟也明算账哪，说翻脸就翻脸。自己若要想做手脚，牛锛抬手就把他灭了。何况现在的人有枪不难。

如此看来，也许牛锛还是留在这个地方更妥帖更恰当些。

马嵘心底浮上一阵庆幸，还有一丝坦然。他下意识地用皮鞋踩了踩松软的雪地，他记得当初牛锛埋得很深。无坟无墓，无字无碑，当然，牛锛是甭想再回来了。这里曾经什么事情都没有发生过。

晚霞慢慢往西边的天际滑落下去，如一匹殷红橘黄相间的织锦，被远处的地平线一寸一寸地剪断，飘入冉冉升起的黑暗中。

马嵘的眼前掠过杨泱留在炕上的那条被面，那条印着粉红色牵牛花的被面。

失踪其实真是一个不错的结尾，他恍然大悟，心里忽然涌上来一种对杨泱真诚的感激之情。如果杨泱不是这样永远地失踪下去，如果他真的娶了杨泱，而杨泱心里又始终想着牛锛，他马嵘还会有现在的好日子过么？真娶了杨泱，身边那些女人们还能呼之即来挥之即去么？闹不好打了离婚，他的财产还得分给杨泱一半哪……

假如假如……马嵘倒抽一口冷气。

幸亏幸亏——幸亏他没同牛锛一起死掉。

马嵘抬手看了看表，急匆匆往公路上的轿车走去。他不想在这里停留得太久。他得坐夜班火车赶到那个边境小城去签合同，这把皮货生意弄好了能赚一大笔钱，趁着车上这会工夫，还得好好琢磨琢磨怎么砍价。

他边走边点着了一根烟。二十年了，他能做的都已经做了，他已和牛锛两清。那个叫作马嵘的人不会再到这个地方来了。

天暗下来。雪地黑乎乎一片，而天空洁白如银。

发表于《上海文学》1995 年第 4 期

转载于《小说月报》1995 年第 6 期

芝 麻

　　郭芝麻急慌慌撞进大钟寺边上的那栋楼房，只见大厅里满眼都是女人。她在心里喊着晚了晚了，还是晚了。倒三趟公共汽车到这里，光路上就得一个多小时呢。她心里有些丧气，这么些人，到哪会才轮得上她呢？站着的那些女人说是排着队，哪有个正经的站样？倒像一根酥酥的天津大麻花，好多股拧成一团，油乎乎地拥在门边。她听见那个戴着尖尖白帽的小护士拉长声喊着一个女人的名字，门开了，一个女人红着脸出来，另一个女人忙不迭地挤进去。有个男人撞过来，像是要跟着往里进。小护士紧着关门，门缝里留下一句话，哎，抬眼看看门上的字，一边待着去！

　　芝麻心想，出门在外，是个城里人就能训你。

　　门上的蓝字有草帽那么大，明明白白写着：孕检。

　　孕检就是孕检。检查之后在表格上盖个戳，由妇联转回老家去，证明你在外打工没有超生。孕检这两个字，芝麻来北京五年就看了五年，每隔三个月来看一次，倒着写都认识了。其实芝麻心里一点都不愿意孕检，一次交五十元，三天的活都白干了。可每次三个月一过，她又盼着来孕检。每月的4号到10号，按照妇联的规定，就好像是专给河南来京打工的妇女办聚会。一屋子进进出出都是河南老乡，满耳朵是吵吵嚷嚷的女人声音，那声音芝麻耳熟，嗓子吊得又脆又亮又高，就跟梆子戏开了场，热闹得很。三个月听不着，芝麻还真有点想。五年下来，芝麻觉着在北京城里做孕检，除了大夫说话和气，屋里的机器光亮，其他呢，跟乡里计生办的孕检也没啥不一样。女人还是那些女人，衣服穿得比老家齐整些了，哪怕是烫着头哩，可一张口就知道是个河南老乡。

芝麻交完费排上队，把前头的人跟紧了，一步一步地挪动。手里的身份证、暂住证、外出务工证都快攥出水了。这些证件可不敢丢了，要是做不上孕检，乡里让交罚款，一罚好几百块，值不当哩。一想到罚款，芝麻心里就有气。乡里养着那么些个吃皇粮的人，准是发不上工资了，找个碴就让交罚款。还孕检哩，在北京打工这些年，芝麻的身子一年到头都旱着，一粒种子都播不上，空空的肚子能长出苗来么？男人喜树在家也是旱着，除了种地再养一窝猪娃，一夜一夜陪着猪娃睡觉。喜树搂不上老婆睡觉，只能陪猪娃睡觉，那是命，九个猪娃是喜树的命。要是一个能养到三四百斤，就能卖上好几千块钱。去年婆婆养了七只羊，上了满膘每只都有七八十斤，眼看就该出栏了，可不敢大意。羊群就圈在灶房，公爹卷了铺盖睡灶房，跟羊挨着睡，到了大清早一睁眼——七只羊愣是一只都不见了。公爹哆嗦着去喊婆婆，说，树她娘，羊丢啦！婆婆迷糊着眼问，咋丢的？公爹说，被人偷走了，半夜我伸手还摸着一手羊毛软乎乎哩，咋就被人偷了？婆婆一边往灶房跑一边骂，人咋没把你也给偷走呢？我要是跟你睡一起，半夜先把你卖了再跟人跑，等你睁眼我都跑到驻马店了！公爹丢了羊又挨了骂，哭着闹着说是不想活了。七只羊啊七只，一年花销全指着它们呢。婆婆哭公爹哭，喜树给芝麻打电话让给家里邮点钱，芝麻握着话筒也哭了。芝麻刚到北京时成天想家，有时候问自己，老家有啥可想的？那地方的人啥都偷，方圆跑不出几十里地，专偷知根知底的乡亲。芝麻一家人从不偷别人家东西，别人家就惦记她家的东西，养鸡丢鸡，养鸭丢鸭，见天防贼来偷。喜树敢不跟猪娃子睡一起么？说人也不信，芝麻刚嫁给喜树那年，结婚没三天，喜树就搬到灶房去看牛了。家家的牛都跟人睡，若是头母牛呢，男人和牛就跟夫妻差不多。喜树夜夜看着牛睡，芝麻就看着鸡鸭睡。芝麻嫁给喜树十几年，说真的没跟喜树在一起睡上几个囫囵觉。好容易等鸡鸭猪羊都宰了卖了，喜树和芝麻上屋睡一夜，就超生了。

芝麻看着孕检那两个字，眼睛生疼。想着夜夜陪猪娃子睡觉的喜树，心里拱起一股火。怨不得北京人不待见河南人呢。那年芝麻等在保姆介绍所，好容易来个人问你话，一开口那人脸就变，摇头就走。介绍所的阿姨都急了，说，河南人怎么了？河南人也不个个都是坏人啊，您先试用一周，不行再给我送回来。刘丹妮把芝麻领回家那几天，李阿姨成天像个尾巴似的跟着芝麻，芝麻心里知道，阿姨是怕她……芝麻说不出那个偷字。她想，你要有能耐，就像喜树守着猪娃一样，一夜夜守着我不睡觉呗。真要干坏事，七只羊睡你床头你也看不住。一个星期过去，那天晚上阿姨边看着电视，长长松了口气说，留下吧，你这个傻郭。

芝麻知道自己有点笨，上学那会，考试能及格就是好事。但芝麻勤快，芝麻不怕干活。傻郭听上去是个好的意思，傻郭从不拿别人的东西。

郭——芝——麻——小护士像唱歌一样喊起来，忽然就乐了，芝麻，你怎么叫这么个名？好好玩啊！该你了，快进去吧。

芝麻不笑。芝麻不觉得这名有啥好笑的。娘生她的那天，家门口的芝麻开花了，紫色的小花瓣就像芝麻小脸上的耳垂子。娘说，这闺女就叫个芝麻吧，芝麻开花节节高呢。这护士还小，没见过啥，不知道村里的男孩还有叫尿壶、砖头、驴娃、狗蛋的，那才"好好玩"哩。芝麻一点也不喜欢刘伯伯李阿姨管她叫小郭，小锅大锅铁锅砂锅还罗锅呢，叫芝麻多好，芝麻能磨香油，论是穷家富家，谁家也离不了芝麻的呀！

芝麻在铺着白床单的小床上躺下来，熟练地解开扣子，把裤子往下褪褪，露出圆圆的小腹。一台电视样的仪器就架在她脑袋顶上。戴着口罩的女大夫往她的小肚子上挤"牙膏"，然后用一把硬硬的刷子在冰凉凉的"牙膏"上抹来抹去。机器吱吱地响着，像耗子磨牙的声音。芝麻知道这仪器叫作"毙超"，她都"毙超"了那么些年，每次躺下，心里仍是害怕那刷子把她的肚子咬坏了。她的身子一动不动，忽然就觉得喜树可怜，喜树挨不着她的身子，她的身子倒让机器啃了，每隔三个月啃一回。是谁发明了这该死的孕检？就像翻兜抓小偷那样，让女人把肚子一个个打开，查你偷着生孩子没有。芝麻心里有说不出的委屈。

还没等芝麻的委屈蹿到脸上，耗子磨牙的声音忽然停了。完事了，起来吧。女大夫抓过一沓纸巾盖在她肚子上。护士说，表格我们会统一转到省妇联去的，你可以走了。

芝麻仰起身子说，你们给我盖上戳啊。护士就当着她面，啪一声把戳盖了。

芝麻放了心，把肚子上的"牙膏"擦净了，扣好裤子，说声谢谢，抿着嘴走了出去。

芝麻急匆匆走，一边走心口就有点发疼，五十块钱在老家能办多少事哩，置一床被窝打一口箱子；给爹买一件褂子一条裤子还能剩下好几块呢；得卖一百斤鸡蛋才能挣下五十块，刨去饲料人工防疫针啥的成本费，卖二百斤鸡蛋都不够。可是念头转回来，要是不出来打工，这一个月五百块的工钱就挣不着，挣不着就连这五十块都拿不起，拿不起就还不上超生罚款欠下的债，全家人就没好日子过。算来算去，还是到城里打工比在老家待着强。五十就五十吧，就当养了一群鸡，全得鸡瘟病死了呗。

每回做了孕检，芝麻都得这样反复算一算，心里才会好受些。她抬头看看大厅墙上的钟，想着得快些赶回家做晚饭。忽然就听队伍中有人冲着她喊，芝麻芝麻！好久没听人喊她的名字了，芝麻心里忽地一热。那声音嘎嘣溜脆的，只有老家的人才这么喊她。芝麻的眼睛刚扫过乱糟糟的人群，一双热乎乎的手已经把她箍住了。

是凤啊？芝麻有点不敢相信，真的会在这里碰见同一个村的凤。凤看上去比在老家时瘦多了，瘦得眼睛都眍䁖了。凤与芝麻同岁，是芝麻去年回家麦收后带到北京来打工的。芝麻每次回老家，总有那么些大姑娘小媳妇求着她带她们来北京打工。芝麻经不住人求，那次一咬牙带来了同村的七八个女人，都交给家政服务介绍所了。过了好几个月，芝麻给家政介绍所打电话，才知道她带来的人跑得就剩下一个人了。有的人是因为人懒又不讲卫生，被雇主家辞了的；也有的是在城里待不惯嫌钱少又想家，自个买了火车票走的。就剩下一个叫凤的女人没走，给一个大款家带小孩。芝麻知道凤是走不成的，凤的男人一喝酒就打她，凤想和她男人离婚，男人不干，凤躲进城里头不回，也算是个躲避的意思吧。

凤说，芝麻，看你脸圆的，又白又胖，一准过得不错啊？

芝麻嗯了一声，芝麻心说自己的苦只有自己知道，想想咽下了没说。

凤亲热地拉着她的手问这问那的，比如说芝麻每月的工钱多少，吃米饭还是吃面食，有没有电视看，东家待她咋样，啥啥的。芝麻一一答了。凤把芝麻上下打量一番，说，芝麻你今天出门，咋不穿上件好看点的衣裳呢？芝麻笑笑说，哪有几件好衣裳呀？我是黄鼠狼赶集，出来进去一张皮。凤也笑了。芝麻这才想起来还没问问凤过得啥样，就说，凤啊你还真行，到底是挺过来了，其实习惯了就好，也没啥难的……

芝麻的话没完，凤的眼圈就红了。凤接着絮絮叨叨颠来倒去地说了许多，芝麻用心地听着，大概听明白了凤的意思。凤是说，早知道城里人那样抠门，说啥也不到城里来了。一天关在高楼上的房子里，脚沾不上土地，也出不了门，就跟圈猪差不多了。带小孩又怕磕着又怕摔着又怕噎着，几个月也睡不了一回踏实觉。可是城里的活再难也能学会，受气也不怕，看人脸色也惯了，就是吃不饱饭。那样有钱的一家人，三天两头给孩子买个玩具就好几百块，咋就不让人吃饱饭呢？一顿一小碗米饭，倒是有菜有肉的，刚垫个底就没了，一天饿得心慌，喝水喝得一天光上厕所了……

芝麻听得心烦，打断她说，我不怕吃不饱，就怕受气。

凤撇嘴说，咦，饿你几个月试试。人一饿就没力气，咋干活呀？

队伍往前挪了，芝麻被凤拽着，一边说话一边跟着凤走。芝麻想，莫不是还得陪着凤做一回孕检吧？该回家做晚饭了呀。可凤不放她走，凤说，今儿见你真是高兴，你家日子好过了，往下也多帮衬帮衬我啊。芝麻说，我家日子好个啥？超生罚款没还清，前年又盖了房，到现在还该人家几千块钱没还上呢。凤说，你骗谁呢？我听村里人说，你家前些日子刚买了一台拖拉机，喜树开着拖拉机满处跑，没把他美死！

芝麻的脑袋嗡的一下炸了。你说啥呢？她瞪大了眼睛问凤，你是说喜树买拖拉机了？我咋不知道哇？凤瞥她一眼说，别装了，你蒙谁也别蒙我啊！芝麻急得脸一下通红，她说，谁蒙你啊？喜树那个王八蛋，他买拖拉机真没告诉我，他才是蒙我哪！

芝麻说着就要走，她的头脑一阵阵发涨，脚板一阵阵发烫，大厅外头就有公用电话，她恨不能立马打个电话给喜树问个明白。凤一看芝麻的脸色不对，眼看着队伍也快排到地方了，便一把抓住芝麻的胳膊说，你走你的，你得给我留个电话号码，哪天咱俩凑个日子一块放假，再好好聊个够。哎，你要是遇着个好点的人家，也想着叫我去啊。

芝麻没心再跟凤扯，一时竟忘了李阿姨说过不要把家里的电话号码告诉别人的话。又见凤已跟后头的人借了圆珠笔来，塞在芝麻手里，芝麻想了又画，画了又涂，总算把刘家的电话记全了，写在凤从兜里掏出的一张一元钱的钞票上头。没忘叮嘱一句说，你可别在中午打电话，人家老头老太太午休呢，记住了啊？芝麻说完，丢下凤就走出大门了。

喜树你个浑球！你是个驴养的！你买拖拉机那么大个事都不跟我说一声，我跟你没完！你要是打我，我就跟你拼命！你有拳头，我有擀面杖、笤帚哩，李阿姨说了，那叫——叫个正当防卫，不犯法！你要敢再打我，我就不跟你过了，我待在城里再不回去了。你自个跟赵刚过吧，我把燕儿带走，让她到城里上学，我一个人挣钱养她。我一个月挣好几百，还养不活个燕儿么？这些年还不是我一个人在外头挣钱，才把欠下的账还上了一大半。换你行么？换了你，下煤矿怕塌方，上省城当瓦工，白干一年也拿不到工钱，养几头猪还成天怕人偷了。你一个大男人，能给家挣回几个钱呀？还美得你牛得你，买上拖拉机了你！你这个败家子，你不是个浑球是个啥?！

芝麻站在大楼外的电话亭前，等着给喜树打电话问个明白，一边恨得牙痒痒。她在心里骂着喜树，把平常日子骂人的狠话都用了一遍，可是电话亭前面排队的人一个不见少。芝麻有点急起来，打电话的人咋这么多呢？听口音全是河南人，好像如今河南人全都不在老家待着，都跑到北京来找饭吃了。她打定主意不再等了，还是先赶回刘伯伯家打紧。晚上干完了活，跟李阿姨说一声家里有事要借电话，李阿姨也不会不同意的。

芝麻上了公共汽车。快到下班时间了，汽车上的人就像秋收掰下的玉米棒子，一根根挤成了堆。马路上跑的全是小汽车，街两边走的全是人，男人女人，瞧瞧他们探头探脑的样，多一半都是像芝麻那样出来打工的人。芝麻要是不从老家来北京，她想自己一辈子也不会知道，咱中国这地界上原来有那么多人，多得像棉花地里长疯了的虫虫，捉也捉不完；多得像下雨天水洼里蠕动的孑孓，捞也捞不尽。指不定其中有多少人是超生出来的哪。芝麻心里有了一点隐隐的愧意。生孩子不难，也就跟下个蛋差不多，可超生一个孩子，算上罚款得花费多少钱粮？就像燕儿，为了生燕儿，芝麻押上了自己的后半生。

喜树你听着，你要不把拖拉机给我退了，我就带着燕儿走！芝麻在心里喊着，一边抓紧了车上的扶手，当年要不是你和你妈非要让我再生一个，咱家至于像现在这样吗？穷得一年四季仨人盖一条棉被，盖了房子安不上窗户，一年到头就听窗户上的塑料纸哗啦哗啦响……

芝麻的眼里忽然有酸酸的泪涌出来，她低下头，用手背把眼角抹了抹，呆呆地望着慢腾腾后退的街景。一想起燕儿，芝麻心里就像有针扎着似的，身子动一下，针就动一下，扎得人心肝疼。其实，要说燕儿的事也不完全怨喜树，就怨喜树他妈。芝麻头一胎就生下个大胖儿子，起名叫赵刚。刚满月了，村上的支书来找公爹，说，你好歹是个党员，带个头吧，办个独生子女证，咱也好向上头交代。证办下了，没三天公爹就悔了。婆婆没把公爹骂死，三年里天天叨叨着让芝麻再生一个。芝麻说，你把证办下了，再生就是违法。婆婆说，都像你这死脑筋，咱村里这些人都打哪儿出来的？你看看谁家就生一个的？马和驴配种才下一匹哩，你是驴还是马？芝麻不理婆婆了，这些年芝麻见得还少吗？村里那些超生的人家，哪家不是被乡政府罚得倾家荡产？芝麻害怕呀。拖过一年，偏偏芝麻害上了肚子疼的病，每个月身上来了那个，血流得跟尿尿似的。上医院一检查，说是有炎症，炎症一时半会治不了，医生就把芝麻身上的节育环取了。取下环没俩月，芝麻的炎症倒是轻了许多，身上那个不来了。再一查，说是芝麻怀上了。医院让芝麻做人工流产，婆婆公爹带上两个小叔子，赶到医院就把芝麻给抢回了家。芝麻说，那咱赶紧补办一个准生证吧！婆婆说，你红嘴白牙说得轻巧，一个准生证五百块，咱家五十块也拿不起。从古到今，咱就没听说生孩子还得花钱买证，证他个娘！

孩子生下了，是个女娃，婆婆的脸拉得比驴脸长。婆婆给芝麻煮鸡蛋汤，舀上一勺红糖，又倒回罐里半勺。芝麻吃不下，芝麻心里像拴着块铁，气都喘不匀乎了。燕儿刚过满月，杨宝拐（国）果然就带人来了。杨宝拐可不是一般人，杨宝拐管着全乡的计划生育，说罚谁就罚谁，比个铁面包公还铁面，比乡长还牛气哩。有一年，前院的草儿怀上了第三胎，肚子都冒了尖，那胎儿不说八个月也有七个月大了。芝麻听着汽车响，就见杨宝拐带着三个男人跳下车，跟那电影里头演的绑票似的，愣把大肚子的草儿拽上汽车，送到了乡医院，一刀就给宰了。宰的不是草儿，是草儿的肚子。孩子没了，草儿要跳河，杨宝拐还让大伙都别拦着。打那以后，草儿听见杨宝拐的名字就哆嗦。村里谁家孩子哭闹，大人一说杨宝拐来了，那孩子吓得就没了声。那一天，杨宝拐带着人到了芝麻家门口，二话不说就开始卸芝麻家的门窗，卸下门窗就搬东西，一麻袋一麻袋粮食、柜子箱子凳子桌子架子车，除了房屋搬不走，能搬动的全搬上了车，临了还牵走了栏里的牛和猪，那辆破烂卡车装了满满一车厢。公爹上前小声求情说，你好歹给留下点东西吧，你瞧瞧这家啥都没了，可咋过日子呢？杨宝拐一边往车上拴绳一边大声嚷嚷，谁让你们生那么多孩子，你不知道河南省的人口都快爆炸了吗？你叫国家咋办哪？婆婆抄着手在一边哼哼，生下了，你敢把孩子掐死？！杨宝拐回答说，掐不死我罚死你，看你家还长不长记性！你想把这些东西要回来，拿上三万块钱到乡里去换。婆婆眼睁睁看着杨宝拐的破汽车把一个家都拉走了，她跟着车轮子喊，杨宝拐你这个王八蛋，我操你八辈子祖宗，叫你家断子绝孙！汽车扬起的尘土把婆婆脸上一串串的泪都裹成了泥球球。婆婆……

芝麻突然尖叫，停车停车，我过站了！一边没命地往车门口挤。没人理她，车反倒开得更快了。芝麻急得真想从窗口跳下去。车在下一站总算停下了，芝麻挤下车，没头没脑就往回跑，跑到来时换车的那个站，又等了一会，车来了。芝麻上了车，松下一口气。再不敢胡思乱想，就等着到站。一站一站地盼，眼见天都黑下了。芝麻怕天黑，天一黑这城里就像个迷魂阵，哪儿哪儿都长得一样，人也就迷瞪了。刚来北京那会，芝麻迷过路，就跟在村边上的坟地里迷路没啥两样。后来撞上个警察，是警察把她领回主家去的。芝麻明白了街上为啥要站那么些警察，因为城里的房子都一样，怕人找不着家门。

再下了车，芝麻就不怕了，芝麻认道了。老远就能望见那栋楼，像个竖着的大火柴盒子。一个楼里能装下那么多家，你要是不小心记错一个号，就走别人家去了。这要在赵庄是不会有的事，一个房子盖在那儿，那儿就永生永世都是你的家。杨宝拐带着人把门窗都扒了之后，被他拉走的那些家什都堆在乡政府的院子里，风吹雨淋地一天天烂着，喜树向放高利贷的借了几千块钱，又找了叔伯弟兄家给乡长开小汽车的亲戚去说情，才算把一车家什换回来。账就这么欠下了，喜树就是养下再多的猪羊，打下再多的粮食，能还上高利贷的利息就算好事了。芝麻还有活路么？没有了。欠下的债就像一根套在脖子上的绳，芝麻觉得自己快要被勒死了。芝麻走在麦田里，麦穗蹿得正欢，可麦穗变黄了也变不成金子，打下粮食卖的钱，一多半都还了赊账的化肥农药还有农业税啥的。芝麻走在宽宽的汝河边，河水浑浑的，都被上游开矿的染黑了，连条鱼都不见个影了。河对岸就是芝麻的娘家，娘病着，爹老了，芝麻两手空空，拿什么去走娘家？只怕连船匠的粮食都给不起了。这一天晌午，芝麻绕着村子走了一大圈，走得腿肚子抽筋，回到家劈头就对喜树说，树啊，我想好了，我得出去打工。

你打工？喜树的眉毛都竖起来了，你会个啥呀，你能砌墙还是垒砖？你上城里去割麦子还是采棉花？就你这样的，肚里没一根花花肠子，闹不好倒把自个给丢了哩……

我会洗衣做饭不是？去给人当保姆不行？我打听好了，当保姆管吃管住还不欠工钱。杏她嫂子麦收后就走，我跟着，她还能把我卖了？芝麻说得硬气，喜树当时就傻在那儿了。

芝麻走了三年，挣的工钱差不多就快把杨宝拐的罚款给还清了。前年芝麻回去探家，才发现老房子早已摇摇晃晃的，咋也站不住了，喜树发了狠心盖新房。盖房又欠下几万块钱，芝麻真不知道这辈子啥时候能过上不欠账的日子。这事究竟怨谁呢？喜树不赌博不喝酒，一天光知道干活，地里挣不上钱，能怨喜树么？怨婆婆？要说也怨不得婆婆。燕儿长到两岁，芝麻去了北京，燕儿就扔给婆婆了，燕儿是婆婆给带大的，婆婆也苦着哩。芝麻也不敢怨政府啊，政府早就把道理给你讲明白了，谁让你不办准生证呢？可人活一世，凡事总得有个头绪啊！芝麻想了好几年，思来想去，觉得还是该怨那个该死的杨宝拐，是杨宝拐罚款害得芝麻一家走投无路，骨肉分离。那个杨宝拐干啥不好，干这个伤天害理的计划生育？谁知道罚款的那些钱有没有进了杨宝拐的腰包呢？芝麻到了北京后，很多年里就翻来覆去地细想着老家的事情。李阿姨说这事谁也不怨，就该怨芝麻自个。芝麻不服。芝麻怀上燕儿不是故意的，是一不留神，怨得着芝麻吗？芝麻满心怨恨，过了五年都出不了这口气。喜树倒不发愁，上哪里又借了钱，买上拖拉机了，他真想把芝麻气死不成?!

芝麻一路小跑进了楼门，开电梯的小兰对她笑笑说，出门会老乡去啦？芝麻点点头，胡乱应着。小兰将她上下打量一番，又说，你呀，以后出门可得注意形象。芝麻摸不着头脑，问，啥叫形象哪？小兰啧一声说，连形象都不懂？瞧瞧你自个吧。

芝麻低头看看自己，裤是裤，袄是袄，扣没扣错，衣襟上半点油星子没有，她真的不明白自己哪个地方形象不对劲。小兰是从四川来的，想是她形象好，就开了电梯。到了九层，芝麻扭身撇下小兰，咚咚跑了几步，捋了捋额头被汗洇湿的头发，按响了刘家的门铃。

芝麻进了门，没顾上喝水就先洗手，然后再上厕所。这是李阿姨定下的纪律。李阿姨凡事都有纪律，还有许多注意事项，芝麻来到刘家三年多，一条一条到现在都没记全。芝麻听着客厅静悄悄的，想起来今天是周末，丹妮一家去购物还没到家，心里松口气，对着李阿姨的屋喊一声，阿姨我回来了，便系上围裙挽起袖子，一头钻进了厨房。晚上的蔬菜，芝麻走前都洗净收拾好了，面也和好了，把面条擀出来就可下锅。芝麻做面食不发愁，包饺子蒸包子蒸馒头烙饼，开个早点铺肯定没问题。可是开早点铺得有人手和资金，芝麻两样都没有，就只能在刘伯伯家当保姆。刘伯伯李阿姨有四个孩子，两个在国外，一个在深圳，就一个老四刘丹妮，也就是甜甜的妈妈，还有甜甜的爸和甜甜，和老两口住在一起。平常日子，丹妮一家三口一早就上班上学了，家里白天就剩下刘伯伯李阿姨两个人。刘伯伯前几年得过一次脑血栓，如今走路有一条腿还不大利索。刘家人口不多，房子倒有五六间，打扫一遍卫生就得俩小时，样样都不能马虎。甜甜的小舅舅在美国读博士后，芝麻一开始不明白啥叫博士后，是跟在博士身后拎包的还是在博士身后当保安？刘伯伯说博士后就是有学问的人，如今许多博士后都是从贫困地区出来的。芝麻只盼着赵刚和赵燕学习好，博士后不敢想，将来能考上个大专啥的，成为有文化的人，芝麻就满足了。千万别像芝麻一样，高小刚毕业，连个初中都没念成，就回家帮着娘带弟弟妹妹，还得帮爹干地里的活。芝麻从小就不怕干活，芝麻没来北京那会，家里的麦子总是赵庄第一个收完的。所以如今一到麦收，公爹和婆婆就盼着芝麻回去割麦子。

李阿姨推开厨房门，说，今天的面条软些，鸡汤要淡，你大爷今儿胃不大舒服。

芝麻哎了一声，埋头揉着面团，然后把面团分成三份，拿出擀面杖开始擀面。

凭良心说，芝麻觉得刘叔叔和李阿姨一家待她还真是不赖。每个月的工钱，到日子就一分不差地给了；毛衣外套裤子鞋子还有袜子，全是丹妮给的，虽说旧些，都不用花钱去买，芝麻自打来了刘家，自己就没买过衣服，省下不少钱哪；吃饭实行分餐制，李阿姨给她夹的菜总是满满的一大盘，常把芝麻吃得撑着了；刘伯伯对丹妮说，郭芝麻的工作不叫保姆，叫家庭服务员。家里来了客人，刘伯伯给人介绍说，这是小郭同志。来人还伸出胳膊要跟芝麻握手，芝麻把手藏在身后，臊得脸都红了。刘伯伯是个老干部，说话办事可讲道理，他从不说农村如何如何，只说基层如何如何，芝麻觉得基层两个字怪难听哩，可刘伯伯叫得顺嘴。这三年多，芝麻在刘家可长了不少见识，脸也白了人也胖了。芝麻去年回家，连喜树都说，在城里享福啊，还惦着回来干啥？

白面团在芝麻手下变成了一张薄薄的饼，就像燕儿写字的纸那么薄。撒上馎面，叠成几折，就可以切成细面条了。芝麻在煤气灶上坐上煮面条的锅，打开煤气，只想快些把晚饭弄完了，好腾个工夫给喜树打电话。一台拖拉机得花多少钱？少说也得是芝麻一年的工钱。这么大个事，你喜树连跟人商量都不商量，自个就做主买下了？芝麻若是站在那台拖拉机的车轮子跟前，跟它比一比个头，芝麻真就成了一粒掉地上找不见的芝麻了。老话说，金窝银窝不如自己家的狗窝，喜树你能知道人在外头的难处么？就说这吃饭吧，老家的人吃饭都是端着碗，满村转悠着，要不就蹲在墙根底下，大伙边聊边吃。可城里人吃饭都围着桌子坐着吃。芝麻刚进城那会，坐在凳子上把碗放桌上吃饭，怎么都别扭，怎么都像吃不饱似的，心里就想要站着吃再不蹲着吃，又怕人笑话。起先遇上个主家是南方人，一天两顿米饭一顿大米粥，芝麻连一口米饭都咽不下去。换了一家，那家人不吃米饭，就爱吃玉米糊糊玉米窝头、蒸白薯煮白薯白薯粥，还有小米饭小米粥，说粗粮是健康食品，减肥还降血压，把芝麻吃得脸都青了，嘴里一天直泛酸。芝麻打小就吃玉米白薯，那时候除了玉米白薯没别的吃，实在是吃怕了呀！如今农村人没钱归没钱，可谁家不是顿顿白面？只把玉米白薯用来喂猪。没出来之前，芝麻想过城里的种种难处，就是没想到，在城里干活反倒吃上了猪食。你喜树能信么？芝麻在家政介绍所等了好多日子，直到等来了刘丹妮。刘丹妮开口第一句话就问，你会做面食吗？芝麻这一回才算找对了地方。

面条刚出锅，丹妮一家三口也进了门。芝麻把饭菜端上桌，招呼刘伯伯和李阿姨吃饭。今儿也真是的，不是汤洒了就是筷子掉地上了，芝麻觉得自己的脑子好像成了一锅面糊糊。李阿姨用筷子挑起面条，放进嘴里尝了一口，眉头就皱了。她说，芝麻我不是告诉你了吗？今儿的面条要细要软，你瞧瞧，这都什么呀？凉菜也拌咸了……

芝麻看着碗里的面条发愣，她也不知道，自己咋就擀出这样宽的宽窄的窄的面条来？

李阿姨说，郭呀，今天去孕检，遇着啥事了吧？

芝麻吃一惊，问，你咋知道来？

李阿姨笑笑说，我还不知道你？你这傻郭，只要有一点事分心，干活就出纰漏。

芝麻低下头不说话了，埋头扒拉几口面条，还是没忍住，就把遇见凤和凤说喜树买了一台拖拉机的事说了。她的话还没说完，丹妮就嚷嚷起来，这喜树也太不像话了，家里买大件得集体讨论通过，哪能他一个人自作主张呢？

芝麻问，你说啥？啥叫——讨——论？

讨论嘛，就是大伙一起商量的意思，刘伯伯回答，家里的事怎么能不商量着办呢？

再说了，钱是小郭在外头辛苦挣的，盖房的债务还没还完，又借钱买拖拉机，喜树倒是超前消费呀，都成美国公民了。丹妮又说，哎，小郭你挣钱养家，可是一点财权都没有，你这不成了你家的挣钱机器了吗？

话也不能这么说。甜甜的爸插话，喜树这么干也许有他的道理，小郭你先别生气，打个电话问清楚再说。

这顿饭芝麻吃得没滋没味，不知道自己吃的是啥。挣钱机器？甜甜的妈说话像一把刀子，在芝麻心里割肉。以前在家时，芝麻当家不做主，说话不算数。喜树啥都好，就是脾气暴，芝麻要是有一回敢不听他的，他抄起手里的家伙就揍人。一次芝麻牙疼得脸都肿了，公爹上乡医院给她捎回点消炎药片。芝麻打小没吃过药，喝下去一大缸水，那药片还在舌头上。芝麻一生气，悄悄把药片给扔床底下了。没几天喜树上床底下找鞋，那白白的药片就在鞋帮子上沾着。喜树骂芝麻糟践东西，扑上来就是一拳头。芝麻不干了，挠破了喜树的脸，两口子打成一团。还是婆婆来拉架，喜树才住了手。可自打芝麻来北京打工，这几年没少往家捎钱。芝麻一年回一趟家，发现喜树像是换了个人，望一眼芝麻，满脸上都是笑，再没跟芝麻动过一指头，也知道疼芝麻了，芝麻还真以为喜树把自己当回事了哩。可就这一台拖拉机，让芝麻的心凉了半截，原来喜树还是那个喜树，芝麻还是那个芝麻，日子还是那个日子，芝麻就是买彩票中上个几十万元大奖，这个家还是得由喜树说了算。

芝麻去洗碗，手里一哆嗦，打碎了一只盘子。李阿姨没说啥，芝麻心里别扭。她说，李阿姨你扣我钱吧，损坏东西要赔。李阿姨说，得了得了，你快点干完活，去我的屋里打电话吧，别忘了先拨17931啊。

芝麻洗净了手，就惶惶地往李阿姨的房间走。老家的电话号码早都在心里背得烂熟。其实平常没事，芝麻不咋愿意给喜树打电话。村里的电话哪有一家一个号码的？都是好几家串在一起，一拨通那个号码，同时有好几个人接，乱七八糟响成一片，谁也听不清谁的。有一回，在外打工的砖头给他媳妇叶儿打电话。砖头说，叶儿，我想死你了。叶儿说，我也想着你哩。忽然耳边响起一片嘻嘻哈哈的坏笑，两人才想起那电话是有人听着的，叶儿吓得把话筒摔了就跑。那以后，砖头回村，走哪儿都有人冲他涎笑着说一句，我想死你了！弄得砖头讪讪地抬不起头来。芝麻记下这教训，每回给喜树打电话，一是一，二是二，半句多余的话都没有。其实和喜树那样的人，有啥话怕人听呢？芝麻问他，家里好吧？喜树答，都好。喜树问，你好吧？芝麻答，好着呢。芝麻想想又问，家里人都咋样啊？喜树答，还那样。芝麻就不知咋往下说了。这电话打着有啥意思？还白花钱。倒是燕儿有句话，好几年过去了，还让芝麻一想起来心里就乐得不行。那还是燕儿四岁那年，村里刚有几户人家安了电话，芝麻给那家打电话，让人家去喊喜树来听。喜树带着燕儿来了，让燕儿也听听芝麻的声音。芝麻对着话筒，长一声短一声喊着燕儿燕儿。燕儿抱着电话说，妈呀，我咋看不见你哩，你在哪儿猫着呢？那个傻丫头，真能把人笑死。

芝麻收起了嘴边的笑容，只听见电话里传来嘟嘟的忙音。再拨一遍，还是嘟嘟个不停。也不知是线路繁忙，还是老家那几家人合用的电话，正有人在打着？芝麻等了一会再拨，心慌慌的，倒把号码拨错了；又拨一遍，还是不通。她叹口气，只得把话筒放了回去。她想，喜树咋就不给她来个电话呢？几千块的拖拉机他都敢买，可打个电话几块钱都舍不得花。这么一想，芝麻就有些气恼起来，她想，还不如不给喜树打电话哩，看他以后咋跟她说！

芝麻走到客厅里，见一家人正看足球。看一眼墙上的挂钟，已经过了新闻联播，天气预报也播完了。今天错过了天气预报，芝麻不知为什么觉得心里空落落的。她刚想起该给甜甜洗脸洗脚了，只见丹妮对她招招手，把她叫到了厨房里。

丹妮说，跟你说了多少回，每天晚上剩下的饭菜都得倒掉，你怎么又留下了呢？尤其是蔬菜，隔夜就会产生有害物质，明白不？

芝麻有些不好意思，笑笑说，今天晚上的面条我没做好，剩下不少，看着怪可惜的，就想留着明天中午我吃。

丹妮说，你这人可真是的，又不是花你的钱，在我家，你吃剩的也不行，我就得让你改改这毛病。不是我说你，你也太农民了……行了行了，倒了吧，啊！

说完她就走出了厨房。芝麻端起碗，掀开垃圾桶的盖子，刚要往下倒，手却停在那里。

丹妮比芝麻小不了几岁，可芝麻常常觉得她和自己好像是两个世界的人。丹妮两口子的工资加起来，一个月万把块钱都有了，还总吵吵钱不够花。买下东西不合适，转手就送了人，芝麻看着都心疼。丹妮从小在城里长大，哪里会知道粮食的金贵？芝麻自打生下来，就像是为粮食在活。种地打粮，种地打粮，一年到头村里人惦记的就是这么点事。可年年不是天旱就是地涝，在芝麻十岁以前，生产队分下的粮食从来也没有够吃的时候。她三岁那年，养牛的二大爷将生产队的牛料填了一把在嘴里，就被村里的人活活打死了。李阿姨有时候跟她开玩笑，说，小郭你这人可有点笨，教会你一件事真费劲啊！芝麻在心里应着说，我的脑袋是玉米糊糊喂大的，能不笨吗？芝麻只记得十一岁那年，是1981年前后吧，生产队把地都分到各家各户了，全家人从早到晚在地里干活，巴望着能多打点粮食。那年年成也好，6月收小麦，晒场上的麦子流得像条河；秋收打下玉米，粒粒都像金豆豆。芝麻打小也没见过这么多的粮食，粮食堆在仓房里，都快顶到了房梁上，像座滑溜溜的小山。

家里堆起了粮食，芝麻爹娘的脸上就堆起了笑容，笑得嘴都歪了。那些日子芝麻领着弟弟妹妹，成天在粮食堆上打滚闹玩，吃饭端起碗就坐在玉米堆上吃，晚上睡觉也不回屋，就躺在麦子堆上睡觉。晒干了的粮食上有一股子太阳的香味，暖烘烘的，干爽爽的，吸一口就觉得肚子都饱了，呼一口又觉得肚子饿了。芝麻和弟弟妹妹在粮食堆上唱着跳着，脚丫子陷在粮堆里了；再蹦再跳，身子就钻进粮堆里了。满囤的粮食能当被子盖，比刚翻的土地还软和。等到芝麻的娘把他们一个个从粮堆里拽出来，芝麻的头发上、脖子里、鞋壳里全都沾满了麦粒。有一粒麦子钻到了芝麻的肚脐眼里头，把芝麻弄得怪痒痒的……

李阿姨总说芝麻记性不好，可芝麻的脑子再不好，也清清楚楚地记得，生产队集体种粮那会，一年也就给芝麻一家分下三四百斤小麦；可分了地之后，一家就能打下三四千斤小麦，比以前多了十倍。分地后的那几年，芝麻一家的日子最好过，春荒时候，再不用东家西家借粮，顿顿吃白薯干了，锅里三天两头有了冒热气的大白馒头。馒头就是比白薯干好吃，就连村东头的那个傻子坏头都知道，你若给他馒头和白薯干两样东西选，他连眼珠子都不转一下，抢了馒头就跑。刚出锅的白面馒头，咬一口那叫香啊，软乎乎的，没留神就咽下了，可不像窝头那么拉嗓子。一个馒头吃完了，就跟没吃完似的，舌头上一天都留着甜味。芝麻进城后，在刘伯伯家吃过不少鸡鸭鱼肉，可芝麻觉得，这世界上最好吃的东西除了馒头，还是馒头。

芝麻到现在也想不明白，为啥自打嫁到喜树家，农村的日子就越来越难过？粮食打再多，卖完了刨去成本，就管了自个家的几张嘴。打下粮食挣不下钱，花钱还得指着粮食去换。那时芝麻生下赵刚，又奶孩子又下地干活，不吃饭咋顶得住？芝麻能吃，婆婆就不愿意了。芝麻端起碗吸溜吸溜喝粥，婆婆在一边叨叨说，磨不大，瞎咋呼呢。芝麻撇了碗不干了。不干了还能咋样？又过了几年，芝麻下了狠心走人。芝麻走了以后，家里的粮食松快不少，油盐酱醋都指着芝麻的口粮去换。

芝麻给甜甜洗完了让甜甜睡下，李阿姨从电视上抬起头问，你给喜树的电话打了没有？芝麻说，打不通，不打了，他睡得早，我明儿再打吧。李阿姨说，那你来看会电视吧，歇歇。芝麻说，歇啥哩，又没下地干活，累不着。说着就打了个哈欠，却在电视机前站着不走。刘伯伯拿着遥控器在换台，说要看晚间新闻。屏幕上忽然就跳出来个天气预报，芝麻一下就精神多了。

芝麻这才明白，自己原来一直是在等着重播天气预报呢。芝麻也奇怪，李阿姨交代的那些家务事，一天总是记了这个忘了那个，可咋就忘不了这天气预报哩？芝麻在城里这些年，别的毛病没有，就落下个看天气预报的习性。说实在话，北京的天气有啥可惦记的呢？刮风下雨都在屋里待着，下雪天有暖气，就是下雹子也砸不着她，芝麻看天气预报，不是瞎耽误工夫么？其实刘家的人都知道，芝麻压根不看北京的天气，芝麻看的是河南的天气。半个桌面大小的一台电视机透亮透亮的，一个中国大的地方全在上头了。那个气象先生和气着哩，气象小姐俊着呢，他们啥都知道，告诉你云打哪儿过来，风走到哪儿了，哪儿下雨哪儿刮沙尘暴，最高温度最低温度，一样不缺。那河南省就在中国的正中靠下一丁点，好比是人的肚脐眼那个地方吧，一找就找着了。虽说人家只播郑州的天气，可郑州就离驻马店三个小时火车远，郑州一刮风就刮到驻马店了。芝麻的眼睛一眨不眨地盯着电视机，她看见半个中国都哗哗掉着雨点，雨点把河南的天空都盖住了，一丝缝缝都不露。从大前天开始，厚厚的云就像是长在河南了，三天没挪动过。芝麻心里有点着急，这些日子正是小麦扬花的时候，这雨要是下个不停，小麦的花粉都让雨水给冲走了，麦粒灌不上浆，小麦就得减产。芝麻愣了一会，一直看到河南河北山东山西一个都不见了，才回过神来。

看过天气预报，这一天算是真正过完了。看过天气预报，芝麻的心放下了，又更放不下。

北京咋就不下雨呢？这雨都下到河南去了？老家的地怕旱又怕涝，要是再下上几天，今年的馒头就吃不上了。芝麻一边脱袜子一边还在想着。汝河会不会发大水呢？汝河要是发了水，一村的庄稼全都毁了。芝麻钻进被窝，觉得自己的心也忽地沉了下去。她住的屋子临街，关了灯就听见从街上远远传来汽车的声音，轰隆轰隆响，就像汝河山洪暴发时发出的那个响声。每天晚上到了这个点，外地来的卡车都上了三环，马路上的汽车轮子声一夜都歇不下。芝麻来北京五年了，就是听不得这个声音，一躺下芝麻的心就一阵一阵发颤，那呜呜的怪叫声像是冲着芝麻的耳朵在吼，野兽一样扑过来，只差一点就把芝麻卷走了……

汝河水库崩了的那年，芝麻才六岁。村里连着下了七天的雨，把墙根都泡软了。那天夜里10点多钟，爹猛地把芝麻从梦中晃醒了，芝麻听见屋外传来轰隆轰隆的响声，像是天上的雷落在地上了。爹娘颤声喊着来水了，拉起芝麻姐弟四个就跑，天黑得像锅底一样，冰凉的水没过了芝麻的脚脖子，四处都是水。爹说，咱上书记家吧，他家的瓦房能抗住水。走着走着就觉得水没了膝盖。书记家四间瓦房，里头满满的人，人把门都堵住了。书记说，赶紧上房顶吧，晚了房顶都上不去啦。男人们手忙脚乱地在桌上架凳子，够着屋顶了，用棍子捅碎了瓦片，又一张张把瓦片揭开，掏出一个大洞，把女人和孩子一个一个托上去。等到芝麻被娘拽上房顶，就见身后的桌子都在水上漂起来了。爹——芝麻拼命喊，爹没答应。爹背着弟弟，拽爹的草绳断了，爹和弟弟都不见了。芝麻哭着上了房顶，被娘按着叉开两腿，让她骑在屋脊梁上。娘说，别动啊，掉水里你就见不着娘了。芝麻紧紧搂着妹妹的身子，一动不敢动，腿都麻得不是自己的腿了，尿顺着裤腿流下去，尿和雨水分不清了。那一夜芝麻又冷又饿，眼睁睁看着白晃晃的大水一寸一寸涨上来，天快亮的时候，芝麻的脚都挨着水了。她对娘说怕，娘说不怕，这瓦房塌不了；她对娘说饿，娘就脱了一只鞋，舀了房檐下的水给芝麻喝。天亮了，雨停了，芝麻看见眼前的村子没了，村子变成了一大片水，连草房的尖尖都不见了。水上漂来一根大木头，大人把木头拦下了，抱在怀里。大水一直到中午才慢慢退下去，木头架在墙根下，人都顺着木头往下滑，芝麻被木头茬子剐了一下，剐去一块肉，那伤疤到现在还像一条蜈蚣，趴在芝麻的胳膊上。水退了，娘领着她和妹妹往家走，找不着家，那一间草房被冲得没影了，只见爹蹲在门口的泥墩子上抹泪。娘见了爹，娘也哭。爹把弟弟交到娘怀里，说昨夜那草绳断了，他背着娃被水冲跑了，撞着一棵树，是棵臭椿。他顺着树干往上爬，水往上涨一点，他往上爬一个树杈子。水猛地打过来，娃一下子掉水里找不见了。他哭着喊着，喊不着一个人。过了好一会，天上打个闪电，他见水里有个东西一沉一沉的，用手一抓，抓住个衣角，捞起来一看，正是自家的娃。他把娃翻过身，搭在肩上控水，娃把肚子里的水都吐了，控着控着娃就活过来了。娘说，娃要死了，我也不活了。第二天天晴了，村里到处都是淹死的人，七横八竖地躺得哪儿都是。芝麻不敢看，走路用手掌捂住眼，手指间露个缝找路，缝缝里还是死人。草房里剩下几袋玉米面没冲走，太阳一出都捂了，发了霉长了毛，吃不成了。有飞机飞来，扔下大米白面和盐，村里的人都抢。柴火湿了，点不着火，就拌着盐生吃。芝麻家听到信晚了，抢不上粮，也没人把粮食匀给他们。爹娘就带着他们几个，走路去了几十里外的姑姑家，住了半个月，一直等到公社的救济粮分下来。虽说芝麻的记性不好，可那么多年过去，那一夜轰隆轰隆的水声还在芝麻耳边响着，就跟这马路上汽车的声音一模一样。芝麻不喜欢拖拉机，一听见拖拉机响，她就想起那一夜大水，看见自己分开腿骑在屋脊上，身子僵得像块木头，一动也不敢动……

芝麻睡不着了。翻个身用被子捂住耳朵，那拖拉机的声音倒把床震得颤悠起来。喜树你等着，等我麦收回家再跟你算账！芝麻冲着窗外的拖拉机喊道。你当真以为我在城里享福哪？喊，这么多年，多少苦处都没敢告诉你，怕说了你再不让我出来。你说城里有高楼，城里有柏油马路，你说得没错。城里人家的地板天天擦，擦得比咱家的面板都光溜；城里人家的坐便器刷得比咱家的饭盆亮堂。可那不是咱自己家。实话跟你说，出来打工的人，一个个就跟要饭的差不多。芝麻刚到北京那会，天天就站在马路边上，等着找活干，两毛钱买个凉馒头，上人家小饭馆要一口自来水喝，一站站一天。要是来个男的，看样说话有一点不规矩，芝麻就是饿了三天，也不敢跟他走，怕是个人贩子，把芝麻卖到山沟沟里去给瘸子当老婆。芝麻去的第一户人家，大热天也不让保姆洗澡，洗衣裳也不让，怕费水费电，得等着全家的衣服洗完的水洗，好像芝麻有传染病似的；第二家人，家里所有的柜门都上着锁，吃点好东西都背着芝麻，水果一筐一筐的，宁可放坏了也不让芝麻动一动；第三家那老太太更有病，你要是跟老头说一句话，她就跟儿女告状，说老头有啥——外语（遇）了，还说芝麻勾搭老头，芝麻实在忍不下这口气。后来有老乡让她到家政服务介绍所去，才算遇着讲理的人家。在城里干活，一大早人家没起你得先起，分分钟忙个不歇脚，连个擦汗的工夫都没有。哪像在老家，做完了饭喂完了鸡鸭，想上谁家串门，抬腿就走了；想跟谁聊天，端起热腾腾的面条碗就走了。村里的大柳树下，一天从早到晚，啥时候都有闲人，等着你去臭聊。老家除了麦收秋收赶时辰，平日里想几点睡就几点睡，家里那点活想啥时候干就啥时候干，兜里没钱是没钱，可日子过得自在着哩。喜树你是不知道，住人家看人脸色是啥滋味？就你这脾气，干不了三天就得

— 226 —

往回跑。李阿姨这楼里头差不多家家都有保姆，芝麻在这里，出来进去时间长了，啥事不在心里装着哩？一门二十层那个小保姆，那天抓着芝麻的手哭着说想家。她说那家人真是把人不当人呢，全家围着桌子吃西瓜，没一个人叫她吃。她刷完了碗，想去收拾桌子，老太太呵斥她说，刷完碗就没事了？打苍蝇去！

这城里人和农村人不都一样是人么？咋就有个高低贵贱呢？喜树你说。

话说回来，要不是我狠下心上城里打工，咱家欠下的账能还上么？新房能盖上么？不说这些了，这些年再难也熬过来了。只要在城里能挣着钱，我啥苦都能受。你还记得赵刚的那个小学老师吗？那个戴老师，是个女的，我听凤说她不教学了，上头总拖欠教师工资，她家的日子过不下去了，也上北京来打工了。有一回病了，发烧好几十度，也舍不得花钱看病，最后活活地烧糊涂了，送到医院人就不行了。她男人从老家赶来，给她换衣裳，才发现她兜里揣着三千块钱。她攒下三千块呢，就是不舍得花一分钱治病……

那老师死了，你说人活一世为的是个啥呢？看看那城里人，就说甜甜她爸妈、她姥姥姥爷，都有个工作，有个事业，攒下钱上国外旅游，叫个啥巴厘岛，也不知在哪儿哈，回来给我看那些相片，咦，咱没去过天堂，看那风景，天堂也就这样了。人家这一辈子不白活。你说咱家的刚和燕儿能把书念下来么？将来别像咱这么活，好歹也有个事业啥的……

街上轰隆轰隆的声音走得远了，芝麻心里的那些气恼和憋闷也在一点点散开去。她觉得眼皮沉沉的，脑袋也迷糊起来。她梦见自己坐在院子里，一个劲地擦着白薯干，那白薯干那么长，像条围脖把她缠起来了……

芝麻像往日一样早早起了床，觉得有点头昏，心里堵得慌。急着用电饭锅把粥熬上了，煮上鸡蛋，然后把客厅里散乱的报纸杂物收拾整齐了，再扫地抹桌子，都利索了，才顾上去梳头洗脸。今天是星期六。丹妮一家人都在睡懒觉哩，刘伯伯和李阿姨下楼锻炼去了。等丹妮一家起来了，再把牛奶热上，把面包片烤上不迟。刘伯伯不喝牛奶，李阿姨不吃鸡蛋，甜甜不喝粥，甜甜的妈专吃煎鸡蛋。一家人得做好几样饭，早餐就够芝麻忙乎的了。哪像在老家，蒸一锅馒头能吃上好几天；煮一锅烂乎乎的热汤面，全家都撑得肚儿溜圆。吃啥不一样吃饱啊？城里人吃饭顿顿都换花样，也不怕费事，可甜甜的妈说这叫生活质量。芝麻问啥叫质量，甜甜的爸说，该怎么跟你说呢？比如小麦的品种不同，种出来的麦子有的就粒大、饱满，有的就又小又瘪；含水高的麦子质量不够好，卖粮食的时候等级不够，卖不上价。芝麻说，你这么一讲我就明白了，城里人的生活就是好麦子。一家人都乐了。

这几年芝麻在城里学了不少新词，比如说信息、高科技、歧视、家庭暴力啥的，只要她开口问，刘伯伯可愿意给她讲，一直讲到她好像是懂了，又好像更不明白为止。李阿姨常说，芝麻你才三十来岁，以后的日子长着，你得勤学多问，没事的时候也看看报纸什么的。芝麻有空就看报纸，看着看着，脑子倒越发糊涂了。

她想起小的时候，每年缴公粮，亲爹都是把最好的麦子选出来，送到公社去。嫁到喜树家，公爹可就不这样，公爹总是把最次的粮食拿来缴公粮，把狠施了化肥农药的蔬菜拿去赶集卖给镇上的居民，把没施化肥的菜和粮留着自己家吃。公爹是党员，以前还当过生产队队长，咋就这么没质量呢？办了赵刚的独生子女证还赖账，害芝麻几年都翻不了身。

钥匙在锁眼里响动，芝麻知道是刘伯伯和李阿姨回来了。她赶紧到厨房去，想看看粥好了没有。可平时吱吱冒热气的电饭锅这会却一声不吭，一点动静都没有。芝麻纳闷着，伸手摸一把，吓了一大跳——电饭锅冰凉，就像是刚从雪地上端回来的。

咋回事呢？芝麻围着电饭锅转来转去，又拍又打的，忽然就想起来，刚才盖上盖的时候，肯定是忘记把锅上那个开关样的小片片按下去了。就是立马按下去，这粥也起码得半个多小时才能吃到嘴。芝麻哭丧着脸向李阿姨报告，李阿姨不高兴了。李阿姨说，小郭，不是我说你，你总是这么粗心大意，每天出一回错都是少的。吃完早饭我和你刘伯伯还得出门呢，今天社区有健康讲座，你这不是影响我们的工作么？

芝麻恼恨地拍拍自己脑袋说，你看我这脑子，咋就这么不好使呢？

不是脑子不好使，是因为从小到大你就没使过脑子，缺乏这方面的训练。李阿姨说，上回让你给地板打蜡，原先的蜡用完了，换了一种地板蜡，你也不问，也不看说明书，不管三七二十一就往地板上喷。要知道，牌子不一样，用法也不一样，结果呢？那蜡都结成小疙瘩沾在地板上了，我从上海厂家邮购来一瓶去蜡水也洗不干净，到现在还在那儿待着呢。你说你。就这七八年，我先后用过五个家庭服务员，个个全像你这样，没一个脑子好使的。为什么？就因为从小习惯了不用脑子。不过话说回来，真要来一个心眼多的机灵鬼，我还更不放心呢。有一回……

看李阿姨说个没完，芝麻有点着急。她小心地打断李阿姨说，要不要我下楼去买点豆腐脑？五分钟就能吃上早点了……

对对对，吃豆腐脑吧。刘伯伯插话说，好久没吃豆腐脑了，馋得很。

芝麻就拿了锅，下楼去买豆腐脑。她有些恼恨自己，昨晚尽做乱梦了，早晨起来，这脑子就跟豆腐脑差不多。还是怨喜树那个浑球，都是让他给闹的。芝麻拿定主意不给喜树打电话了，说不定在电话里就得跟他吵起来。要是一生气，使唤那些家用电器就更得出错了。就说这电饭锅，也真让人烦哩，插上了电插销，还非得按下那小片片才中。家里那么多电器，谁能一样样都记下？比如那个微波炉，东西放进去还得按一下微波，按一下时间，再按一下大火小火，最后还得按一下启动，箱子里的盘盘才会转起来，时间短了不热，时间长了东西就干了煳了，一丝一毫都不能差。还有那个洗衣机，也是让芝麻头痛的物件，说是电脑控制，那么多个小点点，按错了一个，它就像个死猪似的不动弹。有一次咋弄它它都不出水，突然间又猛地一震，哐当哐当响，差点把芝麻的魂都吓掉了。去年甜甜她爸给家里买了个三十五寸的大彩电，就把原先那个二十寸的旧彩电淘汰了，放在芝麻的小屋里，李阿姨说让芝麻晚上看电视，好长长见识。那个电视遥控器，芝麻拿在手里直哆嗦，心里害怕把那些按钮按错了，电视机会嘭地爆炸。甜甜的爸教了她好几回，总算能出人影出声了。前些日子，芝麻不知按了哪个按钮，就把那么些个电视频道都给按没了，河南卫视也不见了，只剩下北京台了。芝麻最喜欢的河南豫剧也看不成了，气得芝麻直跺脚。甜甜的爸说她把遥控器的系统弄乱了，等他得空给弄。可他一天哪有空哪，有点空他还得上网呢。啥上网不上网的，不就一台电脑吗？网都在哪儿晾着啊……芝麻从此一挨着家用电器，心就怦怦跳个不停，可不敢随便去摸，只怕不小心招惹了它，那家伙又使坏捣乱……

也真是，这城里人的日子过得太累。是累心。芝麻心里涌上许多的同情。一家家那么些电器，把人都变得像个机器似的。芝麻也快成机器了。可老家没电器，那日子又咋样呢？外头啥事不知道，吃了睡睡了吃，没吃的了就去偷，虽说不是个机器，可也跟个牲畜差不多。村里买得起电视机的人家，晚上挤一屋子年轻人，就跟生产队放电影似的。要说喜树也让人心疼，没敢买个电视机看着玩，先尽着把拖拉机买下了，也是为干活用的哩……

芝麻嘘了口气，要是让她在当机器和当牲畜之间选一样，她还真不知道该选哪样。

芝麻端着锅，在电梯里见着小兰，冷着脸没跟她搭腔。

电梯到了一层，芝麻刚走出大门，碰上二门的一个湖南小保姆，名叫春娥。春娥刚从老家出来不久，倒是嘴甜，见了谁都叫得亲热。看样子春娥是去买菜，手里拿个塑料条编的篮子。春娥一把挽住芝麻的胳膊，凑到她耳边说，芝麻姐姐，我正要问你点事呢，你到北京时间长，能听懂北京话吧？

芝麻笑着说，别提了，刚来那会啥都听不懂，接个电话，那人说是科技大学，我写下来是个啃鸡大学，我说话人家也听不懂，闹的笑话多了。

春娥的嗓子突然变细了，说，那你现在懂了啵？我问你，啥叫这人挺贼的？是不是说我是个贼呀？他们要是敢说我是个贼，我就去告他们！

芝麻给她弄糊涂了，谁说你是贼了？他们说话得有证据，没有证据就是，就是诬——什么陷吧……

春娥气呼呼的，主家的人在客厅里说我呢，让我听见了。他们说，这姑娘挺贼的。

芝麻一时真的不明白挺贼到底是个啥意思。想着李阿姨还等着吃豆腐脑，就说，你再问问别人吧，先别着急啊。我也帮你问问。芝麻走到早点铺，碰巧遇上个三门的安徽保姆，趁着等人盛豆腐脑的工夫，芝麻赶紧问那个安徽阿姨，北京话说这人挺贼，是不是说这人是个贼的意思？安徽保姆点头说，在我们老家，贼就是小偷的意思，肯定没有错的。北京话嘛我就不知道了。芝麻打上豆腐脑，不敢再耽误时间，赶紧往楼上奔。

芝麻一进门，看见丹妮已经起来了。芝麻一边张罗着给李阿姨盛豆腐脑，一边跟丹妮打招呼，说，大姐今天起来咋这么早呢？星期天还不多睡会？丹妮一脸不高兴的样子，说，还问呢，一大早就来电话，把我吵醒了。芝麻附和着说，这人也是的，一大早打啥电话呀？丹妮说，是找你的！

芝麻吓一跳，转念一想，该不是喜树给她打电话了？

是喜树吧？她小声问。

哪儿呀——丹妮把声音拖得老长，是个——女的，听口音像是河南人。我不是早跟你说了吗？不要把家里的电话号码告诉你那些老乡。

芝麻一勺下去，豆腐脑溢在碗沿外了。

丹妮往洗手间走，一边说，那人说她就在北京，一会还打来，你可告诉她啊，以后没事少打电话。李阿姨也跟了一句说，是啊，这是个安全问题，可大意不得。

会是谁呢？芝麻在厨房里忙乎着，心里直打鼓。老家在北京的人，没几个知道她的电话号码。再说没事谁愿意花钱打电话呀？准是有事了。可谁有事找芝麻呢？芝麻又不做买卖也不开公司，真有人求到芝麻头上，就剩下借钱一件事了。芝麻才不借呢，芝麻攒下的那些钱，等下个月麦收就得带回家去还账。求芝麻办啥事都行，就是不能借钱，钱一借走，十年八年也回不来了。

这天上午，芝麻觉得客厅墙上挂钟上的针就像电池快用完了似的，走得那个慢。芝麻用吸尘器吸地板，找不着电插销了；芝麻洗衣裳，洗衣液一下子倒多了；芝麻洗菜，把烂叶子留下把好叶子扔了；芝麻从米箱里舀米，记不住舀了两勺还是三勺……芝麻想，坏了坏了，万一是娘病了爹病了弟弟妹妹有灾有难了，这千里地，长了翅膀也飞不回去……

丹妮进厨房来拿杯子，瞧她一眼说，郭呀，你就经不住一点事，不就是个电话吗？至于这样吗？我看你呀……

她把话打住，不往下说了。

我咋了？芝麻愣愣地问。

我要不说，你又该犯嘀咕了。我看你呀，这么说吧——丹妮的两条细眉像两片柳叶，被风吹得一扬一扬的，我看你好像是一个人分成了两半，一半在我家，还有那一半留在河南驻马店呢。要是用书上的话说，就好比一个人身心两处，身子和心思是分开的，你的身子在北京，可是心呢，从来都在你自个家。我说得对不对？

芝麻不吭声。她想，甜甜的妈到底是有文化的人，眼睛咋这么尖哩？一下子就把人的心看透了。叫她这一说，芝麻忽然明白，自己真就像她说的那样，身子在北京，心呢，连一半也没在这儿。在哪儿呢？在河南赵庄。

要说也是哪。芝麻胡乱应着，赶紧把话岔开去，大姐，我问你点事吧，

— 231 —

北京人说这人挺贼的是说这人是个贼么？芝麻就把刚才遇着春娥的事说了。话没说完，丹妮就仰头大笑起来，差点把眼泪都笑出来了。她一边笑一边说，我的天，这哪儿是哪儿呀？北京人说这人挺贼的，是拿贼的眼睛来打比方，意思是说这个人挺精的，像贼一样鬼心眼多，不是说这人是贼，绝对不是，这回知道了吧？

芝麻也笑起来。笑着笑着，脑子里忽然闪过了一张一块钱的人民币。

对了，电话该是凤打来的吧？前几天孕检那会，她给凤留下个电话号码，就写在那一块钱上了。当时真是犯傻了，就不会说记不住么？可芝麻天生是个笨人，芝麻不会编瞎话。要真是凤来的电话，凤找芝麻准保有事。凤那人打小就有点贼……

刚想到凤，电话铃就响了。芝麻抢着去接，一接真的是凤。芝麻等了好半天的电话却原来是凤，芝麻觉得有点失望。凤的声音听上去怪热乎的，长一声短一声地叫着芝麻。芝麻听了一会说，凤，你有啥事就说吧，我还得做午饭呢。凤嘻嘻地笑，憋尿似的，又扯一会，才哼哼唧唧地说到正题上。芝麻听得费劲，把话筒使劲按在耳朵上，按得耳朵都疼了，也听不明白。有一阵子好容易听清了，又觉得肯定是自己听错了，再问一遍，凤又说了一遍。芝麻心里一冷，拿着话筒的手臂就举在那儿，说不出话来。

凤说的事大概是这个意思。村西头的那个杏儿，就是凤的干爹家的儿媳妇（排下来也算是喜树家二叔的干闺女），怀孕都五个月了。杏儿前几年生了一个闺女，第二年又生了一个，还是个闺女，杏儿她男人不让杏儿去结扎，非让杏儿生第三胎。可村里乡里计划生育查得紧，育龄妇女每个月得交一份孕检证明。杏有了身孕，这孕检哪能通过？证明交不上，超生就露馅了。杏的男人想了一个招，他对村干部说，他带着杏外出打工去了。其实呢，男人把杏带到了安阳的一个亲戚家，想让她在那儿把孩子生下来，然后再回村去。这叫作生米做成熟饭，孩子一生下来，你杨宝拐还能把孩子塞回娘肚子去？只要生下个儿子，认罚认赔。前几天，杏的男人打电话找到了凤，让凤想办法在北京给杏儿办一个孕检证明，先把乡里的干部糊弄住了，不让他们起疑心多生枝节，叫杏儿先混过这一关。只要再等上几个月，杏把孩子生下了，就咋都不怕了……

芝麻说，这事你找我有啥用？

凤说，有用啊，这事还非得你不中。

芝麻说，我又不是接生婆。

凤说，谁让你接生了？是让你去给杏儿做个孕检。

芝麻结巴起来，为啥哩？我咋给杏做孕检？那得大夫做。

电话里的凤嚷嚷起来，你咋这傻？是让你拿着杏儿的身份证，哎，就是让你扮成杏儿，你就是杏儿，替杏儿去做个孕检，杏儿就妥哩。

芝麻半天才转过弯来，你这是让我作假骗人哩？

瞧你说的，啥骗人哪？是帮忙，助人为乐你上学时没学过？

那……凤你咋不装成杏儿呢？要装你自个去装啊。

哎呀，我这阵子不是瘦多了吗？长得不像，跟杏儿身份证上的照片差远了，大夫一看就查出来了。那天我一看见你，差点就把你认成杏儿了，你跟她长得一模一样，就你中。

你可拉倒吧。芝麻有点生气，我不是杏儿，咋能假装杏儿呢？

你这死脑筋，你帮人这么大个忙，人家还不好好谢你哩！

要去你去，我不中，我害怕。

我不是跟你说了我长得不像吗？哎，你就算帮我吧，人家求到我了，我也没法子。

不中不中。芝麻一口回绝了，我真的害怕。

我陪着你去，中吧？凤那边还没完没了地磨着，就差没说求求你这几个字了。

那也不中。我挂了，我得做饭了。

你再好好想想啊！凤都快哭出来了，你说人家有难处，八百年不求咱一回。要是不给办，以后回村去，抬头不见低头见的，咋跟人处呢？你说……

芝麻撂了电话，倚在沙发上发呆。丹妮走过来说，怎么了？出什么事了？我就知道，你老乡来电话，十有八九没什么好事。

芝麻心想，这电话来来去去地说这么长时间，她这么精个人，怕是早就听明白了，还不如告诉她，让她给拿个主意呢，就把杏儿的事前前后后的都给甜甜的妈说了。

丹妮还没听完就打断她说，噢，我知道了，打算先斩后奏哇。如今超生的水平也越来越高啦，还知道冒名顶替、互相配合、集体作案呢。

芝麻低着头说，你别说这些我不懂的词，你说我该咋办哪？

这有什么咋办的？你不是告诉她不愿意吗？这就对了。别这么愁眉苦脸的。行了行了，快去做饭吧。丹妮说完，就上甜甜的房间给她检查作业去了。

午饭时，甜甜的妈却当着芝麻的面向老太太报告了这件事。李阿姨一听面孔就暗下来了，沉着脸对芝麻说，这可不行，做假证是违法的！

刘伯伯纠正说，这不还没做吗？只是我们要把事故扼杀在摇篮里。

芝麻端着碗，一口也咽不下去了。

下午芝麻擦窗玻璃。玻璃上映出个人影，圆脸，细眼，阔嘴，一头短发，刘海齐额。芝麻吓一跳，这不是杏儿么？活活的是个杏儿，连嘴角上怯怯的笑容也跟杏儿一模一样。芝麻要是替杏儿去孕检，大夫还真的认不出。凤这人可真精哪，一眼就把芝麻相中了。

芝麻肯定不会去替杏儿孕检的。李阿姨都说了，做假证是违法的。这道理芝麻明白。

难的是咋跟凤说呢？凤的身后是杏儿，杏儿的身后是喜树的二叔家，二叔家的身后就该是公爹和婆婆了，公爹婆婆的身后呢？是一个村的男女老少。再说，当初来北京打工，还是杏儿的嫂子把自己带出来的呢……

芝麻心烦得很，心里乱得像蓬干草。她把脸从玻璃上挪开了，侧着身擦窗子。她不想看见自己的脸，眨一眨眼，这张脸就变成了杏儿的脸。

杏儿咋这么没主意呢，你男人让你生你就生啊？芝麻在心里骂杏儿，你把孩子生下来，又是个闺女你咋办？孩子生下来，好几万块钱的罚款，你拿啥还哩？孩子要吃要穿将来还要上学，养活三个孩子，以后受苦的还不是你自个？生生生，农村的人就知道生，生那些孩子有啥用？没看人家刘伯伯李阿姨，养活了四个孩子，有出息的都走了，上外国奋斗前程，谁能留在爹妈身边守着老人呢？到老了，家里一天都离不开人照顾，还得请个保姆来侍候。就算身边有个孩子，就像甜甜的爸妈，一天忙成啥样，能顾上老人多少？单位都是竞争上岗，弄不好就被淘汰了。要是下了岗挣不来钱，孩子靠啥养活？在城里念书，找个好学校，光是那学费就吓死你，一般人可念不起。甜甜的爸妈对待父母就是有那份孝心，也没那个时间。芝麻在城里五年，看得多了。报纸上天天说失业待业就业的，但芝麻知道，城里只有一份工作到啥时候都丢不了，那就是当保姆。因为城里的爹妈都不愿带孩子，城里的儿女都没工夫照顾老人。

芝麻一时已经忘了自己当年超生的往事，她在心里一遍遍埋怨着数落着杏儿，怪她不该怀上这第三胎。芝麻想起了村里的那些孩子，没人管没人教的，成天在路边上瞎玩，浑身滚得像泥猴。自打芝麻离开家之后，赵刚的学习成绩从来没有超过七十分，赵燕刚上小学一年级，看不出来往后是不是块读书的料，也不知是农村的老师教得不好，还是赵刚和赵燕学得不好。这些年，芝麻出门在外，自己没管过孩子，咋跟人说三道四哩？喜树一年到头种地喂猪，回家来屋里连个做饭的人都没有。赵刚那孩子才七岁，就会抱柴火烧锅了，还得浇园子喂鸡鸭，他那学习能好得了？村里的孩子都是这么长大的，芝麻也是这么长大的，长大了能干啥？那些男人出来打工，当个电工都不够文化，就会砌墙垒砖盖房子，要不就到搬家公司给人卖苦力，挣的钱全吃肚里了。就那些十六七岁的女孩能找上轻巧的活，上饭馆当服务员，上发廊给人洗头啥的，没文化也凑合。可以后咋办呢？结婚生孩子，一眨眼人就到了三十几岁，到了芝麻那样的年纪还能干啥？只能当保姆了。如今当保姆也不容易，看个电器说明书都费劲，还指望人给你加工钱？一个村的人都这么稀里糊涂地过，还想生，生你个屁！

芝麻的眼前一个个人影来来回回地晃，全是赵庄的人。她想起到北京后，第一次回老家，有个老太太问她说，你去哪儿啦？芝麻回答说去北京了。北京在哪儿哈？在北边，远着哪。你咋去的北京？坐火车。火车是个啥？着火了还能坐人？用牛拉还是用马拉？芝麻咋跟她说也说不明白，笑得眼泪鼻涕一把一把地甩。芝麻去年春节回家，正是农闲时，家家的男人女人都蹲墙根底下晒太阳，晒着太阳就瞎扯，说着谁家的媳妇孝顺，谁家的媳妇厉害，说谁家下了三条腿的牛犊，谁家的母鸡抱了窝……没太阳的日子就聚在屋里打扑克。女人们都来家喊芝麻打扑克去，芝麻说，咱玩牌就是玩，可不许耍钱啊！人说不耍钱玩个啥意思？芝麻说，我没钱。人说你没钱谁有钱啊？你在城里那么些年，早就是大款了。芝麻哭笑不得，玩了一晚上，输掉四块八毛钱，输得芝麻直心疼，以后再不敢了。不玩牌，也没个电视，黑灯瞎火的还能干啥呢？也不能天天吃了饭就上床吧。芝麻说，咱聊天吧，你们有啥不明白的事就问我。有人就问，我听人说，老王家那丫头进城给人当保姆，说是住别墅里，啥叫别墅？是不是专给人栽树哪？芝麻说，那哪是栽树呀？别墅是个房子，就咱这样独门独院的房子。大伙说，咱这样的就是别墅，那还上城里去干啥呀？芝麻给问住了，答不上来了。有人问芝麻，听说当保姆挣钱容易，受气不受气？芝麻说，那得看运气，东家要是好人，就不给气受。又有人问，听人说，当保姆就像扛长活那样，不叫一个桌上吃饭。你那东家叫你在一个桌上吃饭不？芝麻回答说，我到北京这些年，都跟人家一个桌上吃饭。大伙都点头，夸芝麻有福。有个人插一句，不管咋的，咱再穷也不能让媳妇给人去当保姆，就说那在医院当保姆的，还得给人老头老太太洗——洗屁股哩。你们瞧南边狗蛋家，盖上新房了不是，可那新房全是狗蛋媳妇天天给人洗屁股挣下的钱……大伙哈哈大笑，笑得喘不上气，笑得芝麻心里好难受。

就是这么些个人，年年月月，除了种下那一亩三分地，成天不是打牌就是蹲墙根，连个广播都懒得听，活该受穷哩。芝麻恨恨地想，还一个劲地生生生，生下这么些人，一辈子啥见识没有，啥奔头没有，啥好日子没过上，生下个人来，这人究竟为啥活呢？以前在老家时，芝麻不想这些。可现在咋就不一样了？芝麻就是不愿想，那脑子自己就转上了。芝麻下辈子假如能重新活一回，肯定就不这么活了，至少不能像村里人活的那个样。她忽然觉得，甜甜的妈前几天说的那个话也不全对。甜甜的妈说芝麻的人分两半，身子在北京，心在老家，这话也只说对了一半。芝麻惦着家，是惦着自家的孩子，惦着赵刚和赵燕，希望他们将来不再像自己这么过一辈子。芝麻才不惦记老家的那些人，她压根不惦记那些人，她心里分明是有了瞧不起那些人的意思。还让她去给杏儿做假证，她不就成了跟那些人一样的人哩？

芝麻这一天就这么七上八下地过去了。芝麻害怕电话铃声响，她发愁凤要是再来电话，她咋说才能断了凤的这个念头。

才一天过去，芝麻的脸就瘦了一圈，是丹妮大惊小怪地告诉她的。芝麻倒是高兴起来。她开始一天三遍地上洗手间照镜子，馒头从两个减到了半个。她想，要是就这样瘦下去，不就不像杏儿了么？不像杏儿就不用去替杏儿做孕检了。

这天上午，甜甜一家都上学上班了，李阿姨去医院给刘伯伯拿药，就剩刘伯伯一个人在家。电话铃声突然像只乌鸦一样呱呱叫起来。芝麻故意磨蹭着不去接。铃声响了好几遍，就听到刘伯伯在洗手间喊道，芝麻你接电话呀，说不定是你李阿姨在外头有什么事呢。

芝麻只好朝着电话机走过去。刚喂了一声，就听到了凤的声音。芝麻真想一下把话筒甩了，却不敢，拿着话筒半天没说话，那话筒竟像砖头似的沉。

凤说，芝麻我听见了，是你哩。你就听我说一句，说完了你再撂不晚。昨天晚上杏儿他男人又来电话了，让我告诉你，你给杏儿做孕检，不会让你白干。他说已经把杏儿的身份证寄出来了，只要你把孕检证办下，他就给五百块，亲手交给你家喜树。

咋这多呢？芝麻脱口而出。

不少吧？赶上咱一个月的工钱了不是？凤的声音一下子欢实起来，杏儿他男人这几年一直在郑州捡垃圾，攒下不少钱呢。只要杏儿给他生下儿子，他可舍得花钱。你不用惦记着，他到时候要不给你，我替你要去！

芝麻说，他要给我钱，我更不能去了。我成啥人了？

咦，你看你。凤啧了一声，你这个死脑筋，在北京咋越待越傻了哩？你成啥人？好人，热心人，讲情义的人。乡里乡亲的，要是见死不救，那才是良心被狗吃了呢。钱是他愿给的，不是你要的。现如今都讲有偿服务，咱不亏心……

芝麻听着，觉得话都让凤说完了，自己啥话也说不出来了。

芝麻呀，咱都是女人，你就不替杏儿想想？凤又说，这事还真得快办，杏儿的肚子一天天变尖，要是真让杨宝拐发现了，把杏儿绑上去做引产，你想她得遭多大的罪？芝麻你咋不说话呀？你就这么心狠？……你把地址告诉我吧。等我收到了杏儿的身份证，我就去找你。按杏儿的照片，再把你的头发整整，不能叫人发现了……

你别来！芝麻往刘伯伯的房间扫了一眼，我不要那个钱，我也不想变成杏儿。你别再给我打电话了啊。芝麻说完就把电话撂下了。话筒让她捏得潮乎乎地发黏，手心里全是汗。

刚放下电话，刘伯伯就从他房间出来了，手里拿着一张报纸，笑眯眯地看着芝麻说，来来来，我给你看一篇文章，写的就是你们河南泌阳的事。刘伯伯把报纸在茶几上摊开了，用手指点着一个大标题，说，你看看这儿，"有志不在家贫穷，农家女考上航天大学"。来，你自己念念吧。

芝麻一声不吭地把报纸接过来，却不好意思念出声。上学时认识的那些字早忘差不多了，念得磕磕巴巴的，叫人笑话。就把报纸铺在膝盖上，埋头看起来。报上说是一个农村女孩，父母都有病，家里穷得交不上学费，她就用星期天和寒暑假的时间到处捡塑料瓶子、硬纸壳和废旧物品，卖了攒钱交学费。从小学捡到高中毕业，学习成绩一直排第一，后来终于考上了北京的航天大学……文章有名有姓有乡镇和村子的地名，旁边还有那女孩一张笑呵呵的照片。人家也是捡垃圾呢，咋就能捡成个大学生？芝麻看着看着，鼻子一酸，眼泪就流了下来。

哭什么呢？傻孩子。刘伯伯在芝麻对面坐下来，拿起一把剪子，把报纸上这一大块给剪了下来。剪下来就递给了芝麻，叫她把报纸收好了，等麦收回家时拿给赵刚和赵燕看看，说不定能鼓励他们好好学习呢。芝麻一边抹着眼泪，一边嗯嗯地应着，把报纸小心地叠成四方块，走到自己房间，拉开柜子，用手绢包好了，压在衣服底下。她一眼看见了柜子里的那个包袱，忍不住打开了，用手轻轻摩挲着里头的东西。那里有一套给喜树的秋衣秋裤，枣红色的，经脏又结实。还是春节前陪李阿姨去一个展销会的时候早早就买下的，花掉了芝麻好几十块钱。有一条粉红色的连衣裙，袖口和领口都带着白色的花边，漂亮得让人眼都花了。裙子是丹妮给芝麻的，说甜甜一次都没穿过，就嫌小了，让芝麻回家时带给燕儿穿。燕儿要穿上这条裙子，全村的人都得来家参观。还有一摞硬皮的笔记本和一盒彩笔，是甜甜的爸送的，说是给赵刚上学用……这些东西，芝麻经常在晚上没人的时候拿出来，在灯下一遍遍地看着摸着，那软和那鲜亮那齐整，看一回叫人喜欢一回，看也看不够。包袱越来越鼓了，里头的东西越来越多了，离芝麻回家的日子越来越近了。那块淡黄色的包袱皮一抖开，眼前就像一片金灿灿的麦地，芝麻闻到了麦子成熟的气味。那是阳光留在麦秸上散发的香气，是麦粒溅出的麦浆的香味。芝麻把眼闭上，也能看见刚和燕儿在麦堆上蹦着跳着的情形。芝麻合上了包袱，就去看墙上的挂历，麦收的日子一天天近了，还得再给爹娘给公婆买几身衣裳才行……

五百块呢，芝麻脑子里跳出凤的声音。五百块能给全家买下多少东西？最起码能买下拖拉机的两个轮子，能给刚和燕儿交上一年的学费。平常日子，挣下五百块钱得养活两口大肥猪三十只大公鸡呢，是芝麻在城里干一个月的工钱……

芝麻怎么觉得自己像是丢了东西似的。

就是那天晚上，刚看完新闻联播，电话铃声又响了。芝麻不接。李阿姨在家呢。家里的电话多一半是找丹妮，丹妮只要一接电话，说起来就没个完。

李阿姨拿起了电话，听了一会对着厨房喊，小郭，你的电话。

芝麻在厨房探出脑袋，一个劲跟她摆手。李阿姨不明白，又喊一声。芝麻轻手轻脚溜到李阿姨身边，贴着她耳朵问，男的女的？李阿姨大声回答，男的，我一听这河南口音，就知道准是喜树打来的。说着就把话筒塞到了芝麻手中。

喜树？芝麻心里一颤。喜树到底是来电话啦？忙拿过话筒，只听见里头一个男人沙哑的声音，冲着芝麻的耳膜吼道，芝麻你能耐了你！人家让你办个事，咋就这费劲哩？

芝麻的嘴唇哆嗦一下，没来得及喊声公爹，那声音又说，杏儿有了难处，理该大伙相帮，他家就是不给钱，咱也得给办。不就是坐一趟汽车吗？也不叫你走着去！

趁着他喘气的工夫，芝麻赶紧插话说，爹，不是我嫌麻烦，是杏儿的事这么干不合法……

爹打断了她，啧，天下哪有那么多合法的事？你生燕儿的时候也说不合法，现在不都长这大了？在乡里人情就是法，你得明白，咱这儿的法跟北京那地方的法不一回事。

芝麻的心咚咚跳，她觉得自己的声音轻得都快听不见了。她说，杏儿该去引产，要不将来生下了，罚那多钱不值当。这钱要留着给她家老大老二上学用多好……

公爹的声音更加怒气冲冲，她家的事不用你操心。你就给我说一句，你去是不去？去了咱全家都舒坦；你要不去，我和你婆婆在村里咋还有脸见人哩……

芝麻拿着话筒半天没吭声。那头喂喂地喊，喊了好一会，芝麻才搭腔，喜树呢？我跟他说句话啊……

他干活去了，你跟他说没用。你要再不听，我找你娘家人说去！你要不去，你——我看你以后咋有脸回来……

芝麻的眼泪一下就涌了上来。听着话筒里传来的嘟嘟声，眼前模模糊糊的，一时竟看不清电话机的位置了。甜甜的妈快步走过来，把话筒接了，叹口气说，哎呀，你们河南人也真是的啊，集体轮番轰炸，够顽强的呢。看来你要不去扮演一回杏儿，弄不好就得给开除村籍喽……

李阿姨点头说，要不报上老批评河南人，这一次我算是领教了。

刘伯伯放下报纸纠正李阿姨，不要老说河南人河南人，这是中国的普遍现象……

一家人七嘴八舌地议论着，芝麻一句也听不见了。她走回厨房，在小凳子上坐下来，用手掌捂着脸，想哭又哭不出，一肚子的气没处出，要是个高压锅就该炸了。

这河南人是咋的了呢？芝麻恼恨地想。忽然记起刘伯伯有一次告诉她，河南省的人口已将近一个亿了。一个亿到底是多少，芝麻想象不出来。该是像闹蝗虫的时候，满天空呼啦啦就像来了沙尘暴，虫子落在地上，把麦苗盖得黑压压，看不见一丝绿了。芝麻春节回家，那火车车厢就像个大麻袋，把人塞得透不过气；行李架上座位底下全是人，比村头那个养鸡专业户的鸡场还挤。有一次芝麻买不上票，硬是从驻马店站了十几个小时到北京，站得腿都肿了，是憋尿憋的。在火车上可不敢喝水，喝了水上不成厕所，那车还没开，厕所就被占领了，里头能挤下三五个人。芝麻每次坐火车回老家，都把带回家的钱贴着脚底板藏在袜子里，袜子再穿在鞋里头。虽说走路有点硌脚，可每走一步你都能知道它在那儿，心里踏实，比缝在衣服里还保险呢。有个外村的老乡把钱缝在秋裤的肚子那儿，半夜一迷糊就让人给掏了。你想那小偷该多厉害。芝麻想不明白为什么世界上会有那么多人，芝麻只知道那么多的人大多都是穷人。穷人争一锅饭吃，谁都吃不到嘴，吃不到嘴就偷就抢。人说兔子不吃窝边草，才不是，兔子饿急了，哪儿有草就吃哪儿的，管你是老乡是亲戚呢！前些年，芝麻那个村的高压线被人割走了，从村里一直割到乡里，割得那叫利落。芝麻家刚盖上新房，村里就断了电，全村人多半年使不上电，黑灯瞎火的，一直熬到县上拨了钱，重新给拉上电线。明知那贼就在眼皮子底下猫着，你没当场抓着，只能干瞪眼。你骂不死他，他装听不见。有一年芝麻家喂了头猪，养到一百多斤，快出栏了，村里来了个剧团唱大戏，家里人轮流守着猪，不敢听戏去。到了唱戏的最后一夜，芝麻忍不住去听了戏回来，实在困得不行了，倒床上就睡着了。第二天早上起来，怎么也推不开房门，喊后院的人来看，见房门被铁丝从外头拧上了，贼把猪偷了，还不忘把人关在里头不叫你追。再说村东头那个叫坏头的傻子，养着一头耕地的黄牛。坏头跟牛睡一屋，就怕人把牛偷了。可坏头一睡觉就跟死了一样，啥动静也听不见。有人给他出个主意，教他每晚睡觉之前，在牛的两个犄角上拴上两根绳，然后把那两根绳分别拴在屋两边的柱子上。这还不够，再在牛腿上绑一根绳，拴在了坏头睡觉的床腿上。坏头有时也不傻，夜夜都照这法子办。有一晚，贼果然就来了。贼不走前门，在后墙上掏个大洞，人钻进来，把牛角上的两根绳不慌不忙地解了。凿了墙洞又牵牛，这么大动静，坏头还只顾打鼾做梦。幸得那贼没看见牛腿上还有一根绳，牵起牛要从那洞里出去，牛腿上的绳拽着坏头的床脚，把床一块拽到了洞口，床出不去，一挣一挣的，坏头的脑袋被牛尾巴甩得疼，才算把他给闹醒了。睁眼一看，后墙上好端端的出了个大洞，慌忙钻出洞去，那贼早跑得没影了……

这种事在老家稀松平常，就像鸡屎牛粪，一捡一大堆，说也说不完。芝麻一想起来心里就恨得冒火。按芝麻的看法，这样的坏人应该抓起来，一个个都枪毙了才解气。

芝麻把脸从手掌中抬起来，揉了揉眼。她觉得心里好像有什么东西在蹿动，一拱一拱的，闹得她胸口一会热一会凉。她站起来，觉得腿有点酸，脑子倒是像刚睡了一个好觉，透亮透亮的清楚着哪。

不管咋说，芝麻可不想给农村人丢脸。她不愿让刘伯伯一家人瞧不起河南人。这一回，她偏要跟赵庄的人较较劲。她好歹在北京待了五年，她知道自己该咋办。

第二天早晨，芝麻等一家人吃了早饭，洗净碗筷，把几间屋子的卫生收拾利索了，然后从自己房间拎出一只鼓鼓囊囊的编织袋，走到客厅里，低头叫了一声李阿姨。

李阿姨抬起头，不由得吃了一惊。她看看芝麻，又看看地上的编织袋，问道，小郭，你这是干吗？

我要走了。芝麻回答，眼睛仍看着地板。地板被她擦得那么光亮，比老家的锅台还干净。她的嘴唇翕动着，却发不出声音。她想说谢谢李阿姨一家人三年来对她的关心，让她学到了许多做人的道理。她想说她也不愿意离开这儿，但如果不走，凤和老家的人就会没完没了地找她，逼着她去做孕检做假证。她是没有办法才走的，她惹不起还躲不起吗？躲到一个凤找不到她的地方，凤就不会再来电话了……这么多话都堆在嘴边，却不知先说哪一句。

刘伯伯费力地挪着助步器朝她走过来，颤颤地说，你要走？为什么？

我走了凤就找不到我了，芝麻说。

大家都愣在那里。丹妮这天没上班，在家写文件，这时也走了过来。听了芝麻这句话，丹妮却不知为什么咯咯地笑起来。

但丹妮的笑声被一阵急促的电话铃声打断了。电话铃声像一只报晓的公鸡，催着芝麻出门。芝麻说，你们听，凤又来了，我说不过她，我不想跟她说话。

丹妮把电话拿起来，芝麻已经转身去开门了。丹妮在芝麻身后大喊，你等等，这是你家喜树的电话！你要走，也等接完电话再走啊！

当真是喜树？芝麻站下了。你可问清楚了，这一回怕是我亲爹来电话了。

真的是喜树，他都说了，他的声音我还听不出来么？丹妮都有点急了。

芝麻慌慌地把东西放下，抓起话筒那会，她心里忽地涌上那么多的委屈，一种酸酸涩涩的说不上来的滋味堵在了胸口。她真想骂一声，喜树你个浑球，你开着拖拉机成天在外头瞎晃荡，美不死你！到现在才知道来个电话。再晚一会你就找不着我哩。可她只叫了一声喜树，就张着嘴说不出话来了。

她只听见那个熟悉的声音像一口大钟在耳边嗡嗡地响着。她听见喜树说，芝啊，我问你一句话，你是杏儿吗？

芝麻答道，我不是杏儿，我是芝麻。

那个声音震得芝麻耳朵疼，我不叫你变成杏儿，你不是杏儿，你是芝麻，明白不？

芝麻嗯了一声，嗓子像是被啥东西堵住了。

喜树又说，你别管那事，这儿有我哩。

喜树又说，要是能倒回去七八年，咱也不能把燕儿生下。

喜树还说，其实杏儿也不愿生，她不会怨你的。

喜树还说，芝啊，你听着吗？你倒是说话呀！

芝麻心里坠着的那个秤砣砰地落了地。芝麻脚下踩着的棉花变得像雪地一样瓷实。芝麻忽然间冲着电话大声嚷嚷，喜树，你买下个拖拉机，咋不告诉我一声呢？

喜树咳一声说，你咋知道来？

芝麻说，你别管我咋知道，反正我是知道了。

喜树嘿嘿地乐。喜树说，不告诉自有不告诉的道理。一是怕你担心家里的钱不够，硬拦不让买，反误了农时。喜树说，这多年，咱家有犁铧有耙子，就是缺个四轮拖拉机头，翻地耙地都得跟人借车头。这回自家有了拖拉机，拉化肥拉种子运粮食，麦收一完想啥时翻地就啥时翻，再也不用求人了，这不比买个啥都强哩。

芝麻不吭声了。她想喜树说得也对，这些年，一到农忙的时候就发愁，你借人家的拖拉机，可人家的车头没空，你就得等着人家使完了再给你使，等来等去，农时等没了不说，还欠下人情。芝麻多少年前就想给喜树买个拖拉机，可家里没钱，只管想不管做。

那二呢？芝麻追着问，她还是不想轻易放过了喜树。

那个二嘛……喜树吞吐着。二是想——是想等你麦收回家时，我开着拖拉机去驻马店接你，吓你一跳，叫你高兴个死。就像电视里演的那样，给你一个惊喜。

还电视哪，就你会哄人哩。芝麻嘴里嗔怪着，心里猛地辣辣地热了。忽然就想起那年回家，把家里的活干得差不多了，抽一天空去走娘家。到村口遇上了朵儿，朵儿问芝麻去哪儿，她说去走娘家。朵儿说，你还有娘啊？芝麻说，谁没娘呢？朵儿说，你有娘，你娘咋不给你家拆洗被窝？你家的被窝咋那么脏哩？也不知道洗洗。芝麻说，我娘有病，隔着一条河，哪有工夫呀？说完芝麻就去了渡口。一路上想着朵儿的话，越想越不对劲，心里那个别扭。看完了娘回到家，劈头就问喜树，我说，朵儿上咱家走得挺勤啊？她咋知道咱家被窝脏啊？你给我说明白了！喜树摸不着头脑，回答说，我睁眼就起来干活，两个孩子急着上学走，能吃上饭就不错了。那被窝一年也不叠一回，就那么掀在床上，谁来家都看着了，我咋知道朵儿就留了心哩？芝麻不依不饶，她说，为啥就朵儿知道咱家被窝脏了哩？谁知道她在咱家被窝里干啥事了？喜树生气了，说，你别没事找事啊，你不在家那么多年，我要是不规矩，别说是个朵儿，花儿叶儿都该找遍了。喜树气得一根烟接一根烟地抽，赵刚和燕儿都叫唤起来，朵儿没来咱家，哪个女的也没来咱家……

芝麻细想起来，觉得喜树也真是不易哩。这么多年，一个男人带着两个孩子，又当爹又当娘，夜夜的被窝都是凉的，连个暖脚的人都没有，可喜树从没怨过芝麻一句。芝麻忽然记起来，回老家前千万别忘了上街扯些布，让裁缝做上两个被套，带回赵庄去，就像城里人那样往被窝上一套，就不用回回拆洗缝线了，又干净又方便哩，让喜树也提高一下生活质量。这么个不喝酒不赌钱的喜树，一心就想买台拖拉机，能算是个过分的事吗？

可芝麻偏不这么说。芝麻对着电话大声地问喜树，那买拖拉机的钱哩？你跟谁借了？等家里欠下的那些账都还上了再买不行？你急啥急？

喜树一点不急，稳稳当当地答给芝麻，前些日子猪的价钱好，我卖猪得了两千多，又跟我弟弟借了三千，凑凑就够了。你想想，先把拖拉机买下了，干啥都方便，不比等着强？你算算哪样划得来？家里原先该人的账，我跟人说了，人说先把利息给了就行……

芝麻仍是不依不饶，那车斗呢？买得起马你配不起鞍，买个车斗还得两三千块呢。

喜树的声音就有些结巴起来。喜树说，车斗嘛，车斗好说。等下半年咱家老母猪再下了崽子，我把猪养大卖了，车斗的钱就有了。眼下嘛，眼下我钉个木头板架子车，安上两个旧胶皮轮子，叫拖拉机拉着，也一样好使哩……

芝麻忍不住扑哧一声乐了。

芝麻说，我要是不给杏儿家办事，麦收我咋有脸回呀？

喜树一时被难住了。喜树说，那就不回了，我花钱雇联合收割机收麦子，也中。

芝麻说，那秋收呢？

喜树说，秋收也不回了，我有拖拉机了，我跟人换工。

芝麻说，那春节呢？春节也不回？我就一辈子待在北京，再不回赵庄了？你再找一个能给你拆被窝的人吧！

喜树不说话了，他好像还没想过这个事。等了好一会，芝麻听见那声音从很远的地方传过来，喜树说，不回就不回，等我再挣下钱，我上北京看你去！

芝麻放下电话，坐在门口的编织袋上出神。她想还是喜树明白事理呢，有了喜树这句话，她就不怕了。但她走还是不走呢？要是不走，凤的电话又快来了呀。芝麻忽然后悔当初生下燕儿后，为啥不去结扎呢？她不该相信婆婆的话，婆婆说女人一结扎人就废了。后来李阿姨告诉她说，那种看法真是无知得很。芝麻要是结扎了，就不用每三个月去做一回孕检，能省下不少钱呢。芝麻要是早早结扎了，凤也就不会给她找下这个麻烦了。

很多事情为啥都得绕上好大一个弯，才能明白过来哩？

李阿姨走过来拍拍她的肩说，好啦，这回踏实了吧？把包拿回你屋去，该准备做午饭啦。

芝麻迟疑着，仰着脸问，我不走，那要是凤再来电话，可咋办哩？

全家人忽然都哈哈大笑起来，弄得芝麻有点发蒙。

李阿姨板着脸说，你看你，说你是个傻郭，我看真是没说错。你怎么就不懂得一点斗争策略呢？难道你还用真走，才能把杏儿的事躲过去吗？我教你个法子吧，你愿意不愿意，也只能这样了。从现在开始，三五天之内，有电话响，你就别接。家里的人都听好了啊，谁接上电话，有人找小郭的，就说小郭走了，不在这里干了。对方如果问小郭去哪儿了，回答说不清楚。大家听明白了？

都说听明白了。丹妮笑着又加一句，这回轮到咱集体作案了。

芝麻不好意思地笑起来，想想自己确实是够傻的。这一招可把凤和杏儿还有公爹全给治住啦。到底还是城里的人贼啊！

芝麻走进厨房去，一边淘米择菜，心里却被一粒细细的沙子硌得慌：就算照李阿姨说的办，芝麻不也说了瞎话么？只不过骗的是凤和杏儿。像凤那么精的人，怎么会不知道芝麻是故意为了躲她才走的呢？凤那张嘴是不会有好话说给杏儿听的，公爹还不定怎么生气咧。要不了三天，全村的人都会知道芝麻是个坏良心的人。她就是有一百张嘴，也没法说清了。

一年多了，芝麻就盼着麦收时能回家，麦收眼看快到了，她却回不去了。

一条命还没出世，说不定就没了，也真是可怜呢。芝麻轻轻叹了口气。人活这一辈子，到底是图个啥呢？她问自己。人生下来若是受苦，不如不生哩。转念一想，心就狠了起来。

芝麻有些发愁地望着窗外。城里的楼房叠着楼房，汽车追着汽车，人挤着人。灰灰的天空，往南望去都是云。她觉得赵庄突然变远了，远得生分哩，她找不着自家的屋了。

发表于《钟山》2003 年第 5 期

转载于《北京文学·中篇小说月报》2003 年第 10 期

《中篇小说选刊》2003 年第 6 期

请带我走

A

二十八年后，杜仲才第一次回国，那已经是世纪末的最后几天了。回到故乡的那个城市后，他发现自己几乎不认识什么人，也几乎没有人认识他了。他在 H 城陌生的街道上到处游逛，站在十字路口茫然四顾，必须不停地问路，才能去下一个并不确定的目的地。他觉得这种感觉有点像以往很多次在世界各地旅行——那些擦肩而过的面孔中，既没有朋友，也不再有仇人。

没有朋友的日子，杜仲曾经历了许多年。那种感觉对他来说，就像俄罗斯的冬天一样漫长而熟悉。但没有仇人的感觉却使他感到失望与空落。他觉得自己像一片被风刮掉的树叶，偶尔飘落到这里，不会有人对他多看一眼。杜仲第一次发觉，在这个世界上，一个人如果既没有朋友也没有仇人，就像在一个空荡荡的房间里，找不到地方坐下来。

于是杜仲无聊地行走在这座城市喧嚣的街道上。少年时代曾经居住过的老房子，那个秋天时飘着桂花香的大院子，那栋褐色的尖顶英式小楼，已经消失得无影无踪。昔日幽静的小巷已被拓宽成一条六车道的马路，汽车如两股湍急的河水，朝着相反的方向流去。他像一只小小的黑蚂蚁，围着一座蓝色玻璃幕墙的大厦转了好几圈，判断出大厦底座的范围应该恰好是三十年前旧居的位置。它犹如一座拔地而起的大山，沉沉地压在了当年绿茵如毡的草坪上。在灰蓝色的暮霭中，大厦更像是一座巨大而豪华的坟墓，把他少年时代所有的生活都埋葬了。他不知道当年那些曾经鞭打过他父母的人，那些逼着他交出红色袖章的人，如今都躲藏在这座城市的哪个角落。城市脱下了旧时破烂的衣衫，换上了世界的流行样式，看上去那么崭新光鲜。过去已不复存在，眼前的城市像一个无辜的婴儿，没有思维也没有记忆。所有的人都好像搬了家，旧日的地址已毫无用处。但杜仲知道那些人就苟活在街道的缝隙里，或是隐匿在楼房灯光的暗处。他找不到他们，也不想找到他们。既然大多数朋友都已经失散或是音信全无，对于他来说，没有仇人同没有朋友相比，终是一样无趣。

杜仲漫不经心地走着，极力把自己想象成一个与这座城市了无关系的观赏者。他在这个城市没有留下任何痕迹，就像在他身上也没有留下这座城市的任何痕迹一样。但事情并没有那么简单。几天下来，当令人困倦而眩晕的时差过去之后，他很快就发现，自己其实正处于一个十分尴尬的境地，他从那个遥远的 F 国并非仅仅携带了自己的双眼回来，同时回来的还有他完整的身体——除了腿脚双臂五脏六腑，还有他的鼻子和耳朵。

他似乎闻到了一种异常的气味，如同幽灵一般，无形无色、似有似无地飘散在空气中。有点类似花香，比如春天的含笑花，或是百雀羚牌子的雪花膏，带着一丝人体的汗味，然后渐渐变得苦涩，混杂着街巷里油炸臭豆腐或是煎带鱼的气味，落在他的衣袖和领口上，挥之不去。那些气味好像留有时间的刻度，它们跟踪或是跟随着他，在这个城市里走来走去，他在那些气味中闻到了很久以前的自己。

他开始听见一些极其细微而又杂乱的声音，搓擦着他的耳膜。那些声音在夜深人静时会突然数倍地放大，就像台风袭来的夏季，巨大的香樟树在风中摇撼，树叶拍打着屋顶发出的声响。那个雨夜，粗壮的树干上绑着一个瘦弱的男人，他的哀号从雨声中传来，像一个冤屈的鬼魂。天亮的时候，雨声与哭叫戛然而止，那个男人死了。但他的泣诉却留在了这个城市的上空，使得杜仲总是觉得外面淅淅沥沥地在下雨……

这些气味与声音此刻竟然都和杜仲一起回来了。杜仲不由得感到毛骨悚然。

还有他的心脏也好像出了问题。有一种隐约的疼痛会冷不防地蹿出来，在他的胸口短暂停留而后迅速消遁。就像一把钝刀，无声无息地磨着，却又不见流血。一阵阵的疼痛如同毫无规律的偷袭，弄得他疲惫不堪。

他相信自己无论走到哪里，都可以扮演一个路人的角色，唯独在这座他出生长大的城市，他已丧失了作为一个观光客的资格。

去国二十八年，算得上一个人的半生了。回来时父母早已相继过世，只留下一个妹妹。从机场出来时，他朝着那个举着名字牌的中年妇女走去，他拥抱她，两个人都是涕泪满面。尽管他和妹妹已通了好几年信，也多次交换了照片，但他在眼前这个女人身上仍然找不到小妹当年的一丝踪影。她对他说了许多有关父母的事情，还有父母临终前对他这个失踪多年的儿子死不瞑目的牵挂。杜仲回到 H 城的第二天就去为父母扫墓，他在父母的墓前长跪不起，失声痛哭，然后与妹妹在父母墓前补种了两棵柏树。树根入土之时，他忽然想到，自己在 H 城的所谓根性，从今以后便是以这样的方式存在了。

杜仲在 F 国经过好几年锲而不舍的搜寻，几经周折，总算通过江苏老家的亲戚，找到了妹妹这个唯一的亲人，已属十分侥幸。亲人是一根剪不断的脐带，连接着他的来历与去处。但小妹并非是他真正想要找的人。这么多天来，他一直住在 H 城的妹妹家里，暗自希望通过妹妹的社会关系，也许能找到当年的一些同学和荒友的联络方式。有些事情应该在这个世纪内做完，杜仲正是为此而下决心回来的。

杜仲不知道妹妹是用什么办法为他找到了孟迪。他对妹妹提起孟迪的时候，似乎并不抱有太大的希望。他担心那个叫孟迪的男人也许早就不记得有过杜仲这个人。但这些年中，杜仲却从来没有忘记过孟迪这个名字。他记住孟迪并不是由于孟迪本人，而是另一个叫楚小溪的女孩。那个寒冷的冬夜，他去万山农场的一个连队看望楚小溪，分手时楚小溪把他领到了男生宿舍，让他和那个叫孟迪的男生合睡一个被窝。他猜想孟迪和楚小溪的关系应该很不一般。既然在今天的 H 城，楚小溪已经消失得杳无踪影，通往小溪的路径就只有孟迪一个人了。

他和孟迪约在一个名叫柳荫的茶室见面。他从电话里的声音听出来，孟迪对他会面的请求答应得十分勉强，并且毫无热情。

从孟迪平静的叙述中，杜仲才第一次知道后来发生的事情。这个后来指的是1971年冬天，他离开万山农场之后的情况。第二天早晨，他在男生宿舍醒来时，孟迪和楚小溪都已经出工去刨粪了。他独自一人走上公路，搭一辆运粮的热特到了火车站。火车再转汽车，回到呼玛他插队的那个村子，然后按照事先早已周密设计好的路线，在一个风雪之夜越过黑龙江边境，到达苏联境内。后来的那一切，都是他当初决然无法预料的，二十八年之中，他对此一无所知。

杜仲已经很多年没在H城过冬了。他觉得有一股彻骨的寒气侵入脊背，令他一阵阵战栗。手边的茶杯没有一丝热气，就像抱着一个冰坨，十指顿时冻得麻木了。他听完了孟迪的讲述，过了很久才说，孟迪，如果那时我能想到，一个越境者离开之前接触过的人会成为一个危险的同谋犯，我是一定不会去万山农场看望楚小溪的。

孟迪喝了一口茶，说，看来你已经不会讲H城话了，你还是讲普通话好了。

杜仲改用普通话说，可在当时，我无法对楚小溪说出我去看望她的真正原因，我只能用这种方式同她告别。对于她，我不能不辞而别的。

孟迪冷冷地笑了笑。

杜仲把杯子放在桌上，茶杯抖了一下，茶水晃出来。他觉得自己的普通话也说得同样难听，混杂着俄语、法语和英语的尾音，像一杯蹩脚的鸡尾酒。他一边用纸巾吸水，一边问，你是说在我走后，楚小溪被作为同案犯隔离审查了好几个月，撤销了她预备党员的资格和其他所有职务，以致断送了她的前程？可是我仍然不明白，在我插队的地方，有谁会知道我在离境之前曾经到过万山农场，见过楚小溪呢？

孟迪说，这个问题恐怕得问你自己。也许你无意中告诉过别人？也许在你走前扔下的东西里头，留下了什么蛛丝马迹？再说，那个时候到处都是密探。

孟迪嚼着嘴里的茶叶，面无表情地接着说，你在临走之前，难道真的不知道过江那种事情，即便侥幸成功了，也会牵连很多人，造成严重后果吗？

我——我当时顾不了那么多了，我满脑子想的都是怎样才能过江……杜仲喃喃说着，颓然垂下头去。他觉得脑子里有一发炮弹正在爆炸，身体迸裂成无数的碎片，血肉横飞地弹开去了。

只有经历过 1971 年隆冬那个漆黑的风雪之夜，才会知道世上的地狱究竟在哪里。但二十岁的杜仲已经懂得，比地狱更恐怖的地方是人间。他知道自己面前只剩下地狱那一条通道了，他唯有从地狱中穿过去，前方才会有一丝亮光。若是在地狱里坠落，只是坠落在地狱的深处，他看不出来地狱与地狱深处有什么区别。

那天半夜，杜仲临出发前，抱定了从容赴死的决心。既然生不如死，死亡又何惧之有？他甚至希望在穿越那片茫茫雪原的无人地带时，能挨上一粒不知何方射来的枪弹，使他的生命在瞬间结束，也将他的全部痛苦彻底终止。他承认自己是一个对痛苦过于敏感的人，所以他才会无法忍受眼前的生活。而选择这样的方式去死，正符合他内心对于自由与尊严的渴望。那种凛然与高傲的性格植根于他的少年时代，更准确地说，来自他所读过的 18、19 世纪的欧洲文学作品。遗憾的是，决斗只能确定一个对手，而在他面前，似乎人人都是对手又都不是。太多的对手恰恰意味着没有对手，没有对手就意味着他的敌人是大象无形或是高不可攀的。经过长达几个月的反复思虑，杜仲最后把对手这个位置毅然留给了自己。

孟迪如果了解自己当时的真实处境，他就该懂得，那个冬天杜仲是非走不可的。

那是杜仲父母被隔离审查的第四个年头，杜仲仍然看不到双亲有一天能获释回家的可能。他写给一位朋友的信又带来了意想不到的麻烦。冬闲时节，他以去北安看病的借口请了几天假，从黑龙江边一路逃票扒车回了一趟 H 城。他下乡前已将妹妹送往江苏老家的亲戚家抚养。杜仲借住在一个要好的同学家，一连在城里转了好些天，却得不到有关父母的任何音信。曾给他的童年少年时代带来欢乐的那栋小楼，底层已搬进了新的人家，他们一家所居住的二楼，每个房间门上都贴着封条。封条已变得破烂不堪，在阴冷的穿堂风中，如同一只只黑色的蝙蝠扇动着翅膀……

1967 年是少年杜仲厄运的起始。一夜之间风云逆转，不断往纵深发展的运动终于波及了杜仲的家庭。父母留苏期间与"苏修"的关系，还有许多杜仲所无法确切得知的历史疑点，都被红卫兵视为辉煌的战果。父母曾在抗战

— 251 —

胜利后被派往苏联学习与工作，1953 年回国，带回了留苏的成果之———在莫斯科市出生的杜仲，小名德鲁卡。父母回国后即被派往 H 城工作，均任省厅局领导干部。"文革"开始之前，杜仲一家的生活风平浪静，即便父母的头上早已有阴影笼罩，快乐的小德鲁卡也是感觉不到的。但如今那一切都已随着父母的消失而不复存在，杜仲被迫摘下红卫兵袖章，被赶出那栋小楼的时候，觉得自己像一只被啄光了羽毛从高空坠落的麻雀。

杜仲选择了逃离 H 城作为唯一的出路，走得越远越好。他已经不记得自己当初为什么如此坚定地选择去黑龙江。时隔几十年，他仍然要辩解说那绝非预谋，而只能说是一种宿命。事实上，他报名去边境上那个叫呼玛的地方很费了一番周折，在当时他那样出身的人，本是没有资格去"反修前线"的。他为此甚至写了血书。幸而有一个从小一起长大的高一战友，时任奔赴三江的知青头头。火车开动的时候，杜仲看着伸出车窗外挥动的那一只只草绿色的胳膊，心想自己也许是这一列长长的火车中一条政审不合格的漏网之鱼。

辽阔而丰饶的北大荒以纯净的雪原和碧绿的田野，抚慰着他受伤的心灵。汗水无法洗刷耻辱，但至少能够证明改造的决心。大雪一场接着一场，阻断了通往外界的道路。杜仲一次次顶着风雪，步行几十公里到公社邮局，企盼着会有一封 H 城的来信，带来有关父母的消息。也许在他的心底更希望收到的是楚小溪的回信。他自从到达呼玛后，就开始不间断地给楚小溪写信。开始是寄往 H 城，后来楚小溪也到了北大荒，他的信就寄往万山农场的那个连队。他的信总是写得很长，至今他还记得刚到呼玛的时候，他在信中怎样给楚小溪描绘黑龙江边的生活。他告诉她，呼玛是达斡尔语中高山峡谷不见阳光的激流的意思，这地方冬天最冷时可达到零下五十二摄氏度。在"文革"前，边民可以到江中心的岛上去放牧，开了春把牛羊往岛上一赶，岛上草肥水美，到了秋天再把牛羊赶回来，就增加了好几十只。这儿的边民大多是当年闯关东的山东人，所以从江那边嫁过来的苏联女人个个都会说山东话。都说喝了黑龙江的水头发黄鼻子大，所以这里的人长得都像混血儿。那些混血儿因为长着一副"修正主义"面孔，所以不准入党参军不准当民兵。黑龙江里有许多种江鱼，俗称三花五罗，据说肉质鲜美细嫩，不过他至今还未吃到；鳇鱼子号称黑珍珠；金红色的大马哈鱼子每一粒都像玛瑙。在一个叫西岗子的地方，埋了几千名牺牲的苏联红军，附近有一座冒烟的活火山，夜里有红色的火星闪烁……可惜这些都是听人说的，他什么也没有亲眼见过。他每天的生活除了劳动还是劳动，除了学习就是学习。他很想到江边看看，到了夏天，据说连江对岸钓鱼人的草帽还有漂亮的斑点狗身上的斑点都能看得一清二楚……

刚开始的时候，楚小溪还常给他回信。奇怪的是，小溪对他讲的那些好玩的事好像一点都不感兴趣。她的回信总是在讲学大寨和大会战什么的，讲她们连队火热的生活，开荒、锄草、麦收，怎样一次又一次胜利完成了任务。杜仲觉得小溪的信写得空洞无物，她的信上甚至出现了这样的句子：农业劳动使我从一个小资产阶级知识分子变成了脚踏实地的劳动者，但世界观的改造还不够彻底。我们种的是普通庄稼，但收获的将是反修硕果……杜仲心想，一个"文革"开始时刚念完初一的女孩，也敢称自己是小资产阶级知识分子么？他盼她的信又怕收到她的信。他若是在信上流露出一点低沉的情绪，小溪的回信就会用严肃的口气批判他，要他回到正确的路线上来，于是他只能在回信中据理力争。猫冬的农闲时节，他将大量的业余时间用来写信，他希望能说服楚小溪懂得自己。信写得越来越长也越来越激烈，这样做的结果是楚小溪的回信间隔时间越来越长，信也越来越短了……

但是杜仲还是盼着楚小溪的信。同去的知青中，那个唯一的哥们已调到整建党工作组，周围没有一个人能谈得来。他需要有一个人能听他说话，何况是楚小溪那么一个单纯无邪的女孩，曾经在他最艰难的日子里给予过他温暖与友情的人。

杜仲一次次往返于村子和公社之间。茫茫雪原，一根细弱的蒿草在雪地上摇晃，随时都会被风雪折断。公社的高音喇叭在寂静的旷野上尖叫，但整个世界都好像已经死去了。

等待是如此漫长，他没有等来父母和楚小溪的音信，却得知那个高一战友即将去当兵的喜讯。在这个遥远的边地，他这个唯一的哥们走后，杜仲开始变得烦躁和焦虑。下乡时从 H 城带来的一箱书看了一遍又一遍，书皮已经翻烂，那本普希金的长诗《叶甫盖尼·奥涅金》，他几乎已把第一章全背下来了……不，他的情感早就冷却，他厌倦了上流社会的喧嚣……谁曾经生活，谁曾经思考，内心就不能不轻蔑世人；谁曾经感受，那逝去的岁月就会用幻象来搅扰他们……我徘徊在海岸，等待晴天，招手向过往的船帆致意。迎着风暴，冲破波涛，沿着海上自由的通道，何时能开始我自由的航程……20 世纪 60 年代中苏交恶，他 1964 年进中学，学的是英语。学俄语纯粹是由于兴趣，自学加上父母辅导，到父母隔离审查之前，他已经可用简单的俄语对话。杜仲试着偷偷把那些诗翻译成俄文，以此来打发时间。到后来，他自己所译的俄文诗句也能倒背如流了……

草绿了，草又黄了；下雪了，雪又化了。杜仲觉得自己的耐心已经到了尽头。

他开始给军队的那个朋友写信，诉说自己的郁闷，还有一些幼稚的质疑。那些质疑不可能像后来他的军人哥们认为的那样，是受到了旁人的教唆和影响。那仅仅是杜仲本人发自内心的不满情绪，是与他自身命运相关的牢骚，还有书本和文学作品在他体内残存的那些与现实格格不入的情感。他在信中提出了许多难以解答的问题，求教那位当年敢作敢为将他塞进车厢，带去反修前线的哥们。他完全没有想到，进入军队后的哥们已是今非昔比，正在迅速成长成熟。他在阅读了杜仲的来信后，产生了极大的担忧，他感到杜仲的想法很危险，简直是太危险了，他必须拯救这位在自己离开后随即迷失了方向的战友。杜仲的信被果断地退回到公社，还附有军人要求公社党组织帮助杜仲的长信，言辞恳切，希望杜仲迷途知返。这封信对杜仲的打击几乎是毁灭性的——不是因为公社与生产大队为此事召开的一系列批判会，也不是因为杜仲被迫写下的无数检讨书，而是因为，经历了几年来在险风恶浪中的颠簸，杜仲曾以为前方是有岸的，至少还有一条大船一直在与他同行。但此时他举目四望，茫茫的海面上只剩下了他一个人。风高浪急，视线之内没有飞鸟没有岛屿，他的呼救没有回应。小船已经漏水，再来一个浪头船就会倾覆了。

杜仲第一次真正感到了孤独还有绝望。

杜仲明白自己是走投无路了。这封被退回的信足以断送他原本就已经十分渺茫的前途，他绝不会再有转机和出路可言。

尽管如此，他仍是认真而痛心地对自己信中的妄言一遍一遍做出了深刻的自我检讨，颤抖的钢笔在他的中指上嵌下了硬币样的茧子。元旦即将来临时，他的脊背上发出了一个通红的痛疽，然后是持续发烧。那时知青们都已准备回 H 城探家，大家都没心思再对他穷追猛打，公社革委会批准他去北安看病。他搭乘了一辆牛车再是热特再是长途汽车，在北安医院做了一个门诊手术。拿到病假条后，他跳上了开往 H 城方向的火车。

1971 年年初的一日，杜仲在 H 城旧居门口的封条前站了很久。他忍不住轻轻地晃动房门，竟发现尘封的门锁已经不那么结实。他转身而去，在一家僻静的杂货店买到了一把钳子和一个手电筒。那天晚上，他蹑手蹑脚地接近了自己曾经的家，然后顺利地破门而入。久无人居的房间里，浓重的霉味与灰尘的气息险些令他窒息。他并不知道自己要干什么，他只是想来看看，看一眼而已。残破的家具中，也许还能找到一点什么有用的东西。手电筒微弱的亮光下，他的影子如鬼魂一样无声地挪移，歪倒的衣架、倾斜的柜子和满地的纸片再次提醒着他的孤独与绝望。他在地板上疲倦地坐下来，一仰头，看见了墙上的那个镜框。

很多年来，杜仲一直认为，那个晚上他无意之中的一瞥，好像是有人从微光中伸来一只手，亲自将那个地方指点给他的。他始终无法解释，当时他为什么一下子就对那只镜框产生了强烈的好奇心。镜框如书本大小，浅灰色像是镀银的窄边框架，是父母当年从苏联带回来的，一直就挂在那里。也许由于其中镶嵌着一幅列宁的炭笔素描画像，镜框毫发无损，竟然未被人掳走。杜仲用衣袖擦去了玻璃上的浮灰，心想这也许是父母留给他的一件遗物了，便将镜框揣进怀里，而后悄然离去。

第二天上午，在他借住的地方，同学的家人都已上班。他把镜框拿出来细细端详，觉得里面的画像有点歪斜。闲来无事，他用钳子将镜框背后的小钉子拔了，揭开背后薄薄的盖板，想把那张画像正一正。那一刻他的呼吸突然急促起来，他在画像与盖板之间发现了一张有些泛黄的硬纸，翻过来看，像是一份表格，上面有铅印的俄文。杜仲屏住了气，睁大了眼，开始阅读那些模糊不清的俄文字句。他出了一头大汗，心都快要跳出来了，他简直不敢相信这是一份与他有关的文件——1951 年，杜仲（俄文名字德鲁卡）在莫斯科某医院的出生证。

他的父母为什么要把这份证明放在如此隐蔽的地方呢？

这张保存完好的纸恰恰在他走投无路的时候出现，对于他来说莫非是一种暗示与指引？它究竟意味着自投罗网还是绝路逢生？

　　杜仲呆呆地坐着，苦思冥想了整整一天。傍晚时分，当同学一家人回来时，他已经把镜框恢复原样，用一件棉毛衫将它包裹严实，塞在了自己简单的行李里。一个重大的决定在他绝望而混乱的脑子里大胆地萌生，他甚至被自己的想法吓了一大跳。但他已经别无选择，他觉得除了这条路之外，自己再没有别的路可走了。没有退路就意味着只能勇往直前，无论前面是断崖还是陷阱，他都要用自己年轻的生命作为抵押，不顾一切地去试一试。

　　接下来的日子，杜仲在 H 城逗留，开始为自己的计划进行周密的准备。他又一次潜入封闭的旧居，竟然在杂物堆里找到了一只苏联生产的望远镜。也许是运气和天助，他在一个留城进了工厂的老同学家里，发现了"破四旧"时抄家得来的一只夜光指南针。他以身处边疆自然条件恶劣经常迷路为借口，费尽口舌，向那人讨得了指南针。他不需要更多的东西了，只需要勇气和胆量，他相信自己一口熟练的俄语将会帮上大忙。

　　很多年以后，他回想当初近乎疯狂的行动，觉得那次行动的原动力仅仅是一种狗急跳墙的动物生存本能，是年少气盛的血液中自以为是的冒险精神，还有他希望亲自去考察一番"一声炮响"发祥地之真实面貌的狂妄之念。如果说其中混杂了少许诗意的憧憬与浪漫，那么也是由于静静的顿河或是伏尔加纤夫，还有白净草原与悲怆的天鹅湖……

　　也许就是这个缘故，他在从 H 城返回呼玛的途中，特地绕到松花江边的万山农场，去看望楚小溪。那是一次只能在心里进行的悲壮诀别，只有他自己明白：他若是能成功过江，他从此再也不能回来；如果他被打死在边境线上，他当然更回不来了。所以无论成功与否，此一去，他都将与楚小溪永别。

　　回到呼玛之后，他的劳动表现异常出色。他多次偷偷揣着望远镜，到很远的草甸子去打柴火，江边瞭望哨的位置都已烂熟于心。如此地广人稀的边境，两岸间终会有被疏忽的隐蔽通道，就看你能否发现它了。

　　他终于等来了一个刮着大烟泡的风雪之夜，风声怒吼，雪片横飞，他拧断了生产队马棚门上的铁条，把十几匹马都轰了出去。马在旷野上四散狂奔开去，那将是他行动的最好掩护。厚厚的羊皮袄被翻了面紧裹在身上，他想自己如果被冻死在旷野上，天亮以后，看上去就像一只被埋在雪地里的羊。

　　生与死之间其实只有一步，这一步的距离却是如此之长。对于二十岁的杜仲来说，那已不是国境线，而是死亡的界碑。天地混沌，面孔上结了一层冰壳，眼球似乎已经被冻住了。他一次次用手套揩着眼睫毛上的白霜，远方隐约有一线光亮，如同沙漠中的海市蜃楼。

他听见了从黑暗中传来的一声俄语，喝令他站住。几个大兵迅速地将他捆绑起来。当他被带到了一所暖和的小屋时，他没有开口说话，而是用几乎冻僵的手伸进贴着胸口的内衣，掏出了那份证明自己出生地的文件，还有写着他名字的边防证。

孟迪把一粒白瓜子轻轻嗑开了，放进嘴里慢慢地嚼着，说，跟你说句实话，其实我根本没有想到，有一天会在 H 城见到你。听说你后来一直没有被遣送回来，大家都认为你在过江的时候不是被打死了，就是冻死了。你能被他们留下简直是一个神话，或是一个谜。不过我并不想知道你没有被送回来的具体原因。到了我们今天这个年龄不会不懂，你能留下来当然是因为对他们有用。可是你妹妹的一个朋友转告我说，你是从 F 国回来的。我倒很想知道，你这一次究竟是途经 F 国呢，还是早已定居在 F 国了呢？

杜仲回答说，我在 20 世纪 80 年代中期从当时的苏联到了 F 国。我的妻子是俄罗斯人，懂法语，她一直到 90 年代才有机会离开俄罗斯，到 F 国与我团聚。现在我们一起居住在 F 国南部，我在一所大学的图书馆工作。你也许明白，前二十几年中我根本不可能回来探亲。

孟迪沉吟了一会，又问，杜仲，恕我冒昧，你既然冒着生命危险到达了自己的目的地，后来为什么又一次离开那里去 F 国呢？孟迪在"又一次"三个字上加重了语气。

杜仲很快回答，是因为失望。

是什么让你失望？

你应该知道是什么让我失望。

难道每一次失望都会导致——导致放弃吗？

是这样。我没有别的反抗方式，我所能选择的只是放弃。

就像当初你放弃楚小溪那样？

不，我和楚小溪之间只是朋友，她不是我所要反抗的，当然就不存在放弃。

那么，如果说当你有一天放弃到再没有什么可放弃的时候，你会怎么办？

事实上，现在我已经就只剩下我自己了。这是坚守的底线。

很久的沉默。杜仲伸手从孟迪的烟盒里抽出了一支烟。他戒烟已经好多年了。

杜仲并不想把自己这些年在海外的经历从头道来，毕竟他与孟迪不熟。假如有一天他能见到楚小溪，而她也仍然有兴趣听他讲述，那么他会告诉楚小溪这二十八年他是怎样过来的。那场暴风雪过去之后，他被押送到布拉戈维申斯克，然后送到赤塔。在经历了无数次的审查与等待之后，他终于被允许留在了远东地区，先是被送到一所大学学习国际政治，然后在一个研究所从事中苏关系研究。孟迪说得不错，以他那样特殊的身世和家庭背景，他是一个有用的人。但孟迪并不懂得，他有用，却没有更多可用的价值。有关方面曾希望他到国际广播电台工作，担任对华广播，被他拒绝了。几年后他被送往莫斯科的另一个研究所，那时他已开始自学英语和法语。但几乎与此同时，漫长而缺少阳光的冬季、压抑而神经紧张的日常生活以及长期的思乡之情，使他患上了严重的忧郁症。他突然感到了厌倦，对自己所谓庄严而神秘的工作失去了兴致。有时他甚至会产生幻觉，觉得在这里和当年在江对岸，除了食物和语言之外，并没有什么根本的区别。他怀疑自己在若干年前是否真的有过一次逃离？他是否还有必要重新逃离？

那年夏天，借着去 F 国治疗忧郁症的机会，他没有再回到莫斯科。他的妻子在 F 国的亲友为他提供了最初的生活费。忧郁症断断续续搅扰了他好几年时间，一直到苏联解体，他的妻子终于也来到 F 国，他才渐渐恢复了健康。当他重新振作起来，安顿好家人，找到了一份合适的工作，几年下来略有积蓄之后，他才第一次有了回中国的可能性。

二十八年。半个地球的周旋，多长的一条曲线！

孟迪说，可我始终还是不明白，你明知过江是会带来严重后果的，走之前你为什么还非要去看望楚小溪？你知道你在万山农场住的那一夜牵连了多少人吗？凡是和你说过话的每一个人都被反复盘问。我因为留你住宿，与你合睡了一条被子，团籍都被开除了。楚小溪的处境就不用说了。如果不是因为这件事，第二年招收工农兵学员上大学，她是完全有可能被推荐的。但她却一家伙被打入了冷宫，一直到知青大返城的 1978 年才离开北大荒。有一段时间，连队的女生都不敢同她说话，我想了很多办法安慰她也没用，因为她总是觉得对不住我，一次次不断地向我道歉。那么沉重的心理压力之下，我真害怕她会神经错乱……

是啊，听你讲了这些，我觉得自己真是罪孽深重。杜仲长长地叹了口气。那口气一直压得他胸口憋闷，经过喉咙时，像一股腥黏的血流喷出来。他不断地咳嗽，每说一个字都用尽了全身的力气，有生之年，我若是还能见楚小溪一面，我会请求她的原谅。今天在这里，请你先接受我的歉意，可是我却无法弥补当年给你造成的损失……

杜仲的眼睛发涩，呼吸也越加滞重。他真的不愿意回想那一次见到楚小溪的情形，他也无法告诉孟迪，那一次付出了如此之大代价的会面其实是很不愉快的。非但不愉快，甚至如同一把利剑，在他心里划下了一道不可愈合的印痕，由此更坚定了他逃离的决心。当年他和楚小溪曾因她的天真无邪而彼此走近，却也因她的纯真无知而分手。他是带着心灵与情感上难以述说的失落与迷惘，走向漆黑的雪原的。他在雪地里一次次摔倒又爬起来，觉得只有自己的两条腿还在拼死行走，而心却已经冻僵了……

杜仲在离开柳荫茶室之前，犹豫再三，还是向孟迪提了一个问题。他说对自己过江以后发生的那些事情仍有些疑问，比如说，有关方面对楚小溪的处分为什么会如此严厉？按说楚小溪是把杜仲当作一个探访者和友人接待的，对他的逃离完全不知情，一旦交代清楚，应该可以脱身，却怎么会搞成那个样子？是不是楚小溪对他的逃离表示了同情和理解呢？他说得小心翼翼，他知道自己的内心深处依然在渴望得到某种安慰。

孟迪很快回答说，不是，以楚小溪当时积极向上的精神面貌，她怎么可能同情一个……她对审查是很配合的。孟迪的口气陡然变得不太友好，反问杜仲说，你是真不明白还是装糊涂呢？

你指的是什么？杜仲真的糊涂了。

我指的是，你应该知道，问题的关键在于楚小溪她根本交代不清楚。

为什么？

因为那张纸片。

什么纸片？

你真的不记得那张纸片了吗？一张有蓝色横条条的纸片，好像是从笔记本上撕下来的，上面有中文和俄文两种文字，一句在上，一句在下，中俄文对照的，实际上是同一句话。

同一句什么话？

请带我走！

请带我走？

是的，时隔二十多年我都不会忘记，就是这一句：请带我走。

杜仲的脑子一片空白，思维已经完全停顿与混乱。他觉得这句话好像同自己有关，但他实在想不起来这句话在什么情况下同自己有关。

孟迪冷笑着说，你自己写下的纸片，怎么会不记得了呢？那天晚上你和楚小溪在她科研排种子站的小屋谈天，你在匆忙中把纸片遗落在那里了。纸片上有俄文，这在当时显然是令人警惕的。所以第二天有人捡到了它之后，就把这张纸片悄悄收起来，然后交给了领导。你过江后，大规模的调查开始，这张纸片就成了铁的证据。问题在于，没有人愿意相信那张纸片是你遗落的。连队的 H 城知青中有人说，楚小溪在"文革"中就认识你，所以她的俄文肯定是你教的。专案组还让楚小溪对了笔迹，最后竟然断定那张纸片就是出自楚小溪之手，请带我走那句话是楚小溪早就写好了，想当面交给你的。也就是说，楚小溪本想跟你一起走，但你怕她碍事而没有答应。当时只有我相信楚小溪是无辜的，可惜楚小溪根本就无法证明，那张纸片不是出自她的手……

杜仲的记忆在一刹那复活。他隐约记起，在从 H 城回北大荒的路上，换车等车的中途，为打发时间，他写过一些中俄文对照的纸片，意在练习自己的俄文。其中当然会有请带我走这样过江后必须使用的句子。是的，他随手在笔记本上写过这句话，又撕下来想扔掉，不知为什么没扔，后来他再也找不到这张纸片了。好在他已经把请带我走那句话完全背熟，也就把纸片的事情丢在脑后了。当年的这一疏忽竟然惹下如此大祸，他怎么就会在无意中伤害了自己曾经最珍视的人？

杜仲苦笑着，他觉得事情变得越来越荒唐了，甚至极其荒诞。面对那张遥远的纸片，他觉得自己任何悔恨与歉疚的语言都是何等无力，他对孟迪已无话可说。

杜仲付了茶钱，与孟迪一同默默地往外走。

杜仲在一棵粗大的梧桐树下站住了。他觉得自己无论如何还得对孟迪再说最后一句话，这句话若是不说，他也许就永远没有机会了。希望尽管渺茫，他还是要试一试。

我听人说了，听说楚小溪在 20 世纪 80 年代去了美国。杜仲说得有些紧张，孟迪，你怎样看待我都没关系，但你能告诉我楚小溪在美国的地址么？

不，我和她很少联络。孟迪一口回绝了他。

你就不能想办法帮我去问问么？杜仲的口气已近乎哀求，他觉得自己有点可怜。孟迪你住在 H 城，你想找她的话是一定能找到的，而我再过几天就要回 F 国去了。我只是想，只是希望给我一个机会向她致歉，请她原谅，你哪怕给我一个她的电话号码也行……

孟迪不置可否，慢腾腾跨上了自行车，没有同他握手说再见。

杜仲从孟迪无法掩饰的眼神中看到，孟迪是有楚小溪的联系方式的。

B

但杜仲万万不会想到，楚小溪此时就在 H 城。

她几乎每年都会从美国飞回 H 城一两次，像一只没有季节规律的候鸟。

楚小溪在一次次漫长而孤单的飞行途中，总是选择靠窗的位置。她会久久地凝望窗外悬浮的云海，在心里惊叹时空变幻的不可思议。那种宁静至无限的蓝，那样纯洁到透明的白，就像是从当年北大荒的上空飘来。很多年以前，楚小溪穿着被汗水湿透的衬衫，坐在田垄尽头的锄把上看云。云朵重重叠叠，穿过云还是云，它们静默无语，不容易被看穿，就像楚小溪的心事。旷野的视线之内，地球是一个圆圆的平面，弧形的蓝天如一顶巨大的帐篷，把孤独的楚小溪温柔地包裹起来……蓝天不变，白云依旧，楚小溪却到了地球的另一端。

楚小溪喜欢这种不受打扰的旅行。天气晴朗的日子，从飞机舷窗能看见高空下苍茫无际的海面，银光灼灼如雪浪翻滚，风在水上逐起幽蓝的波纹，烟尘雪末壮阔辽远，却又透着杳无人迹的凄冷，令人想起冰雪覆盖的北大荒原野。厚厚的积雪封存了许多往事，只在风中露出衰弱的草尖。融雪的日子，那些已被埋葬的记忆会如同保存完好的尸体或是腐蚀的骨骸，在阳光下渐渐显形。它们虽然失去了生命鲜活的血色，但是永远不会消失。楚小溪若是偶尔绕道从欧洲飞回中国，万米晴空下是绵延不绝的群山。她能清晰地看见阳光下隆起的峰脉与幽暗的沟壑，有一刻她忽然觉得那些起伏的皱褶很像人的大脑，从空中无法看清的岩石树木和洞穴犹如人的思绪，深藏于那些曲折而隐蔽的皱褶之中。

逝去的岁月已如此遥远，却又似乎触手可及。

1978 年恢复高考时，楚小溪已从北大荒病退回到 H 城，在一家街道小厂当铣工，一边自学英语。1979 年她考上了省里的一所大学。在大学里她才开始恋爱，毕业后结婚生子，丈夫是自动化专业的同届校友，从本省农村插队回来，同代人相似的阅历，一切都自然而然。20 世纪 80 年代明媚的阳光驱散了多年来笼罩着她的阴影，修复着她内心深处的创伤。她开始变得活跃而开朗，常给校刊写些诗歌和短文。有人说她的文笔优美，何不往文学方面发展？楚小溪只是一笑。21 世纪是生物的世纪，她痴迷于自己的专业，渴望出国深造，也渴望去看看外面的世界。80 年代中期，她和丈夫先后被美国的大学录取，然后是很多年的努力与拼搏，读完了硕士和博士学位，留在美国芝加哥一家生物制品公司工作。等到生活安定下来，又把孩子接到了美国。这个过程就像大多数通过自我奋斗而实现人生价值的老知青留学普及版，听上去大同小异，波澜不惊。

近年来，她所在的公司在中国开设了办事处，凡是有关中国方面的业务，公司都会派她前往中国处理。她已经习惯了在天空中来来去去。有一次，她乘坐泛美航空公司飞往上海的航班，只半天就把事情办完，当天晚上就又乘坐那架航班飞回了芝加哥。航班上的空姐还是来时那几位，认出了她之后，友好地笑着对她说，您的工作效率堪比飞机的航速。

那当然是比较极端的一个例子。其实每次来中国出差，只要时间允许，她都会尽可能抽空回一趟 H 城。过去的老同学和荒友们都已很少联络，她回 H 城主要是为了看望年迈的父母，在家里住上两三天，又匆匆飞走。

楚小溪每次回 H 城，多半很少出门，在家里陪父母说话，或是打理一些家事。偶尔她会给孟迪打个电话，约他出来喝茶或是喝咖啡，给他的孩子带些巧克力或是维生素之类的东西。孟迪很少问起她在美国的生活，她也并不想知道当年的老同学老朋友目前的情形。闲谈之中，也没有太多可说的事情，坐一坐也就散了。

　　她这些年在大洋两岸飞来飞去，对于 H 城的变化已是习以为常。一次回来，一条小巷消失得无影无踪；下次回来，一条大街堂皇地穿城而过。眨眼间就看着 H 城的大厦像春笋似的钻出地面巍然耸立，高架路立交桥像电影外景地的布景一般迅速搭建起来。H 城是一部正在公映的影片，整个中国是一部巨资制作的大片。猛一眼看去，楚小溪会觉得 H 城变得陌生，再细细勘察，又分明是熟悉的。一座城市无论怎样改变，那种充斥在空气中的味道就像老字号馄饨的百年老汤，依然点点滴滴地融在碗里。偶尔，她会冒出一些古怪的念头，希望 H 城能像一堆庞大的积木，统统推倒重来。未来 H 城的街道将从宽大的绿草坪中穿过，一栋栋房屋都盖在浓密的树荫下，每一家商店都建在鲜花盛开的花坛上，音乐会或是戏剧节就设在河岸边，夜的河面上是灯光的倒影，乐声从水上传来……楚小溪这样遐想过后，会觉得自己十分可笑。她早已不再是一个浪漫的理想主义者了，这十几年来，她严谨务实兢兢业业，不再会为那些无法实现的事情伤神费心……

　　楚小溪恍然觉得自己关于积木的那些想法，也许是出于她个人的原因。在她的潜意识中，是企盼着一切能够从头开始？抑或是希望那种溃散后的重建，能帮她删除头脑中堆积的记忆？尽管后来的故事并不是发生在这座城市，但几乎所有的事情都与 H 城有着千丝万缕的联系，就像织完了网之后逃之夭夭的那只蜘蛛。她虽然已经离开了 H 城十几年，但这座城市仍然以残砖碎瓦、化整为零的方式，在不同的时间地点，冷不防地一次次袭击她。每次一入 H 城，路边的香樟树扑面而来，从那些釉质的绿叶上散发出一种难以驱除的气息，总是令她头晕目眩。

　　那个人一直就站在一棵巨大的香樟树下，他的脸被浓密的树荫遮住了。

　　楚小溪知道，只要 H 城还在，那个人就不会从 H 城消失。虽然她根本无从知道，如今他是否还活在这个世上。

　　那个夏天的傍晚，香樟树上的蝉鸣悄然止息。从隔壁的小院子里传来匆忙的脚步声、杂乱的人声，随着一些东西被推倒的破碎声，一声声响亮的口号像知了一样尖叫起来。

　　那家院里的香樟树有两人合抱那么粗。前一天晚上，有个老头被绑在树干上，一群人用皮带抽打着他，那人凄厉的哭叫声响了一夜。

楚小溪趴在厨房的窗子上，从铁栏杆里偷偷地观看着隔壁院子的情形。她看见许多戴红袖箍的男生和女生，把那个老头从树上解下来，按倒在地上；她看见白色的纸帽子、白色的面孔上白色的牙齿、帽子上黑色的毛笔字和字上黑色的××；许多东西从房子里被搬出来，装上了卡车。一个女生走到门外，把一只锦缎的小盒子塞进了自己的裤兜。许多厚厚的书还有卷起来的画轴散落在地上，被许多人踩在脚下。有个男生弯着腰在捡拾那些书本。楚小溪看不清他的面孔，他的脸被浓密的树荫遮住了。他走路的样子很奇怪，踮着脚，从散落在地上的那些书本里小心地穿过去，好像生怕踩坏了它们。楚小溪差点忍不住笑起来，这个动作实在有点像女生啊！他把那些零散的书画堆在一起后，就坐在门槛上守着那些东西。有一会他摘下了眼镜擦汗，楚小溪觉得这个人脸上的表情很漠然。起初她猜想这人是不是被抄家那户人的子弟，但很快她就否定了自己的猜想。天黑下来的时候，他和其他戴红袖箍的男生一起走了，走到门口还回头看了看那堆东西。这时楚小溪发现他有一个很宽很亮的额头。

那天晚上，楚小溪一个人待在厨房里，等着自家的大猫。大猫不辞而别好几天了，小溪特意在窗台上放了一条它最爱吃的小鱼，希望它闻到腥味能回心转意。小溪没有开灯，她想也许这样大猫会回来得体面些。过了一会，她听见隔壁漆黑的院子里有响动，一条黑影翻墙而入，直奔那所房子门口的书堆而去。小溪在黑暗中拼命地睁大眼睛，心怦怦直跳。那人打开了一只手电筒，在微弱的手电光下，开始翻动那些书。就在这个时候，又有一个黑影悄然无声地跳到了窗台上，柔软的尾巴扫到了小溪的面颊。小溪忍不住喊了一声，一把抱住了自家的猫。猫急着去抢鱼，小溪连声哄着它。那个黑影闻声站了起来，他朝着这个窗口看了一会，朝着楚小溪走过来。

喂，小姑娘，你都看见了吗？他轻声说，我可不是坏人啊。

我看见什么啦？我什么也没看见。楚小溪嘟哝着，啪地把厨房的灯打开了。一线光亮正好照在窗外他的脸上，小溪惊讶地发现，这人原来就是白天那个弯腰捡书的男生。

他把手里的一本书扬了扬，压低了声音说，就是几本书嘛，我只拿了几本书，你可千万别告诉别人啊！

楚小溪瞪大了眼睛说，什么书那么神秘呀？你给我看看啊！

他犹豫了一会，后退一步，举着书说，喏，你看好了，这不是坏书。

楚小溪一眼就看清了封面上的几个字《静静的顿河》，板着脸说，谁知道那是不是"封资修"的书啊？你半夜里来偷书，肯定不是好人。

那个男生宽宽的额头上沁出了汗珠子。他结结巴巴地说，你怎么能——这——这样武断呢？你怎么能这样——武断呢？不看一看，你怎么知道它是不是"封资修"啊？

好了好了，楚小溪没有耐心再同他扯下去。她说，哎，这样好不好，假如你看完后肯借给我看看，这就是我们两个人共同的秘密了，我肯定就不会告诉别人了。

可是——他犹豫着说，你——你看这样的书还太早啊……

我已经上完初一了。我看过很多书啊，不骗你的。

他站在原地想了一会，勉强点了点头，又叮嘱一句，那你千万不能给别人看，连家里的人都不能让他们知道，好不好？楚小溪赶紧告诉了他自己家的门牌号码，并叮嘱说，从他站着的这个小院得绕一个大圈，才能到达楚小溪家住的那栋楼房。

很久以后，杜仲告诉楚小溪，那天晚上回去后，他想来想去，觉得这个女孩要么是出于好奇，要么就是由于无知，竟然自愿成为他的同谋。她几乎不假思索就想出个好主意，把他从尴尬的情境下解脱了。换了他自己，肯定就不知道该怎么办了。那么她至少应该还算聪明。无知而又聪明的女孩，对那些自以为是的男孩常常是会有些吸引力的。

学校已经停课，楚小溪整天待在家里无所事事。小溪的父母都是普通职员，没有历史问题也没有现行问题，她的生活太平静了，心里特别希望发生一些不平静的事情。那以后差不多有一年时间，时断时续的借书还书、再借再还始终在秘密的情况下进行。她至今还记得，杜仲借给她的书有《马克思的青年时代》《九三年》《巴黎圣母院》《罪与罚》，还有《战争与和平》什么的。杜仲通常都是白天来送书，拎一只菜篮子，面上放着几棵青菜，书就放在青菜底下。杜仲送书来的日子，小溪家就会吃青菜。其实那些书小溪基本都看不懂，人名太长了，书里的故事离眼前的生活也是天差地远的，她通常只是翻一翻就放下了。不过她真是喜欢这种地下工作者似的感觉，敲门要对暗号，紧张令她兴奋，读什么书倒不重要了。只有一本《鲁滨孙漂流记》，小溪反反复复看了十几遍，看得晨昏颠倒，就像吃了过多的酒酿一样。有一次杜仲对她说起，其实他家里有一套俄文版的《静静的顿河》，一直到他搞到了那套中文版之后，才明白父母为什么不让他看《静静的顿河》了。杜仲告诉楚小溪，葛利高里这个人一生都在追求自由，而真正自由的心灵注定是没有归属的。当时他激情澎湃地说了有大半个小时，可惜十四岁的楚小溪只记住了这一句话。

1967 年猝不及防的转折，对于杜仲来说是一次致命的打击。他的父母几乎同时被隔离审查，那时候楚小溪才知道杜仲的家世。那几天杜仲的脸一下子变得苍白瘦削，明亮的额头像是罩上了一层灰土，从眼睛到眼镜片，整个人都变得灰蒙蒙的。小溪的父母立即禁止她再与杜仲来往，小溪只能寻找各种借口偷偷跑出来，与杜仲在公园见面。小溪知道那些日子，几乎所有的亲戚朋友和同学都不敢同杜仲来往了。那样孤独无助的时候，天性傲慢的杜仲尤其需要安慰。在小溪看来，杜仲那一副拒绝同情的样子多半是硬装出来的，其实他心里比谁都更渴望同情。不过小溪对杜仲并没有太多的同情，她对杜仲的好是纯粹的喜欢，和原来对他的好没有什么区别。杜仲会给她讲许多她从来没听说过的事情，她喜欢杜仲，多少是有钦佩的因素在里头。虽然杜仲的家里倒霉了，但杜仲还是那个杜仲，跟他在一起，小溪总是觉得自己的眼睛会一次次发亮。一直到小溪去了北大荒之后，有一次杜仲在给她的信里说了一句话，让小溪明白了杜仲对她好的原因。杜仲说，在我最困难的日子，你从不让我感到你的友爱是一种施舍。小溪感动过后，又觉得这句话是过奖了，其实女孩天生是热衷于安慰别人的。那时小溪常常从家里偷来几个橘子或是粽子和荸荠给杜仲吃，他像一只饿狼一样大嚼的时候，小溪就搜肠刮肚地给他讲笑话，想让杜仲高兴起来。

楚小溪至今还记得那个笑话，忽然引得杜仲大发雷霆。

小溪说，哎，你听说化工厂发生爆炸的事情了么？他们说有特务破坏，就把历史反革命沈阿三给揪出来了。许多人轮流打他，说他有定时炸弹，他被打得受不了，只好承认了。开批斗会的时候，革命群众都跳到台上，审问他究竟是怎么引爆炸弹的。哪里晓得这些具体的问题，造反派事先忘记教他了，他回答不出，大家就打他。群众逼着他问，那个定时炸弹到底有多大？

沈阿三连炸弹都没见过，想了想，臂膀朝两边一伸，说，这么大。差不多像自行车那么长了。群众不满意，横眉竖眼说，不对！沈阿三把双手缩回来说，这么大。这次像西瓜那么大。群众又说，不对。沈阿三想来想去，伸出食指和拇指比画说，这么大。就是像柿饼那么大吧。群众才算满意。又有人问他，炸弹是方的还是圆的？他又答不出，忽然想起《国庆十点钟》那个电影中的马蹄表，赶紧回答说，是圆的，圆的。革命群众大吼一声说，又错了！沈阿三连忙改口说，是方的，方的……

够了！杜仲两眼血红地大叫一声，你真觉得很好笑吗？这么荒唐的事情，我一点都笑不出来。那些人到我家搜查时，还问我电台在哪里，我父母是不是每天晚上给柯西金发报……

楚小溪被吓了一跳，泪水哗地涌了上来。杜仲手足无措地围着小溪转了好几个圈圈，掏出一块脏兮兮的眼镜布，要给小溪擦眼泪，倒惹得小溪又笑起来。

匆忙的约会中，他们的手里不再有书。谈论书本是需要心情的，书本里的故事很精彩，现实却很严峻。杜仲说他们没有今天，因为今天充满了危险；他们也没有明天，明天像一条断流在沙漠的内陆河。从杜仲嘴里越来越多地蹦出来一些不合时宜的话语，让楚小溪心惊胆战。几年以后，当杜仲从她的生活中彻底消失以后，她想起十六岁的杜仲当年只有一个听众的那些讲演，蓦然明白杜仲后来的结局，其实在那时就已经彰显。

很快，就连这样的约会也不能再继续了。小溪的父母知道她依然和杜仲来往的情形后，迅速地把小溪送往了外县的奶奶家。十五岁的楚小溪还不懂得怎样拒绝和逃避，再说，她开始发现杜仲这个人变得神经兮兮的，越来越难相处。楚小溪有些害怕和杜仲在一起了，跟杜仲谈天，他总是会把人的心扰乱，让对方觉得自己的头脑不如他的头脑。在小溪那个年纪，既然什么人跟她说什么她都会相信，她为什么偏偏要相信杜仲跟她说的那些话呢？

很多年以后，楚小溪才知道，香樟树活着的时候，是闻不到樟木的香味的，只有把香樟木做成箱子之后，木材的香气才会一年一年经久不衰地散发出来。

她在外县的一个小镇上待了大半年，连猜带蒙地看完了厚厚的中国古典四大名著，还学会了踩缝纫机和裁剪衣服。偶尔她会想念杜仲，但她没有给杜仲写过信，写了信他也是收不到的。小溪不知道杜仲后来的那些日子是怎么过来的，当她回到 H 城的时候，已是 1968 年年底，一批一批赴黑龙江反修前线的知识青年正在准备出发。当她想方设法终于打听到杜仲的消息时，已是杜仲即将上火车的前一夜了。

她是在杜仲的学校教室里找到他的。一堆乱七八糟的行李摊在拼起来的一排课桌上，杜仲正弯腰往一只木箱里装书。她的突然到来并没有使杜仲感到惊讶，杜仲拍着手上的灰尘笑眯眯地说，哎，你怎么才来啊？跟我们一块走吧！

你是真的要走啊？

当然是真的。我对 H 城已经烦透了。

那干吗要去那么远的地方呀？

要走就去远的地方，他说，走得越远越好。

楚小溪坐在空荡荡的教室的凳子上，不知道为什么就哭了起来。她哭得很伤心，一句话也说不出来，那一刻她才发现自己其实是在乎杜仲的。杜仲就像一本借来的书，看完了要去还掉的时候，才发现还有好多页没来得及细看。杜仲一走，这座城市好像塌了一角，往后没有杜仲的日子，这座城市就空了。

她哭了很久，杜仲在一边把行李和书本弄得哗哗响。楚小溪心里也许是在期待着杜仲的安慰，比如走过来拉拉她的小辫子，摸摸她的头顶，或是把她揽在怀里，拍拍她的后背。但杜仲一刻不停地忙碌着，一言不发地走来走去，就是不走到楚小溪的面前来。小溪有些失望了，她抬起头，扯下了手臂上两只劳动布的蓝色新套袖，愤愤地递给他。

我没有什么东西送给你，这副套袖是我自己做的，你带着吧，也许用得着。

杜仲在接过套袖的那一刻，他的手掌碰到了楚小溪的指尖。小溪的手指冰凉，而他的手掌却冒着热汗。他的手掌在小溪的手指上停留了一小会，似乎迟疑了一下，立即就缩回去了。他粗声粗气说了声谢谢，把套袖分别戴在两条手臂上，然后在箱子里翻了一阵，说，那我只好把这本书送给你了，说实话我真有点舍不得呢，不过你一定要保管好啊。

那本薄薄的《金蔷薇》，小溪有一次想跟他要，他推三阻四地找了好多借口拖着不给。

　　小溪捧着书的手掌忽然有些发胀，浑身都热起来了。她说，杜仲，你到了那里，一定要给我来信啊。你就把信寄到我学校好了，我每天都会到传达室去看信的。她说完就匆匆走出了教室。在昏暗的走廊里，她听见杜仲在身后大声喊，你要给我回信噢……

　　连楚小溪自己也没有想到，第二年春天，她也报名去了北大荒的万山农场。那时候整个 H 城都已是红旗招展锣鼓喧天，她是被那些迎风飘扬的红旗裹挟而去的，是被那些惊天动地的锣鼓驱赶着去的。楚小溪欢欣鼓舞心情激荡，知青专列开动的那一刻，胸前戴着大红花的楚小溪觉得自己忽然间好像变成了另一个楚小溪，一个崭新的楚小溪，英姿飒爽的女战士楚小溪。车厢里震耳欲聋的歌声中，她忽然想起杜仲说过的话，他说要走就走得越远越好。现在她真的是走向远方了，但不知为什么，杜仲的面孔却变得模糊起来。那个远方离杜仲近了，杜仲却好像离她越来越远了……

　　楚小溪到达万山农场后不久，就给杜仲写了信。杜仲很快回了信。他的信都写得很长，厚厚一沓，常常把信封都挤破了。他的信字迹很潦草，好像不那么飞快地写，那些话就会卡在他喉咙里。起初他在信里说着呼玛那儿的历史和风俗什么的，就是不谈怎样保卫边疆的事情。过了些日子，那些密密麻麻的小字开始谈论法国大革命，然后是英国的工业革命，还有日本的明治维新什么的。楚小溪一看到杜仲的来信就喘不过气来，阅读他的来信变成了小溪生活中一件十分艰难和辛苦的工作。楚小溪有时候恍惚觉得那些信不知道从哪里寄来，杜仲好像不是在硝烟弥漫的反修前线，而是在一间与世隔绝的书斋里。小溪的忍耐终于到了头，她委婉地回信告诉杜仲，她所在的农场纪律很严，劳动很艰苦，天天晚上还得读"老三篇"，实在没有那么多时间看信和回信，他能不能把信写得简短一些。那以后杜仲忽然给小溪寄来了一首《知青之歌》，说是一个南京的知青自己写词谱曲的，唱起来苍凉悲壮，把他的心情都表达出来了。小溪把那歌词给同去的知青看了，有人悄悄告诉小溪外头正批判这首歌呢，让她赶紧把歌词撕掉。小溪浑身一凉，此后便多留了心眼，给杜仲的回信总是拖了又拖，回信也越来越短。那段时间的楚小溪正在蒸蒸日上，评上了五好战士和场劳模，又提了科研排的排长，连部已经让她填写了入党志愿书。她所在的连队那样火热的朝气蓬勃的生活同杜仲的来

请带我走

信中那种越来越灰暗、悲观、消沉的情绪相比，简直是牛头不对马嘴。小溪觉得自己和杜仲像是朝着相反方向跑去的马车，扬起的尘土在马车擦身而过的那一刻相会，而后就各自飘散了。

每次给杜仲回信，都会使楚小溪烦恼而又痛苦，因为她实在想不出有什么话可对杜仲说。有一次杜仲来信，说她的信上一大半都是废话，还说若是把 1966 年的楚小溪与 1970 年的楚小溪相比，后者的脑髓正在萎缩。这句话深深地刺伤了楚小溪，她好几个月没有给杜仲回信，直到那个寒冷的日子，杜仲突然精神抖擞地出现在她的宿舍门口……

往事不堪回首。这么多年来，楚小溪做成了许多事，然而她唯独难以做到的就是忘却。

楚小溪这次回 H 城只能停留两天时间，就得转道去 B 城办事。回到家里，见过父母，她正在犹豫着要不要给孟迪打电话，电话铃猛地响起来，一接，却是孟迪的声音。楚小溪多少有些意外，因为孟迪是从来不主动给她打电话的。

她说，孟迪你真是神了，我刚进门，你怎么会知道我回来了？

孟迪的声音听上去有些怪怪的，我不知道你回来，我只不过想试试看……

楚小溪问孟迪找她有什么事情。孟迪沉吟了一会说，如果你晚上有空，能不能出来坐坐？楚小溪立即就答应了，她不会拒绝孟迪的任何请求，因为孟迪从来没有任何请求。

孟迪的述说十分平静，他提到杜仲那个名字的时候，就好像在说着一个昨天刚刚分手的人。他那种与己无关的语气，明显地拒绝着楚小溪做出任何震惊、怀疑或是惊慌失措的反应。他转述了自己与杜仲见面的情形，还有杜仲最后请求他转告的那些话。他的语速很快，显然不希望被楚小溪的任何提问打断，好像一旦停顿下来，就会再也无法续接上了。楚小溪渐渐发现，孟迪在叙述的过程中，并未对杜仲加以评论，显然他早就打定了主意，要让楚小溪自己来面对这一切。

楚小溪觉得脑子有些发晕，眼前一片混沌。

谈话快结束的时候，孟迪最后的一句话令她怵然一惊。孟迪说，我给你打电话，其实心里希望你没回国，最好你不在 H 城，这样就等于你根本不知道。但是我又不能不打这个电话，因为我知道，这么多年在你心里，你和杜仲的事情并没有真的结束。

楚小溪的眼圈一下子就红了。

她很快说，不，还是算了吧，我不想同他联络。这么多年过去，许多话都不是一下子能讲清楚的，越讲反而越讲不清楚了。再说也没必要讲清楚了。她拒绝得很干脆，如果她听出自己口气里有一丝迟疑，她觉得自己就会被这迟疑所动摇。

可是我倒觉得，他的内疚和歉意是真诚的。孟迪小心地补充了一句。

你不知道，我怕的就是这个。楚小溪轻轻地叹了口气，我不希望他给我道歉，因为他不是故意的。后来我经历过那么多的故意伤害，倒觉得杜仲是个一心想救我的人。

孟迪笑笑说，也许这就是你们之间的错位。你再好好考虑考虑，杜仲说他再过两天也就回 F 国了。这一走，不知道什么时候能再相遇……

楚小溪打断他说，我后天一早头班飞机去 B 城，明天一整天家里都有事，时间也排不开啊。

孟迪站起来说，那你自己决定吧，有事给我打电话好了。说完这话，他就告辞了。

楚小溪面对着桌上喝了一半的咖啡怔怔独坐，一时还没有从孟迪带来的消息中回过味来。她觉得杜仲真是个奇怪的人，每次出现都像个空降兵一样，突如其来神出鬼没的，实在是可气可恨。他杳无音信地失踪了二十几年，却像个转世的灵魂一样重返人间。好像这才是杜仲的方式——突然消失，然后突然出现。

时隔这么多年，但一切都依然清晰得像昨天一样。

那年冬天的暮色中，杜仲如同一根木头桩子，一动不动地站立在楚小溪的连队宿舍门口，冲着她发出一声粗重的呼唤。当她看清面前这个人是杜仲的时候，又惊又喜，心都快跳出来了。她脑子里闪过的第一个念头，是不是杜仲的家里出了什么事。但杜仲说什么事也没出，他刚从 H 城回来，顺便来看看她而已。近两年没见了，也许是应该见一见的，总是在信上见面，他连楚小溪长什么样都快忘记了。听了这话，小溪松了口气，就咯咯笑起来。杜仲把她从头到脚细细打量了一番，皱着眉头说，小溪你怎么穿成这样啊？男的女的都分不清，我刚才差点不敢认你了。

小溪的眼睫毛上都是霜花，她揉揉眼睛低头看自己，一身黄不黄绿不绿的棉袄棉裤，臃肿得像一只大狗熊。黑色的棉胶鞋上全是刨粪时溅上的脏东西，戴着厚厚的棉手套的手像两只巨大的熊掌，指尖上却露着一个破洞，黑灰色的棉絮从洞里钻出来。她去摸自己的头发，小辫摸不到了，一顶狗皮帽子严严实实地包裹了整个脑袋，一条红得发黑的围巾缠在脖子上。小溪不高兴地哼了一声说，咋的啦？这有啥不好？男女都一样嘛。你看你，这么冷的天，帽耳朵也不放下来，耳朵冻得通红，臭美哪你。

杜仲被她噎得把话都咽了回去。他好像很饿的样子，问连队几点钟开饭。小溪这才觉得，杜仲的突然到来是一件麻烦的事。连队刚收工，宿舍里的女生们都要洗洗涮涮，她不能把杜仲带到女生宿舍去。可这么冷的天，也不能让他留在外面挨冻。众目睽睽之下，把他带到连队食堂去吃饭更是不合适，第二天就会有人问你和他是什么关系，如果被人认为楚小溪交了男朋友，肯定会影响自己进步。小溪有些犯难了，她在心里怪杜仲怎么事先也不打个招呼。想来想去，忽然想到了科研排的种子站，那里正在进行冬季育苗实验，封着炉火不会冷。自己有那屋的钥匙，不如把杜仲带到那里去，给他把饭打来，还可以一边吃饭一边聊天。小溪让他等等，进宿舍拿了钥匙，就把杜仲带到种子站去了。

小溪开门开灯，杜仲走进去，把手里那只鼓鼓的旅行包放在地上，然后摘下帽子，脱下军大衣，背着手环顾四周，就像检阅似的踱步点头，说，你这儿还不错嘛。小溪注意到他身上穿的一件小棉袄，袖子上套着一副劳动布的套袖，已经洗得发白。那是他下乡前小溪送给他的东西，他居然一直戴到现在。小溪心里忽地一热，刚才的怨气也都消了。

杜仲的目光停在墙上，脸上露出了讥讽的神色，哦，什么呀？这些都是什么呀？

小溪正在捅炉子添煤，抬头看，见墙上贴着一张大红纸，上面是连队赛诗会上科研排女生写的诗：齐心协力迎春播，播下种子播下歌。秋来粮食上纲要，革命青年喜心窝。

杜仲严肃地说，这也叫诗吗？开玩笑！这是标语。

小溪有些扫兴，却没工夫跟他争辩，便说，你就先待在这儿休息会啊，我去食堂打饭，要是过了点，食堂就该关门了。

你去你去。他挥挥手，开始专心地琢磨起小屋桌上的那些瓶子和育苗盒来。

小溪打了饭回到小屋，见杜仲正用手扒着育苗盒里的土。她说，哎，你干吗呢？我们正在测试冬季出苗率，你别把我的苗碰坏了。杜仲头也不抬地说，哪儿有苗啊？都还没萌动呢，一点动静都没有，我看这叫作我自岿然不动啊。

小溪放下饭盒，赶紧用手把土拢回来，一边按压着一边说，你看你，把我的土弄松了，这可不行。育苗最初阶段的关键在于镇压，镇压越紧，毛细血管就越畅通，水分就上来得快，发芽也快，没有压力是不行的，懂吧？

杜仲的脸唰地沉下来，用鼻子哼了一声说，镇压？连科研都用上这个词了？

小溪不理他，用调羹敲着饭盒说，饭都凉了，快吃吧。杜仲看一眼饭盒说，有菜吗？小溪说，有菜有菜，不过都是咸的。她打开饭盒，里头是几个黑面馒头，一撮没放油的咸菜丝，还有两块红腐乳。她笑了一下说，馒头夹腐乳味道好着呢，我平时都舍不得吃，今天招待你，我算是借光吧。杜仲刚坐下忽然又站起来，四下寻找自己的旅行袋，从里头找出一包皱巴巴的东西递给小溪说，这是我给你带的，差点忘了。

小溪打开纸包，看见了几根生的香肠、一袋虾皮、一袋笋干，还有一堆黑乎乎的东西，灰色的碎壳和黏稠的酱汁压成了一个饼状，散发出一种熟悉又难闻的气味。她说，这是什么呀？杜仲盯着那东西看了一会，恍然大悟地回答说，是皮蛋，对，是皮蛋呀，它们怎么变成这个样子了呢？小溪又笑，说，咱们就把它吃了吧，用调羹舀着吃，再把壳吐出来……

小溪觉得饿了，两个人一时顾不上说话就开饭了。没有酱油和盐，她和杜仲便就着皮蛋吃咸菜，再就着咸菜吃馒头。另一个饭盒里盛着酱油汤，杜仲喝汤的时候抿着嘴，一点响声都没有。吃了一会，杜仲突然哎了一声，站起来就冲到门外去了。过了一会回来，嚷嚷着要找水漱口，说那黑面馒头里有沙子，把他的牙硌着了。

就你那么多臭讲究。小溪不屑地瞪他一眼，我们天天都吃这个。在农场，有黑面馒头就算好的了，我还没给你吃窝头呢。到现在我才发现，你原来有那么多顽固的资产阶级生活习惯。下乡两年多了，你是怎么接受再教育的啊？

杜仲不搭腔，用水桶里浇种子的水漱了口，两眼盯着小溪的脸，仔细研究起来。他说，哎，小溪，你的眼睛怎么啦？怎么一只眼睛单眼皮，一只眼睛双眼皮了？我记得你原来两只眼睛都是单眼皮啊……

小溪下意识地去揉了揉眼睛，对杜仲解释说，那是去年冬天去苇荡割柳条子的大会战中，拉着满满一车柳条子的牛车翻了，她被压在柳条子底下，一只眼睛的眼皮被柳条拉了一个口子，直流血。可当时大会战那么紧张，她坚持轻伤不下火线，简单包扎了一下，没去场部医院治疗。等伤好了以后，这只眼睛就变成双眼皮了。她强调说，其实这个样子一点都不妨碍劳动。

杜仲用嘲讽的口吻说，好嘛，都成波斯猫了，还名贵品种呢。一边说着，一边站了起来，从旅行袋里掏出了一只小黑匣子。

差点忘了，吃饭是应该有音乐的。为了庆祝重逢，咱们一起听音乐吧。他的脸上露出了一丝笑容。

音乐？小溪觉得这个词好生疏。在小溪的生活中，如今只有歌曲，没有音乐。这音乐也太奢侈了吧，再说哪能说变就变出音乐来呀？

杜仲摆弄着手里的黑匣子，小溪看清了那是一只小小的半导体。杜仲旋转着开关，来来回回地调试着，半导体发出刺刺啦啦的噪声，根本就没有什么音乐。

看来你这儿干扰太大，信号不好。杜仲有些丧气，在我们那儿，什么时候都能听上音乐，清楚极了，就跟中央人民广播电台似的……

小溪当时并没有留意这句话的意思。她急于想问问杜仲 H 城的情况，还得跟他说说农场的事情，比如农业学大寨的前景、知青运动的历史意义，还有自己的进步和成绩，以前的信上不好意思提，这次可以当面告诉他了。她问起了他父母的情况，问起了他在 H 城有没有去看冬天的蜡梅。杜仲沉吟了一会说，他的父母大概这辈子也回不来了，他现在已经不再关心这件事了。他在 H 城也没有去看蜡梅，因为他对蜡梅不感兴趣。他三言两语就回答完了小溪的问题，又开始调试那只半导体。

小溪气恼地问，你这也不关心那也不关心，你到底关心什么呀？

杜仲把手里的半导体扬了扬，努嘴说，这个！

小溪说，那你跑这么远来看我干吗？你跟你的半导体待着好了。

杜仲说，那倒是不大一样的，你是个活人啊。

小溪收拾着饭盒，说，那你为什么不跟我好好说话呢？

杜仲连头也不抬，我来看你就是想看看你，给你写了那么多信也不回，我就想来看看你到底怎么样了。说那么多话干吗？我倒是想让你听半导体，听听你平时听不到的声音。

小溪满心委屈地嚷嚷说，没什么可说的，那你走好了。

杜仲总算把手里的半导体放下了，轻声叹了口气说，这只半导体是我过十五岁生日那天，我父母送给我的礼物。抄家那天我正好带在身上，没有被抄走，后来就带着下乡了，想不到还真是派上了大用。好啦，那我就跟你说话吧。你想说什么呢？

小溪赌气说，你跟我说说，这两年你到底在想些什么？你信上写的那些乱七八糟的长篇大论，我没时间看也看不懂。

杜仲的声音忽然变得低沉。他斟酌了一会说，我想些什么？你真的想知道吗？我一直在想，既然教科书上说资本主义是封建主义的天敌，那么为什么还得使用农药呢？

农药？什么是农药？

与天敌相比，社会主义不就成了农药吗？

你——你这样比喻太不妥当了。

有什么不妥？杜仲振振有词地说，天敌就是克星，具有天然的杀伤力，这是自然规律。而农药是人工合成的……

小溪气愤地打断他说，你怎么可以这样想？你也太——太……她一时想不出合适的词。她想说反动，觉得太伤人了，说过分又太缺乏力量了。她觉得杜仲简直不可理喻，他此行来看望她，莫非就是为了兜售他的农药？小溪气得说不出话。

突然间电灯就灭了，杜仲和她自己一下子都隐没了。在农场，停电是常事。黑夜像浓密的云层一样涌上来，她觉得自己像一艘潜艇似的，沉入黑暗的水底里去了。她听见杜仲的喘息，杜仲说，你别着急啊，我有手电筒呢。就听见他磕磕绊绊地走动、又窸窸窣窣翻动旅行包的声音，手电筒却迟迟没有出现。小溪摸索着走到屋角的窗台上，用手摸到了火柴和一根细小的蜡烛。她把火柴划着了，蜡烛慢慢亮起来，金黄色的火苗在黑暗中抖动，杜仲惨白的面孔从黑暗中浮出来。小溪忽然觉得，眼前的杜仲犹如一个石膏头像，线条僵硬而呆板。

蜡烛几乎就像一节小鞭那么长短，这儿的人都管它叫磕头了，说是磕一个头的工夫就点完了，虽然有些夸张，但能点的时间确实很短。就这样的小蜡烛还得凭证供应。小溪想，饭也吃过了，又停电了，自己太晚回宿舍会造成坏影响，还不如早些给他安排个地方住下。她正在琢磨着今晚把杜仲弄到谁那儿去睡觉，桌子上的半导体突然响了起来，把小溪吓得一哆嗦，蜡烛的火苗也晃动起来。

小溪听见了一个柔和低沉的女声，像房梁上悬挂的灰尘丝，在空气中轻悠悠地荡来荡去。那普通话的发音有些古怪，该用去声的她发的是平声，该用上声的她发的是去声，七高八低七上八下的，和平时中央台的广播员完全不一样。那声音尽管模糊而暧昧，小溪终于还是听清了大概的意思。那个女声说，听众朋友，你们一定知道中国那位最优秀的小提琴家的名字，自从"文化大革命"开始以来，他目睹了中国知识分子遭受的悲惨命运，他本人也被审查被迫害被凌辱。前几年，他终于冒着生命危险流亡到了西方国家，现在我们为听众朋友们播放他著名的《思乡曲》……

那一刻小溪的呼吸都停止了。她像是听见了来自黄土高坡的信天游，苍凉悲怆哀婉得揪人心扉，又如森林中流过的淙淙泉水、蓝天上飘过的朵朵白云，如轻风穿过峡谷，雪花轻盈地舞蹈。她很久很久没有听到过如此美妙的琴声了，就像一群精灵似的，在这简陋的小屋子里盘旋，蜡烛微弱的火苗随着旋律舞动，昏暗的小屋忽然变得明亮而温暖……

烛光暗下去，战栗抖动了几下，灭了。小屋又一片黑暗。

小溪伸手去摸磕头了，摸了一手灰。这才记起来科研排就这么一根备用的蜡烛。音乐在暗夜里回旋，旋律渐渐变得沉重而压抑。一线圆柱形的手电筒光线忽然亮起来，穿过乐声投在她的棉袄上，胸前那枚小小的像章在她眼皮下发出殷红的反光。小溪的头脑一激灵，顿时清醒过来。

杜仲你这是在干什么？她急吼吼地嚷道，你在收听——收听……快把你的半导体关掉！她急得捂住了耳朵。我不要听不要听，这太危险了，你难道疯了吗？听见没有，快给我关掉！她差点哭出声来，扑过去抢那只半导体。

杜仲一把将半导体搂在怀里，小溪听见啪的一声，声音消失了，屋子里突然静下来，寂静无声，像一个密不透风的菜窖。

怎么会把你吓成这个样子？杜仲冷冷地说，不至于吧？你可以用批判的眼光欣赏嘛。

小溪已经回过神来。她真的很气愤，她不明白这个两年没见的杜仲，怎么会变得这么离谱！其实在他的信中早已露出了思想大滑坡的种种苗头，由于她的同情和软弱，对他一再姑息纵容。她不能眼看着他这样下去，无论他怎样蔑视她嘲笑他，为了两年前那一段难忘的友谊，她一定要伸出手去拉他一把。

小溪觉得自己从来没有这样坚决而坚定过。她站了起来，慷慨激昂地对杜仲说了以下的话。那些话她永远都不会忘记，在后来的那些年里，她在心里一遍又一遍地重温着检省着自己说过的每一个字。每一次回想，她的心都会因此而剧烈地疼痛起来。

她说，杜仲你听着，你现在所有的苦恼和委屈都来自你自身处境的改变。"文革"前你的生活太优越了，你根本不懂得人民的疾苦和愿望。你由于父母的政治问题而产生强烈的不满情绪，这是私心杂念在作怪，我理解但不能赞同。你真的必须悬崖勒马了！

手电筒的光一点点暗下去，杜仲的面孔也变得模糊不清。他沉默着，咬住了嘴角。他不断变换着坐姿，木头凳子在他身下嘎吱作响。时间似乎过去了很久，他仍是一言不发。

你倒是说句话呀。小溪终于忍不住了，你难道真的就想不通这个道理吗？

我想不通。除非一粒子弹从我脑子里穿过去，恐怕才会通吧！杜仲的语气中有一种不容反驳的决绝，小溪不由得打了一个寒噤。他站起来伸了个懒腰，抓起手电筒说，好啦，麻烦你给我找个地方睡一觉，我明天早上就回呼玛去。

临出门前，小溪没忘给炉子添了煤压上火。门吱扭一声关上了，小溪的心里咯噔一下，像是有什么东西被锁在了里头。一个多月以后她才发现，杜仲离去之前无意中遗落了一颗定时炸弹。炸弹被引爆的那一刻，她曾经拥有的美好理想都被炸成了碎片。

那晚的月光很亮，雪地上笼罩着一层凄迷而圣洁的月色，静寂的原野像一片银色的湖泊，寒风吹起了雪末，雾气迷蒙。小溪觉得自己就要在湖里沉下去，身子一阵阵发冷。在那条通往连队宿舍的小路上，她和杜仲谁也没再说话。她只听见笨重的棉胶鞋踩着雪地咯吱咯吱的响声，两个人一前一后，总也踩不到一个点子上。

她把杜仲送到了男生宿舍门口，敲开门叫出了孟迪。她对孟迪说，她的一个朋友来看他，能不能在孟迪这儿借住一晚，明天就走？孟迪什么也没问，就让杜仲进去了。分手的时候，杜仲神情严肃地伸出手来，很有礼貌地碰了碰小溪的指尖。留在小溪记忆中最后的印象，杜仲的手柔软而冰凉，像一团雪花。

小溪一个人走回女生宿舍去。刀子一般的小风钻进了她的脖颈，她一阵哆嗦，觉得心都好像被冻透了。那个瞬间她的脑子里忽然跳出了一段话：决不能把私人友谊和政治问题混为一谈……决不容许把私人友谊摆在事业的利益之上。那是她前不久从一份学习材料上抄下来的斯大林语录，以此勉励自己。想不到在这个寒冷的冬夜，这段话真的给了她一丝勇气和安慰。

月光下，她看见自己大步行走的身影。两条粗壮而结实的双臂有力地甩动着，白色的雪地上，身子两侧晃动的黑影犹如雄鹰黑色的翅膀，从雪地上飞升起来。

可是楚小溪还没等起飞，翅膀就突然折断了。

春节过后不久，上头来了外调人员，加上总场保卫科和连队的保卫干事，差不多坐了满满一屋子人。小溪被叫去谈话的时候，那些人面露凶光，如临大敌，让小溪觉得莫名其妙。他们用审讯犯人的口气提到了杜仲的名字，并要楚小溪老实交代有关杜仲的一切问题。他们是从杜仲住处的灶坑里，临走前没有被焚烧彻底的一大堆信件残片中，发现他和楚小溪的联系的。当楚小溪终于听明白，杜仲这个人已经在春节前夕过江去了，并且至今没有被遣送回来，她的脑子嗡的一声炸开了，后背上一层冷汗，像是穿上了一件铁制的盔甲。

杜仲确实来过万山，但他的告别只是一种象征，连一句暗示的话都没有。

假如她真的知道他有过江的念头，即使用自己的生命去阻止他，小溪也舍得。

但小溪真的连一丁点蛛丝马迹都没有察觉。她什么都不知道，什么也没有发现。在那天晚上他们单独相处的三个小时中，关于这个犯罪计划，他绝没有向她透露一丝一毫。她始终被蒙在鼓里，她真是太幼稚天真、太麻痹大意、太愚钝轻敌了。作为一个革命青年，如此缺乏阶级斗争的警惕性，她深感愧疚、悔恨，甚至万分痛恨自己。

可是没有人相信她的交代和检讨。他们说，那天杜仲突然来到万山农场，你为什么不在连队宿舍公开和他唠嗑？为什么要偷偷摸摸把他带到科研排的种子站，并且谈话长达几个小时？你们不是在密谋是在干什么？小溪结结巴巴回答，怎么是密谋呢？只不过说了点家常事，H 城的熟人、下乡后各自的收获什么的。他们说，谈话有证人在场吗？小溪说，没有证人。他们说，没有证人怎么能证明你不知情？怎么能证明你不是他的同谋？怎么能证明你没有参与并协助他外逃？怎么能证明你没有为他提供帮助？否则他来找你干什么？

小溪哑然无语。她无法证明自己。她什么证明都没有。

一连许多天，她被拘禁在连队小号里，回忆交代反省自己与杜仲的历史渊源以及现行关系。夜深人静时仔细回想，其实那天晚上有许多微妙之处，都已经显示出了杜仲决心过江的可疑迹象，可惜小溪只是浑然不觉。比如那只该死的半导体，比如农药，比如……但小溪什么也不能说，某种本能告诉她，她说得更多麻烦就会更多。她在拼命检讨，痛心疾首地认错，表示坚决与杜仲划清界限的决心的同时，却总是一问三不知地守口如瓶。后来的许多年里，小溪时断时续地想起万山农场持续了几个月的审查，当时她那种顽强的缄默不语其实并非出于良知，而是出于自我保护的基本常识，也许在潜意识中还有一点对杜仲残留的友情。杜仲曾跟她说了那么多不该说、对一般人不敢说的话，想必杜仲是信任她的。也许在杜仲的生活中只有她这一个可以信任的人了，她得对得起这种信任。

小溪抱着侥幸心理，希望能躲过这场厄运。然而她终究还是躲不过。专案组初期劳而无功的审讯，因一张小纸片而突然起死回生。一个深夜，他们得意扬扬地出示了那张纸片。纸片已经被揉得皱皱巴巴，但上面的中文字迹依然清晰可见：请带我走！下面是一行俄文。

小溪的心脏狂跳不已，几乎要窒息，她感到自己快要晕过去了。她认出那是杜仲的笔迹，杜仲给她写过那么多信，不会有错。这不是栽赃，是杜仲亲手所写。但小溪从来没有见过这张纸片，它从哪里来？又怎么会到了专案组的手里？即使这张纸片是杜仲所写，和她有什么关系？小溪的脑子乱成了一锅粥，她觉得自己浑身上下都是嘴巴也说不清楚了。

请带我走！千真万确地明摆着，你是想让杜仲带你一起走，一同过江去！但杜仲狡猾得很，他怕带着你累赘，不愿带你走。你说你从来没有见过这张纸片，这是抵赖和狡辩！纸片是从科研排种子站的小屋里找到的，那天晚上就你和杜仲两人在那儿，不是你写的是谁写的？我们已经调查过了，杜仲在"文革"前就开始学俄语，想必他在 H 城时就教过你好几年了，可见你俩早就里通外国，预谋叛逃……

可我——我到北大荒以后的表现是有目共睹的，我已经是中共预备党员了，我干吗要叛逃啊？小溪满心委屈地为自己辩护。

那是伪装的！正是为了掩盖你真正的目的。

我真要想走，可以当面同他说嘛，干吗要写在纸片上啊？小溪觉得事情简直荒唐到了极点。

那是——那是因为——因为当面说，你怕隔墙有耳，给旁人听见嘛。这张纸片正暴露了你的心虚……

一切的争辩都是那么无力和无用，事情已无可挽回。楚小溪叛逃未遂的罪名正式成立，很快被撤销了预备党员资格，撤销了排长职务和其他所有的荣誉称号。楚小溪从此一蹶不振心灰意冷。一直到她离开万山农场前夕，她才在无意中得知，对她的审讯和处理结果是由当时正迅速蹿红的另一位知青把持的，他必须除掉楚小溪这个未来可能对自己的成长进步构成威胁的对手，他和楚小溪是你死我活的关系，所以他绝不会心慈手软。

在后来许多年孤寂灰暗的日子里，楚小溪曾无数次回想那个冬夜她与杜仲见面的情形。她的回忆像一把篦子，一遍一遍地梳理着她和杜仲在种子站小屋里的每一个动作。有时候，她觉得那一切也许早就被命运所注定了——由于停电，杜仲在黑暗中翻动着他的旅行袋寻找手电筒。他的纸片就是在那时候掉出来的，然而当时，他和她都没有发现。

曾经有很长一段时间，楚小溪一直恨着杜仲。她觉得在她和杜仲的交往中，杜仲一直把她当成一个无知的倾听者看待。他只是需要有人倾听，而从不关心倾听者的感受。他不会顾忌自己的悄然离去会给与他相关的人造成怎样的伤害。楚小溪永远也无法原谅杜仲的原因之一，是杜仲其实从来没有把她当成一个同行者，或是一个共享秘密的朋友。如果是那样，她也许会认为，即便对自己的审讯和处分再严厉再过分，也还算值得。

楚小溪心目中向往的美好前途在她十九岁那年被断然中止，中止得如此迅猛无情，没有丝毫回旋的余地。就像一列高速行驶的列车，被铁轨上突然出现的不明障碍物拦住，不得不强行刹车。那一段被人冷落遭人侧目的日子，楚小溪觉得自己年轻的生命好像裂成了两半，她只能用高强度的劳动来麻痹自己，用沉默和无言来固守自己。她开始疯狂地读书，利用探亲假回 H 城的机会，带回了高中的数理化教材和其他所有能找到的书来读。书籍在许多年里抚慰着她枯涩寂寥的心灵，这样的日子一直持续到 1978 年知青大返城。

那件事情发生后，在春节回 H 城探亲的时候，她曾收到过孟迪当面交给自己的一张字条，让她忘记过去重新开始。孟迪用一种含糊的语气问她，他是否可以成为她最知心的朋友。楚小溪始终避而不答。她不希望这辈子永远生活在对孟迪的歉意之中。孟迪由于留宿杜仲也受到了处分，她觉得自己带给孟迪的牵连无法用感情来偿还。

十九岁是多么年轻啊！一切都可以重新开始。杜仲的突然离去使得楚小溪突然长大了。但对于十九岁的楚小溪来说，前行的道路已被阻塞，她还能做什么呢？她唯一能够开始的，只是在内心对自己无休止地追问。

所以小溪不能去见杜仲。追问已近尾声，她害怕新的追问又会开始。

C

楚小溪下了出租车，拉着行李箱快步往机场候机厅走去。早晨起得晚了些，离登机的时间已经很近。她匆匆穿过空旷的大厅，走到巨大的电子显示牌下，去看航班的换票柜台号码。那一刻她听见有人轻轻地喊自己的名字。循着声音低头看去，面前有一位陌生的中年男子，微笑地望着她。她不认识这个人，只觉得那人宽大的额头和眉间有一种熟悉的神态，似曾相识。

我是杜仲啊，不认识了吧？

楚小溪茫然睁大了眼。

是孟迪告诉了我你的航班号，我还是想赶来见你一面。杜仲彬彬有礼地说，也不完全算是送你吧，因为今天我也要回国了。正好是 10 点钟的航班去上海，然后转机回 F 国。昨晚上我想了一夜，如果错过了这个机会，真是不知道什么时候能够再见了。

那个瞬间，楚小溪脑子里忽然闪过杜仲站在连队宿舍门口的样子。他总是突然出现然后突然消失，这种方式符合他一贯的风格。

杜仲笑了一笑说，二十多年过去了，是该认不出来了。不过我还是一眼就认出了你。真的，你好像没什么太大的变化。至少在我看来，你还是那个样子……

不，我不是原来那样了，其实我的变化很大，在心里。楚小溪友好地向杜仲伸出了手。

听说你常回 H 城？杜仲紧紧地握住了她的手。他觉得那手纤细而光滑，有一种香樟树叶富有韧性的质感。

是的，这几年回来多一些。小溪轻轻把手挣出来。

但我不可能常回来。所以这次能见到你，对我很重要。

没想到你经历了那么多坎坷，还健康活着，我——挺高兴的。小溪又说。

其实我今天来，只是想对你说一句话，当年由于我的无知莽撞，连累了你并给你造成了无法补救的损失，我真是很后悔。杜仲诚恳地说，我走了以后，你们那儿发生的一切我都不知道。我这一次回来后，孟迪才告诉了我。我之所以一定要见到你，就是想当面请求你的原谅，否则我的良心到死都会不安。那张纸片……

楚小溪面有愠色地打断了他，可惜这么多年过去了，那些本该向我致歉的人，那些内心应该感到惭愧的人，至今却没有一个人来向我表示歉意。唉，你说你——你向我道什么歉呀？望着杜仲尴尬的神情，楚小溪又说，不过既然是见了面，我倒想借这个机会当面感谢你呢。

杜仲诧异地摊开了双手问，为什么？

你说呢？小溪微微一笑。

我不知道怎么谈得上感谢，你不会是用这种方式嘲讽我吧？

我不是在开玩笑。你想想，如果不是因为你过江后给我带来的那些麻烦，当时的我就会继续在原来的轨道上走下去。噢，我想你该明白轨道的意思。楚小溪已完全镇静下来，她突然觉得有许多话从心里涌上来。那些话已在她脑子里盘桓了数年，一点一滴地沉淀下来，在她胸口积成了厚重的块垒，必得一吐为快了。如果不是因为那年的事，我不知道自己后来会变成什么样子。我也许会成为一件出色的工具，成为那个年代的一个时尚模特，或者是一只笨拙学舌的鹦鹉。可是你无意中在那轨道上安放了一块石头，突然翻车了，原来顺畅的运行被强制中断了，把我甩到了轨道之外的角落里。那尽管不是我所情愿和主动选择的，但我毕竟被推到了一扇新的门口，我不得不走了进去，走进了另一个房间。人说条条道路通罗马，这么多年过去，我们也许是殊途同归了。在美国读博士的时候，有一次我偶尔想到，其实是你救了我。你走后，我被迫成了现在的我。难道我还不该感谢你吗？今天能够当面跟你说出这些话，在我也是了却了一件心事。我想，你完全不必为当年的行为再感到内疚了……

杜仲惊愕地怔在那里。小溪的面孔模糊起来，一种缥缈的幻觉之中，他几乎要怀疑眼前的楚小溪会不会是与楚小溪同名的另一个女人。

其实——其实，当年我们都太幼稚了……杜仲有些语无伦次了，在我过江之前，曾经固执地认为江对岸的土地原本就是中国的。我心里甚至还暗藏了几分收复失地的英雄情结……

楚小溪朗声大笑起来。杜仲也不好意思地笑出了声。

机场大厅的广播响起来。楚小溪听见了自己那趟航班的号码正被一次一次播放着。她看了看表，抱歉地对杜仲说，如果再不去换登机牌，她就该误了这趟航班了，而她去 B 城的行程都已经安排好了无法更改。杜仲点点头说，那我陪你过去吧，也算我送你了。

楚小溪通过安检口之后，还回头向杜仲挥了挥手，然后消失在通道的拐角处。杜仲在那里站了一会，长长地嘘了口气，这才想起来竟然忘了留下楚小溪在美国的电话号码。他听见了飞机从候机厅上空飞过的隆隆巨响。目光循着声音追去，他想，他和楚小溪将在空中朝着相反的方向飞行，然后分别降落在东半球和西半球，远隔重洋而相望。

飞机离开地面的那一刻，杜仲从窗口望下去，能清楚地看见城郊公路两边新栽的香樟树。嫩绿的新叶已经长出来了，而去年深色的老叶还没有掉落。他懊悔自己曾对 H 城那样苛责，其实 H 城只是人生旅途上的一个驿站，出发，降落，而后起飞。

恍惚间，杜仲对此次的 H 城之行产生了一种梦幻般的虚妄感，就连楚小溪也变得朦胧难辨，只有湛蓝的晴空伸手可及。若是朝着弧形的天穹一直往前飞行，无论经由哪条航线，也许他和楚小溪都会在地球的某一处重新相遇。

地球是圆的。多年来亲历的旅行经验使他对这点深信不疑。

发表于《小说界》2003 年第 4 期

把 灯 光 调 亮

一

好几个月过去了，卢娜总觉得这个人出现得有些蹊跷。

所谓蹊跷只是一个说法。让卢娜郁闷的是，这人走后好多天，自己竟会常常想起他来。

这人是书店的一个陌生顾客，讲一口还算标准的普通话，面生，一听一看就知道不是本地人。本城常来的买书人，卢娜差不多都认识。顾客顾客，是店家的客，光顾之后走人。在本地方言里，过客和顾客是同一个发音，意思也差不多了。

他进门时朝卢娜客气地点了点头，算是打过招呼。此后无话，独自一人站在书架前一排排看过去。他蹲下去又站起来，一本本看得十分仔细，拿出来又小心地放回去，有时还把书翻开，在版权页来回查看，让卢娜疑心是否扫黄打非部门来暗中探访？他下午4点多钟进店门，在书店里站了大半个钟头。其实每排书架的角上都是有弧度的低木沿，专门给那些来蹭书看的学生坐的。卢娜很想和他打个招呼，你要看书爽性坐下来嘛。想了想，又忍住。这种书痴，时髦的叫法是书虫，卢娜以前也见过几个，随他。

那天下午，到了5点多钟，他的购书筐已经满了，又回身去抱了几本，一起放在收银台上。卢娜一眼看过去，算出有二十多本。等着卢娜清点的辰光，他踱步到店门外去，抬头朝着门楣上的招牌看，然后一字一顿念道，明光书店！又自言自语，明光书店，这个名字蛮好！

明光——卢娜心里忽然被狠狠地剜了一下。明光？自己有多久没喊这个名字了？

就这一声唤像勾魂一样，另一个人在一刹那就回来了。那个人站在卢娜面前，使她一时乱了方寸。卢娜用手指敲打计算机，一次次敲错，重来，还是错。有人勾魂，有人就失魂落魄了。

他站在一边耐心看着卢娜结账。当她拿起那本精装的《宽容》扫码时，他开口问，明光书店开业有几年了？这本书，你店里前后卖过多少种版本？

卢娜的手指嗒嗒响，闷头答道，我的书店开了有十多年了，这本《宽容》，除了三联的老版本，起码还有过七八个版本，有中英文双语版、摄影艺术版，还有《房龙文集》呢。你买下的这一种是三联去年新版的精装，前面的序言你有空看看，里面都写得蛮清楚……

这人有一刻没说话，卢娜能感觉到他惊讶的目光。然后他伸出手把这本书抽了出来，把书翻到扉页，摊开在她面前，请问明光书店有书章吗？就是那种藏书用的书章，很多书店里都有的。你能不能帮我盖一个？我到这个县城好几天了，就想寻一家像样点的社科书店。我说的不是新华书店，是明光这样的民营书店，还真被我寻到了。我第一次到这里，也算留个纪念。

她摇头，没有，对不起哦。

他显然感到意外，抬头环顾书店，又说，明光书店，这么好的名字。读书就是给人带来亮光，你为啥不刻个章呢？有些书店，收银台上放一排书章，读者自己就可以盖……

卢娜有些愣神。明光书店开业十几年，她为啥一直没有刻个书章？她问自己。这些年书店生意越来越难做，为了让那些爱读书的老顾客满意，她去省城进货的频率越来越高，事先还要上网做功课，反复选择图书书目，以便在第一时间让性价比最高的图书在明光上架。不过忙不是理由，以前就是再忙，每逢端午，她都会亲自到小商品市场去挑选面料，蜡染、丝绸、蕾丝花边，做成各式各样的香袋，散发出好闻的香料气味，就像一只只小巧玲珑的五彩小粽子，送给书友和老顾客，作为明光书店的谢礼。还有中秋节，哪怕是自己设计的一张小小的月亮卡片，也代表了明光的心意。但这两年，实际上她并不算太忙，甚至可以说越来越不忙了，顾客正在一天天少下去，那些她千挑万选购入的新书常常被冷落在那里，封面上连个手指印都没留下。

她当然不会告诉这位顾客，她不刻书章是因为她从一开始就没想过刻书章。她不想让明光这个名字被人盖在书页上，跟着别人走了，然后住在别人的家里，被别人的手指触摸……

不过这位陌生顾客的建议，让卢娜在那个临近黄昏的时刻，不得不面对着另一个人。这位顾客不会晓得，明光是一个人的名字，一个很久以前的人，确切地说是她童年的伙伴，消失在她高考落榜那一年。这个陌生顾客身上好似发出了一种超能电波，把那个被她假装忘掉的人一下子吸出来，像一幅放大成一人高的图书封面广告，竖立在她面前。

这个轮廓清瘦、眉眼细长的中年人来过以后，他的身影常常无端从她眼前闪过，渐渐和另一张年轻的面孔叠在一起，难分彼此。卢娜忽然明白，她想的、等的那个人，其实不是面前这个买书人，而是当年的那个小男生。尽管明光每天都悬在店门的匾额上，漠然望着出出进进的顾客，卢娜却已经和那个明光生分了。是这个素不相识的人把那个走远的人牵回来了？

那天傍晚，面对这个一下子买了二十多本书的人，卢娜拿不出一枚书章给他盖，觉得有点对不住，只好略带歉意地对他说，那我给你办一张优惠卡吧，今天就可以打九折。这几本都是旧书，封面都被人看脏了，我按七折给你……

他笑着说，不用不用，开书店不容易的。我在这里大概要住好几个月，假如不走，下次来你再打折好了。

卢娜没有遇见过不肯打折的顾客，觉得这人有点好笑。转念一想，办卡是要填写他的名字和手机号的，他大概是不想让人家知道他的名字吧？下次再来？也就是说说罢了，他一下子买这么多书，要看上好几个月呢。真想问问他，为啥不去主街上的新华书店买书？他是从哪里听说明光书店的呢？

话到嘴边又咽回去。卢娜心里其实还有更多问号，比如他是做什么工作的？为什么买的都是社科类的书？《李光耀论世界与中国》、秦晖的《南非的启示》、徐贲的《明亮的对话》都是前两年进的货，封面早已被人摸得脏兮兮的，每种只剩下了最后一本，她却一直舍不得退货，倒好像是专门给他留的。王蒙的《中国天机》、托克维尔的《法国大革命与旧制度》，早几年也都流行过了。他好像偏爱老书？大概平时没有很多时间看书吧？卢娜有点感激这个人，他好像特地来给明光书店清仓呢。县城还有几家小书店，从来不进这种素封面的讲道理书。所以本城的老顾客都有数，要买这种书只能到明光书店里淘。这样一想，卢娜心里有点高兴，可见明光书店的牌子和名气早已传得很远了？卢娜用眼睛的余光扫他一眼，她卖了十几年书，眼光很刁，只要看看他买什么样的书，就晓得他是个什么样的人，由此判断此人的学历和职业，十有八九是不会错的。不过眼前这位顾客让卢娜有点拿不定主意。县城附近有驻军，那里的军官士官都是书店的常客。可是这个人呢？一副文弱书生的面相，既不像穿便服的军官，更不像医生，也不像工程师。那么他只能是一位大学教授了？当然是文科教授，理工男一般不读《巨流河》《没有宽恕就没有未来》这种书的。他买的都是历史人文类，连一本小说都没有，可见他也不是文学教授，而且是不会操作网购的那种老派教授。否则卢娜倒有好几种最近大受欢迎的小说推荐给他，英国作家鲁西迪的长篇《午夜之子》、波兰小说家布鲁诺·舒尔茨的《沙漏做招牌的疗养院》，还有中国科幻作家刘慈欣的《三体》，年轻人都很喜欢。现在县城里大学毕业生研究生多的是，北上广刚开始流行什么好书，这里的读者就来电话催问了……

这么啰唆的问题，面对的又是一个陌生人，卢娜自然不好意思开口。她心想，卢娜你现在真是闲得要死了啊，这个人跟你半点不搭界，管他是教授还是工程师呢！

卢娜没开口，他却开了口。他抽出那本巨厚的《耶路撒冷三千年》，好奇地问她，这部书去年刚上市，你这里怎么能进到货？县城的读者不容易买到经典书吧？我听说这本书连县城的新华书店都进不到几本，不要说民营书店了……

卢娜看他一眼，笑着说，卖书人总有办法的，不要小看了县城书店，这本《耶路撒冷三千年》，本店已经卖出去好几十本了……

她不想告诉他，为了让明光书店第一时间进到最新最抢手的书，她曾经动过很多脑筋。有个本城书友的女儿在北大读书，离五道口的万圣书园很近。

那个女孩春节回来探亲，卢娜一次次叫她来吃饭，亲手做了霉干菜烧肉、鱼头炖火腿，就像亲生女儿回来了一样，惹得邻居说闲话，小娜你儿子高中还没毕业呢！那女孩回北京后，每礼拜都会去一趟万圣，把万圣的权威推荐每周书榜用手机拍了照，用微信发给她。卢娜再按图索骥直接去出版社进货，快捷度自然超高。按常规，民营书店只能从省城的博库书城及县新华书店进货，这一条也被她七拐八弯地钻空子破了戒……书店书店，有了好书才会有好顾客！是她的回头客支撑了书店，这个他总应该懂的吧？

在他惊诧的目光里，她亲自为他把书捆好，再套上一只大号的塑料袋，这样拎起来就稳当了，不会把书角弄皱。现在人工越来越贵，很多琐杂的事情，她常常都是自己做的。书店的活是体力劳动，拆包搬书上架，文弱小姑娘做不动；肯吃苦出力的年轻人，多半是从乡下出来打工的，连书名都记不牢，她哪里敢要呢？她见过网上一张图片，一家书店招聘员工的告示只写了五个字——要求：女汉子。书店员工的工资低，很难招到合适的人，明光书店目前总算留住了两名职高毕业生。早上9点到夜里9点，两个人倒班，样样要现教现学，她这个老板当得格外吃力。

他拎起那袋书说了声谢谢，却不走，犹豫了一会又说，我还想麻烦你一点小事，有一本《我们需要什么样的文化繁荣》，是社会科学文献出版社出版的，作者叫王京生。有人推荐给我，我在省城没买到，刚才找了一会，也没有。但我蛮想看这本书，你能不能想办法帮我代购一下？

卢娜有点犹豫。她和省里博库书城的批销部门很熟，再冷门的书都找得到。问题是这种书一旦进了，本城没有人会看这种书的，他如果不来买，书就压在她手里了……

他好像看出了她的难处，解释说，这次他从省城来这个县城是出长差，有一个大项目要完成，大概要蛮长时间。他平时喜欢看书，如今独自一人在外，只要晚上不加班，就可以把拖了好几年没看的书一本本都补上。他指指书袋，又说，你看这几本老书，我以前早就看过了，还想再看一遍……

她记得他好像提了一句新区。她晓得县城往东的一片沙洲上正在建一座新的小镇，听说平整土地的基础工程都已经做完了，她还没有抽出时间去看新鲜。老县城三面环山一面临水，像一条狭长的船搁浅在岸边，不想办法劈山填滩，就再不会生出一寸空地。对于一座山区县城来说，政府举债发展是硬道理，不欠账发展就没有出路。这些消息都是店里买书的老顾客带来的。

卢娜不晓得说什么好，再说就是不相信人家了。一般情况下，她都愿意相信人家的。为了证明自己不是那种一心挣钱的人，她好心建议说，其实呀，你也可以到网上去寻，当当网、亚马逊，网上的图书品种多，速度快……她奇怪自己怎么突然变成了电商推销员。

他想了想，认真地回答说，我不在网上买书，我一向都在书店里买书。我想让书店活下去。

卢娜心里一震，一股电流从头顶瞬间传到脚底。我想让书店活下去。除了那几位明光书店的铁杆书友隔三岔五给她发几条暖心的微信，鼓励她坚持下去，这句话从一个陌生人口里说出来，让卢娜不由得一下子对这位顾客增添了几分好感。他到底是个什么人呢？卢娜有点好奇。

书店里暗下来，已经快6点钟了。卢娜走过去开灯，啪嗒啪嗒，店里所有的灯都亮起来。不过这几年为了省电，她早已把所有的灯泡都换成了低瓦数的节能灯。

他走到门口，回头看了看天花板，转过身，像是无心地随口说一句，书店的灯光好像暗了点，夜里来买书的人看不清书名。你看能不能把灯光调亮一点？

卢娜心里咯噔一声，好像有个暗角忽然被照亮了。对的呀，自己怎么早没想到这一层呢？等了他那么多年，挂了一块明光书店的牌子，不就是希望他哪一天回老家来探亲扫墓，路过这条小街，一眼就看见了自己的名字，然后也就看见了她……书店的灯光那么暗，假如他偏偏天黑时经过这里，连个招牌都看不见，她不就白费心思了么？说白费心思也不对，她又不是为他开的书店，而是为自己！她没考上大学不等于没文化，她只不过是借他的名字给自己一点气力罢了……

等卢娜回过味醒过神，眼前还没亮灯的昏暗小街上，这个人已经走远了。

这是不是卢娜后来一直等他再来的原因呢？卢娜不知道。

第二天，卢娜把墙上的壁灯、天花板上的筒灯全都换了灯泡，书店好像一下子睁大了眼睛。

二

好几个月过去，每天每天，上午下午，像往常一样，店里客人很少。

不是没有人，而是没有卢娜的顾客。街上的行人多的是，男人女人，老人小孩，一个一个从她的店门口急匆匆路过，看上去个个都像是赶长途汽车赶火车的人，急得一刻都不能耽误。当然闲人也有，慢悠悠的脚步，就从她的店门口走过来又走过去。眼睛在额头下骨碌碌转圈，看东看西，看天看地，看着街对面的一家家店铺，服装店美容店足浴店手机店烟酒店小吃店，只要看到一家店，一个个的眼睛就像灯泡一样亮起来，只可惜一线亮光都不肯落在明光书店那四个字上。

他们难道都不识字吗？官方统计数字公布说，中国的文盲还剩下总人口的百分之八左右。但卢娜知道还有一个数字，中国的人均阅读量在全世界排在倒数十几名……

那些路人难道真的看不见明光书店的招牌吗？卢娜不相信。门楣上浅褐色的匾额，明光书店金黄色的大字，清清爽爽明明白白，只要一抬眼就看得见。那四个字是当年她专门去省城请美院一位书法家写的，十几年前，三千块的润笔费，可以买一台立式空调了。明光书店在县城的这条小街上，老字号不敢当，也算是有年头的资深书店了。七八年前，来店里买书看书的人挤得转不开身，都说这书店好是好，就是小了点。如今顾客一天天少下去，这个一层九十平方米的店铺显得空落落的，倒像是扩建了面积一样。

这些人为啥就不肯多迈一步，走进书店来看看呢？哪怕不买书，翻一翻书也是好的呀！

记得书友会有个老书友说过，中国人虽有耕读传家的传统，但古人读书多半是为了出仕。今人谋官另有门道，不再靠读书出仕，人们也就不肯读书了。此话也许有一点道理。

那天下午，明光书店的老板卢娜坐在书店临街的一小角窗边，望着街上的行人发呆。她在等什么呢？当然是在等顾客，就像一个蹲在水边等鱼上钩的垂钓者。这样说也不对，鱼竿是那个陌生的买书人亲手递给她的——他应承过还会来的，他应该知道卢娜在等他拿书。他要的那本《我们需要什么样的文化繁荣》早就给他准备好了，是特地请人从省城快递来的。

也不一定是等他。卢娜心里知道，自己是在等一个永远不会到来的人。

书架上的书早已整理了一遍又一遍，没人动过，就没什么可整理的了。以前忙的时候，几个钟头过去，书架又被人翻乱了。那是以前的事了，辰光总归往前走，回是回不来的。卢娜是爱看书的人，如今清闲下来，按说应该把那只看了开头、最多看了一半的书都接着读下去。那本获得诺贝尔奖的白俄罗斯女作家斯韦特兰娜·阿列克谢耶维奇的《我是女兵，也是女人》就放在侧面的窗台上，露出一角书签。卢娜很喜欢这个女作家，她的文字背后都是血迹，却又不那么悲伤，而有一种力量。但此时卢娜却不想伸手把书打开。不想看书是因为没有心思，没有心思是因为有别的心事。心思和心事是不一样的。她撇开心事问自己，就连开书店的人都不想看书，还能指望谁看书呢？县城不比省城和首都，喜欢看书买书的人都是有数的。虽然明光书店办了书友会，每个会员都有打折的购书卡，可是就这百十个固定的老顾客，如今也来得越来越少了，偶尔来了也不一定买书。二楼有个茶吧，设了两圈围拢的小沙发。晚餐前看书的孩子们都散了，晚饭后来的老顾客，多半是带朋友来这里谈事情的，她多少能挣一点茶水钱，只当补了书店的图书损耗。

卢娜此时没有心情看书，但也不想看手机。她把手机调到振动状态，任凭它在柜台上发出一阵吱吱的颤动声。手机这个小东西如今变得越来越聪明了，导航、购物、打车、挂号、订票、查询……只要你想让它做的事情，它没有办不到的，像一个忠实的仆人，以最快的速度为你搞定所有的事情。卢娜每天用手机微信处理所有的书店杂务，包括查询新书信息、订购添货付款、与省城及邻县的书店同行们交换图书信息……使用微信的成本低廉到几乎可以忽略不计，比聘用一个四体不勤的大学生划算多了，所以若是从经济的角度看，购买手机的投入与它的产出相比实在超值。

但卢娜仍然和手机保持着一定的距离。她与这个服务周到的贴身秘书始终无法建立起亲密无间的友谊。看它二十四小时躲在你的身边，像一个鬼精灵、一个影子一般跟着你，从办公室餐桌厨房卧室一直跟到洗手间，在暗中窥视你的所作所为，无处不在无所不知，简直可以说居心叵测。它看似乖巧驯服顺从，样样事情与你配合默契。然而你在这个世界上做过的一切，都会在它那里留下痕迹。你点击点击再点击你打开打开再打开你转发转发再转发，你与它朝夕相处形影不离难舍难分生死与共，它就这样渐渐控制了你，让你分分钟记挂它想念它，离开它一歇工夫，就像离开了心爱的人，魂灵都没有了……自从有了智能手机之后，她觉得自己的智商开始直线下降，一有不明白，随时随地去问度娘。度娘姓百，长年累月住在手机里值班值夜，随叫随到百问不厌。从此天下好像没有卢娜不知道的事情，她再也不需要去动脑筋想事情、记事情。手机像一只平面的卡通小老鼠，鬼头鬼脑尖牙利齿，成天贴着你的耳朵甜言蜜语，或是挡住你的眼睛，只许你看着它盯着它抚摩它，一个个旧日老友看似近在眼前，却又被它阻挡在千里之外。它一寸寸吞噬着你的时间，把你一点点啃成碎屑咬成粉末，然后被它不知不觉地一口口吞进微小的芯片里。卢娜已经感觉到了，好像不是手机在为自己服务，而是自己在为手机服务。不是手机在侍候她，而是她在侍候手机，接电话回短信转发点赞充电交费响铃静音……不敢有一丝怠慢，生怕侍候不周错过了一个可有可无的消息。记得去年报纸上曾经有一场讨论，我们的时间都到哪里去了？问得好蠢，时间都到手机里去了！手机里有娱乐新闻明星结婚离婚出轨生孩子、股票房市涨落楼盘开业养生保健新产品、环球豪华游轮红海死海地中海冰岛巴尔干半岛巴厘岛济州岛、欧洲足球联赛美国竞选伊拉克难民南美七胞胎婴儿……你只要抱着手机不放，就可以在第一时间获悉世界上每时每刻发生的事情。只要拥有一台4G手机，你会即刻变成无所不知无所不能的先知。

然而卢娜对此始终很疑惑，一个人真的有必要知道世界上那么多不相干的信息吗？一生如此宝贵有限的生命，难道就这样交付一台只会发布新闻、查询信息的手机了吗？如果一个人终身与手机为伴，患上了手机依赖症，岂不是会变得越来越傻越来越笨，变成一个根本不会用脑子的人？

所以卢娜除了书店业务联系的朋友圈和书友微信群，通常不去看手机里的其他信息。若是有一点空闲，她还是喜欢泡一杯清茶，在窗边的阳光下抱一本书看。手机屏幕在亮光下通常会有反光，而书籍恰好相反，书页喜欢让阳光照亮，一行行黑字像是在白云间飞翔起伏的大雁……坐在窗前，微风拂过书页，纸面上散发出一种干草的气息。指尖摩挲书页，指肚能感觉到纸张的润泽与温度。卢娜对这种感觉太熟悉了，她就是在无数次摩挲书页的感觉中长大的。记得她十二岁那年，母亲不知道从哪里捡来一本《爱丽丝漫游奇境》，书的封面有点破旧，爱丽丝的裙子皱巴巴的，裙带上盖着一个椭圆形的图书馆蓝印。卢娜不知道母亲那时候已经生病了，母亲想让这个名叫爱丽丝的女孩来陪她。后来母亲去世了，父亲很快有了新的女人，就把卢娜送到了外婆家。过了几年，外婆也生病了，卢娜从十四五岁开始就独自照顾瘫痪的外婆。下课回家、冬夏长夜、星期天、寒暑假，她一个人守着外婆，端茶送水喂药喂粥，不敢走远。亲戚们很少来看望外婆，只有那个可爱聪明的爱丽丝一直留在她家里，和她一起陪伴外婆。每天夜里，爱丽丝就会跑出来，带卢娜去神奇的兔子洞里玩耍，那里有一只会咧嘴微笑的神出鬼没的猫、一只长着鼻子眼睛的鸡蛋、一只伤心流泪的甲鱼、一条抽着东方水烟管的毛毛虫，还有一个凶狠的红心王后……

他就是在卢娜最孤单无助的日子里，像一本新书一样出现在卢娜的家门口。卢娜守着煤炉给外婆煎药，被那只会讲干巴故事的老鼠逗得笑个不停，忽然，书页上的阳光被一条细细的小黑影挡住了。她抬头，看见他伸手递过来半只剥开的橘子，喏，和你换！把这本书给我看看！

后来，他和她常常一起头挨着头，坐在门槛上看同一本书，爱丽丝的奇幻树洞成了她和他共同的秘密。他曾用大人的口气对她说，小娜，不要怕那个红心王后，她只不过是一副扑克牌……再后来，他给她带来新的书，《班主任》《青春万岁》《撒哈拉沙漠》《心有千千结》……再再后来，是《人生》《古船》《呼啸山庄》《复活》……自从有了书以后，卢娜再也不感到孤单了。从那时开始，卢娜知道书是一个有呼吸有生命的伴侣，假如世界上所有人都抛弃了你，只有书不会离开你。那些读过的书会走进你的心里脑子里，和你成为同一个人。从他那里，卢娜知道了天下有那么多好书，可以去学校图书馆、县城文化馆借书，也可以省下自己的零用钱去书店买书。20世纪八九十年代那辰光，外国书中国书多得像大湖里的鱼一样。高中三年，她差不多把所有中国当代作家写的书都看了，结果离高考分数线差了三分。那年夏末，他收到了北京一所大学八年硕博连读的录取通知书。在他家楼下喜庆的鞭炮声和烟雾里，卢娜躲在楼上笑一歇哭一歇，当然是为他高兴为自己悲叹，手绢一连湿了好几块。她想，他若不来寻她，她是再也不会和他见面了。临走前他来向她道别，说开学后一定会给她写信，给她寄最新的书……第二年，他们全家都搬离了这座县城，他和他的家人从此消失在那些从未降临的新书里。

很长一段时间，卢娜痴痴等待着远方的来信，没有心情翻开他曾经送给她的那些旧书。但卢娜不得不去参加工作养活自己啊！商场邮局电影院好几个岗位招人，她却还是和书有缘，偏偏被县新华书店选上了。新华书店那栋两层楼的老房子在城中心最热闹的主街上，房产是国有的，每年卖教材吃饱到肚胀，每月奖金比合资企业都多。卢娜走进新华书店去上班，她忽然发现，没有他的世界里依然到处都有书。她随手拿起一本书，书上说，书可以把人带到任何地方，人也可以把书带到任何地方。她想，书能够到达的那些地方，人却不一定能够到达。她当然是要去书能够到达的那些地方！当她从童书架上一眼看见了那本新出版的《爱丽丝漫游奇境》，她觉得自己一下子就"复活"了。封面上的爱丽丝穿上了崭新的漂亮裙子，那是一个新的爱丽丝，爱丽丝重新回来陪伴她，她从此再不寂寞了。

卢娜在新华书店当了四年营业员，后来结婚生孩子。老公是县城对面大湖景区旅游公司的轮船机械师，专管维修游轮船舱里的机器。当初书店的同事介绍卢娜和他认识，见过几次后，卢娜一口答应了这门婚事。原因说起来也好笑，第一次见面，卢娜试探着想和他谈谈小说。这个男人倒是实诚，他说除了技术书科技书，从来没有工夫读闲书的。卢娜心中暗喜，假如未来的老公像她一样喜欢看小说，家里的事情谁管呢？如果没人管家务，有了孩子以后，她肯定就读不成书了。于是她对这个男人提了一个条件，他不喜欢看闲书不要紧，但不许妨碍她看闲书。老公竟然痛快应承了。老公在一座新建的小区买了一套单元房，把卢娜婚前住的一楼一底的街面房出租了。那是"文革"后退赔给卢娜娘家的私产，外婆临终前，念着卢娜独自照顾她七八年，就把房子留给了卢娜，遗嘱都公证过的。等到卢娜的儿子满月后，老公说他打算把那份陪嫁的店面老房子用来给卢娜开一家美容店，平时也方便照顾家里和孩子。

老公说到开美容店后的一天晚上，卢娜给老公说了爱丽丝的故事。她说自己十二岁那年，爱丽丝就住进了这间老房子，爱丽丝比老公先到了十年，所以她要用老房子开一家书店，让爱丽丝回来在这里长住……老公惊诧地张大嘴巴看着卢娜，好像她变成了另一个人。那一刻卢娜的老公才明白，这个女人不仅喜欢看书，原来她心里是有梦的。他晓得这个已经晚了，爱丽丝说来就真的来了。

等到老公下个月放假回来，书店已经注册下来了。再下个月，老租客已经搬走，清空的房屋等着他帮她去装修。老公替她忙里忙外买建材，过了两个月，书店开业那天，老公亲自给她在明光书店的招牌下放鞭炮。卢娜每天走进书店，心里欢喜得就像走进爱丽丝的那个兔子洞，有多少奇迹在等着她发现呢？所以卢娜至今喜欢纸质书，因为书早已和她的生命连在一起了。

说起来那都是十几年前的事情了。卢娜有过几年卖书的经验，明光书店很快上路。虽说比起在新华书店当营业员辛苦操心了好多倍，但是店小船小好掉头，自己一个人说了算，还是开心的辰光多。书店附近有个小学校，她就专门为学龄儿童办了个托管班，小孩下午放学后，家里没大人的都到书店来。二楼小书屋的小人儿在窗下排排齐坐一圈免费看童话书，小红帽美人鱼皮皮鲁鲁西西，中国外国一样不缺，还兼卖些酸奶饼干小零食。小孩们来了书店就不肯回家，除非父母把童书买下了带回去看。没过半年，附近居民都成了她的顾客。也是赶上了图书销售的好年头，新书来了就走，很少压货。那时店里请了四个员工，除去工资水电，又不用交房租，一年下来，最好的月份书店的纯利有好几万。顶要紧的是，卢娜的儿子放学后就来书店做作业，其他地方从来都不去的。她在后墙的屋檐下搭了煤气灶，让员工小姑娘搭把手，煮饭蒸鱼炖肉炒菜烧汤，解决了大家的晚饭，顺便把自家儿子的教育也一起管了。

那辰光，每天晚上儿子就乖乖伏在二楼做功课。老公专门为儿子在天花板上凿洞穿线，加了一盏伸缩灯，用的时候拉下来，不用的时候升上去。金黄色的灯光铺满了小桌子，墙上映出个小人儿的影子，躬身低头，像个专心念经的小沙弥。到了9点，书店打烊，卢娜牵着儿子的小手一起回家。四五月间，窗外的广玉兰开花了，藏在浓绿的阔叶里，月圆的晴夜，明亮的月光洒在硕大的花朵上，树丛里好像挂起了一盏盏小灯，为读书人照亮……月色下，老远望见巷口老公的身影，他来接他们母子，然后一手牵一个，三个人脸上的笑容都像月亮一样明晃晃……

那些年，卢娜觉得自己是天下最称心如意的女人和妈妈。她心想，自己兴许就是为了儿子才开了这家书店？让儿子从小就欢喜读书，长大了考上北大清华。总有一天，那个日日悬在头顶上的明光会晓得，不是只有他才能考上博士，她的儿子一定比他更有出息，不像他那样读了大学读了博士就从此没有音信，儿子将来肯定会记得年年回老家看看。卢娜卖书一直卖到去年，才读到那本美国人写的《岛上的书店》。当她一眼看到书里那句话，一个小孩，你把他放在什么地方，他就会成为什么样的人，她惊诧得差点叫出声来，哎呀，卢娜你好眼光，十几年前你就晓得把儿子放在书店里长大，那个岛上的美国人难道听你讲过故事？

书店二楼东窗外的天井里有一棵广玉兰树，高过房顶，宽大的叶片绿得发亮，像一把把小扇子。广玉兰的叶片肥厚，小扇子看起来就有点重，春风秋风，风来了，满树的小扇子笨笨地摇起来，没有声响。县城的大街小巷，汽车喇叭摩托车自行车大屏幕广告理发店里震耳的音响餐馆门前长声的吆喝，没有一个地方不发出各种响声。明光书店缩在小街的一个拐角上，就连窗外的广玉兰都是规规矩矩的。书店书店，除了书店，世界上还有什么地方会这样安静呢？所以到书店里来喝茶的人，欢喜的是书店楼上的清静，即使不买书，卢娜也欢迎。她听说北京的锣鼓巷里有一家砖墙石阶的朴道书堂，后院有个阅读空间，要买门票才能进去，那个空间里没有宽带没有 Wi－Fi，一点声响都没有，那才是读书人待的地方。

然而，明光书店的好时光一去不复返了。差不多从七八年前开始，书店的销售额就开始下降，像秋分以后的气温，一天天往下落。北京上海广州还有各个省城，时不时传来民营书店倒闭的坏消息。北大校门口曾经很有名的风入松书店，当年和国林风等几家书店一起被称为四大天王。据说风入松明明前一天晚上还亮着灯，第二天就人去楼空了，真好像应了南宋文人吴文英填的那首《风入松·听风听雨过清明》。幽阶一夜苔生，听说北大学生还给风入松开了追悼会。还有北京的第三极、光合作用，上千平方米的大书店，说关门就关门了。书店关张不是因为经营不善，而是因为房租和员工工资一年年上涨，营业额一年年下降，连续亏本经营，哪个老板吃得消呢？这几年明光书店的资金周转不灵，常常拆东墙补西墙，老公交到她手里的工资转眼让她垫付了员工的工资。书店一直苦挨到前年，上头总算下了红头文件，对全国所有书店实行了税收优惠政策，明光书店算是柳暗花明了大半年。可惜减税仍然敌不过顾客锐减。从前年开始，书店利润扣除了店员工资和水电开销便所剩无几，去年开始亏损。到了今年下半年，说不定她连倒贴的私房钱都拿不出来，那就真的山穷水尽了。

每年春秋的旅游季节，老公在湖区忙得回不了家。等到放假回来，见她一副愁眉苦脸的样子，只好陪她一同叹气，小娜小娜，书店刚开门那辰光，你说书店里看书的人多得挤坐在瓷砖地上，坐得屁股冰凉都不肯走。前年我帮你装了木地板木楼梯，如今冬天不冷了，怎么反倒没人来了？书又不是鸡蛋西瓜猪肉，价格有涨有跌，书不还是那个书吗？不会坏掉不会过期，怎么说卖不动就卖不动了呢？幸亏明光书店不交房租，要不然就连你也一道赔进去了。书店书店，命里注定恐怕只输不赢了……

卢娜苦笑。除了书，书还能叫什么呢？书院书吧书楼，不都是读一个输字的音么？若是写成素，没有油水；写成黍，是杂粮；写成舒，也不对，读书那么舒服，为啥现今那些贪图舒服的人都不肯读书呢？开书店当然只输不赢了。前一段时间，她听人说新华书店的日子也不好过了，书店电脑设备坏了都没钱更新，员工的福利越减越少。卢娜心里有数，新华书店退休员工多，生老病死都要钱，书店也像人走长路，一副担子越挑越重。何况书店的书越卖越少，只出不进，好比胃肠出血的人，输进去的血不及流失的血多，血管瘪掉了，命就没了……

老公埋怨归埋怨，却从来没有逼她关门。卢娜心想，只要老公能容下书，她就能容下他。

卢娜挥了挥手，幅度很大地撩开眼前的一只小飞虫，像在驱赶那些烦心事。还好儿子争气，高中两年下来，考试成绩一直在全年级前三名。可惜县中的教学质量总不如省城，明年要想考上重点大学，还要拼一把。她和老公商量过，万一儿子考得不理想，就让他申请去国外自费读大学。全家拼拼凑凑，头一年的二三十万还是拿得出来的。再往后呢就不好说了。读到博士毕业，学费加生活费，没有百十万恐怕下不来……想起儿子明年读大学的事情，卢娜心里有点纠结。

街上人来人往，仍然没有人走进书店。前几天倒是来过一家三口，男女都穿得时髦，女的拎一只香奈儿包，男的戴一串手指粗的金项链。那个八九岁的小孩一进门就直奔童书架，捧起一本最近刚刚出版的童话《不平凡的约克先生》，坐在楼梯上就看起来。这套书一封五本，卢娜拆成单本，方便孩子们在店里看。那女的走到家庭实用类专柜，拿起一本营养食谱翻了翻，顶多三分钟，脖子转过去，大声催小孩快点。小孩说，妈你让我看一歇歇，这本书真好看，我看一歇歇。女的不耐烦起来，说，你蹲坑拉屎呀？不是说好买一本就回家吗？孩子噘嘴站起来，拿起那本《伟大的约克先生》，又拿起《傻傻的约克先生》，两本都抱在怀里，空出一只手，又去拿《森林里的约克先生》，小手抱不住，哗啦一下全掉地上了。卢娜走过去帮他捡书，轻声说，这套书一共五本，你想要哪一本呢？小孩吞吞吐吐说，五本我都想要！那男的大步走过来，勾起食指，在小孩脑袋顶上敲了一记，呵斥道，五本？你想要五本？当饭吃啊？你看你看，封面上是一只小猪嘛，小猪有啥好看？越看越笨了！他抓起小孩的胳膊就往外拉，女的抓起小孩的另一只胳膊。小孩用求救的眼神看卢娜，卢娜刚开口说一句，童话书都很薄的，加起来也就是大人一本书的价……女的抬头狠狠瞪了卢娜一眼，一只小猪猡要写五本书，你当是动物电视连续剧啊？小孩被拽出门外，手里一本书都没有了，哭喊声从书店门外传来，伴随着小轿车重重关门的声音。卢娜被震得心里一阵疼痛，眼泪都涌上来了。其实这种人她见多了，衣着光鲜珠光宝气，看上去家里一点都不缺钱，可就是不肯花钱买书，好像买了一本书衣裳就会少一只角，买了一本书身上就会掉一块肉。他们舍得花钱买进口水果进高档饭店，就是舍不得买书，几十块钱不就是一盒高档烟、一份麦当劳的价钱吗？可他们只晓得问这个物事有啥用场，只关心划算不划算。卢娜每次遇见这种人，有一本书的题目就会自动跳出来——《你无法叫醒一个装睡的人》。哦，看这个书名起得多么聪明！不想花钱买书的人就是那种赖床的人，床头一排闹钟震天响，假装听不见。这种人恐怕一辈子都不肯为买书掏腰包。

偶尔也会有相反的情况。上个月店里来过一个女人，黑瘦，头发花白。她从一只环保布口袋里摸出一张皱巴巴的纸片递给卢娜，一边小心问，还没有过期吧？是我女儿给我的优惠券。一张券能买几本打折书呢？我骑车从城西赶到城东，路上大半个钟头，今天多买几本，你再打点折给我好不好？卢娜接过优惠券看了一眼，是那种不含店家赠送金额的打折券。为了这一张券的优惠价，她跑那么远的路专门来一趟？每次遇上这样的顾客，卢娜也一阵心痛。

那位妇女直奔《红楼梦》去，说自己想买一套精装本，想了好几年。原来的那部书太旧了，字都看不清了。把《红楼梦》买下后，又寻出了一本白岩松的新书《白说》，说是要给女儿……卢娜给她结账时，手一哆嗦，打了个七折。那女人又在店里来回走了一圈，又拿了一本冯骥才的《俗世凡人》，那本书很薄，她坚决不让卢娜打折了……

可惜像她这样钱包拮据却喜欢看书的顾客，总是有数的。假如每一位过路客都像几个月前来过的那个人，一口气买二十多本还不要她打折，明光书店的日子就好过了。卢娜想到那个人，心里有点烦，他要的那本什么《文化繁荣》已经过了三个月，再不来取就很难退货了，等于死在她手里了。这种书就算白送给县委宣传部门，人家也不见得识货。政府的人买书，零售也好团购也好，都像钱塘江涨潮一样来得凶猛。前些年，宣传部突然来问有没有《万历十五年》。再有一年，县政府的官员忽然得了什么消息，一窝蜂到新华书店去买《旧制度与法国大革命》。其实这本书那年刚上市，就有书友来通报卢娜，说它在北京很走俏，让明光书店赶紧进几本。卢娜心想，大革命与小县城有什么相干呢？心里不托底，先试试进了五本。没几天就被抢光了，又赶紧去添货。等到县政府那些官员十万火急寻这本书又到处寻不到的时候，终于想起了明光书店。寻到她这里，竟然还有几本存货。宣传部门就在明光书店一口气订购了一百本，县委县政府全体科级干部人手一册。书店老板当然喜欢单位团购，生意做得爽快。没想到那段时间，这本书热得在博库书城都脱销了，好像万历皇帝和路易十五马上要从棺材里爬起来，到本县来检查工作。

卢娜的图书信息灵通，除了业内的朋友推荐，主要还是靠她自己勤看勤记勤查。每天上午到了书店，先扫一遍京东网北发网博库网云中书城当当榜单开卷榜单，书店开门之前，她早已在网上浏览过一大圈了。所有的图书销售排行榜，动一动她都有数。各大出版社新书上市，凡是业绩好的，第一时间下订单，先买三五本试试，卖好了再进，快进快出。所以不要小看县城的民营书店，信息时代，谁拥有信息，谁就拥有读者和顾客。她还订《中国图书出版传媒商报》《中华读书报》《博览群书》这些和图书有关的报纸杂志，只要有时间，短书评也是要浏览一番的。多年来，明光书店在读者里有个好口碑，都是她一本书一本书做出来的。哪怕有一个顾客订购一本薄书，只要说得出书名或是作者，卢娜都会千方百计去帮他寻来。她从不拖欠出版社和经销商的回款，哪怕把自家的钱垫进去。所以批发商手里凡有好书，总愿意先发货给她。她开书店十几年，该做的、能做的都做了，可为什么书店的营业额还在直线往下落？每天晚上9点，卢娜打烊，一盏盏顶灯壁灯筒灯啪嗒啪嗒全都灭了，最后漆黑一片。书店消失在黑暗的街角，像一艘冰海沉船……

假如有一天，明光书店夜里关了门，第二天上午再也不开门了，那会怎么样呢？卢娜被自己的想法吓了一跳。其实这个想法已经在她脑子里闪过好几次了，每次她都有一种被撕裂被剜剐的感觉，就像她前些年做过一次人工流产，活生生的一块肉被绞成一摊肉泥，从身体深处吸出来……

卢娜曾经看过一本新书《我们这个时代的爱与怕》，她知道自己爱什么，却不明白自己到底怕什么。越是怕的事情越是会来，谁知道明光书店还能坚持到哪一天？

三

这个平常的下午，书店依然没有什么客人。街上的行人对明光书店不肯多看一眼，更不愿多走一步踏进来，卢娜对此已经见怪不怪。一般要等到周六周日下午和晚上，书店才会多一点人气、生气与活气。渐渐地，卢娜觉得眼皮发涩，两只眼睛都睁不开了。她靠在收银台的桌面上眯了一歇工夫，梦见了电影里的泰坦尼克号，船头竖起来，立在冰冷的海水里，有人把她推到了一条小舢板上，小船在海浪中一晃一颠，眼看就要靠岸了，又被一个浪头弹开去……

忽然，她听见了轻微的响动，好像是窸窸窣窣的脚步声。她警醒地抬起头，见门口进来了几个年轻人。他们在书店里轻手轻脚像影子一样移来移去，总算挑了几本书，然后拿出手机，眼睛一边往她这厢溜，一边速速拍下了书的封面，动作快得像做贼一样。卢娜迅速做出了判断，这几个人虽然不是偷书的，也和偷书差不多。他们在书店选好自己喜欢的书，用手机拍下封面，然后转身回家上网去买。网上的价格比书店差不多便宜了一半，现在的年轻人都把实体书店当成了一个不付费的图书展示店。网上买书不用出门，给你寄到家里，还只需付一半书款，真叫人想不通。这些年实体书店的销售量急速下降，书店一家家难以为继，就是因为最具购买力的年轻读者大多转向了网购图书。卢娜到省城去参加民营书店协会的交流会，所有的书店老板都叫苦连天，就连新华书店的老总在质疑网购图书这一点上，也和民营书店迅速结下了临时同盟，成了同一条战壕的战友。

但卢娜是识时务的人，她知道淘宝网购是大趋势，那个托夫勒应该去写一本《第五次浪潮》。卢娜并不是绝对反对网购，她自己的手机也装了支付宝，收银台的角落里就有一堆从网上买的铁皮书立，价格比文具店便宜一半。只不过，她认为网购也该有个规矩，有个法规条款的约束，不可以任意叫价的，尤其是图书。书价就印在书上，是出版社按照图书成本和利润计算出来的，实打实没有一点水分。网上和网下，用行话说就是空中店和地面店，天上地下，卖的书都是一模一样的，不像网购的衣物日用品，常有以次充好的冒牌货，却为什么同书不同价呢？书还是那个书，网上打那么低的折扣，和实体书店的实价相差那么大，还有多少人愿意去书店买书呢？这样的商业竞争实在太不公平了！

卢娜硬压着火把脸扭过去，一边在心里安慰自己，这几个学生来买书，买的总归还是纸质书，是有油墨书香味道的纸书，不是手机和电脑屏幕上的电子书。学生去网上买书是为了省钱，省了钱就能再多买几本书。这样总比那些不读书的人好许多啊。网购图书折扣低，有利于低收入消费者，她能理解。卢娜之所以默许这些年轻人拿书拍封面，睁一只眼闭一只眼不计较，为的也是这一点。她最怕年轻人捧着手机和平板电脑看书，那种光不是自然的亮光也不是灯光，而是蓝幽幽的电子光，X射线一般，从字背后透出来，会把人的眼睛灼伤。再说，电子书摸上去冷冰冰硬邦邦的，哪里像纸本读物摸上去那么温暖那么柔软？在她看来，那根本不能称作书，只能说是机器。机器里装的并不是正儿八经的学问，而是玄幻穿越一类畅销流行的娱乐性读物，就像麦当劳肯德基一样，偶然吃一顿，或充饥或尝尝无妨，若是顿顿吃，肯定会营养不良。四十岁出头的卢娜对机器有着本能的排斥，对纸质书怀有一种偏执的热爱。儿子上了高中后，央求她给买一台平板电脑。她回答说，你考上大学之前，我宁可给你买一辆上万块的山地车，也不会给你买平板电脑，你死心吧！儿子委屈地咬住嘴唇，终于还是忍不住，妈，你真是老土了哦！还用英语说了一声，out！这个英语词，店里的年轻人喜欢挂在嘴上，卢娜听得懂。out——没想到如今在儿子眼里，她也该出局淘汰了？

她的年纪还轻呢，就老土落伍了？如今人人都在拼命赶潮头，只怕自己赶不上。不过卢娜却不这样认为，说不定哪天钱塘江的潮头退了，落在最后的那条船一掉头，最先驶入东海也说不定。书友会那些消息灵通的朋友对她说过，不要绝对排斥平板电脑，现在的电脑都可以下载经典文学作品。有一种叫作掌阅的手机阅读器，可以装上几千万字的图书，文史哲经样样都可以输入，出门旅行，再不用带那些又重又厚的纸质书，又便宜又方便。卢娜点头又摇头。她相信，世界上只要还有造纸厂，就会有纸质书。只要世上还有纸质书，就会有人去书店买书。书店的书看得见摸得到。一家书店就像一座城池的瞭望塔，走进书店就是登上塔顶，望得见远处的来路和去路。

去年冬天一个下雪的日子，她独自守着冷清清的书店，望着窗外飘飞的雪片，觉得那一片片白雪就像撕碎的书页，被一双巨手抛出去，纷纷扬扬落在湖里河里，淹没在浪花里，不见踪影。天刚擦黑，她就把书店的灯全都打开了，忽然听见有人在门口跺脚。门推开了，有人走进来，身上冒着一股湿重的寒气。那人摘下头上的绒线帽，原来是一位头发花白的老书友，大概有六十多岁了，羽绒服的肩膀后背都湿了一大片。他的手冻得红肿，掏出一块手帕揩去脸上的雪水，然后从塑料袋里拿出一本书。她隐约想起来，这本《民国清流》，好像是不久前他刚从明光书店买去的。

老人把书翻开，书里夹着一张对折的三十二开宣纸。他打开宣纸，点着上面竖写的一行毛笔字说，就要过年了，我给你写了一句话，今天刚好路过这里，拿来送给明光书店。

卢娜看清了那行工整的小楷：是谁在黄昏里亮起一盏灯——祝明光书店新春吉祥。

她晓得这是台湾诗人痖弦多年前的一句诗：黄昏里那一盏灯，是书店。

卢娜的眼泪涌上来，喉咙里被一股热气堵塞了，说不出一个谢字。老人走后，她看着地面上两个拖泥带水的湿鞋印，像两只风雨飘摇的小舢板，航行在茫茫书海里……她的泪水落在水迹上，分不清是雪水还是泪水。她心想，自己之所以能够撑到现在，多一半是为了这些爱书的读者吧！

她想起前几年有一位常来买书的中年女子，好像是做室内设计的，面容姣好，衣着的款式色调搭配都很讲究。但她买书很挑剔，装帧封面的品相哪怕有一点瑕疵，她也是坚持要换一本的。她不是书友会的人，卢娜不知道她的名字。有一天晚上她来买书，书店这一线的店家忽然跳闸了。她耐心等着卢娜点亮了蜡烛，一边安慰卢娜说，不要着急，等一歇歇就会来电的，只要线路没有坏掉就不要紧……后来有一段日子，那女人没来店里。过了大半年又忽然出现了，卢娜差点没认出她，人瘦得脱了形，扶着门框，一条粉红色的长纱巾把头顶到后脑都裹起来……卢娜不敢问她是不是病了，倒是她自己对卢娜说，我做了手术，正在养病，有很多时间可以看书。但我没有力气寻书了，你帮我推荐几本新出的小说，品相要好，故事不要太悲情……卢娜叫道，你为什么不打电话来？我可以把书给你送到家里去的呀！后来，卢娜常常去给她送书。再后来，那个女人去了省城的大医院。再后来，有一天卢娜收到一只小纸盒，打开了，里面是几本新书，一张印着玫瑰花的粉红色信笺飘下来，上面写着几行娟秀的小字：这些新书我来不及看完了，寄还给你，也许还有别的人可以看。人生在世，读书是一件多么美好的事情……谢谢明光书店。

这几本书都是她以前从明光书店买去的，封面还像新的一样。卢娜把她的信笺用一只白色的镜框镶起来，挂在书店一角的墙上。读书是一件多么美好的事情！是的，卢娜每天抬头看到这句话的时候，心里总是会微微一颤。即便是为了她的顾客和书友，明光书店也没有理由不硬撑下去的，至少她要撑到实在撑不下去为止……

所以几个月前，那个省城的陌生人来买书那天，临走时对卢娜说，最好把灯光调亮一点。当时她下意识地环顾四周，微弱的亮光下飘过了那个女人粉红色的纱巾……把灯光调亮，说得没有错，但谁能保证电路不出毛病呢？不过，省城陌生人那句话和那位女顾客留给她的话一样，毕竟是暖热的。也许就是因为这句话，她一直在等待他再来……

卢娜还记得，大概在半年前，她接过一个电话，是县里一家柑橘贸易公司的老板，也是她老公的一位远亲。老板一开口就是二十万元的订单，凡是古今中外的名著、历史地理经济军事，统统要豪华包装的精装本，书越厚越贵越好，他见过一套一套带锦缎盒子的那种，一盒就要好几万……卢娜一听就明白，老板是要买书当春节礼品。如今上头查得严，给官员送礼是行贿，只剩下送书不违规，这点小心意，既风雅又安全……面对这笔即将到手的大生意，卢娜却并不领情，心想图书是用来读的，怎么变成装样子的摆设了？不过老板又补了一句，卢娜，这个订单数目不小，你有的赚了。你卖了那么多年书，晓得什么样的书拿得出手，买什么书都由你说了算，我十万个放心。

但我有一个条件，你听好了，书价嘛，你要按网上进货的价格加一成给我。如果我让人到网上去买，肯定便宜很多。我把这个单给你做，是为了照顾你的生意，你老公关照过的……卢娜被他噎在那里，半天才缓过一口气。她想告诉他，网上卖的那些书，从出版社进货的折扣都在三折左右，网上书店没有店面房租压力，按五折的价格卖出去，还有利润空间。何况很多网站也是为了打广告赚人气，常常低价倒赔卖书，属于恶性竞争。而她这样的实体店，一般进货的图书折扣都在六折以上，即使全价卖出去，书店租金、物业管理、图书损耗加起来占到成本的百分之五十，再加百分之二十的人工成本，一本书的纯利只剩下一折左右了……她拿着话筒，一时不知该和他怎么说。图书当然是商品，但这个商品的精神价值恐怕比封底的书价要高出很多倍呢，算不出来的！她虽然是卖书的，但卖书和卖柑橘不是同一个生意经。

卢娜想了想，客客气气回答说，你还是到网上去直接进货的好，网上品种齐全，你想要什么都有的……她刚要挂断电话，话筒那边大声喊道，哎哎，好说好说，只要你去帮我买来，价钱好商量，你叫我到网上去买？我又不懂书……卢娜好气又好笑，心里舍不得错过这笔生意，又有老公的情面在里头，便顺势下台阶，和他讨价还价了一番。柑橘老板知趣地让了价，最后是卢娜五折从网上帮他进货，六折卖给他。礼品书到货，彼此皆大欢喜，这是卢娜去年做成的最大一笔生意了。

春节过后，恰好省城的出版发行业协会举办一个"让城市留住书店"的研讨会，也邀请卢娜去参加。那天细雨霏霏，雾气弥漫，从城区和邻县来了几十个书店老板，大家的衣服都是潮乎乎的，寒气阵阵袭来，一个个身子都缩了起来。轮到卢娜发言，她就把柑橘老板买书的事情讲给大家听了，她说没想到如今电商兼了批发商，看样子以后实体店要去网上进货，直接和电商合作算了。

有人打断她说，目前国内电商和实体店的价格竞争已经危害到整个书业的健康发展，你还说去和电商合作？据说很多发达国家对实体书店都有严格的价格保护措施，比如说一本新书上市，半年一年之内，网上买书不可以打折，就像电影院公映大片，三个月内不允许发行影碟一样……众人纷纷点头，议论说这么好的法规，可惜中国怎么就没有呢？政府有责任保护图书的价格稳定，市场经济也是要讲规矩的，不晓得中国以后会不会出台这个政策？

纯真年代书吧的经理盛绣接话，书店书吧书屋统统姓书，凡是姓书的都是一家人，但现在民营书店好像是被领养的，不是亲生儿子一样……有人附和，书店等于体验店、图书馆，老板花钱开店，读者免费阅读；网上各路神仙打架，网下凡人小民受苦！有人叹气说，现在实体书店不开咖啡吧就活不成，简餐文具都成了实体店的标配，其实都以非图书的行为在养活书店。这样搞下去，将来书店就快变成美容院健身房台球屋棋牌室儿童乐园的跨界创意产业了……图书图书，宏伟蓝图变成唯利是图！

省里报刊发行部门的人说，现在社会的整体阅读生态环境不好，这几年城市道路一整改，就把书报亭撤掉了。据说报刊的零售额下降了百分之五十，书报亭也赔钱，街上那些书报亭一个个都不见了，下班路上想买一份晚报都不晓得到哪里去买……

牢骚话说了一箩筐，大家心里越发惶然。

后来晓风书屋的褚经理发言。他们夫妻搭档经营的晓风书屋已在全省开了十几家连锁店，每一家都是不同类型的主题书店。晓风在城区有一家分店，兼顾定制手工烘烤的小饼干，读书人与不读书的人都是欢喜的。小褚慢悠悠说，我觉得实体书店正站在一个十字路口，大家都在摸索方向。政府的职责、书店的经营模式、读者的阅读习惯，这三者缺一个环节，都是水桶的那块短板。政府应当有长远眼光，对图书资源进行整体合理配置，用购买公共服务的方式来扶持实体书店。年年开"两会"，代表委员年年呼吁建议政府设立全民阅读日，阅读方面的具体建议已经提了很多，我就不重复了。我想说的是书店自身的问题。我倒是不担心没人读书，我想得最多的是他们到底在读什么。如今书太多，普通读者一走进书店就头晕，不晓得哪一种书买了回去，正是自己需要的。我们卖书人要做的就是把真正的好书送到读者手里。今后书业的发展趋势，不仅仅看流通效益，还要看书店的文化品位。书店怎么选书？怎样让读者知道什么是好书？我们书店自身的服务方式也要改进，提高书店从业人员对图书的鉴赏能力。假如顾客寻书，售货员一问三不知，读者掉头就走了，以后就会对买书产生排斥心理。我建议政府有关部门，能不能拿出一点资金，定期开办专业培训班呢？到了大学生的寒暑假，我们也可以主动招募、选择那些爱书的人，来书店做义工，做图书导购……

卢娜听得心里一阵阵发热，小褚的句句话都和她想到一起去了。晓风书屋进书的门槛高，对每一种书都要设立预期的目标读者。新书进货之前，提前做好功课，一本都不含糊，就像打靶一样，不敢奢望命中十环九环，也不至于飞到靶子之外去。卢娜一向很佩服小褚的，自己什么时候能够做到晓风其中一家分店那么好，她就心满意足了。

最后新华书店的老板发言说，我同意小褚的意见，如今实体店确实是在垂死挣扎，但我们自己也要想办法转型自救，创造更多新的销售模式。比方说，可以用图书馆加书店的模式，为大企业、金融界、电子业的高收入员工提供图书专项服务；零售书店也可以和新华书店合作，新华书店的品种齐全，小书店网点分布广、经营灵活，双方各取所长，加快流转率，把库存全部盘活……有人打断他，说新华书店当惯了老大，民营书店被收编，假如不按照新书书店的路数走，新华动不动就"断粮"，民营书店等于自投罗网，这个办法行不通。又有人抱怨，说一千道一万，归根结底还是房屋租金。依靠书店的自有资金，租不起好地段的街面房，只好搬到房租便宜的背街区位去。买书的人寻不到店面，客源越发减少，书店利润更少，变成恶性循环。有人提议应该去找一位政协委员，为书店写个提案，建议设立一个全国性的实体书店基金会，政府拨款加民间募集资金，每年对城镇的大小实体书店统一进行业绩综合评估。那些信誉好的书店应当给予减免房租作为奖励。各地闲置的军产房、文化系统内部的空房、商业性楼盘的尾房，都可以想办法调剂出来给书店使用，也可以均衡社区的图书网点分布……

大家又七七八八说了很多，说来说去，除了电商的书价之外，大家最关心的话题又回到书店的房租上头。有人说，房租房租，必将成为压垮实体书店的最后一根稻草！这真不是危言耸听，卢娜的明光书店虽然是私产，但她也赞成这个说法。

窗外的小雨一直不停，天空像大家的心情一样灰暗。会议结束前，省出版发行业协会的秘书长给大家简单介绍了去年年底深圳市人大刚刚通过的阅读立法。卢娜觉得新鲜，阅读立法？难道不读书就是违法吗？往下细听才渐渐明白，这个立法其实就是《全民阅读促进条例》，是为了规范政府行为，也就是说，政府必须为公众提供阅读服务的人才资金以及基本场馆设施，保障市民的文化公共权利，否则就是不作为……卢娜早就听说深圳的读书活动搞得特别好，2013 年被联合国教科文组织评为全球全民阅读典范城市。她上网查阅过，深圳市有一座设备先进的中心书城，每个区有区一级书城，所有的街道都配备了功能齐全的书吧。全城的图书馆自动借阅系统，已经覆盖了所有的机关企业大专院校……深圳每年都有读书月，延续整整一个月时间，举办百十种读书活动，图书不夜城、名家讲座、年度好书颁奖等活动如火如荼。最让卢娜感兴趣的是，深圳读书月活动，其中竟然还设了一个领读者奖，专门奖给那些优秀的图书推荐者、书评家以及民间自发的各种读书会……

卢娜觉得眼前渐渐亮起来，天空好像转晴了，一线橘色的夕阳穿过厚厚的云层，投射到会议室的窗户上。大家都在兴奋地交头接耳，有人提议，出版发行业协会应该组织大家去深圳亲眼看一看，差旅费由各个书店自己承担好了。一时间，弥漫在会场上的愁云惨雾渐渐飘散开去。

希望，亮光！卢娜在笔记本上潦草地写。又写，坚持！高贵的坚持！

自己呆呆地看了一会，却又飞快地涂掉了。

那天散会后，卢娜本想赶时间开车到城西去一趟，她听说省城有一位作家用自己的工作室，开了一家叫作理想谷的书吧，免费为读者提供读书场所。理想谷一间大屋，三面墙壁，一格格图书一直顶到天花板上，中间是瀑布一样垂挂的青藤（也许是绿萝或青苔），楼梯呀地板呀，到处都是可以坐下来读书的地方，一伸手就能拿到书。每天都有人从很远的地方专门到理想谷来看书，一块钱一杯咖啡，可以坐一天……只要想一想那个场景，就让卢娜激动又感动。她早就打算去一趟，感受一下那里的氛围。但她刚出门，就被晓风书屋的褚经理叫住了。

小褚笑吟吟的，好像有什么开心的事情。果然，小褚给她透露了一个消息，刚才大家提的建议里，其中有一项，本省的有关部门已经领先开始了，专门设立了一项文化建设工程，拨出了一笔专款，给书店作为补贴和奖励，民营书店也有少量名额。本省是沿海经济发达地区，才能拿出这一大笔钱。不过这个补贴是有条件的，书店的固定资产必须在一百万以上，连续多年信誉良好，还有营业额呀纳税状况呀，有关部门都要对书店一一进行资产评估……卢娜的明光书店，房产是自主产权，位于县城的中心地段，一楼一底一百多平米的房子，起码值个七八十万？加上流动资产，差不多就够百万了，其他条件都应该符合标准……

面对这个突如其来的好消息，卢娜有点发蒙，好像寒冬腊月里，天上掉下一件厚厚的羽绒大衣，把她暖暖地罩在里头。她结结巴巴地对小褚说，我不够的不够的，比我做得好的民营书店有的是。你看盛绣的宝石山纯真年代书吧，城市名片、文化客厅，好口碑好业绩好风景人人都欢喜，她的名气大、影响大，要评就应该评她……

小褚轻叹一声，纯真年代是好，但她的书吧房产租期五年，当年装修书吧，她家的积蓄都用光了，平时书吧的收入也就够维持日常开销而已，哪里来的百万固定资产呢？好多民营书店都被卡在这一条上了，我不晓得这种规定是个什么道理。如果书店自己有百万资产，政府补贴也就不算是雪中送炭了。不说了不说了，我看你还是回去算算账，有个思想准备，尽量争取争取……

卢娜倒抽一口冷气。想不到她当年用自家房屋开书店，房产所有权在某一天能救她于水火？也是呢，那些租房开书店的小老板，等于月月在替房东打工。明光书店不用交房租，才能苟活到现在。假如明光书店既要交房租又要养员工，恐怕早两年就关门大吉了。感谢外婆，感谢老公啊！

等她回到县城后不久，县文化局果然有人到店里来视察了一番，向她简单介绍了情况，还让她填了好几份表格，书友会的人给她写了读者评议，她还去银行开了纳税证明，等等。如此折腾一番之后，不仅没有好消息传来，连什么消息都没有了，好像云雾里的那件羽绒服，塘边才刚刚开始养鸭子。一春一夏，即使等到鸭子长大，一寸寸绒毛填进衣壳里，做成了羽绒服，又哪里就刚好披裹在自己身上呢？卢娜每天发愁操心的事情太多，过了一两个月，就把这个好消息连同开会的热闹都忘在脑后了。在江南这个地方，一年四季，阴天下雨的日子总归比晴天要多的。

这天下午，她望着那几个年轻人匆匆逃出书店的背影，真想对他们喊一声，要拍封面尽管来啊，说不定再过一年半载，明光书店关门了，你们连拍书的地方都没有了呢！

学生们走了以后，书店又冷清下来。卢娜坐在窗口，望着街上来来往往的行人发呆。她等的那个陌生的取书人也许不会来了，过几天，她要记得把那本《文化繁荣》退掉。她等的那个老同学也是永远不会回来了。她究竟还能撑多久呢？说不定哪一天，卢娜会到马路对面的那家装修公司去借一部梯子，亲自爬到书店门上，把明光书店那块木匾从屋檐下摘掉。当他有一天终于想起回乡扫墓的辰光，这里是一扇紧闭的门，他再也寻不见她了。

四

这天下午，老公从湖区放假回家，亲自烧了几样小菜、春笋烧肉、油爆虾、雪菜蚕豆、清蒸鳊鱼，样样都是卢娜喜欢的。儿子临近高考，天天在县中晚自修到很迟才回。卢娜却没有胃口，吃了几口就放了筷子。她晓得老公是想同自己谈天，至少是问问书店这个月又亏进去多少。但老公见她不想说话，独自喝了几杯闷酒，什么也没说，早早就睡下了。

晚上卢娜翻来覆去睡不着，到了半夜，她一伸手，触到了老公的后背，顺手摸上去，出手很重地摇晃他的肩膀。黑暗中，她的声音听上去恶狠狠的，哎，我已经想好了，这样硬撑，越撑亏得越多，儿子要上大学了，家里等着用钱，书店还是早点关门算了！此话既出，她觉得自己的决心已经下定。这话不能让老公说，要由她自己说出来。这一回不说，等他下次回来，又是一两个月拖过去了。

老公睡得死，翻了一个身好像还没醒，迷迷糊糊地嘟哝一声，开店是你，关店也是你……

卢娜撒娇地蹬了他一脚，你到底管不管？

总算醒了一半，口齿含糊不清，你再想想办法嘛，办法总有的……

卢娜赌气翻身，用脊背顶着他。他又不是不晓得，所有她能想的办法不但早已想过，而且做过多少次了，节日促销、新书推介、作家讲座对话、签名售书……到了如今，招数用完底牌出尽，已是黔驴技穷。在这个县城，就数明光书店的新书周转最快，一般图书上架几周后，假如一本都卖不出就退货。只是从县城到省城，毕竟相隔百十公里，高速公路的图书运费都要书店自己承担，进货退货的费用都计入成本，常年来回折腾也是吃不消的。亏得卢娜人缘好，几年来，书友们晓得书店生意清淡，一听书店进了好书，常常故意多买几本拿去送人。有一个中年人，好像是个中学语文老师，一到寒暑假就来买书。后来卢娜终于忍不住好奇问他，寒暑假人家老师都在忙着做家教，你倒有闲工夫看书啊？他这才说了实话，其实我也看不了那么多书，买回去都摞起来。家里堆满了，老婆有意见，我对她说，藏书可以保值升值啊，你看宁波的天一阁，以后传给子孙……他一边说着，一边笑起来，我也不全是为了帮你，家有书香，孩子也受熏陶的……

卢娜晓得，多年的老书友们都在暗中帮她。但以人情来维持书店，总归不是长远之计。如今书店所剩无几的优势，大概也就是人们对纸质书的旧日感情了。老公毕竟不是这个行当的人，他不知道那些大城市的书店也是各有各的难处。听说只有北京的万圣书园，只赚不赔生意笃定。那个老板自己就是个博学的读书人，凡有新书出版，他都要自己一本本先看过。万圣书园的咖啡吧赚的钱还不如卖书的利润高，那是因为万圣就在北大清华附近，书店里进进出出的人都是正儿八经的学者教授。全国有几个北大清华呢？万圣是个唯一，学也学不来的。就说北京的三联书店，半个多世纪的老牌书店，首创了二十四小时营业制，留住了读者和顾客，赚足了人气。然而，通宵长明的电费，还有夜夜加班的员工工资，算算账，要增加多少经营成本？若没有三联那样殷实的家底，绝对做不下来。又听说贵阳有个西西弗书店，在广州、遵义等地开了十几家连锁店，每一家都是同豪华大商城合作的，空间宽敞，装潢精美，分类精细……像卢娜这样的小书店，想都不敢想。再比如北京的字里行间书店，开张七八年，已经陆续开了十几家连锁店。省出版发行业协会有人去北京，见过字里行间的老板，说字里行间采用年度会员制，为会员提供高端阅读服务，所以它有充足的财力，把每一家分店都设计得各具特色，这一家主打书法字画，那一家主题是童书玩具，再一家主营陶瓷工艺，家家都是个性化的书店风格，开在京城最好的黄金地段。这种精品书店模式特别适合大都市的白领金领阶层。字里行间多年来和一家资金雄厚的书业集团联手做出版，出书与发行配套，内循环加外循环，与西西弗是不同的路数，真可谓八仙过海、各显神通了。其中一家字里行间，外墙是弧形的大玻璃墙面，内墙隔出一大圈书架，靠窗是雅致精美的文房四宝茶艺茶道，就好像一步踏进了高级会所，进去就不想出来了。书店的中央摆着一张张小方桌，铺着豆绿色的餐布，经营纯正素餐，闻不到一丝油烟味，正合书店的品位。来买书的人想品尝素餐，专门来就餐的人也会顺便买了书带回去，真是各得其所。据说市政府有规定，豪华商圈必须配备文化产业设施，所以那座商贸大厦给予字里行间这种品牌书店的房租价格，显然相当优惠……

可是明光呢？百十平米的一家民营小书店，简陋寒碜，无依无靠，靠的是卢娜十几年的死缠烂打不离不弃，她还能有什么绝路逢生的好办法？县城小书店和那些大城市书店，除了书店规模不一样，所有的书和读者都是一样的啊！为什么卢娜救不了自己的书店，只能眼睁睁看着它在冰海中慢慢沉下去，自生自灭？前几天她看到一条网上留言，说这个喜新厌旧、崇尚更新换代的年月，一家老书店倒下去，还有千百家新书店会站起来，看得卢娜从头到脚透心凉。

老公又睡着了，耳边是汽笛一般的呼噜声。卢娜在黑暗中睁大了眼睛，周围看不到一丝亮光。黑沉沉的海面上风暴骤起，吞没了原来那一线微弱的航标灯。

卢娜没敢告诉老公，今天她的心情特别沮丧，是因为下午书店里来过一个人。

此人不是那个陌生的买书人，当然更不是她等了多年的那个老同学，而是明光书友会的老会员，下班经过书店，给卢娜带来了一个新消息。老县城的居民或许对这个消息会有一点兴奋，但是对于卢娜却如灭顶之灾，她好像跌落在一潭冰水里，浑身瞬间冻僵，只有脑子被冷水刺激得异常清醒。消息说，县城东边的那个新区正在扩建规划中，政府将要把很多大单位搬迁过去，比如县中心医院、县中、农科所、文化局、县人大、政协办公楼、广播电视台、长途汽车站……总之，原先条件不好的那些单位全都要陆陆续续搬进新区新楼去，新区将逐渐发展成未来的县城中心……

这个消息千真万确，县人大昨天刚刚通过的，说不定明天就登报上电视了！

卢娜差一点就要哭出来了，医院？学校？政府机关？电视台？这些单位都是目前支撑着明光书店最主要的客源。一旦搬走，等于釜底抽薪，没有了稳定的老客户，书店还怎么开得下去？新区建成之后，老县城必然会逐渐萎缩、凋敝，那么明光书店还有什么前景可言？

那人又说，新区大发展，老城肯定人心惶惶，我看你还是早做打算的好……

那人走后，卢娜半天没缓过神，在椅子上傻坐了一会，心里焦灼如焚。她飞快地算了一笔账，假如这个消息是真的，最晚挨到明年，新区落定之后，书店的老顾客就走得差不多了，书店亏空肯定越来越多。但亏损还是小数目，要命的是，新区投入使用之后，老县城的房价就会快速下跌，那么自家这座老房子那时再想出手转让，恐怕都卖不出好价钱了……

眼看已是山穷水尽，前头死路一条，她再也没有什么锦囊妙计了。将来县城老房子跌了价，弄不好连儿子出国留学的保底钱都搭进去——这才是促使卢娜今天突然下决心关闭书店的真正原因。

夜那么长那么黑，窗外连一丝月光都没有。卢娜翻过身，把脸贴在老公热烘烘的脊背上，绝望地抓住了他的手，那只手软绵绵松松垮垮，她觉得自己无奈又无助，想哭却哭不出来。

第二天卢娜早早起床，没有心思做早餐，到街上去给老公和儿子买了两杯豆浆四根油条，放在餐桌上，便早早离家去了书店。她想让自己一个人静一静，仔细再仔细地盘点一番，店里现有的库存书、书柜书架沙发桌椅灯具电脑等所有家当，总共能折算多少钱？上半年流水收入总共是多少？还要支付多少即将到货的新书款？……她必须抓紧时间，趁着老城的人都还不知底细，尽快把书店的房产转让脱手，越早越好，然后速速把明光书店的"后事"料理完毕。书店关张后，她的工作不用发愁，新华书店那边早有人三番五次来探过虚实。明光一旦关门，新华欢迎她回去当部门主管，她肯不肯去还难说呢……

辰光还早，她开锁进店，觉得光线有点暗，顺手开了灯，一时灯光亮得晃眼。她抬头，看见了天花板上前些天新换的灯泡，心里突然一阵刺痛。把灯光调亮？把灯光调亮，不是愈加费电了么？她气呼呼地顺手把灯关掉了，省点电吧，能省一点是一点。这家昏暗的书店里，只剩下她的心里还有一朵小火苗，那么小，那么弱，忽闪忽闪，飘摇不定。而今，这朵风里雨里挣扎太久的小火苗也终于快要熄灭了……不怪我不怪我，她对自己说，我实在是已经尽力了哦……

就在这时，卢娜听见了手机铃声在响。她走到窗口去拿包取手机，发现原来书店东窗的窗帘还拉着，怪不得书店这么暗。她用手指划开屏幕上的接听键，然后把窗帘唰地拉开了。

顷刻，书店里洒满了亮晃晃的阳光，一格格在书架上跳跃，把书店染得一片金黄。还是太阳好啊，她对自己说。把灯光调亮，就算再亮，也是夜里。她自嘲地笑了笑。

清晨的阳光下，手机里传来一个爽快的声音。电话是文化局的人打来的，就是上次让她填申请表的那个干部，让她赶紧到局里去一趟，要办手续。什么手续？你来了就晓得了。你还是说一下吧，我店里忙，走不开呢！是好事情，你中了头彩了，恭喜恭喜！对不起我从来不买彩票的，不要拿我开心哦。哎呀，你真拎不清，就是省政府的那笔书店奖励基金，明光书店评上了！我哪里评得上？你骗我。是真的，不是个小数目，你变百万富翁了。快点过来，上头还要核实几个数据呢……

卢娜终于听清楚听明白了，她的手抖了一抖，手机从掌心滑出去，落在一堆高高码起的书上。她站在窗口一动不动，整个人都好像傻了，然后肩膀轻轻地抖动起来，身子开始战栗。她伸出双手捂住了自己的脸，手心很热很烫，忽然又变得凉湿，泪水透过指缝，从脸颊上哗哗淌下来。她似乎意识到什么，往前挪移了一步。是的，她想躲开那堆书，怕自己的泪水把书弄湿了……她终于哭出了声，惊喜的啜泣，在晴天的阳光里，如急骤的阵雨一样砸下来……

天上云间飘荡的那件羽绒服在寒风中落下来，终于披在了她的身上。一百万是多大的一笔钱啊？这么说，明光书店就要起死回生了？可以把这几年累计的债务亏空都补上了，早就想添置的新书柜也有了着落。老公的工资不用再贴补书店了，积攒起来给儿子上大学交学费。退一万步说，假若书店继续赔钱，一年赔几万块，这笔补贴的钱也够她再亏损十几年了……她一直想着能把隔壁老房子那个闲置的晒台买下来，和自家书店打通，在二楼的咖啡吧旁边再扩建一个儿童书屋，就叫爱丽丝奇境，墙上都是爱丽丝那本童话的插图，天花板上全是爱丽丝那个奇幻王国的花草和小动物，孩子们放学了，尽管可以到这里来读书嬉戏做梦……卢娜已经完全忘记了老县城和新区的事情，思绪纷乱，忽喜忽忧，她仍然不敢相信这样的好运气会降临到她头上。也不知道过了多久，她听见有人推门的声音，是员工来上班了。她赶紧用纸巾揩净泪水，换了一副喜气洋洋的笑脸，对员工简单吩咐了几句，顶着阳光去了文化局。

卢娜从文化局回到店里时已近中午。她在街上的灯具店里顺便又买了一盒四十瓦的飞利浦灯泡——把灯光再调亮一点！她要让明光书店的老顾客们老远就看到书店的灯光，无论夏夜冬晚，每天每天，天刚刚黑下来，明光书店的灯光就唰地亮了。如果她的资金宽裕，最好把书店临街的窗户也扩大一倍，宽敞明亮的一长排玻璃，等到夜幕降临，玻璃窗内的灯光雪亮雪亮，明光书店就像一座透明的水晶宫，所有的书都在闪闪发光……总有一天，他回老家来看看，一眼就会看到明光书店。如果有那么一天，卢娜会告诉他，当年你说过，只有知识才能改变命运，是的，你做到了，你苦学的知识改变了你的命运。但我不是。这么多年，书本没有改变我的命运，但改变了我。我办了明光书店，我的书店给人送去知识，知识可以帮别人改变命运……

这么一想，卢娜的眼泪又流下来了。不对！不是知识改变命运，是文化！不对，文化也不一定能改变命运，但可以改变人！我不再是那个高考落榜的自卑女孩，我活得对人有用，我充实，我知足……我一点都不比你差！

傍晚时分，卢娜和员工简单用过晚餐，抬头欣赏着白天刚换上的新灯泡。她觉得明光书店从来没有这么亮堂这么美妙，灯光简直可以用璀璨这个词来形容。她看过很多国外书店的图片，高低错落的书架、精致素雅的装潢，再配上明暗适度的灯光，那种弥漫着书卷气息的宁静氛围，充满了世界上所有其他场所都没有的神奇魅力。

就在这天晚上，明亮的灯光下出现了一个人影。卢娜眯起眼，打量这个有点面熟的生客，忽然想起他就是几个月前那个要盖书章、要她代购《文化繁荣》那本书的省城顾客。他快步朝她走过来，身后还跟着另一个人。他抬起头环顾天花板的灯池，笑容满面地说，嗬，灯光调过了？书店亮了许多哦！我老远就看见了。

他终于想起来取书了？他会不会再一口气买二十多本书呢？

接下来的事情完全出乎卢娜的意料，好像所有奇怪的新鲜的事情都集中到今天来发生了。这个人对卢娜说了很多话，后来，同他一起来的那个人也对卢娜说了很多话。卢娜的脑子不够用了，一时反应不过来，几乎无法判断这究竟是好事情还是坏事情。她好像听见他说，县城新区的整体规划中需要有一家书店，中等规模的书店，但是老县城的新华书店由于种种原因，暂时无法搬迁。他想到了明光书店，他推荐了明光书店，以明光书店的信誉度和知名度，开在新区再恰当不过了。新区将为书店预留五百平方米门面房，作为公益书店，房租优惠到可以忽略不计。他今天就是和有关部门的人先来征求意见，也算考察调研，事情一旦列入规划，就按正规程序进行……

他还提到了城市发展战略，提到了公民的文化权利，提到了热爱、尊重、介入什么的。卢娜的脑子嗡嗡响，下意识嗯嗯地点头，只觉得他的话音一声声落下，头顶的灯光一盏盏变得闪闪发光。卢娜忽然莫名其妙地觉得有点紧张，假如一旦停电，眼前的一切是否会重新陷入黑暗中去？

卢娜渐渐冷静下来，望着灯光下地板上人与书堆成的一条条暗影，心里有了些许疑惑。她暗自思忖，假如明光书店真的搬到新区去，那么县城书店的老顾客怎么办呢？新区那么远，总不能让那些书迷书虫书痴，为买一本书专门跑到新区去……再说，开了新书店，老书店还开不开呢？让她同时打理两家书店，哪里来那么多人力和精力？开张一家五百平方米的新书店，装修就需要一大笔钱。这笔费用怎么出？政府有没有补贴？新区建成后，一年半载的，顾客肯定不会太多，书店十有八九会亏损，这笔亏空她背得起背不起呢？假如亏损都要她自己承担，她是不敢应承下来的。这个新区未来的新书店就像那笔天上掉下来的补贴一样，把她刚刚想好的老书店发展计划全都打乱了……

再说了，面前这个人晓得不晓得卢娜很快就要领到一百万补助的事情呢？他不会是和文化局串通一气的吧？因为卢娜得到了政府的奖励，他们才会选中明光去开新店？她心里一点底也没有。

卢娜定了定神，故意把话题岔开，对那个人说，对了，你要的那本《文化繁荣》的书，我早就帮你买来了，你还要不要？

那人连连谢过卢娜，摸出钱包，用现金把书买下了。他说，你先考虑考虑吧，文化建设的事情急不来，一个好项目从创意到最后完成，需要反复论证，我们还要继续沟通的。又有几分抱歉地加了一句，上次买的那些书还没看完，今天就不买书了。你把好书给我留着，过些天我们再来。

临走前，他给卢娜留下了一沓表格，请卢娜有时间填写一下。

又是表格。卢娜看了一眼，接过来，又飞速地看了一眼那个人。他到底是做什么的呢？看样子他不是教授，而是个文化官员，至少是主管新城的规划师？现在的人身份都比较复杂，不像从前那么一目了然。她在心里懊恼自己的眼光不灵，上次他连个跟班都没带，卢娜到底还是看走眼了。像他这样欢喜读书的规划师，莫非就是书友们闲谈中提到过的那种体制内的清流？卢娜吃不准。

那天晚上，卢娜回到家，和老公一五一十地说了今天书店里发生的一连串怪事，说了天上掉下来的大额补贴，说了那个神秘的顾客，又说了新区未来的书店，说来说去，说得她自己也绕进去了。卢娜索性摊开了两只手，上下颠着手掌说，喏，给你简单打个比方吧，假如去新区再开一家明光分店，就好比我一只手拿进了一百万补贴，又从另一只里赔出去了。

老公闷声不响。卢娜又说，这一进一出，不是等于还同原来一样吗？

卢娜大声说，你听见没有啊？我昨天夜里和你说过的那些话，你听清爽了吗？

听见了，不过没听清爽。老公说，我当你是在说梦话。

卢娜有点恼，嗔怪地提高了声音，我想来想去，明光书店还是关门的好。老店没开好再去开新店，找死啊！那笔补贴我给他们退回去！我不去新区开店，我要和老书店同归于尽！

老公嘿嘿笑起来，笑得卢娜心里发慌。结婚二十多年，老公从来不和她吵嘴。他是一块牛皮糖，咬起来蛮吃力，经咬。

老公开口说，好了好了，我听懂了。反正你每天不是说梦话就是说气话。卢娜，我晓得你开书店十多年，没一天好日子过。但是，假如你从此不开书店，恐怕就活不成了。

卢娜心里一紧。那个叫明光的博士就算此刻站在她面前，也说不出这句话来。

命总比钞票要紧，你年纪还轻呢，我要你活着！

卢娜鼻子一酸，眼圈就红了，心里那朵奄奄一息的小火苗呼的一下蹿上来，燃成了一蓬金红色的火焰。

那么，到底要不要去新区开分店呢？

我反正不欢喜看闲书的。老公慢腾腾地说，你的书店，你自己做主！我只晓得，秦始皇焚书，后世的骂名都留在书里。嬴政也没赢过书去，他是输在书里头的，最后还是书赢了……

卢娜慢慢伸出双臂，环住了老公的腰，把脸贴在老公的胸前。他胸口散着热气，像一件厚厚的羽绒服，把她包裹起来。能坚持到哪天算哪天吧，她劝慰自己。心里那朵小火苗微微颤了颤，忽地蹿起了一团火焰。

隔着一条街，隔着几道墙，卢娜看见明光书店四个字，在夜空里通体透亮。

水电火电风电核电，只要线路没有坏掉，灯光总归会重新亮起来的吧？

发表于《上海文学》2016 第 10 期

转载于《小说选刊》2016 年第 11 期

《小说月报》2016 年第 11 期

《中篇小说选刊》2016 年第 6 期

《北京文学·中篇小说月报》2016 年第 12 期

《新华文摘》2017 年第 3 期

获 2016 年《小说选刊》年度奖

2015—2016 年《北京文学·中篇小说月报》优秀中篇奖

第十一届《上海文学》奖

2016 年《小说选刊》奖

生活中的光与暗

——评张抗抗小说集《把灯光调亮》

金 钢

近几年，中国作家的作品产量有了明显提升。据中国社会科学院编纂的《中国文情报告 2015—2016》统计，2015 年国内的长篇小说产量在五千部以上，中短篇小说的产量则远远超过这个数字。各路著名或非著名的作家似乎有太多话语向读者们诉说，而读者面对如此巨大的文字海洋，难免迷失于其中，甚至心生厌倦。不知不觉中便生出这样一种感触，与其追随文学新潮，不如静下心来读一些经过时间检验的优秀作家的精选之作。道理很简单，读者的精力有限，面对海量作品必须做出选择，而时间之河的淘洗无疑是强有力的。摆在我们面前的这本新书是当代文坛重量级作家张抗抗的中篇小说精选集，以她 2016 年发表的小说《把灯光调亮》为名。

张抗抗是一位善于感受光的作家。从《北极光》中炫目迷人的梦想之光到《把灯光调亮》里温暖、敞亮的书店灯光，光线跨越时空的阻隔，勾连起作家从 20 世纪 70 年代末到现在的创作人生。《把灯光调亮》这部中篇小说集展示了张抗抗三十多年来创作的整体风貌，体现了她在文字语言和思想心态上的不断进步和成熟。面对这样一部作品集，面对向我们铺展而来的创作历程，就如同面对一位经历了复杂世事和漫长时光的长者，我们不能不心生感慨，感慨她把生活中的光影捕捉到纸上，化成文字，化成经验，化成恒久的记忆。

　　从发表时间看，张抗抗的小说创作从 2004 年的短篇《干涸》、2005 年的短篇《在北京的金山上》到 2016 年的中篇《把灯光调亮》之间，存在着一个十余年的断层。与作家沟通得到的信息是，这十年中她六易其稿，完成了一部讲述 20 世纪 80 年代的长篇小说。80 年代是中国改革开放之初，各种思潮涌动、人心思变的年代，也是张抗抗风华正茂的时代。她如何讲述那段历史，以新的发现展示那段记忆，值得读者们期待。

　　既然是时隔十余年发表的作品，熟悉张抗抗创作的读者不妨先读这篇《把灯光调亮》。这篇小说讲述了一个与读书人、写书人、书业人、爱书人息息相关的书店的故事。在题为《双悬念解码》的创作谈里，作家言道，写书的人来讲述书店，并不缺人物和细节。但书店毕竟过于安静内敛，书本惯于深藏不露，书店"成书"情节难免单调乏味。这类题材的操作，更需要叙述技巧的支撑。《把灯光调亮》开篇出现了一位身份不明的陌生人，由此牵引出书店女主人心里无法放下的少年伙伴——那个永无归期的模糊影像，亦是书籍与文化衰微的指代。这两个隐身于现场、潜伏于事件背后的人物，成为两条纵横交错的隐线，贯穿始终互为交织，引发并连缀女主人公的身世、性情及内心难以弃置的梦想，构成小说的双向悬念。小说悬念通常作为推动情节的润滑剂，亦如在电子文本设置密码，双悬念有如叙事的纵横经纬，导向终局究竟如何解码的阅读期盼。①

　　如此用心地设置悬念，肯定是有很深的用意。"悬念有如峭壁悬垂交叉的藤蔓，纠缠着象征性的隐喻，通往密林不可测知的深处"。在当代文学中，不少作家都使用了象征性的隐喻，不同的是，张抗抗作品中的象征性隐喻几乎贯穿了她的整个创作历程。《淡淡的晨雾》里弥漫在松花江上空的淡淡晨雾象征着在徘徊中前进的新时代；《北极光》是极具象征意味的一部小说，虚无缥缈的北极光象征着梦想与幸福。而《把灯光调亮》中灯光反复出现，显然是一个具象的隐喻——灯光象征着夜行人对光明的渴望，但需要充足的电能、需要线路的硬件保障的灯光却无法取代阳光。于是，灯光的悬念提供了充足的想象与探究的空间。

　　在笔者看来，每个生命个体都如一盏灯。有的人如路灯，可以照亮一段

---

① 张抗抗：《双悬念解码》，《小说选刊》，2016 年第 11 期。

路；有的人如顶灯，可以照亮一个房间；有的人则如台灯，只能照亮一方书桌。各种社会关系、基础设施构成了线路，而文化知识则提供了灯光闪亮的能源，书籍可以说是这种能源的载体。只不过书籍的形式在不断变化，由兽骨、兽皮到竹简，再到绢书、纸质书，直到今天电子书大为流行。如果从环保、节约资源的角度来看，纸质书的萎缩并不是坏事，然而随之而来的实体书店的没落却引人深思。一家书店所接纳并输出的不仅仅是纸书，还有一个民族的价值观与精神气象。书店并不简单的是一个纸书交易所，还是一块社会区域中人际交往和精神碰撞的场地。书店的衰亡意味着为生命之灯提供能源的一段线路坏了。放弃这段线路还是努力修复它，这是摆在现代人面前的一个难题。

《把灯光调亮》中的女店主卢娜一直在等待她记忆中的童年伙伴明光，并把他的名字当作了书店的店名。而经历了漫长的等待，明光却始终没有到来，这很容易让人想到贝克特的荒诞戏剧《等待戈多》中两个流浪汉苦等戈多而戈多不来的情节。或许人生就是一场无尽无望的等待。两人等待的结果最后没有说明，戈多派了一个男孩来说，他会来的，似乎有了希望。《把灯光调亮》中出现了一位神秘买书人，他给卢娜带来了新的项目，卢娜同时也得到了政府为书店专设的奖励基金，这似乎可以让卢娜的书店起死回生。但卢娜明白，"假如去新区再开一家明光分店，就好比我一只手拿进了一百万补贴，又从另一只手里赔出去了"。她赌气说明天就把书店关门算了，但她的丈夫深知"假如你不开书店，就活不成了"。——可知，书店的灯光是照亮卢娜生命的亮光和精神寄托。

从《把灯光调亮》的结尾看，我们无法知道那家书店还能存在多久，只有一束惨淡的灯光留在人们心里。卢娜也许是露娜的谐音，这位月光女神即使再调亮，也只能为长夜增添一点清冷的光。或许我们不必过于纠结纸质书的没落，纸书毕竟只是书籍的形式，我们还应该注重的是书籍的内涵。如今在国人的生活中，阅读已经被边缘化，人均图书阅读量不到五本，不及邻国日本韩国的一半。许多人经济宽裕，"可就是不肯花钱买书，好像买了一本书衣裳就会少一只角，买了一本书身上就会掉一块肉"，这反映了我们国家的文化软实力没有和经济硬实力一起强大起来，甚至非常虚弱。作者坚持了她多年一贯的批判精神，在"光亮"的虚像里，折射出无可逃遁的阴影和暗处，揭示了中华国民文化素质的苍白，并对这个唯利重利、实用主义的民族现状表示了深沉的忧虑。

对年轻一代及更远的后代来说，那段历史进程首先是一个故事，一个由不同人所讲述的故事。而张抗抗等作家编码的记忆"故事"，很可能会比政治文献或历史教科书流传更广，影响更为深远。

张抗抗的创作不仅仅是对集体记忆的探索，更主要的是对个体记忆的追寻。读她的小说，我们不难看出她的生活轨迹，杭州、北大荒知青农场、哈尔滨、北京。从眼前的这部选集来看，《残忍》（1995年）、《请带我走》（2003年）两篇均是知青题材的作品。知青的话题从时间上讲，是20世纪末的重要话题。进入21世纪，从生命时段上讲，这一代人将渐次退出社会舞台，这一代人中以文学的方式走进人们视野的作家可谓为数众多，然而能坚持到现在并且依然是文坛主力作家的已经是凤毛麟角了。可是对于"文革"的深层反思将从历史、政治的范畴拓展到文化的层面，也就是辨析我们民族文化的潜在基因，这将是一种更为艰难、更为痛苦的诘问，也许时间和距离能使人们变得清醒、客观与公正。从张抗抗的知青题材作品来看，《白罂粟》《残忍》等作仍然没有脱离伤痕、反思文学的窠臼，和那一时代的许多作品一样，显得情绪性过重，有一种一个都不放过的狠辣。而到2000年之后完成的《何以解忧》《请带我走》等作，张抗抗的思想变得更为通达，她让我们认识到，如果不经过人生的苦痛与历练，又如何理解得了"生比死更艰难"这种出自肺腑的真言（《何以解忧》）；尽管那并"不是我所情愿和我主动选择的"路，但"我毕竟被推到了一扇新的门口"，"我被迫成了现在的我"，而多年以后"我"才发现从前的错误竟具有殊途同归的意义并对此心生感激（《请带我走》）。或许历史的吊诡与反讽就在于，恰恰是上山下乡运动促使知青开始自觉思考自身与国家的命运。这正如李银河所说的："理想主义造就了我们的现实主义；教条主义造就了我们的自由思想；愚民政策造就了我们的独立思考。"①

《淡淡的晨雾》（1980年）、《北极光》（1981年）等作是张抗抗在新时期初期较为重要的作品，这些作品描写的都是青年人在社会变革阶段的思想变

---

① 张抗抗：《乌托邦臆想的隐蔽动因》，《读书》，2011年第10期，第122页。

化和成长历程，因及时反映了当时知识青年的境遇和内心思想而引起了广大读者的共鸣。毋庸讳言，这些作品今天读来已觉得隔膜，但由于张抗抗作为女性知识分子所特有的理性意识与社会责任感，她在这些作品中所敏锐观察到的有关新时期初期北方城市的社会人生，仍具有明显的文学史和区域文化史意义。城市是某一区域人类社会权力和历史文化所形成的一种最大限度的汇聚体。在一座城市里，人们的社会生活散射出来的一条条互不相同的光束，这些光束所焕发出的光彩都会在城市里汇集、聚焦，最终凝聚成此地域社会人生的实际效能和生存意义。

复杂的城市所包含的显然不仅仅是青年人的浪漫成长，更有成年人的尴尬与无奈。完成于1991年，带有先锋实验小说风格的小中篇《斜厦》，与《淡淡的晨雾》《北极光》等早期作品形成了鲜明的对照。这种对照既是时代本身的发展变化所致，也是作家个人经历、创作思路深刻转变的结果。城市的光怪陆离在《斜厦》中有着荒诞的展现，这篇小说在当下仍具有很强的批判力量，小说中不再有浪漫纯真的激情，而是异常冷静的反讽。明显倾斜的大厦在重重质疑下依然建成了，而为了向搬进去居住的市民证明大厦的安全性，作为大厦的设计者之一的吴工也"被搬进"了斜厦，曾力谏拆除斜厦异地重建的吴工也只能安慰自己，"既然比萨斜塔再斜上一百年也倒不了，想必这斜厦也还能将就些年头"。掌权者的利欲纠缠、知识分子的苟且偷安，将人民群众的生命财产置于危机之下，难道一定要流血才能引起警醒吗？近年来，地震、泥石流等灾害频频给人民带来伤害，而在这些天灾中往往有人祸的因素，防天灾则务必清除人祸，一些天灾本就是人祸造成的。作者提醒人们，应该从斜厦生成的体制入手进行检讨与反省。否则，在将来不可预见的天灾中，我们依然会看到人祸的阴影，若是寄希望于斜厦不倒，只不过是自欺欺人。

作为同代人中不为多见的思考型女性，张抗抗具有很强的问题意识。《银河》（1995年）探讨的是都市男女的爱情、婚姻、两性等问题，小说中所展现的都市男女如同夜晚银河中的星云，看似群星密集，其实每一颗星星都相距甚远。"每颗星都是一个寒冷孤独的个体，虽然彼此的光芒可以互相照耀，但它们老死不相往来。星回时移，只是没有鹊桥"。斯宾格勒认为，西方城市在其发展过程中与其自身之外的"滋养之源"切断了联系，变成了一个封闭的系统，进入一个耗尽其能量的熵化过程，它自己供养自己，产生了各种堕落的观念，造成了人性的受难。结果，人的本能被理智、智慧和意识所取代；人对自然和神话的感受被科学理论所取代；原始的集市（物物交换）观念被抽象的货币理论所取代。① 在这里，斯宾格勒进而谈到了文明人的孤独与不育，如今在中国飞速发展的城市里，虽然人口更密集，但人与人之间心灵的距离却更大，人们都披着厚厚的甲壳生活，都市男女之间最本真的爱情已成为奢侈品。《银河》中渐次出场的老穆、方小姐、布工、狄总、西希、叶女士之间纠缠的是性欲、金钱、权利、事业、家庭，爱情似乎曾经有过却早已不见。戛然而止的结尾让人觉得迷茫，什么是利用？什么是交易？婚姻是必需的吗？什么才是幸福？情侣的最终结果一定是家庭生活吗？男人或女人能不能离开异性独自生活？什么才是我们生活中的必需？这是笔者读过《银河》之后的困惑，或许也是张抗抗隐藏于星云中的对于个体存在方式的追问。

20 世纪以来，中国的一个重要社会现象就是城市的兴起，大量人口从乡间的农业生活移入现代化的城市。甚至有论者认为，到 21 世纪末，"人类将成为一个完全生活在城市里的物种"②。这种人口的流动伴随着各种苦难、革命和战争，新进入城市的人们常常会陷入困境，遭到排挤，心生怨怼。但这些人往往更具有开创精神，这个时代的历史有一大部分是由失根之人造就而成，他们因为与家园断裂，于是采取更为极致的手段，以求在城市社会中谋求一席之地。乡村人口进入城市的现象带来的不仅是经济的增长或财富的累积，而且对当下中国乡村家庭的生活与城市未来的发展都将产生深远的影响。《芝麻》（2003 年）是以进城务工女性为主人公的作品，以城里与乡间的生活对比来观照当今中国，写出了中国农村妇女寻求经济自立到人格独立的艰难过程，以此探讨中国改革所带来的人性解放。

从《北极光》（或《淡淡的晨雾》）到《斜厦》，从《残忍》到《请带我走》再到《把灯光调亮》，是一条时间跨度为三十余年的风景线，为我们描画了中国改革进步的社会心态及人性嬗变。张抗抗的创作题材所涉范围甚广，

---

① ［德］斯宾格勒著，吴琼译：《西方的没落》（第二卷），上海，上海三联书店，2006 年版，第 91—92 页。

② ［加拿大］道格·桑德斯著，陈信宏译：《落脚城市》，上海：上海译文出版社，2012 年版，第 1 页。

从知青小说到都市青年，从女性心理到当代社会形态，具有开阔宽广的创作视域。她在现实主义、浪漫主义等古典叙事方式的基础上，不断融入了现代主义的创作理念，形成其丰富而善思的独特文学品质。

生活中有昼便有夜，有光便有暗。张抗抗所努力调亮的文学之灯并不能照亮整个暗夜，她所做的是构建一座灯塔，给踽踽前行的人提供方向和勇气。

2017 年 6 月 3 日于哈尔滨山水文园

2017 年 6 月 26 日修改稿

张抗抗著作列表

短篇小说集

1.《夏》	黑龙江人民出版社 1981 年
2.《红罂粟》	北方文艺出版社 1986 年
3.《白罂粟》	华东师大出版社 2017 年

中短篇小说集

4.《张抗抗中篇小说集》	中国青年出版社 1982 年
5.《塔》	四川文艺出版社 1985 年
6.《陀罗厦》	华艺出版社 1992 年
7.《永不忏悔》	河北教育出版社 1995 年
8.《银河》	长江文艺出版业 1996 年
9.《热石头》	河北少年儿童出版社 1996 年
10.《请带我走》	华艺出版社 2003 年
11.《性情张抗抗》	修正文库 2004 年
12.《黄罂粟》	江苏文艺出版社 2005 年
13.《北极光》	人民文学出版社 2006 年
14.《张抗抗小说》（学生版）	吉林文史出版社 2005 年
15.《张抗抗自选集》	现代出版社 2006 年
16.《鸟善走还是善飞》	上海文艺出版社 2007 年
17.《请带我走》	中国社会出版社 2012 年

短篇小说散文合集

18.《张抗抗代表作》	北方文艺出版社 1991 年

19. 《张抗抗儿童文学作品选》　　　上海少年儿童出版社 1991 年

20. 《张抗抗知青作品选》　　　　　西苑出版社 2000 年

21. 《钟点人》　　　　　　　　　　中国文联出版社 2001 年

22. 《还有一次机会》　　　　　　　华文出版社 2002 年

23. 《中国当代作家选集丛书
　　——张抗抗卷》　　　　　　　人民文学出版社 1998 年

24. 《张抗抗作品精选》　　　　　　长江文艺出版社 2013 年 1 月

散文集

25. 《橄榄》　　　　　　　　　　　上海文艺出版社 1983 年

26. 《小说创作与艺术感觉》　　　　百花文艺出版社 1985 年

27. 《地球人对话》　　　　　　　　中国华侨出版公司 1990 年

28. 《野味》　　　　　　　　　　　百花文艺出版社 1992 年

29. 《你对命运说，不!》　　　　　上海知识出版社 1994 年

30. 《恐惧的平衡》　　　　　　　　华艺出版社 1994 年

31. 《牡丹的拒绝》　　　　　　　　春风文艺出版社 1995 年

32. 《张抗抗散文自选集》　　　　　百花文艺出版社 1995 年

33. 《故乡在远方》　　　　　　　　四川文艺出版社 1995 年

34. 《柔弱与柔韧》　　　　　　　　湖南文艺出版社 1996 年

35. 《沙之聚》　　　　　　　　　　吉林人民出版社 1996 年

36. 《山野现代舞》　　　　　　　　陕西人民出版社 1998 年

37. 《沧浪之水》　　　　　　　　　江苏文艺出版社 1998 年

38. 《风过无痕》　　　　　　　　　江苏人民出版社 1998 年

39. 《鹦鹉流浪汉》　　　　　　　　重庆出版社 1998 年

40. 《女人说话》　　　　　　　　　江苏人民出版社 1999 年

41. 《张抗抗散文》　　　　　　　　解放军出版社 2000 年版

42. 《诗意的触摸》　　　　　　　　当代世界出版社 2001 年

43. 《我的节日》　　　　　　　　　知识出版社 2001 年

44. 《天然夏威夷》　　　　　　　　河南文艺出版社 2002 年

45. 《嫁衣之纫》　　　　　　　　　新华出版社 2004 年

46. 《女儿湖隐喻》　　　　　　　　上海三联出版社 2006 年

47.《张抗抗随笔》　　　　　　　　　社会出版社 2006 年

48.《张抗抗散文赏析》　　　　　　　上海学林出版社 2006 年

49.《在时间的深处》　　　　　　　　江苏文艺出版社 2007 年

50.《悦己》　　　　　　　　　　　　中国青年出版社 2007 年

51.《白色大鸟的故乡》　　　　　　　上海人民出版社 2007 年

52.《追述中的拷问》　　　　　　　　海关出版社 2008 年

53.《张抗抗散文》（插图珍藏版）　　人民文学出版社 2009 年

54.《君子不独乐》　　　　　　　　　长春出版社"大家书系"2012 年

55.《汉语魔方》　　　　　　　　　　中国社会出版社 2013 年

56.《张抗抗经典散文》　　　　　　　山东文艺出版社 2014 年

57.《北方》　　　　　　　　　　　　高等教育出版社 2016 年

58.《有女如云》（精装）　　　　　　北方文艺出版社 2016 年

59.《回忆找到我》（精装）　　　　　长江文艺出版社 2017 年

60.《诗性江南》　　　　　　　　　　华文出版社 2017 年

61.《书之书》（精装）　　　　　　　河南文艺出版社 2017 年

长篇小说单行本

62.《隐形伴侣》　　　　　　　　　　作家出版社 1986 年

63.《隐形伴侣》　　　　　　　　　　华艺出版社 1995 年

64.《隐形伴侣》　　　　　　　　　　时代文艺出版社 2001 年

65.《隐形伴侣》　　　　　　　　　　作家出版社"重温经典"丛书 2005 年

66.《隐形伴侣》　　　　　　　　　　武汉大学出版社"知青"文库 2012 年

67.《赤彤丹朱》　　　　　　　　　　人民文学出版社 1995 年

68.《赤彤丹朱》　　　　　　　　　　人民文学出版社 2007 年再版

69.《赤彤丹朱》　　　　　　　　　　人民文学出版社 2009 年精装本

70.《赤彤丹朱》　　　　　　　　　　人民文学出版社 2013 年再版

71.《情爱画廊》　　　　　　　　　　春风文艺出版社 1996 年

72.《情爱画廊》　　　　　　　　　　西苑出版社 2001 年

73.《情爱画廊》　　　　　　　　　　时代文艺出版社 2005 年

74.《情爱画廊》（精装）　　　　　　江西教育出版社 2010 年

75. 《情爱画廊》二十周年纪念版
　　（精装）　　　　　　　　　　　当代中国出版社 2016 年

76. 《作女》　　　　　　　　　　　华艺出版社 2002 年

77. 《作女》　　　　　　　　　　　长江文艺出版社 2004 年

78. 《作女》（精装本）　　　　　　安徽文艺出版社 2014 年

79. 《作女》（精装本）　　　　　　北京联合出版公司 2014 年

80. 《赤彤丹朱》《情爱画廊》　　　人民文学出版社 2009 年"共和
　　《作女》　　　　　　　　　　　国文库"系列

其他

81. 《张抗抗自选集》（五卷）　　　贵州人民出版社 1996 年

82. 《张抗抗影记》　　　　　　　　河北教育出版社 1998 年

83. 《大荒冰河》（老三届著名作
　　家回忆录丛书）　　　　　　　吉林人民出版社 1998 年

84. 《我游画海》　　　　　　　　　西苑出版社 2001 年

85. 《你是先锋吗》（张抗抗访
　　谈录）　　　　　　　　　　　文汇出版社 2002 年

86. 《彼岸的风》　　　　　　　　　浙江摄影出版社 2002 年

87. 《过眼铭心录》　　　　　　　　湖北美术出版社 2003 年

88. 《情爱画廊》绘本　　　　　　　苏州古吴轩出版社 2005 年

89. 《谁有勇气问问自己》（人生
　　笔记丛书）　　　　　　　　　时代文艺出版社 2007 年

90. 《张抗抗自述人生》　　　　　　时代文艺出版社 2010 年

91. 《问问自己》　　　　　　　　　时代出版社 2012 年

港台版

92. 《永不忏悔》　　　　　　　　　香港天地图书出版公司 1994 年

93. 《情爱画廊》　　　　　　　　　台湾业强出版社 1998 年

94. 《女人的极地》　　　　　　　　台湾业强出版社 1998 年

95. 《女人向前走》　　　　　　　　台湾宏文馆 2001 年

96. 《作女》　　　　　　　　　　　台湾九歌出版社 2003 年

97. 《请带我走》　　　　　　　　　台湾九歌出版社 2005 年

98.《牡丹的拒绝》   台湾新地文学社 2012 年

外文版

长篇小说《隐形伴侣》   北京外文局 1997 年
中篇小说集《残忍》（法文——《L IMPITOYABLE》）
                                        法国蓝色中国出版社 1997 年
中短篇小说集《残忍》（英文——《LIVNG WITH THEIR PAST》）
                                        香港中文大学出版社 2003 年
中短篇小说集《白罂粟》（英文——《WHITE POPPIES》）
                                        美国康奈尔大学出版社 2011 年